ON YOUR FEET

A NOVEL IN TRANSLATIONS

ON YOUR FEET

A NOVEL IN TRANSLATIONS

JACQUELINE FELDMAN

Featuring a story by Nathalie Quintane

Praise for *On Your Feet: A Novel in Translations*

Translation does very different things, depending on who you ask: it loses or it finds, it distills or it betrays, it's hospitality or it's violence. And what does that make the translator, the agent of all or some of these things—who is she? Jacqueline Feldman's *On Your Feet: A Novel in Translations*, which takes shape around experimental French writer Nathalie Quintane's story about the right-wing French politician Marine Le Pen's visit to a provincial city, explodes the act of translation, leaving our translator-figure as both guide and enigma, at the center of a nested and complexly interwoven set of linguistic, personal, and social encounters for our time.

— Lindsay Turner

As much an assemblage of Duchampian readymades as a provocative questioning of what can be called literature, Jacqueline Feldman's *On Your Feet: A Novel in Translations* brings together heterogeneous components in an endeavor to recreate Nathalie Quintane's writing and thinking and being in a new language and an attempt, in long stretches of English and then French, to illuminate all the particulars, personal and otherwise, essential to such an endeavor.

— Jeffrey Zuckerman

Jacqueline Feldman travaille les langues en poète et en artiste. Elle invente un dispositif (le roman en traductions) à partir d'un récit de Nathalie Quintane, 'Stand up', qui plonge au cœur des embarras de la parole et de la vie politique française contemporaine, et le met en œuvre avec une inventivité et une productivité remarquables, approfondissant un ensemble de réflexions sur l'autorité et la fragilité du geste de traduction, les politiques de

la prose, la compagnie des langues, la vie à l'étranger... Elle panse les blessures du langage en créant et en pensant entre les langues. Ce travail d'une grande originalité ouvre des possibles considérables pour la recherche-création.
— Tiphaine Samoyault

Jacqueline Feldman's *On Your Feet* carves out a new landscape for literature. Giving voice to all that lives, breathes, hovers, and shudders around a translation, her work speaks to the overlapping nature of translating and writing, and lays bare the absurdity of drawing boundaries between the two.
— Emma Ramadan

Translation is a cat. Jacqueline Feldman's feral poetics drops us in the deterritorializing maelstrom of language, politics, and displacement. She is a superreader, whose mystic eyes pierce through the shapeshifting of language into literature, life into art, poet into translator. Dogged by mistakes, specters of untranslatability, infinite suspensions of in-betweenness, Feldman's syntactic grooves strive for something akin to exhaustion, exhausting words, and milking them for every last, warm drop. Like a cat, landing always on her feet.
— yasser elhariry

Jacqueline Feldman's novel in translations is a book of fangs and footnotes, *fautes* and fictions. *On Your Feet* performs an exercise in plural conjugation, and Feldman, as author-translator-reader, stands (on her feet!) to attention, theorizing the limitless nature of translation to make room for more writing, more selves—for new methods of living, working, revolting, and buying notebooks. Like Quintane, Feldman is a *poétesse* of the comma, and her sentences unfurl an autobiographical politics of deviation: she accretes, she creates, she creases her paperbacks. Translation, Feldman proves, is merely an extreme act of reading. And in this book, Feldman has made a home, or a second country—under the sign of Gertrude Stein—in which the reader can stretch out, stand up, and roam the margins.

— Claire Foster

What does it take to translate a short story? Two minds, two languages, two lives? One text becomes two, becomes many, spirals, crumbles, is rebuilt. Jacqueline Feldman's unfolding of the involvement of one work, one life, in another, through words, is a high-wire performance of autocriticism.

— Joanna Walsh

There isn't a sentence here without a thought in it.

— Jordy Rosenberg

I never wanted to learn so much about Marine Le Pen, nor spend so much time thinking about her. Yet, here we are: she is inching closer to power than ever. MLP—what she says, what she means, how she moves and how she speaks—is the untranslatable. Jacqueline Feldman's book is an (unfortunately) urgent puzzle, demanding, sharp yet funny: an American trying to make sense of this most French of texts.

— Karim Kattan

je n'ai pas envie qu'on me censure alors je ne vais pas te censurer, toi ! (l'auto-censure suffit…)

— Nathalie Quintane

CONTENTS

ON YOUR FEET

ON YOUR FEET 13

On Your Feet[75]

(Marine Le Pen pays a visit[76])

Marine Le Pen[77] gets into town[78] tonight. That's what I

75.

76.

77.

(*a*)

(*b*)

a.

b.
78.

heard.[79] Did you hear,[80] Marine Le Pen's in D.[81] the 29th.[82]

79.
80.
81.

(*a*)

(*b*)

(*c*)

(*d*)

[*e*]

a.
b.
c.
d.
e.
82.

My reaction[83] on hearing this was the reaction of a coma victim, but in the hours that ensued the fact had risen, put it that way, to my head (having already possessed a thigh, the both, an arm, the nape of the neck, little stiffer, the whole neck, the teeth and the jaw, nose by the nostrils because that's another air you're breathing now, temples, forehead, my ears,[84] Marine Le Pen is on the ceiling,[85] there she is, making herself at home having fixed up a little room[86] with a bed for one,[87] slipper chair,[88] nightstand on which a *Life of Georges Pompidou* is resting; she's switched out the overhead as it was slightly dated with its tulip bulb, she's put up pink

(*a*)

a.

83.

84.

85.
86.

87.
88.

neon in the shape of a toucan and is enjoying a Twix bar while making an inspection of[89] her lacquered toenails[90]).

I don't know her personally. Let's say that I don't know her *yet*, because in a little while, in seven hours, I fully plan on heading up the avenue to see her[91]; she's supposed to be doing what it is she does on General De Gaulle Square, and so will we be doing our thing, in consequence, on General De Gaulle Square. Whatever our intentions may be as we head up the avenue, we'll all be there, we'll be at least passing through General De Gaulle Square, whether preoccupied, nonchalant (hey, MLP[92] in D.) or focused and concentrated (that MLP is in D.), and what I'm wondering is where she'll touch down. In front of the regional paper's local branch?[93] [94]

89.

90.

                                             (*a*)

                                             (*b*)
    a.
    b.
    91.
    92.

    93.

    94.
                        (*a*)
    a.

instigating traffic jams and I have no idea[105] how many complications,[106] these are fake sheep standing[107] on their hind legs to wave in greeting at the passing cars); and the paper in which you wrap your meat, it is hygienic,[108] it's that butcher paper everybody recognizes,[109] two-ply,[110] with one sheet of real paper to indicate the name and address of

(*a*)

a.
105.
106.

107.
108.

109.

(*a*)

(*b*)

a.
b.

110.

the shop as well as a proper pink cow's head on a medallion, and here that would be a sheep's head, or a pig's, in profile or head-on, and then a second, transparent, duplicating the first and preventing meat from being inked with it if that ink were to sweat[111] . . . but already she's gone and ducked into[112] the store next door having very carefully wiped her feet sheathed in a fine, not ostentatious leather[113] on the mat fabricated especially for that store, a chocolatier's if I remember right,[114] chocolates, lollipops, and gourmet gifts, mmm, this campaign is treating me well,[115] she says, I mean this countryside, countryside, love it, I love my job, she adds, and it really is a nice place, nicely decorated for Christmas,[116] I saw you had a poster, what I like is dark chocolate,[117] real chocolate not that sugary milk stuff, pair it with coffee, the best, good coffee and a couple of pieces of soft-centered dark

111.

112.

113.

                              (a)
         a.
114.

115.
116.

117.

chocolate, and you feel pretty, prettier than when you came in,[118] a poster that's a bit dark but speaks volumes, *Left for dead, on the mend*,[119] small business owners can't hold out any longer, but not you, you're with the resistance[120] and quite right you are Madame, Monsieur—I don't know if it's a man or lady shopkeeper, I have to check[121]—because a dead town is what we'll have if that town's small businesses go under, and dead towns make, they make[122] for a dead country,[123]

118.

119.

120.

                    (*a*)

            a.
121.

122.

123.

oh how lovely, little chocolate animals, little milk-choco-late animals,[124] upsy-daisy[125] changed my mind, Joanie[126] would just love these, she adores animals, she wants to be a vet,[127] and with that she leaves the candy shop under a rain of whistles and applause, or no, a couple of whistles and a lot of applause, to make her entrance elegantly, *manu mili-tari*,[128] to the shop that's next, a restaurant, a big restaurant where I remember a conversation with a waiter there who's Greek.[129] This was recent.[130] I asked about what was going on in Greece (and that was funny, to ask after a country as if asking after a person).[131] He was worried about his sister, a schoolteacher, because they were going to stop paying her.

124.

125.
126.

[a]

a.
127.
128.

129.
130.

131.

I made a mental note of this, that teachers, too, could be taken off the payroll.[132] And the next time, I didn't ask.

So Marine (as she is known to the press, a certain press, and to my family[133] even though they think she'll never win,

132.

(a)

a.

133.

(a)

(b)
[c]

(d)

(e)

(f)

[g]

a.
b.
c.
d.

too extremist; what they would like is her politics, without
the extremism[134]) steps into the restaurant with neoclassic
detailing she caresses with a look and both her hands, con-
sulting the menu, filling the space with her lovely, deep and
scratchy bluesman's voice[135] as she pushes out, that's it, hazards a little ditty, a kitchen song, a song that puts one simply
in mind of sustenance (the chocolates of the establishment
preceding that establishment have whet her appetite, decid-
edly), you wouldn't have anything for me, would you, sings
she to the barman, who wouldn't deny her a few peanuts.
Into the cup goes her hand, which has the slightest bit of
flab (she's four years younger than me[136]), and she ends up
licking the salt from her fingers, one by one, one after the
other,[137] with those peanuts of yours you're not messing
around, she says to the barman, anyone can tell your clientele

e.

f.

g.

134.

135.

136.

137.

is spoiled.[138] At that she turns on her heel and goes out the way she came in, followed by a little coterie, or by a seething mob, to be determined,[139] only to stop short in front of the subsequent threshold,[140] hesitating—will she, won't she— I'm for all businesses, she declares, I'm with them, I don't pick sides, she adds, not me.[141]

She pushes down the metal handle resolutely to press on into the bookstore; to the left are travel guides; to the right, detective novels, postcards; ahead of her, prizewinners and new releases, novels; around the corner, at the back and to the right, foreign literature and, against the wall, paperback editions; by the register the handsome, gold-lettered[142]

138.

139.

140.

141.

142.

(*a*)

(*b*)

(*c*)

a.

Pléiades; to the left of that register the coffee-table books so plentiful at this time of year, books on art and film;[143] in a backroom philosophy, sociology, economics, political books, books for language learning, comic books and manga;[144] to the right, all the way at the back, literature for young people. She decides she will stay in the front room,[145] grabs a Goncourt,[146] makes for the register, I hear this is a very good Goncourt,[147] could you gift-wrap it, it's for my grandmother, please, unless[148] of course she's feeling spendy,[149] and that's natural, she goes all out, she picks out a ravishing book of fifty-five euros,[150] a book about China, about Chinese vases,

b.

c.

143.

144.

(*a*)

a.

145.

146.

147.

148.

149.

(*a*)

a.

150.

they really gave those Chinese a run for their money over in
Moustiers,[151] am I right, she says, because she's been cramming everything there is to know about the region, she put
her little Louis to the task, or little Mathilde, gave 'em the
job of whipping up a little briefing,[152] on the region, a little
briefing for mama[153] for next week, I want to know everything, and she does, better than most of the locals she knows
about Moustiers ceramics real and fake, about grotesques,[154]
about design in the style of Bérain,[155] Féraud,[156] Ferrat,[157]
about the old-fashioned pharmacy jars,[158] the long and rect-

151.

                                                          (a)
    a.
152.

153.

                                                       (a)
    a.

154.
155.   (a)
    a.
156.
157.
158.

                            (a)
    a.

angular combs, the jugs that are traditional, and even about
contemporary earthenware, she knows there's such a thing
as a dinner service created by celebrated Swiss artist John
Armleder,[159] a conceptual artist,[160] such a thing as a facsimile circular saw and blue-and-white gas bottle decorated by
the Belgian artist[161] Wim Delvoye,[162] the one who put tattoos on a pig[163] (amusing, if over-the-top). She squishes the
big book under one arm, bids that bookstore adieu,[164] hands
the book off to her bodyguard, it had been weighing on her,

159.
        (a)
    a.

160.

161.

                        (a)

    a.
162.
                                        (a)
    a.

163.

164.

                            (a)
    a.

and soldiers on toward the bar—the one that spills over and onto the square when the weather is pleasant as it is from February through to November.[165]

She goes in blowing on her hands having taken off[166] the gloves she'd put on promptly upon exiting the bookstore after passing off the book on earthenware to her bodyguard, ah that's the thing, it's a bit chilly here where you live, one feels the mountains[167] not far off, I guess it's like that in this season every year, oh in Brittany[168] it is a little more temperate, but then of course the sky is less blue, the mountains less violet, rivers don't course over pebbles in wide beds, and with this almost Provençal[169] architecture, these yellow shutters and the roofs lined by Genoa tile,[170] you'd be for-

165.

166.

167.
168.

(*a*)

a.
169.

170.

given for thinking we were in the North of Italy, I was just
up the street,[171] and all the faces were orange with light[172]
from the setting sun and everybody squinting in the light
that was unreal,[173] a little dog trotting along to make its
crossing in the crosswalk, an older lady with her teeth out
downing fresh baguette, a child wailing on a tree in fury as
the parents laughed, and that's when I realized, hey, I'll go
ahead and visit the businesses on the square, I'm in town
only an hour, see, but I felt so good as to reflect, inwardly,
that if I didn't already live in Hénin-Beaumont[174] I'd move
here, that's right, *chez vous*, for real, isn't that right, not one
of those secondary residences that are always boarded up and
smell like it when the time comes, once a year, to open up
again, not one of those *speculative* properties that you buy up

(*a*)

a.

171.

172.

173.

174.

just to sell out[175] but a house, a family home, a solid building
heated by woodstove, or gas, doesn't matter, I don't take sides,
but with in any case a beautiful chimney before which we'd
sit, evenings, after a meal, cat on our laps, you know what I
mean: there's nothing better. I'd pick one up on that hill over
there, that one, see, on the southern slopes because, come
on, north side, that has to be freezing where you live; there'd
be light all day long,[176] no need even for a porch, and that's
where I'd recuperate after my campaigns, recover from the
travails of political life, it's terrible, you're on the road all the
time, from the fatigue that seizes me by evening, when you
take off your shoes to see your feet are shaped like shoes[177]
(massage doesn't do anything for it, and neither, believe me,
will bath salts), and from the constant stress, because you
need every answer ready before the question's even asked,
from having to calculate six or seven steps ahead, from all
this back and forth with sweetness and brutality, conviviality, reserve, because you have, obviously, to protect yourself,
otherwise you'll be eaten alive, you'll be eaten alive[178] by
your own party, by the base (not that you can say that) and
by the voter, who is always wanting an apartment, a backyard,[179] a car, an extra hundred and fifty a month in order
to eat, or make phone calls, and the hotels, I've done every
hotel in France, let me tell you, everywhere my father was,[180]

175.

176.

177.
178.
179.
180.

I've known them all, two stars[181] on up, because it's not like
I only stay at three- or four-star hotels, don't believe what
you hear, I love me a little family inn, where you get there
and settle in as if at home, there's a good bowl of soup waiting for you, bread that has not been defrosted, beef, cakes
with cream, a *digestif* and coffee (for me personally coffee
doesn't stop me getting to sleep at night, I'm a lucky girl,
not the type to call it a night at herbal tea, I'd never turn
down coffee and a ciggie,[182] and though I am smoking in
moderation at present I see no reason to deny myself this
pleasure, the tobacco industry happens to be a jewel in the
crown of French manufacturing, and if they persist, that
National Assembly, in passing all laws sensical and non-, well
then cigarettes will be bought and sold in back alleyways by
street vendors such as you see teeming[183] in some neighborhoods of Paris, and so you, you have to know what you want:
for me, that means going into a real tobacco shop, a tobacconist's—you know Fernando Pessoa's wonderful poem,[184]

(*a*)
a.
181.

(*a*)
a.
182.
183.
184.

"The Tobacco Shop"[185]?[186]—and, looking that tobacconist in the eye,[187] asking for my pack, and letting my money fall tinkling as I go, using a nail to lift the plastic by its tongue,

185.

(a)

(b)

a.
b.

186.

187.

of the package, feeling the filter on my lips, lighting my lighter, sucking in a gulp under the purest sky, and wandering every bit the *flâneur* as I think of a skirt, or what kinds of things I'll say to my cabinet director after I take office), I'll have mulled wine, please, with cinnamon, there's nothing like mulled wine this time of year. She swallows that mulled wine, or not, to applause spearheaded by a couple of henchmen. At that, heels clacking, she takes hold of the doorknob and leaves, on to the next.

Next up, as she's planned it out, as has been planned for her with slickness like that of a Quebecker celebrity's marketing team (that excellent marketing team),[188] listing the TV shows she'll valiantly go on one after the other,[189] with a full précis[190] of the scenery, host, the dress to wear, the time devoted to this or that guest down to the minute, the broadcast time she can in consequence expect to get, and of course the ratings, big and bold in black-and-white across the

188.

(a)

(b)

(c)

(d)

a.

b.

c.

d.
189.
190.

roadmap, for she has a detailed roadmap, the names of all the businesses are there in order, and what they have in stock, how long they've been around, the time she must devote to each of them (the hour of her visit divided by twelve businesses = five minutes/business), and so she knows just what types of business she'll find after the regional paper, butcher, sweetshop, restaurant, the bookstore and the bar, or rather she knows approximately, these cretins she has for staff having failed, once again, to do their jobs, having indicated a bakery when what they meant to say was butcher (it's not the same thing), or a florist's in place of a chocolate shop (in December, that's just everything), or a real-estate agency when, whoops, it's a bookstore, or: uh-oh, it is a real-estate agency, yet another real-estate agency, clearly we're in the South of France, and what a relief it must have been when she saw that bookstore show up—ahh, finally some down time, I'll stroll around, have a look at the nice books (and in December, there'll be some magnificent ones, and plenty of them, I might just think about making the best of things by doing a little Christmas shopping since, with municipal elections coming up, there will be time for absolutely nothing)—, a wine bar when all it is is a bar, a corner bar, a dive that is, fine, sure to have clients but serves the cheapest wine, barely drinkable even with cinnamon in it, heated up (cheap and mulled), a cheap wine that must be heated up if you don't want to be overwhelmed with bitterness. Unless, that is, the roadmap can go to hell: all the towns turn out alike, and they're none of them her first rodeo.[191]

191.

Rodeo after rodeo: the instant she sees a shopkeeper's mug, she knows just what to say.[192] For a couple of seconds she scans what's on view, the positioning of the counter, stretch of the shelves, hue of the walls, hang of the fixtures,[193] number of people working and here we go, *signed sealed delivered*[194]—*ad hoc* she spits out that saying and rarely does she fail to; increasingly rarely does she have cause to bite her tongue and mutter *Fuck fuck fuck I fucked up*, I addressed a piece of clothing[195] with a price tag of four hundred euros like it was Promod (and what I did then[196] was plow on, full speed ahead:[197] but what a gorgeous sweater, Madame, with its autumnal palette, chestnut, parmesan, what I mean to say is plum, and that fabric, assuredly wool, and certainly not made in Pakistan, Azerbaijan, or Balochistan[198]), and so yes, the roadmap *can* go to hell, because it is, in a word, useless, maybe not for someone starting out, but for her, even starting out she wasn't one to turn things over to a roadmap, that's not how you learn the trade, not that way because there are bad surprises[199] always, this is France, organizationally it goes south every time, no mystery there, within a party,

192.

193.
194.

195.
196.

197.
198.
199.

even a tight-knit one,[200] there are at most four people you can count on, the others being too busy with their vaudeville of scrambling to right the errors of their comrades, of the last guy who changed around the work of the guy before just to be doing something although that was a rare case in which there was, for once, nothing to be done, and so she is completely free of roadmaps as she lets her eyes come to rest on ... on ... but of course, this was always going to happen, because what we have here is a kind of store that never goes out of business (much like the funeral parlor), never but never, whatever happens with that thing we've called since Saint Louis the *national economy*.[201]

200.

201.

A bank. What will she do with a bank?[202] If she goes in there team and all, they'll think it's a robbery[203] (panic at the counter,[204] alarm, call the police, that's just what she needs[205]), *Nous étions* (she sings) *vingt ou tre-e-e-nte, brigands dans une ba-a-a-ande, tous habillés de bla-a-a-anc, à la mode des marchands !* (but I'm getting carried away, by day's end it all blurs together) *La première volerie-e-e-e, que je fis dans ma vie-e-e-e, c'est d'avoir goupillé la bourse d'un, vous m'entendez,*

202.

(*a*)

a.
203.
204.

205.

c'est d'avoir goupillé la bourse d'un héritier . . . [206] [207] (articulation, ar-ti-cu-la-tion, hé-ri-tier that's it[208]); well then, if I make no mistake, the government had in mind that it would separate out investment banks from savings, and we still haven't had a good look at that law, and meanwhile who was it put an end to separating[209] savings and investment, way back in the eighties?[210] Mitterrand, of course, and Mitterrand's

206.

(*a*)

(*b*)

a.
b.
207.

208.

209.

(*a*)

a.
210.

cronies,[211] most of whom are once again in government positions, why ever undo what they did just yesterday, upon which she whips out her Mastercard Gold,[212] sends it plunging into the machine,[213] and, at top speed,[214] withdraws three hundred euros. Pivoting, she heads back up the street toward the travel agency, the one on the corner angled ten degrees the rest of us have trouble rounding on a bike.[215] It's strange to see a travel agency, gables on the roof,[216] in this, the Internet era, she thinks, nobody books their tickets physically[217] anymore or makes their hotel booking that way . . . But of course, little old ladies, the elderly couples of this rural area who don't have any Internet connection and yet treat themselves, from time to time, to a tour by bus of Nice

(*a*)

a.

211.
212.   (*a*)
a.

213.
214.

215.

216.

217.

during Mardi Gras season[218] or a Michèle Torr[219] concert,
in Marseilles, or, in Carpentras,[220] some extravaganza,[221]
and then in Valréas[222] taking in an air of country music,[223]
in the markets of the Var[224] a bit of thrifting, and don't think
I'll be the one to say a single word against Mardi Gras in
Nice to pick just one example, our Nice Mardi Gras is better
than that, Nice Mardi Gras, above it all, the big-box stores
themselves may have fallen to exhaustion, they'll still be
making garlands out of lemons,[225] in Nice they'll be assembling furniture out of lemons, in Nice,[226] puppets, giants,
bicycles, World Trade Centers and Mercedes-Benzes all of

218.
219.

(a)

a.
220.
221.

222.
223.

224.
225.

226.

lemons,[227] in Nice,[228] god, a travel agency that's still in business! she exclaims, with hardly a care for[229] the traveler or elderly couple or—who knows?—crew of twenty-two seniors ready to join in her urban pilgrimage through the alpine foothills,[230] in she goes (as a bell, wire-suspended, tinkles[231] against the well-scrubbed window)! The World Wide Web is simply no reason for *business* to be a synonym for *anarchy*,[232] for the fat cats to get fatter[233] while all the while roughing up the little guy,[234] and I would take that a step farther:

227.

228.

                                        (*a*)

                                                    (*b*)
    a.
    b.

229.
230.

231.

232.

233.

234.

they sabotage him,[235] yes they do, because what we're looking at in cases like that is sabotage,[236] and when everything
but everything is bought and sold through e-commerce,[237] and by a single site because obviously at the end of
the day[238] we're going to have the one site just as there is a
single click,[239] with a click we'll buy our nail files[240] right
alongside that flight to Azerbaijan or, I don't know, any old
country,[241] with a click, a click[242] offshored[243] to Qatar, and
once you've gotten there what's next (I remember the way
my grandfather would say that, *gotten* for *arrived*[244])? Now

235.

236.

                                            (*a*)

a.
237.

238.

239.

240.
241.

                                            (*a*)

a.

242.

243.
244.

that we're here,[245] I submit I don't think MLP would hold
opinions quite so ridiculous as all that,[246] I don't think she'd
say such things about lemons or Qatar, and obviously, around
here, we are not all of us logged on, all of France doesn't
live in Marseilles also obviously,[247] still less do they all live
in Paris, we'd perhaps rather the global population lived in
cities,[248] too bad:[249] The provinces![250] and still better than
provinces, better than the French departments,[251] better
than the regions: the *country*, the countryside: countryside
countries,[252] that's what'll keep on existing for and against

245.

246.

247.

248.

249.

250.
251.

252.

everything,[253] there are places where animals still are raised, where you can get tomatoes to grow in the summer,[254] where you run off after eggs and find them where chickens have been sitting, warm eggs to which a feather sticks,[255] where you give a walnut tree a shake, the nuts fall right out, give a plum tree a shake . . ., give a shake to an apple tree . . ., but not to a peach tree! Too cold for that 'round here, you're in the mountains: the mountains,[256] dominion of ski lodges, of a lack of snow or that of too much snow, standing tall,[257] countries will assert their rights, Madam,[258] don't give it a

253.

254.

255.

256.

257.

258.

second thought,[259] countries will be sovereign again, and,
when countries are sovereign again, Madam, I'm asking?
When the people of this country[260] become, once again,
sovereign, when the individual regains his sovereignty, as she
spits out in a bastardy of Georges Bataille,[261] a hair or two

259.
260.

261.

(*a*)

(*b*)

(*c*)

(*d*)

(*e*)

(*f*)

(*g*)

incongruous—a *tumult* is coming, she continues in the same vein, a rational, terrible storm bringing vicious politicians to their knees,[262] and she leaves off, seeing the shopkeeper begin to pull his eyes wide and, embarrassed, wipe his hands[263] against a mohair sweater.

At that she turns away, kicking the sticking door, grounds herself[264] with a hand to the building's corner, makes her way around it effecting a shove[265] to go back past

(h)

(i)

                              (j)

a.
b.
c.
d.
e.
f.
g.
h.

i.
j.
262.
263.

264.

265.

Sullivan's,[266] [267] bar on whose terrace bocce gets played to the tune of biker music; ah, that's my jam, she thinks, though she's never so much as sat astride a bike in her life, imagine, on a moped, in Neuilly,[268] [269] fourteen years old, below the helmet she's been loaned singing the Lili Drop song that was big[270]: *Sur ma mob je suis bie-e-en/je suis bien et je ch-a-an-teu/*, huge in the eighties, typical, because MLP is an eighties baby, a baby of the Mitterrand era whatever she says, a baby of the Mitterrand generation as much as she is generation Le Pen, a generation as much a fish in water[271] at Assas[272] as it was in singing a Lili Drop song while sitting

266.
267.

268.

269.

270.

271.

(*a*)

a.
272.

on a bike, a generation just as happy getting coked up at Les Bains[273] as it was in making a modest donation to the fashos that were coming up, a generation wearing Yohji[274] to mass at Saint-Nicolas du Chardonnet,[275] a generation that did up Joanie's hair in a mullet,[276] a generation of which the male half got on her nerves so bad it saw her wed again[277] three times in pomp and circumstance and Latin, a generation on the pill[278] with little tolerance of Simone Weil,[279] OK, a generation in all this identical or almost to the generations that preceded it immediately, or where would it have come

273.   (a)
   a.
274.   (a)
   a.
275.

                                                                       (a)

                              (b)

   a.
   b.

276.

277.
278.
      (a)
   a.
279.
                                        (a)

                              (b)

   a.
   b.

by those ideas—the Mitterrand Spirit[280]? Mitterrand was not enough for that, all Mitterrand did was give a kick in the rear to those on their way out who'd shown it, because there were not only, oh no not only *soixante-huitards*[281] in '68,[282] and, with such *soixante-huitards* as there were worn-out and aging, pretty soon there was no one in France apart from the non-*soixante-huitards*; and these people were happy enough, by the way, in 1968 when, after the June vacation, everything had broken (thanks be I'd taken June vacation days, I get home to notice all is over, luckily, as you were, I can pick up with my habits, my little routines as they said to themselves *in petto*, which means between themselves, not publicly,[283] those who'd been planning on July to take a nice trip having borne the brunt of protests all that June[284]), because there were not only, oh no not only strikers and[285] conformists, in 1968, that tide had turned to the relief of those left standing on dry land, and it is today amazing to think that we see

280.

(*a*)
   a.
281.
282.

283.

284.

285.

1968 as this year brimming[286] with *soixante-huitards* when it was basically a year much ("much" being operative) like any other, filled to the brim with non-*soixante-huitards*, who didn't want to be and weren't, who wished only for nobody to confuse them with those shitty students ever, pieces of shit ignorant of life's exigencies or workers wanting their excuse, wanting a break,[287] and among those workers workers who absolutely did not want to be confused for those among them yearning for a break or out, just as there were among the students students desperate not to be mixed up with striking students or with shitheads—a minority, granted, but after June, 1968, what happened was a miracle: that July 1, those who didn't want to be confused found that they constituted a formidable majority, a crowd rising up to say, this time publicly, that it was going to the beach.[288]

286.

287.

288.

(*a*)

a.

There was a miracle.[289] [290] That's why we get together at
Saint-Nicolas du Chardonnet and, even today, sing in Latin.
You have to remember about the miracle that it was planned
out in advance throughout the seventies and eighties by
people not at all embarrassed to praise, to the heavens, getting funding from the feds, to sing the praises of the safety
net[291] and look down on the guy on welfare[292] or else who
noted that the nursing staff in hospitals was getting *blacker*
and by the way, in the family we all know the "Partisan's
Song"[293] by heart, watch: *Ami-i-i/entends-tu/le chant noi-i-r/*
des corbeaux-eaux-eaux[294]*/sur le plai-neu,* soon every service
we get medically will be from *black people,* you need a special dispensation just to get a nurse that's white,[295] you'll get
a black lady whose great-grandmother was, in Guadeloupe,
a slave,[296] I've had enough, that will be quite enough, she

289.

290.

291.

292.

293.

                                        (a)
     a.
294.

295.

296.
                    (a)

might say, if you could for one second stop talking slavery and let me get to work, this minimum-wage worker might say, and reasonably enough those unable to prove they've been looking for work lose their place in line, as an unemployed individual whose place in the line is gone remarks, anyway it's not like looking for work makes a difference, that guy adds, disinterested, and I don't know why, pipes up a man who's homeless, those without any social-security coverage at all still get cared for at the taxpayer's expense, at the end of the day it's always the same guys paying, he observes, using two fingernails to crush a flea as it ends its life a stowaway on his overcoat, so last year I'm in lockup, he goes on, and what do you do, there's no room, you put in three guys, understandable, to a place the size of a phone booth, for years and years they've been needing new prisons, he continues, no sense waiting until it's too late, remarks a retired lady, back on the job, I'd worked my whole life anyway and was just getting bored so, that works out, lucky me, she goes on and, reaching the door to Sullivan's, giving it a nudge, casts a connoisseur's eye on several fellows, men who are lingering, with beers, before the bar, hello my good sirs, hello hi (I, imagining them, peep up[297]), hello Madam, she waits to hear in reply, or even a *bonjour Marine*; yes, she can really hear them saying that: *Marine, how are you*, just like that easy come,[298] not serious but friendly almost, warm even, helped there by

a.
297.

298.

the beers, or, no, sober, with a conscience: *bonjour Marine,* we have been waiting, there is no one left to save us, yes *voilà,* that's what they'll say, we have had enough of this France that does not run smooth, we are sick of paying money and working for other people, I am for my part a trucker, you see, and these days that is, with taxes, impossible, God's honest truth I cannot live,[299] once I have paid my bills, phone, gas, water, electric, I can't get groceries even discount,[300] I can't afford groceries, not even disgusting ones, German import, even German food[301] is too expensive for me and my family, at home we eat sausage, does that sound like kids' food to you, eggs and sausage, sausage and eggs, that's what I give my kids to eat, good thing they get lunch at school, and even that is, they tell me, disgusting, because ever since a regional policy was passed[302] about the food we get it's the same, from Gap to Saint Tropez all the kids eat sausage and eggs, even in Saint Tropez,[303] oh yes, Marine, kids get that fatty,

299.

300.
301.

(a)

a.
302.

(a)   (b)

a.

b.
303.

indigestible stuff for lunch; *voilà* what they'll say to her, forearms upon the bar, and to them she extends a hand that is firm, a generous hand, an entire hand of hers . . . that they push away.

So she extends, once again, a firm, whole, and generous hand, renewing her gesture . . . they push![304]

Unbelievable.

She fishes in her bag for a Kleenex, blots her forehead, *bonjour, bonjour messieurs*, voice quavering—but they turn their backs on her, one guy belching, and, as one, lift their beers.[305]

(a)
a.
304.

(a)
a.
305.

(a)

You might have done your homework,[306] she says to the
team sneering, whistles for her staff; the door is closed.

Well, fine;[307] she's had experience of others like them,
truckers who wouldn't condescend to speak to her, why not,
beer guzzlers who keep her at arm's reach, go on, she's had
plenty of socialists respond by sucking up,[308] students at
the rather prestigious *Écoles Normale* and of Administration
as well as sometime, Trotskyists, union men, I could go on,
professors in anything you like, survivalists, architects, globalists, you know what I mean (addressed to her team), you
know what I mean, there's nothing to know, no logic in it
'cause there's never been anything like logic in political decision-making, in political choices,[309] logic has nothing to do
with it, I should know, we ought to know, I and my family
members, given our position, in my family, she says, referring

(*b*)

a.
b.

306.

307.

308.

309.

to her sisters and, increasingly, her niece,[310] my niece, who has the same name as me, Marion,[311] my niece, that is to say the daughter of my sister who was christened by my own sister with my name I already had, does that make sense to you, does it seem to you reasonable that my sister whether in homage to me or erasure gave my very own name to her baby, and that niece has gotten her start, got herself elected to office, my other sister, similarly, works for the Front,[312] married within it, we've all gotten hitched more than once,[313] in the Front, and did we ever for a second ask the question, question ourselves if, for instance, we might not want to take a look around, around another Front, going by some other name, did we not ever stop to think if, at day's end,[314] it might be worth our time to give another job a try, to keep on lawyering,[315] build a business of one's own, are we all not mere daddy's girls, seems possible, to the point of straining her voice, contouring that beautiful low voice

310.

(a)

a.
311.

312.

313.

314.

315.

ravaged by cigarettes, or did you think I hadn't thought of that,[316] had you perhaps suspected that, at forty-four years old, my mind remained pure of the thought, are you perhaps of the opinion that politics is not first of all a family affair, it's a family drama, you've forgotten all about that comment made by a certain ex-Socialist[317] with origins in the Var or in the Bouches du Rhône (I don't know anymore if it was the Var or Bouches du Rhône, it's always one of those if not the other),[318] that ex-Socialist who could explain her decision to leave the PS and join the FN[319] only by saying she felt, at last, *at home*, among *family*,[320] and if the Socialists were a distant, chilly family, which is to say no family at all, the Front was *hot*: a family.[321] Absent father, absent mother, children left for dead[322]; kids unable to identify any dad in "Dad," any mom in "Mom,"[323] not so long ago grown adults

316.

317.

(*a*)

a.
318.

319.

320.

321.
322.

323.

in speaking of their parents would say decently, "my father,

[a]

(b)

(c)

(d)   (e)

(f)

a.

b.

c.

my mother," until, little by little, you heard them say "Dad,
Mom" (instead of "my father, my mother"), you heard it from
people on the radio, interviewed knowingly with the knowledge that they were speaking publicly, "Dad, Mom" instead
of "my father, my mother," and then I heard it from people
in my circle, out of the mouths of people otherwise decent,
modest, "Dad, Mom," even "Daddy, Mommy," just like little
kids, like a child of seven or eight (at eleven they'd stop,
mortified) yet one fine day nobody had any shame, everyone set to wallowing in the great bath of family matters,
blowing their noses in that incestuous bath, that's how a representative who had been elected as a Socialist came to say
in perfect seriousness that because that's how things stood,
in the Socialist Party there was for her no dad or mom,
she'd go to the Front, where there was not only a mother,
she was *pretty*—this, by the way, is one of the reasons I just
recently lost ten kilos:[324] I mean first because, true enough,
as a smoker, whenever I find myself going up an incline like
this one I wheeze and badly, but also too, do you think it

d.

e.
f.
324.

(*a*)

(*b*)
a.

b.

quite possible to put oneself up for election while resembling, I'm so sorry, a hippopotamus, condition number one, let's say number two, in running for office (let alone president), is that of not looking like a woolly mammoth, go on a diet, and I felt great, it really did me good, the political is, after all, personal, she remarks on her way into Tiff's,[325] one of the numerous hair salons there are in my city.[326]

326.

325.
326.   (a)

                                        (b)

                                        (c)

a.
b.
c.

It's funny because I was just talking to my ophthalmologist of twenty years, who rattled off a list of doctors that have closed up shop, the gynecologist (no more gynecologist), the optometrist (no more optometrist), two surgeons (no more surgeons), the homeopath (no more homeopath), five generalists who've taken their retirement; but there are always, on the other hand, plenty of hair salons. Why is that?[327] It's a career that you can pursue in your hometown, I thought; if you go in for archaeology, truck driving, surgery, veterinary medicine, or shepherding you have to go, leave your little city behind, but it's possible to get a job as a hairdresser, cashier, or salesperson without too much trouble and in that way avoid going. Not leaving is my plan, too, though I'm no hairdresser, because in this city you feel at home (it's a kind of bedroom extension; I've gone out for bread in slippers[328]). The doctors might all die, and I wouldn't leave, I won't leave this area that's not mine, it's not my home, but I have to say, I'd be very happy[329] living here because Hénin-Beaumont is, you know, no party; once you've tried the spiked espresso[330] all there is, all we have by way of activity locally is the harvesting of a tall grass, *Calamagrostis*,[331] and the contriving

327.
328.

329.

330.

331.

                                                        (*a*)
   a.

of watering holes out of adjacent puddles,[332] thus I pull on my galoshes and head on out for a congress with my locals; you know, Mademoiselle, the big difference between us and our competitors, she says to the hairdresser, is that we don't do campaigning just once a year, during the election season, we do it all the time,[333] every day, in any weather, I'm asking you to understand that it's not easy, if I had to count up the number of times I've had things thrown at me,[334] I'm not talking about insults, nasty things I've had to hear (that's why I never leave home without my umbrella, you never know what they're going to throw at you[335]), I get asked a lot if I'm a real blonde,[336] you know my mom,[337] her blondness, the beauty of my mother, does that ring a bell for you, you're familiar with the appearance of my sisters, my niece, my father always loved beautiful women, she ventures

332.

333.

(a)

a.

334.
335.

336.

337.

in extending her gloved hand[338] toward a client, who will not shake it, toward another, who does, to another who will not, to the next, who accepts, as all the while a hairdresser carefully traces the part in a head of hair and paints, like a piece of furniture, with the back and forth of a flat brush, the straight, parted hair of the last lady in the row,[339] looking in the mirror.[340] [341] Then Le Pen makes her move back to the glass door, lets one of the boys open it for her, and sets course for the Cock-A-Doodle-Do Café[342]—with a name like that, a little coffee break would seem to be in order.

338.

339.

340.

341.

342.

She looks over the façade featuring a horse[343] butcher's[344] crest adorned with Cs in gold and crimson as they say in rugby country, in Languedoc and Roussillon,[345] in Provence (an image obviously, it's a manner of speaking, speaking about coats-of-arms, *crimson* for red, *gold* for yellow, *red and yellow* is just not as good as *gold and crimson*, that was their big discovery, those knights in olden times, it's not like we're going to say *red and yellow* like a serf [not the water sport, that's written with a *u*],[346] *gold* because that's what we have, and if we don't have it we're going to get it, *crimson* because we're always slaying[347] as a wise-guy might say, no

343.

344.

(*a*)

(*b*)

a.
b.

345.

(*u*)
a.
346.
347.

actually, *crimson* because our blood is *blue* [speaking figuratively, obviously], blue like Virgin Mary's mantle, blue like
the firmament [by which I mean sky], blue like scorpion
grass, like forget-me-nots,[348] blue like the song *Plus bleu-
eu-eu/que le bleu de tes yeux-eux-eux/je ne vois rien de mieux/
même le bleu des ci-eux-eux-eux*[349] [that's the plural of "sky"
in French[350]]; basically, blue like the blue of every metaphor
that's been said, written down, or interposed ever since we
stopped thinking of nobles as having a particular kind of
blood, to the point that we really at day's end have a poor
understanding of what was in the first place meant by *blue*
blood, it is thought to have been a manner of speaking, that's
all, poetic imagery, from the poetry of the Middle Ages,
which was a very poetical epoch[351]). With this LP, horsemen

348.

349.   (*a*)

   a.

350.

351.

                                        (*a*)

             (*b*)
                          (*c*)
             (*d*)   (*e*)

                          (*f*)

in tow,[352] lifts a heel, positions it on a step of the CC,[353] and with a shoulder, a rather masc shoulder (my first name has my father's, Jean-Marie,[354] built in[355]), shifts the door, goes in, God only knows what took hold of me, you know to what point a campaign can fatigue, you have no idea, the fatigue builds up, by the end you wage your campaign against absolutely everything, you campaign against yourself, your own fatigue and a feeling you have of wanting to pack your bags,[356] give your kids a squeeze, seize Mathilde, little Mathilde, Louis, my son, and Joanie, my big girl, in my arms, give them a kiss, give them a hug, give them a cuddle,[357] so help me God, Lord lift me up, guide me and stop me from falling, let me be a guide for my country, France, guide out of the rut and protect from above my whole family, *Salve, radix,*

a.

b.

c.
d.
e.
f.
352.

353.
354.

355.

(a)

u.
356.
357.

salve, porta/Ex qua mundo lux est orta, makc it so I'm faithful
to my father and my country, so I may then guide and protect my children as he[358] did me, *Gaude, Virgo gloriosa/Super
omnes speciosa/Vale, o valde decora,*[359] our fight is on against
the tongues of whorish snakes,[360] our fight is on against the
enemy within,[361] against the jealous ones, the idiots and
cowards, the ambitious, you fight your own in anticipation of
the day they aren't yours any longer so that you feel it when
they're beginning to turn and, before they hit, give a slap,
put them lower than the dirt and ram your heel down their
throat till it won't go, sink your lance into the dragon till you
get the innards, cut off his balls and make him eat them,[362]
and at that—God only knows[363] —entering the coffee shop
I lifted both my arms and did a V for Victory,[364] and my

358.
359.
                                             (*a*)

        a.
360.

361.
362.

363.

364.

            (*a*)

father got that from De Gaulle,[365] lifting both arms nice
and high and giving them a good shake, before realizing that
the only person in the café was a little old lady[366] drinking
vermouth, she drank that vermouth with small sips, making
use of her tongue, you could see the tongue sticking to glass
between sips, she held the glass with two hands nice and
tight[367] to take a long look at the liquid within, she picked
up the glass and turned it in the light to see the changing
color, she put it down delicately in a particular place, always
the same, in the middle of a cell (the table was decorated in
such a way as simulated cells, little compartments), she then
brought the glass to her lips, wet her tongue, drank a little
swallow, tilted the glass, looked into or through it, set it to
rest in its compartment, and so forth. All at once this young

(*b*)

a.
b.

365.

366.
367.

man (heavyset, what we used to call an invert[368]) threw himself at me yelling: *You know what they used to call General De Gaulle Square, as early as 1940? Pétain[369]! Marshal Pétain Square![370]* I do imagine that the municipality, in perhaps some debt, had to keep on receiving subsidies, let's be realistic, whether from Gambetta, Pétain, or De Gaulle? We're all walking on the same cobblestones,[371] all people[372] have the same problems, getting their carrots from the guy who sells them 1.50 a kilo instead of 1.60, why name a square

368.

369.

(*a*)

a.
370.

371.

372.

after a drink,[373] may as well call it after a great man,[374] when people stop having any respect they'll leave off being obedient, is the situation such that we may allow ourselves the luxury of going into debt over a name,[375] is it then allowable to deepen the impoverishment of people whose lives we're meant to be administrating on principle, or for the reason of a trend, is that what it is to "resist"—it's a choice, like religion, there's no call to impose it on anyone else (bread first, then ideas); give your outraged that to chew on,[376] Pétain, Pompidou what-have-you (it's rare to see a *plaza Pompidou*): most of them couldn't give a shit, keep an eye on carrot prices, get their hair done, get arrested, die.

373.

374.

375.

376.

Well. That gives her a nice workout,[377] in spite of everything, all those stores,[378] but can I, will she be able to, get away with leaving any out, the local sensibilities being after all no less highly refined than the national, leave somebody out and they feel *targeted*, you take me perhaps for a leftist[379] Madame, maybe you think, like all these leftists who think there's only such a thing as other leftists all waiting for the government to say something leftist, but as they're only ever saying rightist things and because folks on the right think everybody in government is a leftist, well then, they have to go even farther to the right, and at that point the government, which is leftist but says rightist things, says: as you can tell the people of France have rightist ideas, so we can't just go and say things that are overly leftist, etc. And that's how we end up in a France that's just as far to the right as

377.
378.

379.

the France of Raymond Devos,[380] the comedian;[381] that's the France that has, at day's end, carried the day, a stand-up France where you have to think fast, on your feet[382]—but a *good* comedy, of *good French quality*—a France where, at day's end, what matters is the play on words, the *punchline*, the *improv bit*, as they used to say under Louis XIV,[383] a France where what counts is the sustained metaphor, the devastating bit of alliteration, euphemism like a guillotine.

380.

[a]

(b)   (c)

(d)

a.
b.
c.

d.
381.

382.
383.

(a)

(b)

a.
b.

That's just what I was thinking[384] as I took the last steps
up to Madison's Locker,[385] with its tote bags adorned with
little girls, apple-cheeked and in pink bows, its ladies' plastic aprons decorated with smutty things guys like, the men's
aprons covered in smut for women, giant postcards that go
flip-flap,[386] certificates earned for a fifty-first birthday,[387]
baby bottles for pastis and chatty doormats, Welcome! Wipe
Your Feet!, they say, Home! Left foot! Joy!, they say, Right
foot! Shoes! *Chez nous !*[388] Family!, or else See you! (See
you, doormat! Buh-bye!), *authentic* wicker baskets stacked
up before the storefront, next to the entrance, ha-*ha*, I hope
you didn't get those from the *Roma*, those ones there, she
says, by way of a wink and a nod,[389] getting the conversation going, *um no*, the shopkeeper says, self-justifying, they
are Made in Thailand, and truly we have gone from Scylla
to Charybdis,[390] says MLP, who is educated just as was

384.
385.

386.
387.

388.
389.

390.

Aussaresses,[391] that general (a Latinist[392]), and is everything going all right for your little boutique? Oh, so-so, the shopkeeper says—and yeah, that's just about what Hitler would've said on that last day in his bunker, thinks our Marine (saying nothing, of course, naturally)—, so-so, so-so, that's basically the state of the country, of France, basically, and that was basically the state Greece was in before the "European" quote-unquote "rescue and recovery plan," and that was, as well, the state of Spain, she ventures, embryo of a questionable shorthand she cuts still shorter soon as she sees the shopkeeper bending over the baskets to take them inside. Ah, closing up already, she says; the days are long,[393] the shopkeeper[394] says, before closing the glazed door, latch-

391.

(a)

(b)

a.
b.

392.

(a)

a.

393.

394.

ing it, turning out the lights, setting the alarm, Marine, as a young man from her team then says, you have a slug on your shoulder (a slug on my shoulder, but what is it doing there? I thought), he plucks it up delicately between thumb and forefinger[395] and sets it down on the leaf of a bush in a pot positioned by the city in front of a new Party office, which has just been inaugurated.[396]

* * *

Here ends all I can imagine about Marine Le Pen's visit to D. I know what comes next, because at 5 p.m. I left work to meet up with the protesters, at General de Gaulle Square, protesting her coming. In regular waves, a small crowd (three hundred according to the prefecture, five hundred according to the organizers[397]) chanted in front of the setup: Marine/

395.

396.

397.

Fuck off/Marine/Fuck off (Marine/Get lost,[398] according to the press), brandished a few banners (NPA, Sud, EELV, according to the press) and flags or handmade signboards (Black/White/Arab/Purple/*Les D.* Against Le Pen[399]), launched projectiles (rubber bands? Pen caps? Icy snow-balls—one snowball hit a Party member who was thereupon brought to the ER, according to press reports), and made some noise (one of them, clutching a plane tree,[400] beat a frying pan), to which the Frontists[401] responded by inton-

(*a*)

a.

398.

399.

(*a*)

a.

400.

(*a*)

(*b*)

a.

b.

401.

ing the Marseillaise,[402] quickly covered over by whistles
and hissing, ostensibly filmed (the camera a meter away
from that front row) by a blogger, a man,[403] of whom I was
informed he was the husband of the ex-Socialist, ex-UMP
who went over to the Front and who, therefore, went over to
the Front himself. The "Party" offices are an old seat of the
UMP[404]—and, as a Wikinews site[405] informs me, Thérèse

402.

403.
404.   (*a*)
a.
405.   (*a*)

                                        (*b*)

                    [*c*]

    a.

    b.

Dumont, a historian and *résistante*[406] from the Pas-de-Calais, intervened to deliver a reminder that that used to be the house of the Barrière family,[407] a Jewish family, deported to and killed at Auschwitz by Nazis[408] in 1944.[409] Someone told me[410] they'd spotted a Green Party official. I recognized a friend.[411] A young woman looking for her keys was looking for them at the protesters' feet. Someone else said to her it'd be funny if she made a report at the station of having lost them in the protest against Le Pen. Another young woman gave me a big pin. Black-gloved hands gave the finger to the setup, both of them. There ensued, at the end, hoots and ululations[412] when we saw[413] a big, brown, bell-shaped umbrella with, on the rim, fat, pale bows vaguely reminiscent of Marie Antoinette.[414] It stayed up a couple of seconds and zoomed

c.
406.

407.
408.

409.
410.

411.

412.
413.
414.

(*a*)

a.

over to the right, accompanied by Party members followed
by the protesters who'd been in that first row.

So we were there, stamping our feet, right up until the
moment when this guy[415] said it was over, anyone sticking
around was going to have their teeth knocked in, better head
on over to the Kiosk, where mulled wine and a rap concert[416]
were on offer. So we went on down to the kiosk,[417] where
the concert had started. I left, but this person I work with[418]
told me what happened after: one of the rappers said something against the police in his rap, and, since there were cops
around, they took him and brought him to the station, which
is situated at thirty meters' distance. The protesters then cried
Freedom for our comrade![419] out in front of the station as my
associate, a funny guy,[420] yelled *Don't put him out in the cold!*[421]
(as it was very cold that night[422]). The rapper[423] came out,

415.

416.
417.
418.
419.
420.
421.
422.

423.

[a]

and everybody[424] went home.[425]

(*b*)

a.
b.

424.

425.

(*a*)

(*b*)

(*c*)

(*d*)

(e)

(f)

[g]

a.
b.

c.
d.
e.
f.

g.

CASTING OFF

Om

2 B

599m
°

+ 1000

More than could fit on a postcard, it was indelicate qualita-
tively, as I tried to express it over an American-sized glass
of red wine that night at Amherst Coffee—the yield of my
trip. It would be fair enough to call that trip a pilgrimage,
which would be to put it differently. I put my discovery to
you, David, as several discoveries, one of which I termed
"futurity" just to add that, against appearances, I didn't think
the term appropriative there—not where my woman's use of
reproductive years to write, their perverse use, was the thing
at issue. For me, anyway, and anyway regarding that particular discovery. I'd put to her, to Nathalie Quintane herself,
that there was this one line from *Tomates* that a critic of hers,
building the feminist case, had latched on to with a strong
grip throughout the resulting article. Where you say you're
minoritarian, or that your position is minoritarian, because
you're a woman, and so this critic latches on to that disclo-
sure, that admission, but if you look at the text you're not
actually saying you're minoritarian because you're a woman,
you're saying you're minoritarian because you're a woman
with big feet.

I wanted to impress you, and we'd come from that reading. You and I can be honest, between us, about the demands
readings can make on the affective capacities. The good cheer.
The decision, inexhaustible in its rigor, of when to leave, the
lingering . . . Personally I always stay too long, and I hadn't
eaten; none of us had eaten. I had arrived with friends, with
Rabia. I'd worked to persuade Rabia to join us despite all she
had to do that week—"Come on," I'd said, "this is a special
time in our lives, graduate school"—and then, it turned out,
had urgently to stop for gas, but the gas stations in Amherst
were closed, and so we had to go fifteen minutes out of

our way; I kept apologizing. We arrived at Amherst Coffee eating from a big bag of almonds found in a pocket of my car. My mom gave me a big bag of almonds every time I saw her though many times I'd told her that my teeth, worn down from grinding them at night, weren't strong enough for me to enjoy this kind of nut comfortably; I think she did this because she had been so worried when, at eighteen, I went through my vegan phase. Minoritarian because I was a woman with eroded teeth whose mother brought her, always, bags of almonds ...

I had been dozing, waking occasionally to a disturbing feeling of delinquency in duty, dozing on the bus in the hour before I was to meet Quintane. My friend Emma had made her observation gleefully the previous night, in Paris where I'd moved away from, leaving her, the previous year. You're so busy this week that it's great, there's absolutely no opening for nostalgia to enter in, you'll suffer from your trip back not at all ... Unknown to Emma I had then stayed up very late, crouching at one edge of a mountainously tall air mattress that another friend, Zoey, had blown up for me; on the phone, I was trying to keep my voice down as Zoey and her boyfriend lay asleep, presumably, in the next room. I was negotiating with Malte, the German boyfriend I think I told you about, during the *Malina* reading group. During the pandemic, it was free to rebook. Rebooking could be done at the click of a button. Nothing could be easier. But if I was going to do that, a possibility that had originated as Malte's idea, and move the classes I was teaching online, I wanted obviously to stay in Berlin, a city I had never visited, for more than a couple of days. He was getting cold feet. Just as I'd secured his agreement—I'd fly out of Berlin a week from then, we'd figure out what to do in between, he'd come to Paris, I'd go there, if we hated each other I'd go to a hotel—my phone, which I don't know if you've ever noticed is shitty and broken, died. I had been laughing, it was funny, he'd been funny, made proof of good humor in capitulating after a long resistance. Or it was nerves, my nerves. I don't know how I sounded. I got the phone working just to get the texts, in tenor somewhat frantic, walking his position back. He would meet me, we'd spend two days in Paris maximum. It was clear he'd inferred I'd hung up victoriously to change my booking before he could change his mind again. He thought me capable. I was interested to feel the spreading tingle of my mortification; it was 1 a.m. I may have felt resentful, also, that that card, of my extremity, had been played for me. There are times when it can really work.

I had been sensitized previously to ways in which my positionality contributed in France, and possibly all over Europe, to the impression that I made. I think it was in pitching you this project, David, that I evoked universal human themes, displacement, leaving home, that would be dealt with in (even better) a comic register, because the case of these themes' application, their instantiation, would be that of an American woman in Paris. In reading Lisa Robertson's *The Baudelaire Fractal* I had my brainstorm about the radical potential of this category of identity (as if every identity category must have one). In this novel about a woman who wakes to the knowledge she has written all the works of Baudelaire, which brings to mind for her a youth spent as a girl in Paris, promiscuity is an expansive, dandyish style with benefits beyond the release from bourgeois domesticity, though it helps with that. Robertson is

Canadian, I should say. But experimentation of this nature is also central to Carole Maso's *The American Woman in the Chinese Hat* (as that title perhaps suggests, by the objectifying definite article) though the setting is the South of France, not Paris. Men can make for interesting writers, too, and Harry Mathews's *My Life in CIA*, which late in my Paris life was recommended to me pointedly, tells the story of a caper of this friend of Perec's in which Mathews decides to address by siding with some rumors flying about him, an American who has been hanging around Paris for so long that it's suspicious. This is a canon of outstanding negativity, of seediness even. It restores to the American abroad, to certain Americans, some of the complexity, some of the negative power of which their situation has been stripped in the popular imagination—which is not to mention the imagination of Nathalie Quintane. Her novel *Cavale* opens on the narrator's fantasy of serving a perfectly cooked fish as a fine British lady, a fantasy abandoned as early as its second page (at the top of the page) in favor of that of being *american girl* ("proud and sporting, between thighs in the shape of an S"). That pair of English words is used, the lowercase Quintane's.

It would have been unsporting, I may have felt, let's say I felt, to put to bed that life without the full achievement of a plumbing of its depths, and in my own way, two years ago ... Moving away from Paris is not in every case a failure of imagination. In French, a Master's thesis is an example of a *mémoire de fin d'études*—*mémoire* like "memory," that cognate (except that the other gender is used for the thesis), which has always made me think of the game Concentration, a recitation or regurgitation "of the end of studies." What I ended up with was something more like a *mémoire de fin de vie en France*, a phrase that in its clumsiness bears the imprint of my foreignness, my foreigner's humor, and yet here I am, at my desk in the United States, working on my project just a little longer. But its black-hole aspect wasn't the only way in which this project came to resemble an extension of projects like those of Robertson, Maso, Mathews in its exploration of some negative potential; this wasn't even up to me, the exploration. It was chosen barely. There was that aggressive number of footnotes that I wrote, obviously.

But even this was only natural, the amplification of an oppositionality already latent in the gesture of translation— what the scholar of literature, writer, and of course translator Tiphaine Samoyault calls translation's "violence"; her book *Traduction et violence*, which came out as I was drafting, was valuable to me (and notice, David, the shared root with "traduce," visible in the French version of the word). It reassesses, argues for the reassessment of, and even advocates for this violence, a reality that writing must be de-written before rewriting it can be achieved. This reality is well documented. Artaud, quoted I forget where, puts apt words to the feeling of fiery, transgressive glee (something Artaud was good at feeling; I don't know if you've ever seen, David, video of him acting), "a malicious flame" that "leapt up on" him, on translating out of English, claiming the words as his own (and that impersonation, translation, is, like all the others, mine). But Samoyault situates this aggression, as well as the need for its recall, in a highly contemporary and actually quite dire context. At stake in the rise of machine translation is the technologically mediated disappearance of disfavored languages. Samoyault is clear on what she's up against— steamrolling, ethnocentric—in wresting an imaginary out of the hands of state and European governmental actors all too happy to hold up, to brandish translation, to praise it, as a strategy of pacification, of reducing difference to something decorative, something in need of fixing (and, in the day of Google Translate, something fixed easily), when difference is right to be political. It "breaks the reproduction of roles" (she quotes Barthes) in opening relationships to renegotiation, renewal. Samoyault is anti-defanging.

What I am getting at, or what I would like now to claim to be getting at, is that out of the findings of Project Quintane, one of the most important, not the most interesting but the most, perhaps, destructive, the discovery that risks invalidating every other, a real oppressor of a discovery that has to be risen up against, is that the arrangement of the life of this great author—a working-class author who, since passing the state's exam, works as a schoolteacher less than full time, and can count on that state's pension, on healthcare—just isn't possible in the US. Not in our century, not now.

I don't know if I'd come out and say it like that if Quintane weren't the first to, immediately, attribute her capacity for literary industry to this situation. She was quick to do so. This attribution, characteristically humble, as if the outpouring of her production were a matter of situational luck, would be made as soon as she had me in her car; the nine-hour workweek, or whatever, was her secret, she would say, warning a young seeker against the lure of getting rich. A golden light was settling on the foothills of the Alps, brown mountains all around. This shift in Quintane's life, the settling down to work that she managed, may have coincided with the lightening of her duties as a functionary but, I knew from my study, it began with her arrival in Digne-les-Bains, a city of sixteen thousand in southeastern France where Quintane moved when she was just about my age.

The pivotal age of early maturity, it was well adapted, I apparently thought, to a sounding of the "creepy side of translation," as Zoey had said the night before, getting it right away.

Off I went.

I shouldn't have been dozing because I had to think, prepare. And I had been cramming. For days I had been cramming; I had stayed up, my first night in Paris, reading *La Cavalière*, the most recent of some three books by Nathalie Quintane to have been published since I'd left the country a little over a year before. From time to time I'd pause in my reading to make a note in the back of that book of a line, a phrase, something that occurred to me as worthy of inclusion in the email correspondence I'd entered into with Quintane, fishing for this invitation. *Chère Nathalie, c'est depuis Paris cette fois que je vous écris...* My mind kept drifting there.

La Cavalière—ostensibly about an incident in the 1970s in which a Digne schoolteacher, Nelly Cavallero, was fired for indecency (long story; she would leave her house unlocked), really a pretext for Quintane's oral history tracing back a lineage of revolutionary thinking—was, I couldn't help noticing, very sweet in tone. Too sweet, maybe. The narrator had some aversion to writing the story, and while this aversion was referred to often, I didn't get it viscerally. Cavallero's firing wasn't investigated in its details, and the book seemed in other ways to lack the vigor I associate with independence of investigation. Subjects step in to qualify accounts they've given, at times correcting this investigator's

understanding: "It's a shame [. . .] two or three years out I
remembered everything . . . Now it's distant." There are some
lovely descriptions of landscapes. Even the back-cover notice
(which, for Quintane's publisher P. O. L, authors are in
charge of composing) was lengthy, sincere; these notices are
a specialty of Quintane's, who more typically uses them to
carry off a salty, even hostile salvo, normally an acid joke, in
four or fewer sentences. My reading deepened until, at last,
I wrote in a margin my note, a kind of outburst, registering
my sense of betrayal in response to the assertion, from this
major poet of an art engaged with life, of a uniquely com-
bative political art as Quintane's has been characterized, that,
"Writer or teacher, it was so I could be left alone." Left *the
hell* alone might be apter, as the idiom is somewhat impolite
(*foutre la paix*). "She feels less free on the page in this one,"
I said helplessly to the bookseller at the MK2 on the Bassin
de La Villette, and I stumbled out to see a line of streetlamps
that to me always resembles, reflected in that wide segment
of the blue-green canal, a string of pearls.

Here I should confess I've been trying for ten years
to fit that simile into some piece or other of my writing about Paris, and it has never worked. The streetlamps
always seemed, as pearls, especially resistant to being pinned
down on the page, and yet they seemed to want that, also.
There is a jealousy that art has for life, something I'd always
read into Quintane's writing, which is generous in posit-
ing many options for the relationship between life and art,
for a working relationship between these. For a page or so
of *La Cavalière*, they are described as matching up exactly.
It's 1976, and Nelly has linked up with a traveling band of
theater artists, on the road from Avignon to Strasbourg.

They're radicals, every rule up for debate, down to the inter-
diction on smoking cigarettes for members of the audience.
Occasionally a play would call for an actor to light up, and
there seemed no good reason to apply the rule unfairly. "The
troupe is a community. The theater is communal life. No difference," Quintane writes in conclusion, "between art and
life." It was time, anyway, similarly, relatedly, for me to leave
my books behind, or rather to make the selection of which
ones to bring in a dedicated tote bag, and for my own project
to get up onto its feet—for some fourth wall to be broken.

I would have described the voyage to you, David, as I
did to other Americans. From Paris, I had to take the high-
speed train to Aix-en-Provence, a journey south of nearly
three hours, and catch a bus headed back up north to stay
on it for nearly as long. Through light-blue curtains of a
hospital-type synthetic I saw that landscape, Mediterranean
with low, sparse trees, give way. Off to the right we'd passed
the factory for L'Occitane en Provence. There was a green
field full of tiny white flowers of which only those heads, as
if floating, could be seen. Spray-painted onto the embank-
ment of a river the road followed was the phrase *MACRON
TRAITRE* as those mountains, as *the Alps*, came into view.
As the bus made its stops I gave myself over to taking in the
sounds of the cash register, to observing the smug and mild
interest that I felt, something like pity, that onboard you feel
for the people who come up to ask the driver questions about
where the bus is headed, a problem you have solved. I noted
down the pronunciations they made of the name that had
become important to me: *Dee-ña. DEEN.* Quintane's oeuvre
is full of allusions to this place. And so it was a special feeling of dislocation to see that word printed not on a page but,

for the first time, on a sign, and then on many signs, having seen it flash above the windshield of that bus to indicate a terminus.

I'd bought the notepad from another Nathalie, a kind of false Nathalie or a Nathalie differently rendered. At the chain stationer's in the Aix-en-Provence station I'd over-heard another worker, a man, call out to the cashier in passing as I was transacting with her and neglecting, obvi-ously, to note down what he said, *How's it going, Nathalie,* or, *Catch you later, Nathalie,* or, *Keep up the good work . . .* Evidently I'd been nervous, in front of the wrong Nathalie. I'd asked a lot of questions, for example about the phone charger I was buying to be sure it was the right one, and had stopped back in to buy, just in case, a second notepad iden-tical to the first (the only kind they had). Of course I was nervous. If I look back at my notes from the days before the trip, they are more consistent, however, with a kind of mes-merized appreciation, wonder: *5:15 PM—this person whose books I've spent 50€ on this weekend has just warned me via email that she has 2 cats + hopes I'm not allergic.*

And there she was, the poet. With a sweeter appearance than I had imagined, perhaps. I thought of the French adjec-tive *doux,* which is more like "gentle," in between "sweet" and "gentle." Slimmer, her hair redder. I guessed she'd dyed it. I was wearing my best sweater, which I'd known was a mistake, too fussy and loud, over-the-top, and, in the full blush of such knowledge, I had pulled it on, unwilling to wear anything other than my best for the occasion, that of meeting Nathalie Quintane. I had also foregone makeup in some hope of appearing serious. But Quintane was wearing makeup. Spread over her face was a powder that would give

it, in the southerly light of that city where she'd settled, a
passing shimmer.

The line in question, from 2010's *Tomates*, a meandering,
anecdote-rich treatise—and I'm afraid I'll have to reproduce
the whole sentence, a very long one, as well as the sentence
that comes before it; sorry David—is: "Being forty-five, or
fifty-five or sixty-five isn't any reason for us not to want, any
longer, intense lives, or to lose the desire to write intense
texts. Or to read them; I bought, especially in 2008–2009, a
considerable number of historical political books, attempting
perhaps to make up for my numerical minority in gorging
it on these books, literature's books having failed to suffice,
the fleeting fad for *Princesse de Clèves* having changed nothing of the spectral, dwindling, disappearing nature of all
novels and of literary efficaciousness in general, minoritarian
on all fronts, minoritarian because I read books, minoritarian because they're literature, minoritarian because, reading
books and writing them, I remain the child of salarymen,
born themselves of workers, minoritarian because, granting
that I've reached the height of 1.8 meters, I am a woman,
and because I have big feet, minoritarian because I live in the
countryside, and because the countryside is a strange thing,
as Benjamin of Tarnac suggested so strongly in describing
cops of the forensics team bounding joyfully over the fields
and visiting the chicken coop and saying the countryside
wasn't so bad as all that and deciding maybe, on their return,
to plant tomatoes."

There are a half-dozen things to unpack here before I
can move on, but by the time they're out there you'll have
a solid understanding, David, of some of Quintane's major

themes, saving you the trouble maybe of poking through the sections I present in French with your Duolingo and your dictionary. Even in the original (a cognate that can't, in French, be used in that way as a noun but is only an adjective, a reminder so ingrained in me by now as to issue automatically) the passage is dense enough to warrant a footnote of its own, and what Quintane chooses, out of all that, to gloss is the reference to *La Princesse de Clèves*, a seventeenth-century novel that had become by 2010 oddly popular in France. The odd way in which it became popular—getting into Quintane's notion of literary efficaciousness—was Sarkozy's singling it out, twice, to name it, with vitriol that would have to be considered excessive, as a horror of irrelevance to civil servants whose exams contained the reference. Subsequently it was celebrated by many. Striking students put on readings.

Utility such as they found in *Clèves* is not, for Quintane, extra-literary, as I hazard in the more theoretical French part of all this. I give examples such as that of a page of verse in *Chaussure* that, while unlabeled, resembles a drinking song for workers clearly. You could tear it out, I thought, in which it reminded me of kits for making paper dolls. *Un œil en moins*, about participating in activism at the time of Nuit Debout, is a fat, diaristic book demanding, like the strike, a period of abstention from paid labor. It bears other formal resemblances to activism, but this thickness, unusual for Quintane, is also the object of her pun on the back cover; she calls it a *pavé*, colloquial for "tome" as well as, literally, "paving stone" like those that have been torn up and used as barricades in urban uprisings such as those of the Commune and May 1968. Or thrown—"Less One Eye" is a fair translation of that title; a cat of Quintane's, in the course of the year being chronicled, loses an eye to infection. If you are on her level it's not merely the personal that's political but the personal life of your cat; something interesting about my thesis *de fin de vie en France*, or a glaring omission, is that, despite the plethora of examples given for a use-value of literature, its own highly political purpose, "to get me a visa" as I used to say, is not discussed.

My reading of these aspects of Quintane's works hinges on a line from *Un œil en moins*, a provocation, about a portion of the Invisible Committee's readers making "practical use" rather than "literary use" of the books. Speaking of things being thrown, of projectiles used by insurrectionists, *Tomates* is the book of Quintane's with that committee at its center, which brings me back to my project of glossing, to "Benjamin de Tarnac." Tarnac, a village of about three hundred in the middle of that country, on the wonderfully named Plateau de Millevaches, names that location but also—I'll treat you like the dictionary the translator makes recourse to—a scandal. In the *Affaire Tarnac*, young people living on a commune there—the "Tarnac Nine"—were arrested on charges of terrorism, accused of sabotaging the railway by dangling a hook of reinforcing steel from its lines. Julien Coupat, their supposed leader, was a literary man, having famously attended the EHESS (where my own thesis, *the present work*, was undertaken) and founded the review *Tiqqun*. He was also suspected of having participated in this Invisible Committee, an anonymous collective whose *L'Insurrection qui vient* (2007, published by Semiotexte in 2009 as *The Coming Insurrection*) was entered in as evidence wholesale. Literature itself was on trial, as Quintane writes in *Œil*. In *Tomates*, which is centered on this episode, she

manages an analysis of the aesthetic, the affective implications of all this, not only the terror of realpolitik, but
another, subtler uncanny—the freshly bared and glinting
contiguity of life and literary art. Coupat, interviewed for
Le Monde from prison in May 2009, was discovered reading Foucault (*Surveillance and Punishment—bien sûr*). In
Tomates, Quintane has herself, her speaker, claiming to be
the Invisible Committee—echoing petitions of that time
with many signatures.

   Tomates is paradoxical, however, in this ostensible focus
on *events*. It is more properly a book of continuity, taking
continuity as its subject. Looking around, for example at a
literature festival on the island of Majorca, the narrator finds
she is observing, in a police line for example, a tightening
of the apparatus of the security state. Out of her "flash" of
fascism a bigger picture is, in the book's course, developed.
It turns out to be, in the course of her reframing, of the
reframing she performs, a denial of the feasibility of revolution in Quintane's day so widespread, so potent it amounts
to mass hysteria. *The Coming Insurrection* followed on from,
was inspired by, the 2005 riots in French suburbs, uprisings
Quintane considers the chattering classes to have been hasty
in discounting. I remember where we were standing as she
told me *Tomates* was about the problem of transmission of
knowledge; I raced to make a note of this. Quintane's own
generation and Marine Le Pen's has been, as she puts forth
in *Tomates* and "Stand up," the missing link, since 1968. But
this is no excuse for inaction, poor timing isn't; "intense" is a
lowkey reference (*tumulte*, in "Stand up," being more obvi-
ous) to Georges Bataille's morbidly serious claim of having
lived through a surpassingly tumultuous epoch. She pokes

fun at him and, for the moment being, was showing me the school where she taught. I think that we had had to cross a bridge. The light was getting low and orange. In a traffic circle the monument was decorated for Armistice Day, decked out in patriotic bunting. Because I can remember vaguely in this way as well as tracking where I was in town as each note was taken down, this notepad has a psycho-geographic function. Sprinkled in among my notes, as if to avoid drawing notice, are the *ad hominem* observations I couldn't resist surreptitiously making—"long delicate fingers," "extremely slow walk"—tucked between the lines of pages peppered all across with the abbreviation of my own devising, "Q."

We had come, in that place, to a standstill. I had tripped her up, eager as I was to demonstrate that I had done the reading. In the changing light I thought, below the delicately layered makeup that had caught it, she was, actually, blushing. Out of consternation; we'd stopped moving. Quintane, leading us, had stopped short on that sidewalk in accommodating, suddenly, heated discussion I'd begun about some connection between *Tomates* and *La Cavalière*, a tonal similarity. Both deal with history, each a work of history or almost; they use footnotes. *Tomates* self-identifies as a "mute book"—prosy, cultivated, not disruptive in its language. "So I write a mute book; I take that risk. I can't write my revolt in any other prose if I wish to be heard." Elegiac, even. I may have said that; it's a perfect cognate, *élégiaque*, but different enough from the French *éloge* that I can never get it. *Tomates* had been a turning point in her reception by the public. *La Cavalière* was darker, I offered, more troubling, because the problem of transmission both books consider becomes, in that book, shaky *epistemologically*; it might not be possible. The *soixante-huitards* being interviewed are dying off; there's a lot they have forgotten. Saying this, I was, however, thinking something different, that it was a strangely satisfying feeling, new and negative, to see a favorite author frozen to the spot because of something I was doing (her reader, who had spent so many hours transfixed). That was a cheap thrill, and, like approval can be, I may have found it cheapening. In my French conclusion, I make much of an idea about a *reste*, a remainder of the translator's operation, that for Derrida is the untranslatable; here was another. Does it matter if the author agrees with your reading? What difference can that make?

All over town, the revenge of the real continued. Digne was, even now (from the briefest of glances at my camera roll), blue skies. Fluffy clouds. By each chestnut tree were piled golden leaves, still dry and fresh. I had proposed to Quintane from the comfort of my home, United States, this *voyage sur les traces de MLP*. But the Greek restaurant was, it ensued, way over there. The angle of ten degrees was nowhere to be seen. My thesis that I'd printed off was flopping in my hands as I made reference to the text. Distinctly I remember the exercise of restraint, refraining, or so I thought, from taking notes so frequently I'd seem insane. Quintane caught on anyway and, in a hostly way, pointed out a bench, asking if I might want, before we moved on, to note "two-three" things. And before long we were seated, my notepad between us. I'd gotten coffee while Quintane ordered warm milk, like a cat. I reached for my copy of *Les Années 10*, which wasn't there. It was in, of course, her car. Did I want her to get it? This offer of Nathalie Quintane's was more grounds for panicking, directions have always been my worst subject, and it was adrenaline, I think, that let me find my way back to her car where it was parked—where Nathalie Quintane had parked it. There it was. *Les Années 10*, the object, is a brightly colored book. Orange, it is deeply dyed. Mine is well loved, and use has turned the edges of the spine white, rubbing off the color.

You were the one who said, at Amherst Coffee, said I'd have to capture in my writing what I told you there about the big car of Nathalie Quintane being one of the dirtiest I'd ever been in. No way, I said in answer. Which is how I end up in such positions of regret for all the questions that I never manage asking. Simple questions, like: Why is your car so big? Is it for hauling stuff, what stuff? Why is it so dirty, what is your relationship to cleaning out your car? What is the proper relationship of the writer to cleaning out a car?

And relatedly: is anything sacred? There was, back at that café, an unease, a flickering disappointment I felt only intermittently but accessed, felt at the alacrity with which other questions, about which parts of "Stand up" were true—questions I'd puzzled over, left to conjecture; puzzling that had seemed to open doors on hidden meanings—were cleared up by the author. The Barrières, that Jewish family, had existed, for example; she wouldn't have made that up. Regarding *La Cavalière* also, she was open in discussing deontology, and even as certain lines of my questioning began to seem small, mere, wasted, huge and messy ones were being broached. There were questions that Nathalie Quintane found herself wanting to ask of those who came places to do fieldwork—questions like what right they had. To ask their questions, air publicly the details of people's lives. Anyway, because she lived among them, all their lives made in the one place, Digne, she would not have offended her interviewees. This was a question that seemed to her "moral."

Difficult territory, for me in that setting anyway, which makes me remember the last thing I meant to gloss from that *Tomates* quotation—"minoritarian" (which I've translated aslant; "minority" is, except for the connotation in American English about race, here inappropriate, a cognate). For a long time a highlight of Quintane's author bio on the P. O. L website has been the showstopping sentence *Je suis peu nombreuse, mais je suis décidée.* Placing the author in a society of one as part of a "biography [that] reduces itself to a few malicious lines," as the critic Anne Malaprade has termed another of that author's of comparable length, this is as if designed to scare off those who would search the life for clues to the art, as cops search—you'll remember that *Tomates*, her breakthrough, is *about* the juridical usage of literature and, perhaps, identity to persecute supposed authors—and even so, with my notepad, I'd shown up.

She had a schoolteacher's sense for which directions to give, the necessary ones. So this had been, evidently, because I kept forgetting, in my negligence disregarding the rule she had set to close the door to the room where I was sleeping, and would find myself in consequence discreetly giving chase to the cats of Nathalie Quintane (how well she knew them), chasing cats to capture and remove them, activity the poet politely ignored. The room was taken up by a grand piano at the center. I chased those cats around the grand piano. There were plants, one a spindly plant, atop that grand piano. The handle of the door was offset slightly, I don't know how to name what made it wrong. It had been set askew somehow. Repeatedly I had trouble getting it open, an instant of trouble. But it was figurative, my term when, failing to sleep, I wrote in my notes about feeling "trapped." Quintane had given me plenty to worry about, but what I really feared by now was that the whole enterprise of a text I'd promised, David, you, would be weighted down, go flat. With me constrained, doomed from then to write another mute text, not only elegiac but, worse, loyal to the record. History's burden, that of the real, would prove a lethal weight. You and I had a plan, laid in Massachusetts, for me to write something funny; it would be totally wrecked. And maybe there had been always but unacknowledged a sinking melancholy to the project, drowning it in this tsunami of nostalgia, attempt, pathetic, to make something of my life in France, get something useful out . . . *Les bons profs savent jouer de ça*: Quintane's line was running through my head as I tried sleeping; it's from *Ultra-Proust*. And connecting to Nathalie Quintane's WiFi network, I saw, then, a message from Malte, afraid that he had COVID.

So what did I hope to get out of life that I hadn't gotten out of art? This time, I mean. In the French you may still be struggling, David, to read, some demonstration is made of my understanding of the theory of Gérard Genette, whose contributions include a taxonomy of possible relationships between texts (e.g., intertextuality, paratextuality, architextuality, metatextuality, hypotextuality, hypertextuality); analogously I offer, as part of my conclusion, a breakdown of the operations on display in my own footnotes. Meanwhile in that French introduction, I say something about the stakes of an assertion of the scholar Alice Kaplan's being unclear; the stakes of learning French as a foreign language having given her, as a young person, "a place to hide," remain, in the telling of her memoir, unclear. As I suggest. But if I were to follow Kaplan, there are any number of claims like that that it would be possible to advance about this project and its relationship to yours truly, David, I mean me. About my writing in French being, for example, a translation of the self. About my journey to Digne being a translation of art into life. These claims raise questions without answers; that French section begins on a helpful quote from George Steiner about there being, of translation, no theory properly speaking, only narratives of praxis. So this time—you know, getting going—I really did try, out of the gate, to help you out, David, by translating into English all I'd written in the French, but what I came to find was lacking, for me personally, was that sense of transgression—of fun—that enlivens translation, making something exciting out of an eye-crossing task. Where you get to put your mouth around the words of someone else, speak them as yours.

I have exaggerated, maybe. It was no disaster I was dozing, for I had at hand, I could refer to, a hard-copy version of myself that I'd prepared in Aix, waiting for the bus. The questions I'd assembled completely covered, in their groupings—*Understanding/verification traduction fideleté*, *Interpretations de ce texte, Thèmes de l'œuvre quintanien, Questions plus larges*—four sheets of paper (the questions with their brackets, headers, arrows, page references). Torn from their pad, they had come away cleanly. I warned Quintane that my questions for her would spread over four progressive levels, and I'd followed her home by the time we'd reached the last out of the lists, *Questions plus larges*, with its prying, personal, salacious flavor. Quintane's friend, a filmmaker, had offered us the use of some equipment. And this presented an improvement over the digital recorder I had brought. It sat with us still and fluffy like an extra cat.

Congruous with her slow walk was—as I may well find myself considering anew, replaying that recording—the schoolteacher's way she had of talking. As her great height had educated her gait, so too in an analogous operation had her conversation taken on its character in years spent leading classes. Nothing much was dropped, or so it seemed to me. Our discussion unfolded in a synthesizing manner. It was easy, around Nathalie Quintane, to think. Impressionability is a part of life, and yet it wasn't until my late twenties, or thereabouts, that I realized I was going to imitate others no matter what and so, rather than attempting to stem off that impulse, would do best by it in making a careful selection. But even when I did, some of these people I ultimately chose to glom on to turned out to be modeling examples of, primarily, selflessness, tolerance—as if referring the problem, sending it someplace beyond (*plus loin*). And there I was, in any case, availing myself of Quintane. Coaxing out of her some maxims I might use to broaden the horizon of my thought, make myself a little larger. Autobiography leaks into Quintane's work in a way that makes of her life a resource, epitomized maybe by the use she makes, throughout her oeuvre, of Digne itself. A typically, even prototypically mid-sized French city, she finds it representative, investigates it accordingly. For a book of hers about another city in the South of France she'd taken photos out her window as she told me, giving this as an example of the use she makes of Digne—we were walking, then, its Boulevard Gassendi—using it, in that case, for her book *Saint-Tropez* . . . She trailed off. But I knew, because I knew by heart her every title, that she was just being polite, and, perversely, I supplied it, the full title, self-identifying: *Saint-Tropez – Une Américaine*, "an American woman." (When on our arrival at her house a cat appeared, I blurted out "Chemoule," a name known to me from *Un œil en moins*.)

There's imitation, study, and then there's "diabolical possession," you know on the other hand, a phrase offered up by Quintane in responding to one of my lower-level questions about "Stand up." As I was embarking on my project in its original, academic framework, I had found it challenging to get the attention of the critic who was serving as the director of this Master's thesis, which was no surprise, she had in point of fact warned me, but a side effect was that what she, the eminent critic, said by way of advice took on, for its rarity, a glittering preciousness. She had said something, I could have sworn she'd said something, about attending to the moments of this text where an ambiguity, or overlap, was present between the voices of the narrator and MLP, or the narrator's fantasy of MLP, and while I hadn't so much noticed those moments at the outset, I began to see them everywhere. Glossing them, performing a detangling, ascribing words to one or the other of these characters *or to both*, became a motif of my French footnotes, David. And then, during the defense, the critic said with finality that the division between the voices was, on second thought, *assez nette*. I was left to wonder if all that activity, all that glossing, had been undertaken in my, as they say, right mind, or if I had been, well . . . But then with me Quintane, in characterizing her relationship to MLP in writing "Stand up" as one of possession, of her being possessed, not only allowed this reading

GROS BISOUS DE DIGNE-LES-BAINS

It's going great!!

Xoxo see you soon

Jacq...

Sté PEC - 13240 Septèmes-les-Vallons - www.pec-fr.com
Modèle déposé - Photos PEC - Ph. Caudron / Willy's - LT - Imprimé en U.E

David Richardson

ETATS UNIS

D... 21530 FRANCE
LA POSTE

RÉPUBLIQUE FRANÇAISE
LA POSTE
LETTRE PRIORITAIRE
INTERNATIONALE
P **1,50 EUR

but went so far as to make reference to the film *The Exorcist*. (French people tend to think me knowledgeable about the films of Hollywood.) And because there would never be any way of furnishing an answer to the question of if my thesis director had possessed me diabolically, this confirmation of Quintane's was especially satisfying. *Je me laisse posséder,* she had said—although, on reflection, because after all her agreement didn't matter, I had and have no way of knowing if Quintane was just agreeing with my reading in the way a teacher does, to be supportive of my inquiry. *Et quand je dis « je » c'est le texte.*

I can say more, with your patience, about what I mean by "life" and what I mean by "art"—a little vague, I know— which will probably bring me back to the woman thing, too, if I'm not careful. Out of my *Questions plus larges*, the one that I kept harping on has to do with another line of resonance from *Ultra-Proust*. It deals with a conversion to literature that Marcel Proust is calculated to have undertaken. Such *conversion à la littérature* is defined, in *Ultra-Proust*, in terms of lifestyle. The speaker here is thinking on their feet, ellipses theirs: *l'entrée dans une autre forme de vie, comme on dit aujourd'hui, c'est-à-dire une conversion… On ne peut écrire ce qu'il a écrit dans le temps qui lui était imparti, qu'il savait lui être imparti, sans conversion… une conversion à la littérature…* Impossible to have written what he did, in the time that he knew left to him, without *conversion*, conversion, "the entry into another form of life." So, Nathalie Quintane, *des astuces,* any tips? *Comment faire ?* In a preliminary way however I had suggested that there were at least two very fair objections to the line of questioning I'd be pursuing, first of course that *Tomates,* surveillance-state-y one, and second that it'd be, just, inappropriate, the personal, and yet again I didn't think so but sometimes thought it central, even, to an understanding of the politics of literature, to approach the question of how to write by a question of how to organize one's life. Which is maybe why a paper on the politics of literature will devolve into, find its level with, bottom out on, lifestyle journalism, as I am discovering—did you know that Nathalie Quintane enjoys a yogurt after meals? Quintane's response to this, anyway, was gratifying, immediate; she said knowingly that Christophe Tarkos was the poet of that—even though I personally had actually considered Nathalie Quintane to be the poet of that, a strong candidate. In *La Cavalière*, for example, she posits three options—the remaking of institutions, leaving cities to live on communes, doing both—saying she tends, herself, to favor Number One in the morning, Two by evening, Three at noon.

Yogurt, yogurt, yogurt—and later, it occurred to me inescapably without my knowing what it meant, occurred to me as important without my knowing why, that two of the poets we'd most spoken about—Tarkos, and Jack Spicer—were men who died at forty. All around us, I mean all around you and me in Amherst, are female poets making reproaches of male poets for expecting to be cleaned up after, but I don't, sometimes, think that that's what's happening. The man our professor called me just last week a "good student" and an "overachiever," but the lesson of Quintane, who is open about what she considers her quality of obedience as well as the overarching one of being a good student, is that these crosses can be borne with style; it is its own reward to live. Meanwhile a lady professor said, and I wrote this down because it seemed so revelatory, "It's good for me, so it must be good for my writing," about some living arrangement of hers. Quintane dates the burgeoning of her practice to her implantation in Digne, where—after a visit, I can confirm—she considers herself to lead a *vie agréable*. That's the secret. For my part I recorded Quintane's gestures. Removing a cat from her lap, welcoming it back, all the while saying something apposite.

That line I've evoked has been, for me, so memorable for the reason of its setting in a conversation, I would say. It takes its special dynamism—more than tonal ambiguity, a tonal polyvalence—from this setting. (Even the title, *Ultra-Proust*, is *sonically* apt for a book about French literature and its kitsch, for the comic duplication of that vowel that is, for a foreign speaker like myself, really killer.) *Conversion à la littérature*—and the perfection of those cognates may have also helped the phrase stand out to this Anglophone with vividness—is not the only irresistible phrase of Quintane's to occur in dialogue. Indeed, the depiction of disembodied speakers getting into a pitched and, from the outside, humorous argument about some aspect of the politics *or philosophy* of literature is something of a specialty of hers. One of the marvels of *Tomates* is the speaker's doing that with Auguste Blanqui, who had a brother, Adolphe. Actually, Adolphe and Auguste, who disagreed on whether violence was an appropriate means to revolution, are the ones fighting, but they seem to be fighting about Quintane's approach to the book that contains them. "What cowardice"! All this talk, ranging "from Franco to" her festivals, why not "roll up a couple of tracts" and stuff them under "your bike seat" . . . and your "*Eternité par les astres*, that" would be, perhaps, a " 'practical guide'"? . . . Ooh there it is! "But the real truth is that you don't know how to read!" . . . You "want me to think, Auguste," that "you slipped the plan of attack for the Winter Palace into your description of the Milky Way?!" . . . "You think I'd have busted my ass . . . in my vaulted, humid cave" in jail, "at a distance of two fingers from death itself, just to write a poem" . . .

They are fighting about taking things literally as well as about political utility, that use value, or not, of literature. At issue in this is how to live a life, which Quintane introduces with a phrase she says would be paralyzing if offered, offering it, and I, taking the bait, take it up, incorporating it in that French section as an ingredient of my inquiry, this phrase about the difference between a "mediocre" existence, "floating, eyeballing it in navigating between possibilities" and a "determined" one. You can really fall on your face as well as getting paralyzed and eating crow in reading literally, and at Quintane's I brought up with her, looking around the room, something I'd read of Jean-Marie Gleize's about her, about her sticking up poems all across her walls, something that she didn't, however, visibly, seem to . . . No, she said, she had never been one for . . . particularly . . . Well, I said finally, finishing somewhat weakly, perhaps, Quintane was quick to agree, that was only a way of speaking (He was writing) that Gleize had.

Conversion was, anyway, Gleize's word, Quintane said, and when she said that I sensed she was throwing me off the scent of something, of some trail. A relationship that art can bear to life is one of righting it, of making right, not only redirecting but apologizing, and I'm about to find myself returning, again, to what I perceived as, fleeting and possibly my own projection, a moment of discomfort for Madame. I had too much insisted, returned us one too many times to this question, as I felt. Because my *mémoire de fin de vie en France* had been, on the other hand, a preparation for the beginning of some other life; indeed after finishing it, a little over a year before, I had made my entry into another form of life, to use the definition from *Ultra-Proust*, gone through a *conversion*. Which of her three options had I chosen, if any? Was that what I'd come to tell her? In a demonstration of the multiplication of tactics, I had left an urban center to install myself in Northampton, Massachusetts, a city of thirty thousand (on the scale of Digne's sixteen) where, supporting myself as a part-time teacher, I would give my days and nights to writing. In my culture this is called an MFA program; in *La Cavalière* we learn there is no such thing as the nation, only a progressive conquest of the countryside. So there I was. It had been done. Was that what she had meant for me to do? No, but hadn't she given me the language? The claim is still too great, but if it weren't, if the shoe fit, putting yourself in the author's: to see your text, composed by a past self, come in its way (mine) to life must be like seeing a ghost. So what did you mean by that, Nathalie Quintane, your phrase about *conversion*? Was that a call to action, did you mean it to be active? Did you put it there for me, did my response suffice? It's only fair for me to put you on the spot. *Parce que moi, j'ai changé de vie à base de cela.*

This said, obviously you can change who you are, maybe even in the direction of buttressing your contribution to whatever revolution, without moving across an ocean, and so too can you change who you are just by changing an aspect of your writing, certainly by changing the language of your writing, as I will now argue. In the conclusion, in French, acknowledgment is made of the implication of a kind of character, the translator or annotator, by all that paratext. (In French, I call this character the "lady translator" or "lady annotator.") But there's also that of the writer in French as, at the remove of this subsequent pass, I can consider her. Writing in French, I found it possible to bury in there, not only a few targeted readings, you could call them pugnacious, of contemporary writers in the Anglosphere, but other stuff I might not have shared in English, like musings on my past (too self-indulgent), hopes for the future like that of moving to Massachusetts as part of my own conversion to literature (embarrassing). It's not just a matter of hiding all that out of view or, more literally, beyond the comprehension of the Anglophone acquaintance of my life; writing in French I feel, more deeply, not me, estranged or rather played, hazarded. There is, for me, a pleasurable frisson of distance that effects as when I write narratively about myself, narrating from some other vantage my own experience—"deciding" it for one side or the other in that way that always is to lie a little. We change so much over time.

Language changes, too; accordingly a leitmotif of those French footnotes is my turning up headline items of that time in connection with a word or phrase from "Stand up," making sensational claims about the amazing power poetry had to anticipate and even predict politics, political life, by being out at the vanguard of language, generating it. The Nice lemon festival, an object of fixation for "Stand up"'s MLP, had been, as I was translating, closed to Italians, who in other years would cross the border to attend, Italy being where early cases had been happening. The xenophobia of an MLP always will be *contextual*. If I were translating today I might have saved my footnote for "slug," my translation of *limace*, not a hard call, but there is an incredible resonance of *limace* in the French language ever since, in February of 2022, Marine Le Pen, following the departure of Nicolas Bay, her spokesman who went over to Éric Zemmour, used the word to malign practitioners of what she called "slug strategy," saboteurs (*la stratégie de la limace*): "Not only because the slug is slow but because it is sticky," as she, no poet, said, quoted in *Le Monde*. Mine was not only a technical matter of being precise about usage in making a selection of words for the translation so, ideally, they'd carry all the meaning they had to (for "Objects, words must be led across time not preserved against it," as Spicer writes in *After Lorca*). It was also, something suspect, a justification made in retrospect, my case for the decision, at a moment in history, to translate one story in particular. As Benjamin says, a translation that is more than simple transcription can occur when, in the course of its reception, a work has attained the age of its glory. Were we there? Despite the musings I've identified on past and future, the French sections say little about this present, lacking information about the time of writing—much of it implied, to be fair; she is just sitting at the keyboard—though there are clues, chiefly allusions to the writer's own, too modest library, to which recourse must, all the same, be made, all the while quoting Benjamin, *Je déballe ma bibliothèque*, and, perhaps, the domination of this library, so like a time capsule in its frozenness, by works of English-language literature that had peaked in popularity shortly before the pandemic set in as such, books she has on hand by Rachel Cusk, Ben Lerner.

Who was she, this writer in French? All around were clues. Some were red herrings, however; I was subletting this studio from another woman. I was making my life temporarily in her space and among her personal effects, a situation not unlike translating's of writing another's text, and in fact that woman's handwriting was all over the walls. An artist, she worked as a designer, and those works on paper, her calligraphy, had tendencies to fall and droop from where she'd hung them up with putty. I remedied this, finding extra putty by her desk, where I did my writing. And my reading; in Brice Matthieussent's *Vengeance du traducteur* (*Revenge of the Translator*), that page space below the bar for footnotes where a translator can add their notes, can at last "play at elbows" as is said in French, is figured as a lair out of Dostoyevsky— you know, underground. The sudden lockdown, with police stationed everywhere to check your papers, makes me think of, pair this with, the French word *contrôle*, used for policing borders but also for exams, for being tested. What I had down there would have to be enough to get me through.

There was a Kallax that separated living room, such as it was, from kitchen and supported stacks of plates, where they collected dust; I have invented the cabinet, I thought. There was, besides her artwork, a pair of mugs for which my host's instructions had been to break anything but them; whenever I held either I could feel it straining floor-ward, it was all I could do not to hurry it along in its flight by dashing it to shatter on the planks of plastic made to look like wood. There were, besides my books, pickles in their jars and packets of *sous vide* beets acquired at the recommendation of a French friend I had asked, in a friendly way, for advice on how to last; they weren't foods I usually ate, but she had said to get them, and it was, it turned out, comforting to have these foods, preserves, on hand. My host suffered from a chronic illness and had gone to take a cure, as it might be phrased in an old novel, in India—I don't know that she said where. "I have cats here," she'd written in English, sending a picture. News came of a boyfriend as did images, her own presumably, a sunset backing palm trees. A joke was easy. I was going to stay forever; she was never coming back.

And your domicile determined, throughout France, the area your life ranged over; you were forbidden to venture farther than a kilometer from home. This was being enforced seriously. Early in that lockdown, which it would be fair to call a forever in miniature, I was stopped by a policeman who let me off without a ticket and gave me to appreciate exception had been made. Out jogging, I might have thought it proof enough I'd stayed in my own neighborhood that I was wearing yoga pants, as American women can. With their sheer panels. Not so. From then on I followed everything scrupulously, limiting my grocery runs to once a week and masking up, though I didn't know personally any babies or old people in all of France.

One neighbor I met because of the shit of her cat. In this way I got to know the neighbor with the balcony that gave onto my big, railed window—we shared an interior corner of the building. She had become, as I observed, depressed, too depressed, too something, enough of whatever it was not to clean out the box that she put, instead, out on this balcony. Well before my opportunity presented itself, I planned out how I'd make my ask. That apartment complex was large, contemporary with compost, gardens, children, washing on the line; I heard pandemonium and sounds of something rolling that turned out, when I saw it, to be a life-sized plastic car, sized to a child. Sun entered in the morning on the wrong side; the side on which my host lived was not favored. Below us families spoke to each other with what seemed greater ease than I would have on finding words, on exchanging them with my neighbor. Willingly or not my host had adopted a certain posture in maintaining, as a single woman of a certain age, a studio in that building. A few months away from turning thirty, that was how I saw it, and I watched those families out my window, leaning on the railing and clutching occasionally, as if for respectability's sake, a mug, any mug, of coffee. I was carrying on a kind of dry, boring romance over WhatsApp with a college classmate who had become a businessman, but it was easy, under the circumstances, to keep in my mind an earlier version of this person, lanky, vulnerable, bad at handling disappointment. He had directed a play, on opening night some mistake was made, and I had a strong memory of him actually running off into the night, crying. My boyfriend had gone after. I had tried to follow and been stopped. "He won't want you there," that boyfriend had said gravely, leaving me alone to ponder why that was.

One day like this, as spring was coming, I got it in me to use bleach solution and clean out a vent that I had noticed was disgusting even as it was, I had a look around, quite alone in piping in my air, the air that filled that room where I was living. Time passed quickly in this way, too quickly. My black socks were spotted, my green T-shirt altered by the stains. It occurred to me at, perhaps, the advent of the headache, likely after, I had done myself some harm. I called, not any French service, but Poison Control, I knew to call them. The American English of the woman who answered was companionable, so soothing as I made my way over to the window with its railing. She was sympathetic, I found her so and told her everything as, in the sun-drenched court- yard I was looking down on, children picked up with their games, giving out their shrieks. She cut me off, the lady on the phone. Her tone was sharp, even frightening. Ma'am, is there a child? I had had kids, I had forgotten about them, they were coming to take them away.

The lockdown coincided with the period of year when it gets warmer; an excitement always builds, and with the effective deprivation of other social senses that one came on strong. Everywhere around my neighborhood was a sense of motion and of heating up, of movement; music carried. To my host I sent photos of flowers she had planted on their ways up in the window box. I photographed the gardens of her neighbors, gardens of those larger units sprawling at my feet. The most important texts to me during this period were, it could be argued, a ream or almost of originals and photocopies taken along by necessity on my every outing and fitted, with precision, into a poppy-red shoulder bag I'd bought while on vacation with my mom—the right size for my last visa, lapsed, for other proofs of my presence there in France as legitimate, a slip for my appointment with the prefecture, the document attesting to my scholarization at a French institution, statements of domiciliation with utility bills that corresponded, identity cards and passport . . . The most important texts to me during this period were, more seriously, the works of Nathalie Quintane.

The most important text was, at that time to me, a podcast; I sent it piping in my headphones to hear another author claiming he had found it helpful, for his book, to access some abyss. I heard this walking in my circles of one

kilometer in radius, summer coming on, laughing at the joke
I had no one to tell. Sirens I'd associate with a nearby hos-
pital, Robert Debré, feeling my incapacity to judge if they
were much more numerous than usual. Parties gathered, illicit
I thought, in an apartment across the courtyard. I watched
them gather until, at last, I was seen watching. I was seen by
a man in silhouette. I was sleeping with the window open by
that time, getting bitten, summer almost there. The man was
standing on another neighbor's balcony, silhouetted against
a lit window where the loud party was happening, shouting
back. Seeing me this ghostly figure, shouting, asked if they
were being loud. I signaled, somehow, my assent. He was
unperturbed: "Vous n'avez qu'à nous rejoindre."

Nathalie Quintane's is the last house in the last town before
the Alps. This happens to be true. I struggled, in the morning, to get up—behind country-style shutters, the room was
dark and very calm—and when I did, she wasn't there. She
had gone off to school. But there was Nathalie Quintane's
computer, an old desktop that, had I wanted to be certain of
leaving an impact of some kind on literary history with my
life, I might have spilled something on. There's an admoni-
tion familiar from the creative-writing classroom, I've heard
it someplace anyway, to "leave space for the reader"—leaving
space for the reader being a mark of the text's achievement,
sophistication. Evidently Quintane had managed this, for
there I was. With everything unpacked. With, now, something to add to the project, the present project that had
already contained, in the French sections, a rendering of my
imagined visit to Digne, as well as containing Quintane's
descriptions, via MLP, of Digne—leaving my visit, my

real visit, as another *reste*, remainder. As Quintane herself remains, in my telling of this visit, elusive, maybe.

We had arrived there by night, after spending the early part of the evening in the town center, and it was a real shock for me to see the mountain out her kitchen window. Her friend the filmmaker was there to say gently, even apologetically that, for several months out of the year, they went without light, though I'd meant only to express my wonder at the mountain's beauty. To orient me, he drew sketches in pencil, a pair of diagrams that showed the mountains, how the valleys worked, their meeting and the shadow. Finding these beautiful, too, admiring their spidery lines, I tucked them away in my notepad. I didn't consult them on the walk that I went out for subsequently, but one of the great pleasures of being a foreigner is receiving the hospitality of having something explained to you carefully and in such detail as is rarely given between adults, for fear of insulting the other's intelligence—a shame (I tend to think). With that filmmaker I ventured shyly, before setting out, that I was concerned the method I'd default to, that of *épuisement* (a Perec reference), was just overdoing, a thing of being a good student (*ex-bon élève*, as Quintane characterizes teachers in *La Cavalière*, bringing to mind for readers the portrait drawn so vividly in *Un hamster à l'école*, her previous book; *hamster* is a perfect cognate). He reassured me the approach was good. Because, he said, finally you don't exhaust it, it exhausts you.

This visit would have filled me with, obviously, inspiration, by the time that I got back to Amherst, David. I had, among others, the bright idea of inviting my students, my freshmen, on our last day to take five minutes and commit to paper some question they'd been left with about writing. I gathered up the questions to answer them, sight unseen, and was confronted by:

> Before this semester comes to a close, I want to know, what makes new authors so well-liked or enjoyable, because surely their style of writing has been done before. It can be argued that you will never have an original thought: someone has already had it and someone is bound to have it after you. That being said, how can new authors even make names for themselves if what they are presenting is not truly profound? This can go for fiction and nonfiction writers. I feel as though you can only go so far with writing.

You know how suspicious they've been made of even the concept of knowledge being produced in the humanities; doing my best, I tried to say it was like science, a group effort. Originality was arrived at by recombination; even the overwhelming mass of middling-profound authors contributed to a culture in which greatness might one day obtain. Placing pieces of writing in this way between two (or more) people, or between other pieces of writing, letting your pieces of writing hang in suspension, would seem to better your chances of originality immensely, more precisely by a magnitude of, at least, two (a figure I just arrived at thanks to laws of probability from math). If translation is one mechanism for this, the intersection of a work with politics, or with reality, is perhaps another. Translation relieves literature of its solitude, makes it "transitive" as Samoyault argues, a theory that brings to mind Quintane's distaste, expressed in a couple of places, for the verb "to write" when used in the intransitive (*écrire*). A third leg, like the object, or the form, can stabilize. Original, translation, and reality; writer, reader, and how it really was. Seriously, then, I can come clean and say my curiosity for writing between French and English originated in the jokes I loved to share, in France, with bilingual friends and foreigners—puns of a certain type, feigned misunderstandings about which I hoped to overturn my original hypothesis they could occur only out loud, between two people, one of them a friend of mine, in speaking.

A very old, dun-colored dog, apparently a stray, walking in the middle of the road eyed me with a little, not too much hope as I passed him by. To my right were gravestones, was the church of Digne's medieval section. I was headed into town where, alone now, I was ready to encounter history, my fact check. "When Jeanne Duval lived in this neighbourhood," Robertson writes, using her Canadian spellings, of another French city, "in the late 1830s, it was home to several popular theatres frequented by students, and it was already ancient." This had been attractive to me too as a young woman, the notion of a place so old you couldn't break it. Jeanne Duval's in the Parisian imaginary, for her partnership with "Monsieur Baudelaire," as she was "always," Robertson says, "ironically," to call him, Baudelaire who "exoticized her hair, and skin, and scent . . . the mixture and distance she was constrained to express . . . with a grossly inevitable racism," is Robertson's next subject. Dionne Brand has her blue clerk, who is in the business of literary-historical accounting, search, in her diligent way, search and search "*Les Fleurs du mal* for Baudelaire's tropical soul," something Benjamin, in the papers collected as his *Arcades Project*,

makes report of, coming up with only *hélas*, "a European aesthetic category." Exoticized, objectified, the first American
girl in Paris arguably was a Black woman. This, in addition to
decentering whiteness, also decenters the United States; considering Duval's provenance in probably Haiti, like Brand's
and Robertson's in Trinidad and Tobago and Canada, may
help relieve that "American" of its heavy focus on the US,
something I found that I could do in writing in French as
I can't in writing in English by referring to myself as, not
American, *états-unienne*—an adjective that, in the spirit of
historical accuracy, I think we need. I had only ever been a
Unitedstatesish girl in Paris.

All the more so as this figure, if it is to be contextual-
ized in history, can't, exactly, be de-whitewashed, as it can't
be extricated from the matrix of another property relation—from the entrance, made by ladies of the upper classes,
into marriage. It was "Alexis de Tocqueville" who "wrote of
American women in the nineteenth century" that their freedom, "that lone, unique freedom" in letting them marry for
love "damned them to unhappy marriages" as Lynne Tillman
has her apparently eponymous character, an unmarried white
woman, reflecting rather dryly in the novel *American Genius,
A Comedy*. In this archly stenographic rendering of the
nobleman's *pensée* one feels those cases, in their individuality,
receding and receding fast—hearing, even, the whoosh of air
attending their displacement—for lack of point of attach-
ment, of identification, in the woman's own imagination.
"I think she never bothered to bite any apple at all" writes
Angela Carter, by contrast, of the Jeanne Duval of her story
"Black Venus" who, rather than becoming pregnant by the
sex she sells, is shown to impregnate her clients ("the most

privileged of the colonial administration") with death, with "the veritable, the authentic, the true Baudelairean syphilis." "Oh, I do hope they'll make a revolution!" in the words of Isabel Archer, characteristically a pretty outburst. "In a revolution—after it was well begun—I think I should be a high, proud loyalist," she adds—but the effect of that is, so mysteriously it is almost automatic, unmistakably, irreverent. She is still a kind of problem. And, because there is no evidence in the surrounding text to explain the inclusion of that clause of hers, her note on timing, I feel like pointing out that she suggests it is the revolutionaries who should be given the advantage.

Upon reaching, again, the Place du Général de Gaulle I saw it was under construction, fenced off like a joke about the unreachability of truths such as how things were exactly. I prefer to flee the sound of the drills, but I made my way over to the storefront that had been the National Front headquarters, inaugurated on the day of Le Pen's real visit. Since election season this had been converted into, happily enough, a pottery studio and showroom, as if nature had taken it back. I jotted down some notes, joining a school group as it made a visit of its own, hanging around with clipboards taking in the framed display. "The principle of the artisanal is that each piece is unique," I heard the teacher say. Nearby, though again not quite where a careful reader of "Stand up" would have placed it, was the bookstore. High on a wall were promo photos, publishers', of literary lions—in black and white, Pasolini's stare, Francis Ponge in shirtsleeves, the over-processed hair of Annie Ernaux—from which I tore myself away to look around for titles mentioned by Quintane as important in her development as a writer,

unsuccessfully. Amusing myself, then, with the thought that
Quintane herself had bought up every copy. Just outside was
Digne's bronze statue of Pierre Gassendi, the astronomer
from there; the region is good for star-gazing, a detail that
sticks in my mind for, surely, the connotation in my native
language about hunting down celebrities.

There are two chocolate shops on the Boulevard
Gassendi, three if you count one that's primarily a bakery,
and yet, according to the author, the store that was the inspiration for the chocolate shop in "Stand up" is, although the
author referred to it as *déco* store, not even that; it is a florist.
My cover was a question if they had any lavender sachets.
Amazingly, David, they did *not*. What I call, in my translation, Madison's Locker ("Stand up"'s *Maison de Madison*)
has an almost perfect analogue, however; I spent stunned
minutes in among asynchronously ticking clocks, the glass-
ware, candles, aprons printed with depictions of our fellow
animals, companion animals, and, prominent, as if it might
be reached by breaking glass in case of some emergency of
fuss, a statue of the placid Buddha, presumably for sale too.
Another faithful representation "Stand up" makes is of, as I
discovered just nearby, the nationalistic café, in reality as in
the literature crowned by a crest in (faded) gold on red—its
awning. "You're welcome, and still water," the server said,
obnoxiously since I had spoken French to him. Beautiful,
haiku-like phrase, I could think, but only after taking a
warming sip of coffee. I was, after all, far from home, far
enough that David, at the post office, I had to borrow a
stranger's phone to look up your zip code. And while MLP
practically falls into each of the restaurants and shops, without even trying, my efforts on my own to find my way back

to that Greek restaurant led only to dead ends, led me finally
to byways of an infectious tranquility, where birds could be
heard singing.

"Stand up" is not the only work of Quintane's to fea-
ture, as a key setting, the Place du Général de Gaulle—with
its long, rectangular bed for a fountain; with, right there, its
kiosk, which turns out to be what in English we call a *gazebo*,
the sound system of which Quintane herself had pointed
out to me so proudly. They all gather, during the period of
protests in *Un œil en moins*, on this plaza; there is a moving
passage that became important to my understanding of, and
to my argument about, what, in Quintane, is so politically
activated. I'll give it a try and translate, but for me it all relies
on just two words of argot that, in their affective valence, a
casualness so great it implies not only solidarity but affection, are typical not only of this slang at its strongest but also,
incidentally, of the way Quintane uses it. There's no English
equivalent of such a flavor for *tchoul*, a homeless person or
bum—less derogatory than *cassos* (for *cas social*)—or *parlote*,
talk, chatter, gab:

> He has a big smile on, is a little twisted, he speaks
> in a sped-up fashion with brusque stops. His right
> hand in an aerial suspension. We talk. He wants to
> know what we're carrying on about and, in contrast
> to the others, the non-charity cases, doesn't leave
> again immediately. He stays awhile. He's come to
> chat, for the gift of gab, to warm himself by it. He
> warms up a little and then at last, saluting us, he
> goes.

I think I interviewed this very *tchoul*—it's possible. Happy as he and his lady were to talk, when I found out they'd arrived in town just recently, I had to find some means to extricate myself. "I was in middle school," a young woman, approached after they were, said. Flanked by an older couple, the man oddly edgy. *On jetait des pierres dessus. C'était pas rigolo. Elle n'était pas très bien accueillie. J'ai pas vu mais j'ai entendu . . . mais j'étais petite.* Not an eyewitness, her testimony is included for the atmosphere and left in French. "Merci pour ce beau souvenir," a reporter told her, and, catching up with another *Dignois* by speed-walking at his side, learned he'd been in attendance. He could confirm projectiles had been thrown. "You're doing an investigation? Who for? Marine Le Pen?" Reassured by an answer in the negative, he added that he certainly hoped not. "Marine Le Pen isn't welcome here," the man, petit, gray, neatly dressed, then said, allowing a smile he kept to himself, looking straight ahead in the direction he'd been headed. While memory might have faded, that punch line remained, I realized, cracking the secret of some relationship between literature and life. But by that time I had to catch a bus, I had to run.

La Cavalière hadn't been an investigation, as Quintane herself could clarify to me. Not even a *mise au jour*, it had been a *mise à jour*—teasing out connections of those events in Digne to Nathalie Quintane's present. And here I am, essaying my own contribution to the genre. As a matter of personal history, I had, back in the time of that original composition, come across a quotation from Umberto Eco about how the Master's thesis should be *useful—useful to others*, unless I am remembering another thing—and the literature of Nathalie Quintane is useful, too. In a recent

English-language dissertation, the researcher Eric Lynch explores Quintane's use of a style in narration, that of *idiotie*, her idiot operating maybe much like my construct of the American girl in Paris, ingenuous in just her way perhaps, opening up in some way or other a space on the page where thinking happens visibly, is as if mechanically stimulated, inducted in the reader; this has political stakes. Out of the many errors I'm sure remain in my own thesis, one that leaps off the page, out of that French conclusion, is, arguably, an overreading where I make claims about the role of therapy in Quintane's oeuvre. Looking back, I may have just meant something like talking, discussion—but been lead astray by the seductive association of what we call a mother tongue via its other idiom of "talking cure." For Quintane, going fast, making mistakes, showing yourself making and then correcting them, had been revelations of her study of the avant-gardes. They mean you're working; it's good to show your work. "It's very good to show that you're at work." Here's something I learned years ago, studying journalism: one thing you can do with a mistake, or an unverifiability, is fix it, another is put it in quotes.

I felt sleepy and happy, staring out the window of that filling bus as if someone might appear to wave me off. I knew now why I'd had such a strong reaction to that line in *La Cavalière*, you know about Quintane's wanting to be left the hell alone, but I had had nothing to fear. And maybe I *had* been seeking reassurance; as you know, I had been writing this and that, having trouble putting out a book, and had perhaps figured that if my first book were by Nathalie Quintane then it couldn't miss. Far be it from her to prevent anyone at all from sticking their nose in her work, as she has written, doing with it as they like, she's written this, somewhere or other. And indeed, she'd been more lenient with me than her interview subjects for *La Cavalière* had been with her. She'd shared they were against her recording. Had sent interviews back to them for corrections. All this due, as she had said, to the intermingling of their experiences of living in a town where she wouldn't be able, otherwise, to face them. So it was possible I was presenting a contrast in high-tailing it out of there, with consequences for my soul, but I preferred to think in terms, a term, of Gertrude Stein's that appealed to me in writing my thesis. Writers must have a "second" country, as if literature were it. And even if I did have to go back to the US rather than stay on in France or, I don't know, Germany, this framing gave me the option of thinking of Quintane as a compatriot, with all that entailed about trying to resist betrayal.

But she was so transparent anyway. I don't know how to say it. She would, like, step through a door I hadn't noticed to return holding a stack of books for me, that kind of thing. At the bottom was an anthology, *Lettres aux jeunes poétesses*. She made, then, a perfect quip about her feminism, about concerns of mine that might be laid to rest. I had the strangest intuition that it was her only copy. In fact I refer, throughout my thesis, to the *poétesse*, not the *poète*; in French, different from in English, the feminine form of this is considered, actually, more feminist, more progressive, and I had received coaching from my friend Karim whose sense for everything, not just political correctness, is exquisite. But rereading *Tomates* I'd seen her call herself *poète*. I don't know that her essay in this volume is her best effort; it seems a little hasty (*Mais tu n'es pas Milena, et je ne suis pas*

Kafka). Though it does deal with a change in the form of one's life, with moving house somewhere, with an implanta- tion, marked by a kind of radical, absurd self-sufficiency, in the Lozère . . . I was scandalized however to find, in black and white, an error of Quintane's, unless the error was the English language's: *Mummy, en anglais, se prononce momie.* "Mummy, in English, is pronounced *momie.*" It's in ser- vice of a pun about mummification—*momie* is "mummy" in French—but I don't know who told her this.

Lettres aux jeunes poétesses, a few others but, *Attention,* no lavender sachet, I arrived back in Paris with—What was this?—my extra notepad. I gave it to Zoey. She made a big fuss over it, said she'd bring it one day to her favorite café for a writing session while wearing a pair of shoes I had given her the previous year—another story. I had been persuaded during the winter sales by some unscrupulous boutiquier that they'd stretch out, a pair of Converse, canvas. And it was in the course of my very last days—the organization of the going-away party, so like a living funeral, under green trees; the trip to Monoprix for cardboard discards I would use to pack and ship my books; the leaving, at that Monoprix, of a driver's license (American!), collateral against a shopping cart then used to haul those books to the post office—that, meet- ing this friend Zoey at a picnic table in the sun, I offered them. I just had a hunch; she's so petite. I told her the story, how I'd ended up with them. "Oh my god," she said, on seeing them. "Why are they so small?" They fit her perfectly, of course.

Now in stocking feet, at my desk in Massachusetts, I keep looking back at Quintane's castoff. *À la jeune poétesse,* her letter. It's interesting, David, but this is how it begins:

"Of course, if you know me, you already know that I can't write a letter."

Well, there you go; that's all for now.

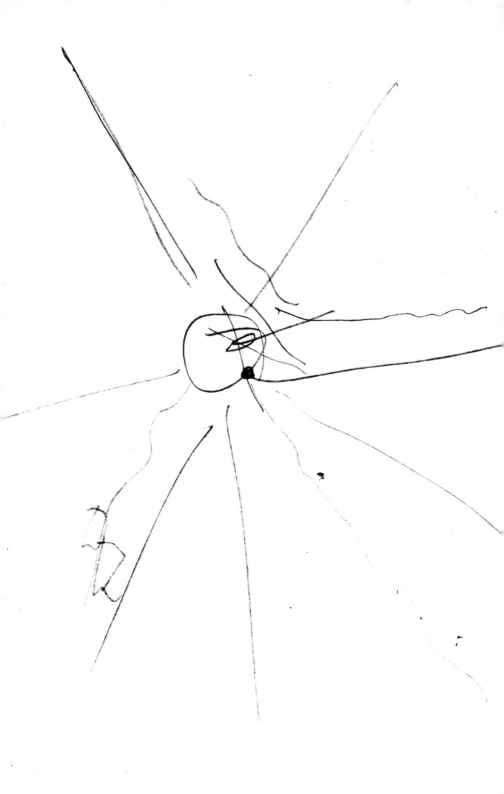

UNE
AMBITION
INTIME

« ON YOUR FEET »

École des Hautes Études en Sciences Sociales
Master recherche en sciences sociales
Mention Arts, littératures et langages
Année universitaire 2019-2020

« On Your Feet » :
Traduction annotée

Mémoire de master 2
par Jacqueline Feldman
sous la direction de Marielle Macé
Juin 2020

Membre du jury : Tiphaine Samoyault

Remerciements

Mes sincères remerciements à Marielle Macé à l'EHESS pour sa direction éclairante de ce projet.

Merci à Gloria Origgi, qui m'a accueillie à l'EHESS en 2018, pour ses encouragements ; merci à Sophie Rollin-Massey pour son accueil.

Mes profonds remerciements à Karim Kattan, Bronwyn Louw, et Haydée Touitou pour leur amitié inspirante – la grande récompense d'une vie en France – qui a pris la forme, récemment, d'une relecture très attentive. Merci à Hugo Partouche, qui m'a laissé son exemplaire de *Tomates* il y a deux ans, quand j'étais encore chez moi, de m'avoir corrigée à maintes reprises. Merci à Isidore Bethel, Rachel Grimm, Loïza Miles et Valentine Umansky pour quelques corrections supplémentaires.

Merci à Nathalie Quintane, qui a eu la gentillesse de répondre à quelques questions.

Sommaire

Introduction

La recherche qui suit propose une traduction annotée de « Stand up », nouvelle de l'autrice contemporaine Nathalie Quintane parue en 2014 dans son recueil *Les Années 10*, publié par La Fabrique[1]. L'annotation prend la forme de notes de bas de page qui, opérant à tous niveaux, créent des espaces de réflexion sur l'œuvre de l'écrivaine ainsi que sur les choix de la traductrice et les difficultés qui en découlent. Les enjeux ainsi révélés sont explorés, à travers ces espaces, librement. La bibliothèque, déballée[2], de la traductrice est employée comme ressource, ainsi que les trouvailles faites sur le chemin de sa rencontre avec la langue française. Ce travail, envisagé comme un apprentissage, est alimenté par une lecture des ouvrages de N. Quintane ainsi que par une bibliographie plus vaste sur la traduction, sa pratique et sa théorie. Ces premières lectures permettent de travailler la glose de l'œuvre en voie de traduction ; les deuxièmes sont utiles non pas pour bâtir une théorie démontable de cet art mais pour penser le processus de manière ouverte. Partant d'une question personnelle (ce que cela me fait – en tant que traductrice – de traduire), cette réflexion vise néanmoins la transmission d'un savoir. Le critique George Steiner, dans son ouvrage *After Babel* (*Après Babel*, 1975, à l'époque controversé), avance l'idée qu'il ne peut y avoir de théorie de la traduction tout court ; cela n'existe pas, n'a jamais existé, et ne peut pas exister. Il peut y avoir des « récits de *praxis* de la traduction[3] ». L'annotation présente doit donner lieu à un tel « récit », idéalement utile. Malgré sa négativité, l'injonction de Steiner m'aide à conceptualiser une écriture théorique par laquelle et dans laquelle les actes d'écrire, de lire, et enfin de traduire sont entremêlés de manière significative, sont rapprochés l'un de l'autre au service d'un sens plus large. Traduire serait faire, bâtir une lecture *plastique*. C'est pour parvenir à ce rapprochement que je me retrouve à écrire à la première personne.

---

[1] N. Quintane, « Stand up », dans *Les Années 10*, Paris, La Fabrique, 2014, p. 7-40.

[2] Quelques écrivains et critiques d'expression anglaise, contemporains et récents, cités dans l'annotation : Lydia Davis, John Keene, Rachel Cusk, Ben Lerner, James Wood, Elizabeth Hardwick, Andrew Solomon, Namwali Serpell, Helen DeWitt. Par « déballer la bibliothèque » je fais référence à l'ouvrage de Walter Benjamin (dans sa traduction française) *Je déballe ma bibliothèque. Une pratique de la collection* (Paris, Rivages, 2015).

[3] G. Steiner, *After Babel* [1975], « Après Babel », Oxford, Oxford University Press, 1998, p. viii (« *narratives of translational* praxis »).

Le travail de Nathalie Quintane et son œuvre

Le choix de « Stand up »

Pour justifier mon choix de « Stand up » comme texte à traduire, j'évoquerais des éléments pratiques – la longueur du texte et la taille de la tâche semblaient appropriées pour une traduction qui pourrait être proposée, éventuellement, à des journaux – ainsi que différents aspects du texte que j'apprécie : la narration partagée habilement entre la narratrice et Marine Le Pen, la richesse de la satire modérée par une douceur par moments étonnante, la justesse des longues phrases. Autre élément de ce choix qui me frappe, en traduisant : la densité des références à la vie politique française qu'il faut gloser – caractéristique qui fait de ce texte non seulement un mémoire de fin d'études mais aussi la conclusion d'une vie d'étrangère en France. Les recherches que je me retrouve à mener sur des éléments de l'histoire de la famille Le Pen ont beaucoup en commun avec les révisions qu'on pourrait faire en se préparant pour passer un examen de citoyenneté. Dans le récit de *praxis* que j'écris, il s'agit de la poursuite de la langue française autant que de la poursuite d'un texte, celui de N. Quintane. En travaillant les notes de bas de page, et en faisant attention au moindre détail de la traduction, c'est cette réflexion que je travaille – c'est à travers ce travail que se conte mon récit.

J'envisage ce mémoire encadré socialement dans une démarche de publication éventuelle, l'ayant déjà proposé, sans succès, à une revue états-unienne à laquelle je contribue (*Triple Canopy*). Plus récemment, en observant à quel point il m'est agréable de lire ce récit à haute voix en le traduisant, je me demande également s'il ne serait pas intéressant d'un jour en faire la performance.

Le travail de N. Quintane

Écrivaine d'expression française née en 1964 à Paris, élevée à Pierrefitte-sur-Seine et demeurant, depuis 1994, à Digne-les-Bains (Provence-Alpes-Côte-d'Azur)[4], Nathalie Quintane, poète, enseignante, et performeuse, est l'autrice de quelque vingt-deux livres

---

[4] « Biographie » dans B. Auclerc (dir.), *Nathalie Quintane*, Paris, Classiques Garnier, 2015, p. 227-228.

depuis sa décision de se « mettre au travail[5] » en commençant par *Remarques* (1997)[6]. Ce volume, de taille modeste, est composé de « remarques » éclaircissant des moments souvent obscurs de la vie quotidienne dont ma préférée (qu'il m'est actuellement impossible de retrouver pour la citer correctement, la bibliothèque étant fermée et le livre indisponible en librairie) traite d'une légère indécision éprouvée par la narratrice qui, avant d'entrer dans une voiture, se demande s'il faudrait commencer par la tête ou par le pied. Comme l'observe Benoît Auclerc, « la chute de la remarque vient décevoir l'aspiration à la maxime ou au haïku[7] ». Les pieds chez N. Quintane sont l'un des motifs d'une œuvre autoréférentielle, qui en comporte de nombreux : de la culture de tomates à la maison, en passant par le chat de l'écrivaine ou les ongles des doigts de pied, jusqu'à la Pologne, intérêt lié à la ressemblance entre le nom de ce pays et celui de son éditeur, les Éditions P.O.L[8].

B. Auclerc propose, dans le même entretien, un résumé délicat du large éventail « des livres qui multiplient les formes, et les inscriptions génériques (quitte à ce qu'elles soient en trompe-l'œil) : une pseudo biographie (*Jeanne Darc*), une "autobiographie" auto-proclamée sur la couverture (*Début*), un livre en forme de making-of (*Mortinsteinck, le livre du film*), des pièces (*Les Quasi-Monténégrins* et *Deux frères*), des livres se désignant comme romans (*Antonia Bellivetti, Cavale*), des livres enfin sans mention générique (*Formage, Tomates, Crâne chaud*) » ; proposition à laquelle N. Quintane répond qu'elle a eu pour habitude d'écrire « tout ce qui peut être publié chez P.O.L[9] ». Également mentionnées par B. Auclerc, les collaborations de l'autrice avec d'autres créateurs et des revues comme *RR* (qu'elle a fondée avec Stéphane Bérard, artiste, et Christophe Tarkos, poète), et sa pratique d'écriture « à propos d'artistes », ne seront pas ou peu considérées par l'enquête présente[10].

Parmi les caractéristiques de l'œuvre de N. Quintane, j'admire l'opération délicate que constitue la narration très souvent – entre poésie, essai, monologue et polémique – menée à la première personne. Selon la précision d'Anne Malaprade : « Le "je", plus

---

[5] « [Ç]a y est, je m'étais enfin décidée à me mettre au travail » : B. Auclerc, « "À inventer, j'espère".
Entretien de Benoît Auclerc avec Nathalie Quintane » dans *Nathalie Quintane, op. cit.*, p. 205-225, p. 212.

[6] N. Quintane, *Remarques*, Devesset, Cheyne Éditeur, 1997.

[7] B. Auclerc, « "À inventer, j'espère" », art. cit., p. 211.

[8] *Ibid.*, p. 210.

[9] *Ibid.*, p. 209.

[10] *Ibid.*, p. 205.

spécifiquement, y est dans un premier temps neutralisé et dépsychologisé : il se juxtapose au moi dont il constitue un masque particulièrement pratique[11] ». L'usage de ce pronom est historicisé de la manière suivante par Jérôme Mauche : « En termes plus généraux, on pourrait parler, au-delà du seul cas Quintane, d'une "autodiction" (variant sur *Fiction et diction* de Genette et à partir du modèle de l'autofiction bien sûr) qui concernerait un ensemble de poètes du milieu/fin 90, performeurs de près ou de loin[12] ». Cet usage est marqué par le contrôle enviable de la voix, qui fait autorité de manière à la fois légitime et complète. Jean-Marie Gleize (ami de N. Quintane, qui proclame être d'accord avec lui sur tout[13]) décrit cette qualité avec une grande générosité :

> Je me demandais alors (il était assez tard et le ciel était lourd, très gris d'automne, avec des feuilles en suspension) ce que je devais dire à Nathalie, elle, suspendue fixe en avant de moi, comme un bambou (je ne sais pas si je peux la comparer à un bambou, à un jonc, je pense à ceux qui pourraient se trouver sur le bord de l'étang des Oussines avec au milieu des canards et des truites). [...] Elle ne bouge pas et personne ne sait ce qu'elle va faire. [...] Que lui dire à la fin qu'elle ne sache déjà[14] ?

À mon avis, il s'agit de l'autorité poétique d'être, à chaque moment, libre : de dire, redire, ne pas dire, dire autrement.

Œuvre politique

L'engagement politique de l'œuvre de N. Quintane est très commenté. A. Malaprade le situe dans l'écriture même, qu'elle décrit comme « une écriture intensive doublement critique, puisqu'il faut que quelque chose se passe de neuf sur la scène politique *et* sur la scène poétique » ; rappelant l'intérêt porté par l'écrivaine pour les prépositions (*Les Années 10*), la critique nuance : « L'écrivain n'est ni au-dessus ni à côté. Il écrit dans, parmi, avec, contre[15] ». Cet engagement est au cœur du livre d'Alain Farah, dont j'apprécie

---

[11] A. Malaprade, « Quelque chose rouge. Parcours et détours d'une prose entêtée », dans *Nathalie Quintane*, *op. cit.*, p. 13-26, p. 20-21.

[12] J. Mauche, « Angle *Carrer* de *La Bouqueria* et *Carrer d'en Quintana*. Nathalie Quintane performeuse ? performante ? » dans *Nathalie Quintane*, *op. cit.*, p. 27-42, p. 36.

[13] B. Auclerc, « "À inventer, j'espère" », art. cit., p. 218.

[14] J.-M. Gleize, « "Nous" » dans *Nathalie Quintane*, *op. cit.*, p. 181-191, p. 182-183.

[15] A. Malaprade, « Quelque chose rouge », art. cit., p. 16.

le verbe ; il s'agit, dans la prose de N. Quintane, d'une écriture qui *demande* : « Usant de l'ironie avec justesse et parcimonie, le propos de Quintane demande souvent à être renversé, bougé dans tous les sens, pour que se manifestent toutes ses implications[16] ».

L'autrice elle-même, interlocutrice généreuse, offre librement des explications sur, par exemple, l'humour qui l'intéresse – « Le rire de Diderot n'est pas celui des esprits forts, c'est un rire en service, au boulot[17] » – sur un équilibre qu'elle recherche entre ordre et désordre – « les textes littéraires sont rarement totalement incohérents ou désordonnés (sauf les miens, qui tâchent d'atteindre une sorte de cohérence dans le désordre, ou d'ordre dans l'incohérence)[18] » – et sur ses références : « Je suppose qu'une bonne partie de mon travail tient le milieu entre Ponge (poète contre les poètes), Annie Ernaux (lettrée bourdieusienne issue des classes populaires) et le flux radiophonique (les voix des tous), arrière-fond qu'il s'agirait de faire passer au premier plan[19] ».

Si l'enquête présente a demandé de lire, au moins de feuilleter, la plupart ou « une bonne partie » des livres de N. Quintane, les références à cette œuvre dans l'annotation qui va suivre renvoient pour la plupart à un nombre restreint de titres et surtout, en plus des *Années 10* : *Crâne chaud, Tomates, Un œil en moins, Que faire des classes moyennes ?, Ultra-Proust, Chaussure, Début*. Il y a un degré de hasard dans cette sélection – ce sont (avec quelques autres, *Grand ensemble, Saint Tropez – Une Américaine...*) des livres qui m'ont accompagnée pendant le confinement du printemps 2020, la période de la rédaction de ce mémoire. Ce sont aussi des livres partageant beaucoup de points communs : une temporalité pour quelques-uns, une inclination vers l'essai, ainsi que quelques sujets (le peuple, les classes moyennes, des scènes à Digne-les-Bains, l'actualité des manifestations, les usages y compris juridiques de la littérature, etc.). Je n'ai pas encore lu la dernière parution de N. Quintane, *Les enfants vont bien*, qui traite de l'accueil institutionnel des immigrés en France et que l'autrice décrit comme « un livre de montage[20] ». Restreindre l'enquête aux livres (en laissant de côté les performances, etc.) est déjà une restriction importante. « Je n'empêche personne d'y mettre le nez, de repérer des ressemblances, des

---

[16] A. Farah, *Le Gala des incomparables. Invention et résistance chez Olivier Cadiot et Nathalie Quintane*, Paris, Classiques Garnier, 2013, p. 37.

[17] B. Auclerc, « "À inventer, j'espère" », art. cit., p. 218.

[18] N. Quintane, « Remarques », dans *Nathalie Quintane, op. cit.*, p. 195-204, p. 197.

[19] B. Auclerc, « "À inventer, j'espère" », art. cit., p. 224.

[20] J.-P. Hirsch, « Nathalie Quintane Les enfants vont bien », YouTube, mis en ligne le 12 novembre 2019, consulté le 26 mai 2020, https://www.youtube.com/watch?v=teZHJaK5EgQ.

informations sur l'époque ou l'année en cours, des éléments – utiles ou pas. Ce que vous en ferez, c'est votre affaire[21] », écrit N. Quintane.

Je rapproche alors quelques exemples tirés de son œuvre de la traduction, du bilinguisme. Dans *Un œil en moins*, journal d'une année passée à « mouvementer » sur la place de la République à Paris et ailleurs, la question est celle de la multiplication des langues : le portugais (la narratrice part pour Brésil), l'allemand (la narratrice part pour Berlin). Il y a aussi une fille française à l'accent allemand (elle a passé du temps à l'étranger, constate la narratrice, éprouvant un émerveillement spontané face à cette condition qui fait partie après tout des possibles) et des personnes exilées, réfugiées à Digne-les-Bains, et à certaines desquelles la narratrice essaie d'apprendre le français. Le bilinguisme, utile, banal, est pourtant en première ligne, comme dans cette manifestation : « Une rangée de traducteurs s'active, à gauche, derrière des plexiglas où s'affichent les fréquences radio des langues : allemand, arabe, anglais, italien, français, espagnol[22] ». Par moments dans *Les Années 10*, la « langue étrangère » en question est la langue provençale ; la perte des langues régionales est vue comme plutôt tragique. La narratrice de *Que faire des classes moyennes ?* n'a pas auprès de ses grands-parents « répertorié ces expressions, parce que je ne savais pas encore ce qu'il nous en coûterait de les perdre […] de ne plus pouvoir parler qu'une seule langue[23] ». En écrivant une auto-présentation au cours des années 1990, republiée dans le volume *Nathalie Quintane*, l'autrice décide de s'auto-traduire vers l'anglais ; ce faisant, elle fait le choix d'être, en anglais, différente :

> Je m'appelle Nathalie Quintane / *Hello my name is Na-tha-lie quin-ta-ne* / je suis née le 8-3-64 / *I was born in 1964 in Paris, France* / j'habite à Digne-les-Bains / *I live in the south near the Côte d'Azur* / j'écris souvent des phrases simples / *my style is simple, but sometimes complicated* / j'ai publié mes premiers textes dans des revues / *I published my poems in avant-gardists, or less avant-gardists, reviews* / je fais des lectures à voix haute dans des bibliothèques ou des salles publiques / *I can read on my lips or in my head if you want*[24].

Cette prose anglaise, à l'opposé de son très sec équivalent français, est comme adressée à des enfants (avec le mystérieux ajout de « *sometimes complicated* ») ; elle est erronée

---

[21] N. Quintane, *Crâne chaud*, Paris, Éditions P.O.L, 2012, p. 7.

[22] *Id.*, *Un œil en moins*, Paris, Éditions P.O.L, 2018, p. 131.

[23] *Id.*, *Que faire des classes moyennes ?*, Paris, Éditions P.O.L, 2016, p. 69.

[24] Texte disponible sur le site *remue.net*, http://remue.net/cont/quintane.html, cité dans « Biographie », art. cit., p. 227.

(« *avant-gardists* ») et joyeuse (l'invitation délicieuse, « *if you want* »), ouvrant une sorte d'espace (même à l'intérieur du nom de l'autrice, écrit comme un guide pour le prononcer).

Les Années 10 est constitué de neuf textes difficiles à résumer : le récit d'« une visite de Marine Le Pen en province » (« Stand up »), le fragment d'une correspondance avec l'écrivain Jean-Paul Curnier arguant que ce dernier a tort en ce qui concerne le statut de « peuple » atteint ou pas par les résidents des banlieues françaises (« Lettre à Jean-Paul Curnier »), une exploration du rôle des mots « révolution » et « peuple » et d'un peuple-spectacle dans les œuvres de trois écrivains (« Kant, Michelet, Péguy »), une enquête sur quelle préposition choisir se concluant, provisoirement, être « *pour* les pauvres » et devenant ensuite un monologue en tant que « pauvre » (« Les Prépositions »), un essai formidablement compliqué sur l'héritage provençal et la possibilité révolutionnaire (« Le Peuple de Maurel »), un très étrange discours (placé entre guillemets) traitant d'une certaine vanité « locavore » ainsi que du rythme des saisons (« Discours du 14 mai 2014 »), un commentaire sur l'architecture de Cergy, en banlieue parisienne, et le travail de l'écrivaine Annie Ernaux qui y habite, sous-titré « Retour aux années 1980 » (« Abracadabra »), une polémique au sujet des « gagne-petits » (« Le suicide des classes moyennes » : sorte d'étude, peut-être, pour le plus long essai *Que faire des classes moyennes ?*), et, enfin, une enquête-confession d'habitudes de lecture explorant une tendance littéraire (« Pourquoi l'extrême-gauche ne lit-elle pas de littérature ? »). Ce projet s'annonce comme « un inventaire des façons » dont le peuple, l'idée même de peuple, sont pensés :

> Comme la plupart des textes publiés dans ce volume, à La Fabrique, reviennent sur ce point par le biais choisi la première fois pour te répondre (soit un inventaire des façons dont ceux qui, n'étant pas ou plus du peuple, voient, désirent, fantasment, sabordent, ruinent, suppriment, « peuple[25] »)…

L'enregistrement d'une lecture de « Stand up » au théâtre du Rond-Point à Paris, le 31 janvier 2015, est disponible sur YouTube et permet d'apprécier les gestes précis de N. Quintane lisant son texte, jusqu'au très grand soin avec lequel, dans un silence qui lui est dédié, chaque page est tournée[26].

---

[25] N. Quintane, « Lettre à Jean-Paul Curnier », dans *Les Années 10, op. cit.*, p. 41-50, p. 41.

[26] Théâtre du Rond-Point, « Nathalie Quintane : Stand-Up », YouTube, mis en ligne le 16 mars 2018, consulté le 26 mai 2020, https://www.youtube.com/watch?v=Z5yFueN2pPw.

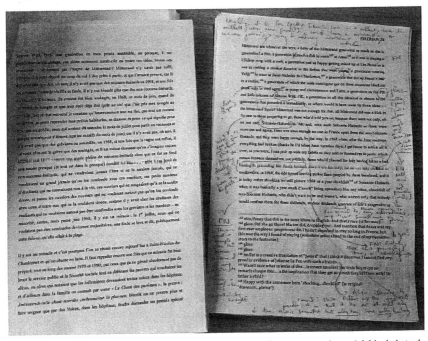

Fig. 1 : Relecture (à gauche, la version française ; à droite, une version préalable de la traduction)

Une lecture préparatoire : sources pour penser l'acte de traduire

La traduction comme pratique

En entreprenant cette lecture, je suis dans un premier temps frappée par le fait que les platitudes les plus courantes sur la traduction concernent l'idée d'unité – celle de la communauté humaine, à l'intérieur de laquelle la traduction tisse, activement, des liens[27] –

---

[27] Une version de cette proposition est formulée par John Keene, l'auteur états-unien de remarquables fictions créant, par des techniques d'une rigueur extrême, des espaces pour une nouvelle formulation critique de l'histoire des Amériques ; sa pratique en tant que traducteur du français et du portugais vers l'anglais figure parmi ces techniques. Lors d'un discours à Missoula, Montana, J. Keene sort la proposition du cliché en la concrétisant : répondant à la suggestion de l'organisatrice de la conférence, Jen Hofer, que chaque participant apporte un objet, il s'est présenté muni d'un câble, une attache, une sorte de bouée de sauvetage (« *a tether, a lifeline* »). « Je vois mes projets de traduction comme une bouée de sauvetage me liant à d'autres écrivains et

alors qu'à creuser, la réflexion de beaucoup des traducteurs et théoriciens est plutôt fondée sur la question de la différence, différence qui va au-delà de celle entre les langues.

Steiner, pour qui cette différence est source d'émerveillement devant l'esprit humain, emploie le terme de *freedom*, « liberté » – vestige, peut-être, de son époque, celle de la guerre froide. (« Se rendre d'une langue à l'autre, traduire, même restreint à un degré quasi-total, c'est faire l'expérience de la partialité bouleversante de l'esprit humain envers la liberté[28] », écrit-il ; pour ma part, en le traduisant, je suis intriguée par la découverte que je fais de cet usage, très abstrait, de « se rendre ».) Pour Walter Benjamin, cette différence est source d'une mélancolie qui lui semble produire un émerveillement tout autre. « La traduction ne se voit pas comme l'œuvre plongée pour ainsi dire à l'intérieur du massif forestier de la langue » – écrit-il, et la forêt qui me vient en tête est noire ; il fait nuit – « elle se tient hors de lui, face à lui, et sans y pénétrer, elle y appelle l'original aux seuls endroits où, dans sa propre langue, elle peut à chaque fois faire sonner l'écho d'une œuvre écrite en langue étrangère[29] ». Confrontée à une tâche pratique, je lis les auteurs pour les diviser entre ceux pour qui une telle étrangeté doit être préservée, enrichie, et ceux pour qui la traduction fournit l'occasion de la construction d'une nouvelle paternité poétique (*poetic authorship*). Celle-ci est, selon le traducteur Lawrence Venuti, l'impératif d'Horace dans son *Ars Poetica*[30], et elle trouve une formulation moderne dans ce que clame Antoine

cultures », explique-t-il (« *I see my translation projects as a lifeline linking me to other writers and cultures* »). C'est une idée qu'un héritage de fragmentation et de répression des écritures de l'Amérique noire ne permet pas de considérer comme acquise, ou allant de soi (*a*).

a. J. Keene, « Translating Poetry, Translating Blackness » (« Traduire la poésie, traduire la négritude »), The Poetry Foundation, mis en ligne le 28 avril 2016, consulté le 20 mai 2020, https://www.poetryfoundation.org/harriet/2016/04/translating-poetry-translating-blackness.

[28] G. Steiner, *After Babel, op. cit.*, p. 497 (« *To move between languages, to translate, even within restrictions of totality, is to experience the almost bewildering bias of the human spirit towards freedom* »).

[29] W. Benjamin, « La Tâche du traducteur » (1923), trad. Martine Broda, dans *Po&Sie*, n° 55, année 1991, Paris, Benin/Humensis, p. 150-158. Consulté le 1er mai 2020, https://po-et-sie.fr/texte/la-tache-du-traducteur. J'ai d'abord mal noté cette citation, d'après une version papier de la revue ; dans la version repérée en ligne après la fermeture des bibliothèques, « écho » remplace « résonance » et cette résonance, exilée à l'extérieur d'une forêt dans cette image si parlante, disparaît.

[30] L. Venuti, « Introduction » dans L. Venuti (dir.), *The Translation Studies Reader*, London/New York, Routledge, 2000, p. 4. Consulté le 15 mai 2020, https://translationjournal.net/images/e-Books/PDF_Files/The%20Translation%20Studies%20Reader.pdf.

Berman, qui ne saurait « faire du mot à mot[31] ». Pour Jorge Luis Borges, c'était « l'infidélité » du traducteur qui importait[32]. Selon la philosophe contemporaine Barbara Cassin, dernière élue à l'Académie française, l'un des sites d'un intérêt théorique est « l'intraduisible » – sujet du vaste dictionnaire[33] *Vocabulaire européen des philosophies*, paru en 2004 puis en 2019, mis à jour après sa traduction dans « une dizaine des langues[34] ». La différence telle que conçue par Benjamin est révélatrice de quelque chose de profond partagé, au-delà de toute langue, par le biais d'une sorte de vraie langue (*kinship*, selon la traduction anglaise de Harry Zohn[35]), et s'inscrit dans la tradition romantique allemande. Le but est d'importer, dans la langue de la traduction, des trouvailles de la langue source[36]. Benjamin cite Rudolf Pannwitz :

> Nos traductions, et même les meilleures, partent d'un principe erroné, si elles veulent germaniser l'indien, le grec, l'anglais, au lieu d'indianiser, gréciser, angliciser l'allemand. [Le traducteur] doit élargir et approfondir sa langue grâce à la langue étrangère, on n'imagine pas dans quelle mesure cela est possible, jusqu'à quel degré chaque langue peut se transformer[37].

La citation de cette phrase de Pannwitz semble fréquente. Autre remarque fréquemment citée, au point d'atteindre le statut de platitude : celle d'Umberto Eco, « La langue de

---

[31] Irrésistible, cette formule fait référence à ce dont Berman accuse ses contemporains, les « traducteurs "professionnels" » ; son contexte est celui du féroce critique bermannien des « belles infidèles » : « Pour ces traducteurs, traduire littéralement, c'est traduire "mot à mot". Et ce mode de traduction est justement appelé par les Espagnols *traducción servil*. En d'autres termes, il y a confusion ici entre le "mot" et la "lettre". Assurément, on peut démontrer [...] que traduire la *lettre* d'un texte ne revient aucunement à faire du mot à mot » (*La Traduction et la Lettre ou L'Auberge du lointain*, Paris, Éditions du Seuil, 1999, p. 13).

[32] L. Venuti, « 1900s–1930s » dans *The Translation Studies Reader*, op. cit., p. 11-14, p. 14.

[33] Ce dictionnaire annonce ses ambitions haut et fort : « L'ouvrage, d'environ 9 millions de signes, compare sous quelques 400 entrées plus de 4 000 mots, expressions, tournures dans une quinzaine de langues d'Europe ou constitutives de l'Europe (principales langues considérées : hébreu, grec, arabe, latin, allemand, anglais, basque, espagnol, français, italien, norvégien, portugais, russe, suédois, ukrainien) » (*a*).

a. « Mode d'emploi » dans Collectif, *Vocabulaire européen des philosophies. Dictionnaire des intraduisibles* [2004], Paris, Éditions du Seuil, 2019, p. xxiii.

[34] « Vocabulaire européen des philosophies », *Seuil*, consulté le 23 mai 2020, https://www.seuil.com/ouvrage/vocabulaire-europeen-des-philosophies-collectif/9782021433265.

[35] W. Benjamin, « The Task of the Translator » [1923], trad. H. Zohn, dans *The Translation Studies Reader*, op. cit., p. 15-23.

[36] L. Venuti, « 1900s–1930s », art. cit.

[37] W. Benjamin, « La Tâche du traducteur », art. cit., p. 157.

l'Europe, c'est la traduction ». Cette assertion fait de la traduction une langue qui me serait étrangère à moi, États-Unienne. Je rencontre des preuves de cette étrangeté non seulement dans l'observation subjective du prestige relatif de cette pratique en Europe (beaucoup plus élevé qu'aux États-Unis) mais aussi, très concrètement, dans une base de données récoltées par l'Université de Rochester. Le nom de cette dernière, *Three Percent* (« Trois pour cent »), se réfère à l'estimation des chercheurs, qu'ils jugent généreuse, de la très faible proportion de livres en traduction publiés chaque année aux États-Unis[38]. L'enseignement des langues étrangères dans mon pays est, de la même manière, pauvre. À Paris, je me retrouve entourée par des personnes beaucoup plus bilingues que je ne le suis ; un ami d'université (états-unienne) qui a grandi ici, né d'États-Uniens expatriés, est allé à une école parisienne où il a étudié l'allemand ; il était déjà trilingue, adolescent – âge auquel je commençais tout juste à étudier l'espagnol, les cours de langue étrangère ne commençant qu'au collège (au lycée, même) dans les *public schools* états-uniennes. Si je me charge à sa place de la traduction d'un texte de N. Quintane que j'admire tant, je prends déjà parti pour l'idée que l'exactitude de la traduction – sa fidélité littérale au texte source – n'est pas, pour moi, la seule valeur qui importe.

Ma lecture est donc une lecture de praticienne, une tentative de tracer le périmètre des possibles. La traductrice travaillant entre le français et l'anglais est gâtée – en ressources, en compagnie. Deux écrivains dont je saisis toute occasion pour suivre le travail se trouvent être aussi des traducteurs du français vers l'anglais : J. Keene et Lydia Davis, traductrice de nouvelles éditions de Proust et Flaubert, entre autres. Elle est aussi l'autrice de réflexions au sujet de la traduction remarquables pour leur poésie (« Une traduction mal faite a été abandonnée, imaginons, dans un état transitoire[39] ») et leur franchise (« J'ai commencé à apprécier que j'aimais [traduire] et que c'était un mode d'écriture qui m'était ouvert sans devoir passer par le problème d'avoir à être "inspirée[40]" »). Sa réflexion dans *The Paris Review* sur le rôle qu'elle assume en tant que

---

[38] « Three Percent » (« Trois pour cent »), University of Rochester, consulté le 22 mai 2020, http://www.rochester.edu/College/translation/threepercent/translation-database.

[39] L. Davis, « Some Thoughts on Translation and on *Madame Bovary* » (« Quelques pensées sur la traduction et *Madame Bovary* »), dans *The Paris Review*, n° 198, automne 2011, consulté le 15 février 2020, https://www.theparisreview.org/letters-essays/6109/some-notes-on-translation-and-on-madame-bovary-lydia-davis (« *A badly written translation, we could imagine, has been abandoned in a state of transition* »).

[40] A. Rosenbaum et L. Davis, « Translator Profile : Lydia Davis » (« Profil de traducteur. Lydia Davis »), *Asymptote*, 24 août 2016, consulté le 15 février 2020,

vingtième personne à traduire vers l'anglais *Madame Bovary* se fait profonde à bien des moments, notamment lorsqu'elle exprime – après avoir apprécié, pour des raisons bien précises, les efforts de quelques traducteurs précédents – son désir de les réunir toutes et tous pour faire, en joignant leurs forces, une traduction vraiment réussie ; mais ils et elles sont décédés depuis des années[41]. C'est peut-être la *volonté* de se lier à d'autres – et l'appréciation, grâce à son inachèvement, du poids de cette volonté – que la traduction nous donne.

Je voulais donc lire surtout des praticiens, des traducteurs et des écrivains-traducteurs, mais il se trouve que la limite entre ces pratiques est, dans la traduction, tellement fine que chacun fait tout, ou presque. Kate Briggs, traductrice vers l'anglais de deux cours de Roland Barthes au Collège de France (*La Préparation du roman* et *Comment vivre ensemble*), cite dans son essai récent *This Little Art* (« Cet art mineur », 2017) un essai de Catherine Porter, « Translation as Scholarship » (« Traduire comme travail universitaire ») dans lequel C. Porter, professeure à Cornell et traductrice de Bruno Latour et Luc Boltanski, soutient que la traduction, qui demande une maîtrise critique de deux langues et deux cultures, doit être considérée comme un travail académique[42]. Récit de *praxis*, *This Little Art* est raconté avec passion. K. Briggs cite copieusement d'autres penseurs. Moi aussi, en citant K. Briggs, C. Porter, ou L. Davis, je les présente entourées d'autres noms, situation peut-être typique de la traduction et ses possibles. Dans son récit, K. Briggs va jusqu'à narrer ses choix de tel ou tel mot ; je me suis alors retrouvée à noter dans les marges mes propres solutions et à entrer, moi aussi, dans ce texte plurivoque. Je présente ici un exemple, non traduit :

> *Le cours c'est comme une fleur, vous permettez, mais qui va passer.* This is the sentence that Barthes wrote down in preparation for the lecture – I can read it now, published and eternal in French, in the book of lecture notes resting on my table. [...] And yet none of the options I can think of at the moment – *if you will*, or *if you'll allow me*, or *if I may* or *indulge me in this* or *as it were* or *so to speak*, with their varying degrees of self-consciousness and knowing self-awareness – feel quite open or inviting enough, quite unaffected or *non-arrogant* enough. [...]

---

https://www.asymptotejournal.com/blog/2016/08/24/translator-profile-lydia-davis/ (« *I began to see that I enjoyed [translation] and also that it was a form of writing I could do without the problem of having to be "inspired"* »).

[41] L. Davis, « Some Thoughts on Translation and on *Madame Bovary* », art. cit.

[42] C. Porter, « Translation as Scholarship » dans *In Translation: Translators on Their Work and What It Means*, cité dans K. Briggs, *This Little Art*, London, Fitzcarraldo, 2017, p. 198.

The course is like a flower [...]
A lecture course, it is like a
The lecture course, it's like a flower, [...]
The course, if I may, is like a flower, but that will fade away[43].

Pour moi, la solution est, clairement : *The class is, bear with me, a flower, and it's going to be over*. J'ai une langue plus états-unienne que celle de K. Briggs, certes ; mais il n'y a nul besoin d'embellir à ce point la formule polyvalente « va passer », en la traduisant par « *fade away* ». (Qui introduit, en plus, une ambiguïté insoutenable ; « *that* » réfère, dans la traduction de K. Briggs, grammaticalement, à la *ressemblance* de ce cours à une fleur.) Entrer dans la traduction, c'est hériter d'une tradition et affirmer, pour le meilleur ou pour le pire, une capacité personnelle à y contribuer, à la défendre.

Des nouvelles publiées dans la presse littéraire anglophone et surtout des entretiens avec des traducteurs actifs ont été également intéressants. J'étais ravie de lire un entretien mené par Jennifer Croft (traductrice vers l'anglais d'Olga Tokarczuk) avec les quatre traducteurs vers l'anglais de l'œuvre de Virginie Despentes. Le dialogue est convivial. J'ai prêté attention à leurs remarques sur la difficulté, que j'éprouve aussi, à traduire l'argot français, difficulté que Frank Wynne (*Vernon Subutex I-III*) résume en une phrase elle-même merveilleusement difficile à traduire correctement : « *It was like trying to catch lightning in a jam jar* » (« C'était comme essayer d'attraper un éclair dans un pot à confiture[44] »).

Notes de bas de page

Les notes du traducteur ou de la traductrice ne représentent qu'une sous-catégorie des possibilités formelles du genre. L'usage que fait N. Quintane des notes de bas de page est souvent, comme dans son ouvrage *Les Années 10*, assez classique ; elle réfère le lecteur à des moments pertinents de ses ouvrages précédents. Le livre *Tomates* présente des exemples plus divers ; des notes explicitent de manière encyclopédique des noms surgis,

---

[43] *Ibid.*, p. 65-70.

[44] J. Croft, « This Year's Man Booker International Winner Has a Favorite For Next Year ... » (« Le gagnant de Man Booker International de cette année a un candidat préféré pour l'année à venir... »), *LitHub*, mis en ligne le 25 mai 2018, consulté le 15 février 2020, https://lithub.com/this-years-man-booker-international-winner-has-a-favorite-for-next-year.

pointent vers des textes en annexe (correspondance avec Jean-Paul Curier, etc.), et, périodiquement, brisent la surface de la prose particulièrement restreinte de cet essai pour argumenter, pour créer un espace alternatif[45]. J. Keene fait partie des auteurs qui se servent des notes de bas de page comme site (parmi d'autres) de l'innovation littéraire. Son texte « Gloss on *A History of Roman Catholics in the Early American Republic, 1790-1825*; or The Strange History of Our Lady of The Sorrows » (« Glose d'*Une histoire des catholiques romains à l'aube de la République américaine. 1790-1825*, ou L'Histoire étrange de Notre-Dame-des-Chagrins »), publié dans *Counternarratives* (2015), est composé d'une seule note de bas de page, qui, renvoyant à un extrait d'un livre, peut-être réel, d'histoire, raconte l'histoire beaucoup plus intrigante d'une personne non mentionnée (en tout cas non nommée) dans le texte de cet extrait, la jeune femme esclave Carmel. (Il est ici représentatif des innovations de J. Keene pour narrer l'histoire de manière nouvelle, pour la narrer mieux, qu'il emploie les mots *bondsman* ou *bondswoman, bondspeople* – historiquement mieux adaptés à l'époque de la narration de ses nouvelles et porteurs, comme son travail le révèle, d'une dignité restaurée – au lieu de *slave, slaves* ou des néologismes du moment, *enslaved person, enslaved people*.) Le livre originel disparaît aussitôt, après deux pages ; c'est la barre noire en haut du récit qui rappelle, constamment, son statut comme paratexte. Il s'agit – pour toute son implication politique – d'une simple expérimentation narratologique : le récit est refocalisé sur une nouvelle protagoniste[46].

Le protagoniste du roman de Brice Matthieussent *Vengeance du traducteur* (2009), c'est lui-même, le traducteur de plus de deux cents livres de langue anglaise vers le français – B. Matthieussent, ou un narrateur-traducteur qui lui ressemble (et c'est moins sérieux, ou différemment sérieux). Le roman prend la forme de « notes du traducteur » pour un texte qui aurait été effacé. L'humour de cet ouvrage vient du ressentiment du personnage contraint de traduire, bon an mal an, des livres souvent peu accomplis (le texte effacé est sensé en être un exemple particulièrement pénible). Des jeux des mots traitent l'emplacement des notes de ce genre au-dessous du texte ; le ton ainsi que la situation de ce personnage rappellent les *Carnets du sous-sol* (1864) de Dostoïevski :

---

[45] N. Quintane, *Tomates*, Paris, Éditions P.O.L, 2010, p. 94.

[46] J. Keene, « Gloss on *A History of Roman Catholics in the Early American Republic, 1790-1825*; or The Strange History of Our Lady of The Sorrows » dans *Counternarratives: Stories and Novellas*, New York, New Directions, 2015, p. 85-158.

* Je loge ici sous cette fine barre noire. Voici mon lieu, mon séjour, ma tanière. Les murs sont peints en blanc, puis couverts de nombreuses lignes de minces caractères noirs, comme une frise irrégulière, un papier peint changeant. Bienvenue à toi, cher lecteur, franchis donc le seuil de mon antre [...]. Dans ce modeste espace je joue des coudes. J'empile ces lignes pour que ma cave ne soit pas un cercueil, ma soute un tombeau.

Fais comme chez toi, mets-toi à l'aise et, s'il te plaît, laisse au vestiaire les ronds de jambe et les sourires convenus des visiteurs du propriétaire, seigneur et maître, qui vit et reçoit à l'étage supérieur[47].

Pour un exemple « vrai » de notes du traducteur, un exemple extrême de notes de bas de page, je me tourne vers l'*Eugene Onegin* (1964, *Eugène Onéguine*) de Vladimir Nabokov, qui pendant deux décennies de son exil aux États-Unis a travaillé pour traduire le poème de Pouchkine. Son commentaire de 1 858 pages, réuni en quatre volumes, présente des notes de bas de page envisagées comme des « gratte-ciels[48] ». K. Briggs cite Nabokov en citant Jacques Derrida qui note, dans sa conférence « Qu'est-ce qu'une traduction "relevante" ? », que cette sorte de travail est plus proprement dit le travail d'un critique. Dans ce texte (dont le titre comporte un mot monstre, ni anglais ni français mais appartenant aux deux langues), Derrida discute de manière pointue les notes du traducteur ou de la traductrice – les « N.d.T. ». Il évoque « une glose, du type *N.d.T.*, qui toujours, même dans le meilleur des cas, le cas de la plus grande relevance, avoue l'impuissance ou l'échec de la traduction[49] ». Le travail de Nabokov est, à sa suite, une sorte de monument à l'impuissance, à l'échec. Le plus grand espoir que porte cet exilé pour sa traduction est qu'elle incitera, dans son imperfection et sa suggestion d'une perfection plus éloignée, le lecteur à apprendre le russe :

En transposant *Eugène Onéguine* du russe de Pouchkine à mon anglais j'ai sacrifié au caractère complet du sens tout élément formel jusqu'au rythme iambique, quand retenir ce dernier aurait posé un obstacle à cette loyauté. À mon idéal de littéralisme j'ai sacrifié tout (l'élégance, l'euphonie, la clarté, le bon goût, l'usage moderne, même la grammaire) que privilégie l'imitateur consciencieux aux dépens de la vérité. Pouchkine compare le traducteur au cheval changé aux relais postaux de la civilisation. La récompense la plus grande que je puisse imaginer : des étudiants faisant usage de ce travail comme d'un

[47] B. Matthieussent, *Vengeance du traducteur*, Paris, Éditions P.O.L, 2009, p. 13.

[48] Cité dans K. Briggs, *This Little Art, op. cit.*, p. 286 (« *I want translations with copious footnotes, footnotes reaching up like skyscrapers* »).

[49] J. Derrida, *Qu'est-ce qu'une traduction « relevante » ?*, Paris, Éditions de l'Herne, 2005, p. 26.

poney [...]. Mon espoir est que mes lecteurs seront touchés au point d'apprendre la langue de Pouchkine et de relire *EO* sans cette antisèche[50].

Dimensions métaphoriques et affectives de l'expérience de traduire

Comme il s'agit d'un exercice pratique, mon réflexe était d'organiser les trouvailles de cette lecture par démarche, objectif (« traduire pour écrire », « traduire pour se perdre ») ; mais je me suis rendu compte que, en suivant la logique d'une remarque de Berman (« la traduction ne parvien[t] à être "détime" que par des métaphores[51] »), j'aurais pu les organiser par métaphore. Les « relais postaux » de Pouchkine via Nabokov, si accueillants pour le cheval fatigué, ont en commun avec « l'auberge » de Berman de proposer une métaphore de l'hospitalité. La métaphore économique est partagée par Berman (la « valeur » d'un poème est pensée en termes de son « intraduisibilité[52] »), Derrida (« l'intraduisible » est, au traducteur, « un reste à son opération[53] » ; « la traduction est une transaction[54] » ; « D'où l'infini de la privation, la dette insolvable[55] »), et T. Samoyault (« à l'égard de [la langue maternelle] on a une dette [qui] oblige au don de la traduction[56] »). Il s'agit d'une métaphore spatiale dans la « forêt » de l'essai de Benjamin, une véritable fabrique de métaphores épatantes : « Si dans l'original teneur et langue sont agrégées en une unité certaine comme le fruit et sa peau, la langue de la traduction enveloppe sa teneur

---

[50] A. Pouchkine, *Eugene Onegin* [1964], traduit et commenté par V. Nabokov, Vol. 1, Princeton, Princeton University Press, 1975, p. x-8 (« *In transposing* Eugene Onegin *from Pushkin's Russian into my English I have sacrificed to completeness of meaning every formal element including the iambic rhythm, whenever its retention hindered fidelity. To my ideal of literalism I sacrificed everything [elegance, euphony, clarity, good taste, modern usage, and even grammar] that the dainty mimic prizes higher than truth. Pushkin has likened translators to horses changed at the posthouses of civilization. The greatest reward I can think of is that students may use my work as a pony [...]. It is hoped that my readers will be moved to learn Pushkin's language and go through EO again without this crib* »). En traduisant Nabokov vers le français, je goûte le blasphème qu'il constatait éprouver en traduisant Pouchkine de sa langue natale vers une langue pour lui inadéquate.

[51] A. Berman, *La Traduction et la Lettre ou L'Auberge du lointain, op. cit.*, p. 43.

[52] *Ibid.*, p. 42.

[53] J. Derrida, *Qu'est-ce qu'une traduction « relevante » ?, op. cit.*, p. 21.

[54] *Ibid.*, p. 35.

[55] *Ibid.*, p. 8.

[56] T. Samoyault, *Traduction et violence*, Paris, Éditions du Seuil, 2020, p. 35.

comme un manteau royal aux larges plis[57] ». Steiner fait partie des penseurs attirés par la métaphore d'une langue intérieure, privée – avec la difficulté qu'il suppose connue par tout humain de se faire entendre comme en se traduisant, le soi, de sa langue en langue commune. Des métaphores liées à la procréation, la féminité et l'enfantement prolifèrent ; T. Samoyault critique « la sexualisation du discours sur la traduction[58] ». *La Vengeance du traducteur* de B. Matthieussent est, enfin, terriblement générateur de métaphores. Le traducteur mange le texte (« Tout ça, cannibalisé, puis digéré, assimilé par moi, puis *rendu dans ma langue*[59] ») ; les notes de ce traducteur sont pour lui « la queue d'une comète[60] », un « pied-de-biche[61] », un « poisson couché au fond de la turbotière hermétiquement close[62] », un « trou obscur[63] », etc.

« *The translator: writer of new sentences on the close basis of others, producer of relations* », écrit K. Briggs[64]. « Le traducteur : compositeur de nouvelles phrases basées soigneusement sur d'autres, producteur de liens. » Ce mémoire lie deux pratiques qui sont, pour moi, divergentes : la première – traduire – est associée à une certaine fierté (il me semble être significatif d'une différence culturelle que le *pride* états-unien, de connotation très positive, n'existe guère en français ; « orgueil », « vanité » sont négatifs) ; alors que la deuxième de ces pratiques – écrire en français – est associée à une sorte de honte (et j'aurais préféré un mot bien plus léger, *bashfulness*).

J'associe la traduction à la fierté parce que traduire consiste à trouver des solutions, une à une, avec, surtout si la résolution était difficile, un petit éclair de bien-être. Il y a pour moi non seulement le confort d'exercer un muscle déjà bien exercé, celui de la composition de prose en anglais, mais aussi la sensation d'être utile, d'offrir quelque chose à la communauté, française, dans laquelle je me trouve. Les premières traductions que j'avais faites étaient des services rendus à des amis français, artistes qui avaient besoin de faire traduire leurs textes, et je participais donc pleinement à leur projet, de manière utile –

---

[57] W. Benjamin, « La Tâche du traducteur », art. cit., p. 154.

[58] T. Samoyault, *Traduction et violence*, op. cit., p. 168.

[59] B. Matthieussent, *La Vengeance du traducteur*, op. cit., p. 19. Cette métaphore est facilitée par la polysémie en français du mot *langue*, sujet pour Derrida aussi d'un jeu de mots.

[60] *Ibid.*, p. 15.

[61] *Ibid.*, p. 17.

[62] *Ibid.*, p. 20.

[63] *Ibid.*, p. 21.

[64] K. Briggs, *This Little Art*, op. cit., p. 45.

la traduction était alors une façon d'atterrir en France, un point d'ancrage. (C'est la raison pour laquelle je suis particulièrement touchée par la formulation de B. Cassin : « Moi, ce que j'aime avec la traduction, c'est un savoir-faire avec les différences[65] ». Plus que touchée, je suis rassurée par l'idée que cela sert à quelque chose.)

Écrire en français, langue que j'ai apprise adulte, m'est, au contraire, très difficile. Dans le cadre de ce mémoire, cette difficulté me semble intéressante dans le sens où elle comporte de nombreuses similarités avec la difficulté de la traduction ; beaucoup d'idées déjà évoquées sur cet acte, son imperfection nécessaire, sa promesse, son idéalisme en ce qui concerne les liens, sont aussi pertinentes rapprochées de l'acte d'écrire dans une langue autre que la sienne.

Pour prendre un exemple d'écriture dans une langue autre que la sienne, je vais pouvoir me tourner à nouveau vers Nabokov. Cet hiver, on m'a offert le premier roman qu'il a écrit en anglais, *The Real Life of Sebastian Knight* (*La Vraie Vie de Sebastian Knight*, 1941), livre que je n'aurais peut-être pas pensé à lire, même si j'apprécie beaucoup les quelques romans de Nabokov que j'ai lus ; *Knight* est relativement mineur. Mais l'expérience de la différence, d'une altérité, en France, peut être riche, génératrice, ainsi qu'aliénante : une amie très parisienne (Anastasia) a trouvé ce volume abandonné sur un trottoir et l'a gardé pour moi, pour la seule raison qu'il était en anglais. Au moment de la composition de ce texte, Nabokov était très frustré par ma langue natale, et par le fait d'avoir à écrire en anglais[66] ; et le roman, l'histoire des deux frères russes, semble donner vie à cette frustration : le narrateur est le petit frère d'un écrivain de génie, Sebastian Knight, qui vient de décéder ; ce narrateur décide, malgré les imperfections majeures de sa propre prose, d'une maîtrise de l'anglais qu'il trouve inadéquate – « Je ne lui aurais jamais [à Sebastian] permis de voir la moindre phrase de ce livre pour lui épargner les grimaces que ma façon de manipuler l'anglais aurait provoqués chez lui. Il aurait bien grimacé[67] » – d'écrire la biographie de Knight. Le roman présente ainsi deux frères : le frère brillant dans

---

[65] C. Broué, « Barbara Cassin : "Ce qui m'intéresse dans la traduction, c'est que c'est un savoir-faire avec les différences" », *L'Invité culture*, France Culture, 1er décembre 2018, consulté le 15 février 2020, https://www.franceculture.fr/emissions/linvite-culture/barbara-cassin.

[66] M. Dirda, « Introduction » dans V. Nabokov, *The Real Life of Sebastian Knight* (« La Vraie Vie de Sebastian Knight »), New York, New Directions, 2008, p. viii.

[67] V. Nabokov, *The Real Life of Sebastian Knight*, op. cit., p. 34 (« *I would never have let him [Sebastian] see the least sentence of this book lest he should wince at the way I manage my miserable English. And wince he would* »).

son expression, et mort, et le deuxième frère, qui parle. Les deux frères sont, de cette manière, deux langues, et la tâche du narrateur est de traduire son frère ; la tâche de l'auteur est donc de traduire l'un des frères en l'autre. Cette situation donne lieu à une métaphore, encore une métaphore, servant à décrire la traduction, métaphore qui parle encore une fois du rêve d'un au-delà, d'une transcendance, d'un « rythme » et d'une forme, impliqués par l'inadéquation des mots actuels :

> Lors du travail préparatoire pour le livre il m'est devenu évident que j'allais devoir entreprendre une recherche immense, excavant, petit à petit, sa vie tout en faisant recours à une connaissance interne pour attacher les fragments. Une connaissance interne ? Oui, cela m'appartenait, je le sentais par chacun de mes nerfs. Et plus j'y pensais, plus je me rendais compte que j'avais, en ma possession, un outil en plus : quand j'imaginais certaines de ses actions dont je n'ai appris l'existence qu'après sa mort, je savais certainement que dans tel ou tel cas, j'aurais réagi exactement comme lui. J'ai vu une fois deux frères, des champions de tennis, jouant l'un contre l'autre ; leurs coups étaient complètement différents, l'un beaucoup, beaucoup plus doué que l'autre n'était ; mais le rythme général de leurs pas se répandant partout sur le court était identique, de façon que, s'il avait été possible de dessiner les deux systèmes, deux formes identiques seraient apparues[68].

« Deux formes identiques » : la tentation était de traduire *design* par « conception » ou « motif », suggérant une intention plus large, quasi-religieuse – la « connaissance interne » du passage ressemble au *kinship* de Benjamin – et j'ai fini par choisir « forme » ; c'est une forme révélée par les frères joueurs de tennis dans la similarité, cachée, profonde, de leurs motions.

En opposition apparente avec des principes de linguistique telle la « complexité égale » des langues humaines est, parfois, l'expérience vécue de personnes parlant plusieurs langues, ressentant des différences importantes entre les capacités offertes par chaque langue. Dans son autobiographie *French Lessons* (*Leçons de français*, 1993), une sorte de récit de *praxis* pour l'apprentissage d'une langue, l'historienne de littérature états-

---

[68] *Ibid.*, p. 33-34 (« *As I planned my book it became evident that I would have to undertake an immense amount of research, bringing up his life bit by bit and soldering the fragments with my inner knowledge of his character. Inner knowledge? Yes, this was a thing I possessed, I felt it in every nerve. And the more I pondered on it, the more I perceived that I had yet another tool in my hand: when I imagined actions of his which I heard of only after his death, I knew for certain that in such or such a case I should have acted just as he had. Once I happened to see two brothers, tennis champions, matched against one another; their strokes were totally different, and one of the two was far, far better than the other; but the general rhythm of their motions as they swept all over the court was exactly the same, so that had it been possible to draft both systems two identical designs would have appeared* »).

unienne Alice Kaplan scrute les origines de son engagement – une passion devenue une expertise, et ensuite toute une vie – avec la langue française. L'une des propositions qu'elle présente pour s'expliquer les possibles qu'elle éprouve au contact de cette langue est liée à la pénurie relative de mots français (« La simplicité de notre expression [...] nous situe hors du cliché[69] »). Une autre proposition est absolument personnelle : pour A. Kaplan, la langue de l'étude de la littérature d'expression française et de la salle de cours où elle enseigne cette littérature n'est pas une langue quotidienne mais « une langue sacrée[70] ». Après des digressions intéressantes autour de sa vie d'enfant (il semble que son père soit mort jeune), A. Kaplan conclut que son apprentissage de cette deuxième langue, tout en lui promettant la liberté, lui a fait du mal aussi en lui donnant, jeune, un endroit où « se cacher[71] ». Cette proposition paraît plus douteuse ; les enjeux, les dégâts de la dissimulation supposée ne sont pas clairs. Elle fait pourtant de *French Lessons* un roman policier, le récit de la recherche de ce qui est, de ce qui risque de demeurer caché.

Méthodes

Simultanéité glose/traduction

La traduction et la glose se font simultanément – ceci me semblait la seule manière de procéder, pour que la traduction soit influencée et surtout ralentie par le processus réflexif du commentaire – et, pour le dire autrement, que la glose contribue au projet créatif. Cette simultanéité nécessite, pour moi (la question étant aussi personnelle : celle de la facilité relative de l'écriture en français), que traduction et glose soient faites en deux temps. Au premier passage, je traduis le texte en faisant des notes de bas de page au brouillon, servant d'aide-mémoire, donc en anglais. L'immersion dans la tâche de la traduction   vigoureuse,

---

[69] A. Kaplan, *French Lessons*, Chicago, University of Chicago, 1993, p. 210 (« *I'll see this French language as essential* in its imperfection: *the fact that we don't have as many words is forcing us to say more. The simplicity of our communication moves us, we're outside of cliché* »).

[70] *Ibid.*, p. 210 (« *In French class I feel close, open, willing to risk a language that isn't the language of everyday life. A sacred language* »).

[71] *Ibid.*, p. 216 (« *If life got too messy, I could take off into my second world* [...]. *Learning French did me some harm by giving me a place to hide* »).

corporelle[72] – est ainsi facilitée. Au deuxième passage, j'élabore les notes de bas de page, les traduisant en français. Il faut, entre ces passages, recopier le texte originel, que je voulais incorporer en annexe au document présent ; ce travail permet de porter une nouvelle attention à la langue, utile pour réviser la traduction. Par des passages subséquents, tout en corrigeant, j'incorpore des éléments de lecture que je poursuis parallèlement. Des idées sur la traduction (les trésors de la lecture théorique) sont pour la plupart exposées dans un chapitre en conclusion ainsi que dans l'introduction présente, pour privilégier, au fil des notes de bas de page, une discussion des moments spécifiques du processus et de l'œuvre de N. Quintane.

Multiplication des approches successives

Une chose qui m'intéresse dans ce processus est la multiplication, à chaque étape, des textes sources. En traduisant la nouvelle de N. Quintane, j'ai fait référence à ce texte seul (en laissant de côté les textes secondaires) ; en créant la première couche de notes de bas de page, j'ai fait référence à deux textes, celui de N. Quintane et ma traduction ; pour écrire la glose, j'ai fait référence à un troisième texte source : mon brouillon, la version anglaise des notes. Il s'agit d'un projet qui grandit en devenant plus dense, épais. La multiplicité des textes et des méthodes a exigé une relecture attentive de la version finale de la traduction afin de la « stabiliser », pour reprendre le mot de T. Samoyault[73] ; je me suis assurée de cette manière qu'aucun gallicisme involontaire ne restait, que le tout se lisait correctement.

---

[72] La nature corporelle de la traduction – et sa ressemblance, dans cela, à l'acte d'écrire – est commentée par T. Samoyault dans son ouvrage récent : « Plus lentement et de plus près, la lecture ne se fait plus seulement avec les yeux, mais avec la main, la voix ; elle devient une technique du corps entier. En cela elle se rapproche de l'écriture, qui est aussi une technique du corps » (*Traduction et violence, op. cit.*, p. 194). Pour un texte traduit c'est le traducteur qui – à la place de l'auteur – prend en charge ce travail physique.

[73] L'instabilité de la traduction, de l'œuvre en voie de traduction, est discutée de manière théorique – elle est le site d'une violence nécessaire – ou comme d'un enjeu pratique : « La collaboration des étudiants qui avaient le français pour langue maternelle était décisive pour stabiliser les traductions », écrit T. Samoyault à propos de la revue d'étudiants *Translations*, « leur donner sens et rythme » (*ibid.*, p. 13).

Une correctrice française m'informe que la MLP historique
«a d'abord été déclarée à l'état civil sous le nom de Marion,
avant que son prénom ne soit changé pour Marine à son
baptême».

Une relecture de l'annotation et des chapitres par d'autres francophones a été pourtant intégrale à ma méthode. Cette collaboration m'a aussi fourni l'occasion d'apprécier à quel point mon apprentissage de la langue française a toujours été motivé par des liens d'amitié. Je me suis, à différents moments du semestre, impliquée dans les projets de ces personnes (des nouvelles composées en anglais, par exemple) ; cette implication, un luxe, est un plaisir[74]. J'observe, au fil des années, que dans mes conversations à Paris en langue anglaise – avec des États-Uniens bilingues (Isidore, Bronwyn), et avec des Français bilingues (Hugo, Haydée) – j'ai l'habitude d'insérer, parfois, un mot français, quand il y en a un qui me semble vraiment bien. (J'ai aussi des amis et amies en France avec qui on parle français [Emma, Anastasia].) Isidore et Bronwyn, les États-Uniens, font pareil ; Hugo et Haydée, les Français, jamais. Dans ces amitiés, le mot français est une souris que j'offre, comme un chat à son humain, pour faire plaisir à l'autre.

---

[74] Il serait possible de consacrer un chapitre entier aux contributions de ces amis et amies : leurs spécialités, les aspects de la langue ou la culture françaises que chacun, selon ses intérêts, me faisait travailler – tout un chapitre sur « la levée progressive de l'intelligence de chacun par celle des autres » (a). Je leur en suis très reconnaissante.

a. N. Quintane, *Un œil en moins, op. cit.*, p. 57.

On Your Feet[75]

(Marine Le Pen pays a visit[76])

A translation of "Stand up" by Nathalie Quintane

Marine Le Pen[77] gets into town[78] tonight. That's what I heard.[79] Did you hear,[80] I heard, Marine Le Pen's in D.[81] the 29th.[82] At the time I didn't stir[83] any more than a coma victim

---

[75] *On Your Feet* (« Stand up ») : Le titre a été changé dans l'espoir de préserver la qualité brusque du titre original. En le gardant (« Stand Up »), cette qualité aurait été perdue, la locution ayant dans l'anglais une résonance plutôt douce (on le dit gentiment et très banalement, à un groupe d'enfants ou à un groupe de touristes). La modification maintient la dureté du titre (celle des mots anglais, langue des tee-shirts, empruntés vers le français) de sorte que ce titre s'annonce comme un impératif (comme celui, par exemple, de la performance comique : *Everybody on your feet!*). On a préféré renoncer au sens théâtral précis d'origine, qui aurait été moins présent, de toute façon, en anglais, *stand up comedy* n'étant pas l'usage le plus habituel du terme.

[76] *Marine Le Pen pays a visit* (« une visite de Marine Le Pen en province ») : Ce sous-titre a été modifié par manque d'équivalent naturel du mot « province », qui est plein de connotations culturelles spécifiques à la France. Le verbe *pays a visit* suggère que cette personne va payer sa visite, que la visite ne sera pas librement donnée. Par *pays* je maintiens, aussi, quelque chose de « province » en cachant au milieu du syntagme le mot français « pays ».

[77] *Marine Le Pen* : Femme politique française (née à Neuilly-sur-Seine, en 1968), plutôt bien connue dans les pays anglophones et notamment aux États-Unis. Sur le site du *New York Times*, en cherchant son nom, on retrouve quelques 4 413 résultats à l'heure actuelle. Sa position dans l'imaginaire états-unien présente de nombreuses similitudes avec l'image qu'elle a dans son pays d'origine. Pour les différences il y a, bien sûr, un manque relatif de précision dans la version états-unienne : « How the Far Right Became Europe's New Normal », peut-on lire dans le *New York Times* (« Comment l'extrême-droite est devenue la nouvelle norme européenne »). Si ce premier résultat résume un peu rapidement la perception d'une menace, je demeure optimiste sur le fait que cette distance ne porte pas atteinte à la subtilité de la satire de la nouvelle de N. Quintane. Par ailleurs – et cette différence sera importante plus tard – les autres figures de la famille Le Pen ne sont, aux États-Unis, que mal connues. Pour les citoyens du pays de la famille Bush et, en 2020, de la famille Trump, la satire d'une telle dynastie aurait, pourtant, grand intérêt. Pendant l'année des élections présidentielles états-uniennes, l'intérêt semble d'autant plus d'actualité, faisant penser à la qualification que fait T. Samoyault de « la traduction comme brouillon de l'œuvre » qui ancre et ré-ancre l'œuvre dans son propre temps (*a*) ; le « temps » de la traduction est pensé par Benjamin aussi, avec la question de la « survivance » du texte source, qui « atteint le temps de sa gloire » : « Des traductions qui sont plus que des transmissions naissent quand dans sa survivance un œuvre a atteint le temps de sa gloire » (*b*).

a. T. Samoyault, « Vulnérabilité de l'œuvre en traduction » dans *Genesis*, 2014, p. 57-68, https://journals.openedition.org/genesis/1286, consulté le 15 février 2020 ; idée reprise dans *Traduction et violence*, *op. cit.*

b. W. Benjamin, « La Tâche du traducteur », art. cit., p. 151.

[78] *gets into town* : Cette expression idiomatique, de l'anglais parlé, établit un ton informel, donc fidèle au jeu de N. Quintane, alors que la formule originelle – « arrive en ville » – n'a rien de spécialement désinvolte.

[79] *That's what I heard* : Difficile, en passant du français à l'anglais, de se priver du « on ».

[80] *hear* : Il semble qu'en anglais on *entende* les choses qu'on apprend vaguement, des choses qui sont dans l'air. L'expression originelle est « tu as vu ».

[81] *D.* : Malgré sa réserve, N. Quintane a, dans divers ouvrages, la générosité de penser publiquement le rôle du nom et de l'image d'auteur en relation non seulement avec les exigences de la communication telles qu'elles s'imposent dans l'industrie globalisée de la rédaction mais aussi avec la fonction foucaldienne, juridique, de l'auteur : « Ils tenaient à l'anonymat, nous tenions à ce qu'ils tiennent, et étions par ailleurs familiarisés avec ce type de position dans la littérature, grâce à Maurice Blanchot » (*a*). En dépit du mystère qu'elle cultive – celui d'une « biographie [qui] se réduit à quelques lignes malicieuses », pour reprendre les mots d'A. Malaprade – la poétesse n'a pas l'habitude de cacher le nom de la commune de 17 000 personnes des Alpes-de-Haute-Provence, Digne-les-Bains, où elle réside. Justement, les « quelques lignes malicieuses », tirées du site des Éditions P.O.L, sont : « Née en 1964 à Paris, vit à Digne-les-Bains. Participe à de nombreuses (enfin, tout est relatif) lectures publiques et illustre parfois les poèmes de Stéphane Bérard » (*b*). Le nom de ville fait partie, au contraire, des rares éléments qu'elle consent à partager. C'est ainsi qu'une écrivaine douée pour l'homonymie s'installe dans un endroit *digne* d'elle. L'autrice qui « récuse de fait […] les genres admis » y est recluse (*c*). Il est frappant de constater qu'elle affirme que Digne-les-Bains, ville moyenne, de taille moyenne, est en cela une ville qui ne dispose que d'un seul exemplaire des choses nécessaires : « Il y a, à Digne, une fois, ce que vous avez à Nice cent fois, à Marseille mille fois, à Paris dix mille fois, à New York, cent mille fois. Tout est en une fois, mais tout y est. À Digne, il y a une préfecture, un Conseil général, un tribunal, une prison, un hôpital psychiatrique, une zone commerciale naturellement, une excellente librairie, un bar formidable (mais pas deux), un très bon festival de cinéma, un musée qui a franchement peu de choses à envier à la Maison Rouge, une nouvelle école d'art, un centre d'art contemporain, un Promod, un bon resto antillais, un bon resto grec avec le patron le plus sympa du monde, etc. » (*d*).

Très bien – mais à l'aide de Google (en *googlisant*, pour reprendre un mot quintanien [*e*]), on localise facilement au moins deux cathédrales à Digne-les-Bains (la cathédrale Notre-Dame-du-Bourg de Digne, la cathédrale Saint-Jérôme de Digne) ainsi que plusieurs lycées, supermarchés, boulangeries, etc. On aurait pu croire qu'il n'y aurait qu'une seule maison, celle de N. Quintane, mais ceci n'est pas non plus vrai. Pourquoi cette invention ? Je m'intéresse à l'invention (la remarque m'a accompagnée pendant des semaines avant que je ne la retrouve, et pendant cette période je vivais avec la crainte qu'elle n'ait été qu'une invention, invention par moi, par la force de ma volonté de la voir exister), parce que la fiction qu'elle établit, d'une ville où il n'y a qu'un exemple de chaque chose, sert à figurer cette ville en système sémiotique. S'il n'y a qu'une boulangerie, il s'agit d'une ville où la boulangerie sert comme signe de boulangerie. Dire

might have, but in the hours that ensued the fact traveled, put it that way, to my head (having stopped off at a thigh, both thighs, one arm, the nape of the neck and, continuing in its ascent, the neck, teeth, jaw, nose by the nostrils—this being something of which you catch a whiff—the temples, the creases of the forehead, ocular cavities[84] . . . and Marine Le

---

« boulangerie » nomme cet endroit, et on peut nommer cet endroit pour dire « boulangerie » – c'est une remarque qui fait d'une ville une langue. L'abréviation « D. », qui fait penser à certaines conventions du nouveau roman, rappelle aussi le début d'une parabole, transposable dans différents cadres ; aussi, si Marine Le Pen y est venue précisément – pour des raisons stratégiques – la résistance à l'écriture du nom propre va au contresens du récit, dangereux dans la mesure où il est promotionnel, de la femme politique. Enfin, c'est avec une telle abréviation que N. Quintane essayiste fait référence, dans *Un œil en moins* et ailleurs, à des amis ou des amies de la vraie vie. Dans cette nouvelle, la narratrice témoigne d'un sentiment doux, amical, envers la communauté de la ville de D. (et dans le *Larousse* on retrouve « habitants de la ville » parmi les définitions de « ville » ; *city* est plus abstrait).

a. N. Quintane, *Tomates, op. cit.*, p. 18.

b. A. Malaprade, « Quelque chose rouge », art. cit., p. 13.

c. A. Labelle-Rojoux, « Nathalie Quintane, artiste », dans *Nathalie Quintane, op. cit.*, p. 165-172, p. 166.

d. B. Auclerc, « "À inventer, j'espère" », art. cit., p. 216.

e. N. Quintane, *Ultra-Proust*, Paris, La Fabrique, 2018, p. 10.

[82] *29th* : Le 29 de quoi ? Il y aura très vite des indices : il fait froid ; il y a, dans les magasins, des promotions liées aux fêtes de fin d'année. La femme politique songe aux cadeaux de Noël qu'elle offrira. Mais pour l'instant, cette date reste, comme le lieu, vague. Cette dissimulation du nom propre contribue à l'oralité du texte, mais également à une certaine menace – à un avertissement, même. Le lecteur s'y projette facilement. *On est dans quel mois, nous, en lisant ?* C'est comme si Marine Le Pen venait en ville ce mois-ci, était prête à se montrer à n'importe quel moment. J. Mauche, dans son essai au sujet de l'aspect performatif de l'œuvre de N. Quintane, affirmant sa potentialité à nourrir des liens que tisse la performance – qu'elle est la seule à tisser, selon lui – entre « art » et « vie », identifie une « fermeté de l'intervention » chez l'autrice. On retiendra notamment la description de sa voix en performance : « *On stage*, le ton de Nathalie Quintane au phrasé sec et distinctif, son effectuation à voix haute aux inflections cartoonesques par moments, des procédés, son style oralisant la phrase, unité de base de son système (dans les premiers livres), mi-protocole, mi-processus, sans excès, ni effet de manche, emphrasent la phrase dans l'oral » (*a*). L'aspect du texte ainsi déclenché ouvre la porte à un théâtre qui lui est propre.

a. J. Mauche, « Angle *Carrer de La Bouqueria* et *Carrer d'en Quintana* », art. cit., p. 39.

[83] *I didn't stir* : Cette traduction n'est pas parfaite. Elle me semble pourtant plus heureuse que *I didn't react* (de registre trop élevé), *I didn't freak out* (trop brusque), *I didn't budge* (trop spécial), *I didn't move a muscle* (trop précis, trop bizarre). Le syntagme originel et beaucoup plus long, « je n'ai pas eu plus de réactions », a l'effet de ralentir la phrase, préparant bien la surprise de sa fin. Il manque en anglais un mot équivalent à « comateuse » ; ce mot étonnamment particulier est, pour cette raison, perdu.

[84] *the temples, the creases of the forehead, ocular cavities* : Des substantifs plus précis que dans la phrase originelle (« les tempes, le front, les yeux »), dans le sens que les parties du corps qu'ils dénomment peuvent

Pen has gone all the way,[85] there she is, making herself at home having fixed up a little room[86] with a twin bed,[87] comfy armchair,[88] end table on which a *Life of Georges Pompidou* is lying; she's spruced up the lighting as it was a bit old-fashioned with its tulip bulb; she's put in pink neon in the shape of a toucan and is enjoying a Twix while inspecting, with satisfaction,[89] her lacquered toenails[90]).

I don't know her personally. I don't know her *yet*, because in a little while, in seven hours, I fully plan on heading up the avenue to see her[91]; she's supposed to be doing what it is she does on General De Gaulle Square, and so will we be doing our thing, on General De

---

de manière plausible servir de réceptacles pour l'air ; pour « car alors on respire un autre air » il m'était nécessaire de trouver quelque chose pour évoquer non seulement l'air, le dégoût, d'où *this being something of which you catch a whiff.*

[85] *has gone all the way* : Diction d'un commentateur de football américain. *Is this the year the Patriots go all the way?*

[86] *making herself at home having fixed up a little room* (« elle s'y est aménagé une petite chambre ») : Le verbe réfléchi de l'originel avait quelque chose de mignon et suggère une façon de se réconforter que je reproduis avec *making herself at home* et *little.*

[87] *twin bed* (« lit à une place ») : Le personnage fait preuve de pudibonderie au cours de la nouvelle, qui comporte des nombreuses insinuations dans ce sens.

[88] *comfy armchair* (« fauteuil crapaud ») : Nom de chaise n'existant pas en anglais mais avec une connotation pittoresque donnée ici par l'adjectif *comfy* ainsi que, plus bas, *a bit old-fashioned.*

[89] *with satisfaction* : Il y avait besoin de ralentir la fin de la phrase pour faire émerger l'humour de la phrase originelle, rôle joué par « ses ongles de doigts de pied », syntagme long accordant au lecteur un bon moment pour expérimenter une réaction de révolte – à l'opposé du très court *toenails.*

[90] *lacquered toenails* : Le vernissage des pieds, attribué ici à la femme politique, se présente ailleurs dans les livres de l'autrice, œuvre autoréflexive et d'un entrecroisement notable. L'activité figure, justement, au pied d'une liste des exemples du « bon temps » qui est la « raison de vivre » des classes moyennes et « qu'on travaille pour se payer » (elle en est le dernier exemple) : « Regarder la télé d'un œil en se vernissant les doigts de pied » (*a*). L'écrivaine explique clairement, au fil de l'entretien déjà cité, l'un des mécanismes par lesquels chacun de ses ouvrages détermine le prochain : « *Chaussure* est pour ainsi dire une commande. [P.O.L] trouvait que les *Remarques* faisaient un peu trop "plaquette". J'ai donc prélevé une remarque ("Quand je marche, il y a toujours l'un de mes pieds qui a disparu derrière moi"), et je l'ai "étendue" au maximum ; étendue, déclinée, soumise à des variations » (*b*).

   a. N. Quintane, *Que faire des classes moyennes ?*, *op. cit.*, p. 31-32.

   b. B. Auclerc, « "À inventer, j'espère" », art. cit., p. 206.

[91] *see her* (« la voir ») : En français plus qu'en anglais, l'emplacement de l'autre en objet direct est rare, et il accorde une qualité bienvenue, de menace, à la phrase.

Gaulle Square. Whatever our intentions may be as we head up the avenue, we'll all be there, we'll be at least passing through General De Gaulle Square, whether preoccupied, nonchalant (hey, MLP[92] in D.) or focused and concentrated (that MLP is in D.), and what I'm wondering is where she'll raise camp. In front of the regional paper's local branch?[93][94] Because what we could do then would be throw open that glazed door, and she'd take it to the back; or we could watch her through the window, pressing our foreheads against it, squishing our hands to make visors out of them and breathing out a gray cloud,[95] the office being unheated (the temperature being three degrees Celsius[96]). But she can be counted on to pay a visit to small businesses, yes,[97] to the shopkeepers of the square, the shops that are, as you go up the square, to your right, and, going down, on the left-hand side.

Which of the shops can she be counted on to visit? Will she go one-by-one?[98] There is, just after the local branch, a butcher, a very nice butcher[99] that doesn't wrap the meat in plastic,

---

[92] *MLP* : Marine Le Pen. Je préserve cette abréviation. Parallèlement, en suivant les chercheurs et chercheuses du volume *Nathalie Quintane*, je ferai référence à « NQ ». En m'efforçant d'être claire, je m'autoriserai tout de même à faire référence à la narratrice de « Stand up » de la même façon, « NQ », quand la référence semble appropriée.

[93] *regional paper's local branch* : Quelle sorte de ville est D. ? Le bureau n'est que local, le journal n'est pas national, mais régional. (Ce journal régional pourrait être *La Provence* ; aucun local n'a été pourtant identifié en googlisant à la place du Général de Gaulle à Digne-les-Bains.)

[94] *local branch* (« local local ») : Ce moment fait penser au moment bref d'un autre texte, « entre entre », par lequel l'autrice, juxtaposant des homonymes, les « déclinant » peut-être, encourage le lecteur à une attention pointue (*a*).

a. N. Quintane, *Début*, Paris, Éditions P.O.L, 1999, p. 57 : « la nuit entre entre les lampes du plafond ».

[95] *squishing our hands to make visors out of them and breathing out a gray cloud* : Je suis plutôt fière de cette expression dont j'ai privilégié la mélodie au détriment de son économie ; les deux occurrences de *out* anticipent, pour la raison de leur voyelle, *cloud*, qui en est la continuité, dans une motion progressive et lente ressemblant à celle du souffle (et de sa brume, quand il fait froid).

[96] *degrees Celsius* : Les termes de la mesure n'ont pas été changés (pour des degrés Fahrenheit, par exemple), malgré la difficulté de penser une mesure à laquelle on n'est pas habitué. L'esprit des lieux est plus important ici : le récit se déroule en France.

[97] *yes* : Ce mot est inséré en imitation du ton familier, anecdotique de la phrase originelle, qui commence par « mais » ; la phrase anglaise me semblait, avant cette addition, trop sèche.

[98] *Will she go one-by-one?* (« Les prendra-t-elle un par un ? ») : Cette phrase pose problème parce que la traduction plus littérale, *Will she take them one at a time?*, serait d'une insinuation sexuelle plutôt flagrante alors que, dans le texte original, l'effet est plus subtil. L'insinuation, qui aura sa place parmi les activités

as she remarks, you, sir,[100] don't wrap your meat in plastic packaging, and when it's mutton it's local[101] (and around here the lamb chops[102] are great, we have a roundabout[103]

---

d'une promotion très personnelle menée par cette candidate, semble être déjà présente dans la situation dans laquelle MLP se trouve. Cette traduction semble plus subtile, il en va de même pour *shops* dans la phrase précédente au lieu de « commerçants » (« Chez quels commerçants... ? ») ; le vrai problème est que *Which shopkeepers can she be counted on to visit?* (avec sa traduction plus littérale de « Chez quels commerçants ») ne marche pas.

[99] *very nice butcher* (« un bon boucher ») : La diction est, à nouveau, pittoresque, satisfaite de soi de manière révélatrice de la psychologie d'une MLP qui, à l'opposé peut-être de la personnalité médiatique qu'elle s'efforce d'afficher, cherche à se rassurer ; *very nice* est, dans ce but, plus approprié que *good*.

[100] *you, sir* : La voix de MLP est indéniablement présente, la phrase partagée entre la voix de la narratrice et, pour la première fois, la parole ainsi que le discours indirect libre de ce personnage. Cette phrase – pour sa parenthèse, sa longueur, et l'habileté de ce partage – a été difficile, en la reproduisant, à contrôler ; la maîtrise de NQ est enviable. De longues phrases telles que celle-ci sont pourtant la marque de cette nouvelle. La narratrice se moque de MLP, imite MLP, avant *devenir* enfin la MLP de ses rêves. Le style indirect libre du récit a une fonction très critique en lien avec la politique actuelle, nous permettant d'entendre (*overhear*, aurais-je envie de dire) les liens entre une certaine psychologie réprimée (j'y reviendrai) et le mal politique qui impacte la réalité vécue d'autrui. La parenthèse reprend avec la voix de la narratrice tout en retenant quelques mots vraisemblablement de MLP (la diction étant un lieu de cette problématique, avec les mots mignons et « corrects » de MLP contrastés à ceux, plus profondément corrects, de la narratrice). Dans *Que faire des classes moyennes ?*, une définition politiquement pertinente est fournie d'un phénomène ressemblant à ce que je viens d'appeler « répression », sans recours au jargon freudien : « Naturellement, quand nous nous marions ou que nous fréquentons, nous n'avons en principe pas cela en tête [l'appartenance, ou pas, de l'époux ou l'épouse à une catégorie de la classe moyenne], et c'est même cette singularité qui signe l'appartenance à la classe moyenne : une séparation stricte entre ce que nous vivons et ce que nous racontons, si bien que le second est tout à fait indépendant du premier et s'y rapporte rarement, ou de manière inadéquate » (*a*). Une définition comparable, dite d'un ton sarcastique, apparaît dans *Les Années 10* au cours d'un passage sur la MLP historique et le Front national, le parti politique qu'elle dirige depuis 2011 : « L'important, ce n'est pas de dire tout haut ce qu'on pense tout bas » (*b*). C'est à la « séparation stricte », l'écart entre « haut » et « bas », que je ferai référence en employant des termes tels que « réprimée », « déni », « fausseté » ; il ne s'agit donc pas d'expliquer N. Quintane par Freud mais d'expliquer N. Quintane par N. Quintane, ce phénomène étant l'un de ses thèmes de prédilection : dans le roman *Crâne chaud* aussi, par une comparaison soigneusement établie, le rôle de l'écrivain équivaut à celui d'une animatrice radiophonique qui persuade ses interlocuteurs d'une manière séduisante de quitter l'ombre du silence pour la rejoindre, dans un soleil expressif (*c*).

a. N. Quintane, *Que faire des classes moyennes ?*, op. cit., p. 13.

b. *Id.*, « Abracadabra » dans *Les Années 10*, op. cit., p. 141-164, p. 157-158.

c. *Id.*, *Crâne chaud*, Paris, Éditions P. O. L, 2012.

about it, and what I mean by that is: In the next town over, at about a half an hour's drive, a community where animals are taken to the slaughter, there is, as you get in, a roundabout with sheep, fake sheep naturally[104] as real ones would have long since scampered off, giving rise to traffic jams and I shouldn't like[105] to imagine the number of other troubles;[106]

---

[101] *when it's mutton it's local* : Cette phrase est dotée d'un double sens. En anglais comme en français, faire référence à des personnes comme à des « moutons » veut dire qu'elles sont des personnes dociles, qui suivent. Il y a donc au moins l'écho d'un sous-entendu : le mouton est local, les moutons locaux ; les locaux (personnes du coin) sont des moutons. Cet écho prépare, pour la phrase suivante, une lecture qui confond, de la même façon, mouton et citoyen. Comme en 2020, on associe l'attroupement des personnes autour d'un rond-point avec le mouvement des Gilets jaunes, cette image semble prédire comme peut le faire la poésie une situation future, qui s'est depuis réalisée.

[102] *lamb chops* : La personnification de la viande semble, d'ailleurs, importante. Pour les anglophones, le déni de ce que nous consommons est rendu plus facile par l'existence des mots distincts pour animal et viande : *cow* ou *beef* au lieu de « bœuf », *pig* ou *pork* au lieu de « porc », *mutton* ou *sheep* au lieu de « mouton ». (Bien qu'on puisse dire « vache » ou « cochon » pour l'animal, on ne peut pas, en français, faire référence au « bœuf » ou au « porc » sans penser à l'animal du même nom, rappel automatique n'existant pas en anglais.) Aussi, il n'est pas non plus très courant d'entendre *mutton* dans l'anglais états-unien (ça fait penser à l'Angleterre, à un *pub* dans quelque lointaine province). Pour ces deux raisons, *lamb chops* est mis au lieu de *mutton*.

[103] *roundabout* : La tentation de mettre, au lieu de ce mot, *stoplight* ou *traffic light* (feu de signalisation) est forte, parce que pour les villes rurales de l'Amérique profonde c'est plutôt ça qui existe au lieu d'une signalisation plus complexe. L'expression *one-stoplight town* m'a toujours parue très belle par sa mélancolie, par l'image qu'elle offre d'une seule lumière rouge et clignotante, entourée par le noir d'une nuit profonde. Comme l'histoire se déroule en France, comme il s'agit d'une ville française, et surtout comme les ronds-points français ont, depuis le mouvement des Gilets jaunes, une renommée à l'échelle l'internationale, il semble obligatoire de mettre *roundabout*, de traduire le mot de manière directe.

[104] *fake sheep naturally* : Cette juxtaposition, un quasi-oxymore également présent dans le texte original (« des faux naturellement »), n'est qu'un exemple des figures de la fausseté, ou du déni, de la répression mise en cause par des erreurs de ce genre qui caractérisent le discours indirect libre, et donc la pensée attribuée au personnage qui est MLP. Pire qu'un langage utilisé sans penser, « tout à fait indépendant » de la réalité (*a*), il s'agit d'un langage utilisé *pour ne pas penser*.

   a. N. Quintane, *Que faire des classes moyennes ?, op. cit.*, p. 13.

[105] *I shouldn't like* : Élocution encore une fois mignonne, satisfaite de soi, quelque peu démodée dans sa préciosité.

[106] *the number of other troubles* : Et si, au rond-point, tous les moutons se montraient d'un coup, et si c'étaient des vrais, des moutons vivants, en vie et conscients par exemple des rapports de force qui structurent leur monde social… ? Cette phrase porte, vaguement, la menace d'une révolte. Elle rappelle au lecteur qu'il s'agit, dans cette histoire, d'une fantaisie élaborée à base d'une réponse possible à l'arrivée en

no, these are fake sheep standing rather adorably[107] on their hind legs and waving, in greeting, to the passing cars); and the paper you wrap the meat in is hygienic,[108] it's that butcher paper everybody recognizes,[109] two-ply[110]: one sheet of real paper emblazoned with the name and address of the shop as well as a proper pink cow's head on a medallion (here that would be a sheep's head, or a pig's, in profile or head-on); and then a second, transparent, duplicating the first and preventing the meat from being inked with it if that

---

ville de MLP. Les longues phrases semblant traverser la tête de la femme politique (en en pénétrant les coins les plus obscurs) ouvrent la porte à une lecture psychologique par laquelle l'image ici ressemble à un lapsus. Il serait convenable, pour MLP, qu'à son arrivée, les personnes de la ville se montrent comme des « moutons faux », ne faisant que sourire, posés au bord de la route.

[107] *rather adorably* : Une insertion, diction plutôt MLP.

[108] *hygienic* : C'est par pure angoisse que MLP revisite cette idée, parce qu'il est déjà établi que la viande est bien emballée avec du plastique, ce qui garantit, normalement, l'hygiène. Mais voici l'un des serre-livres qui encadrent la confession du rêve, soigneusement séparée du reste du texte, comme par du plastique, par des parenthèses.

[109] *everybody recognizes* : En anglais, pour indiquer qu'un problème est caché ou minimisé, il est possible de dire qu'il est *kept under wraps*, bien emballé. Ce qui suit est une longue description d'un processus de dissimulation nécessaire pour rendre acceptable, socialement, le fait de passer, de main en main, un bout de chair animale. L'inadéquation d'un « souci de l'hygiène » pour justifier cette nécessité est commentée par N. Quintane dans son ouvrage *Début* : la « peur de toucher du poisson et des mains [...] le curieux des viscères s'est-il perdu [...] je ne crois pas que le souci de l'hygiène ni l'angoisse de la contamination pousse à privilégier la protection sous plastique » (*a*). Un certain blanchiment – une javellisation, même – semble intégral à la politique de la MLP historique, à toute politique de cette sorte dans une époque marquée par celle du président états-unien Donald Trump (qui clame souvent être « germophobe »), ainsi qu'à la pensée – « bien emballée » dans sa répression de ce qui pose problème – du personnage. Déjà, au cours des années 2000, une série d'études à l'Université de Colombie-Britannique a identifié un lien entre une prédisposition à la révulsion (mesuré par l'intensité et la vitesse de réaction à des photos répugnantes) et un positionnement politique à droite. À l'Université de New York, des chercheurs ont demandé aux sujets de remplir un formulaire avec leurs jugements de comportements louches (ne pas rendre un porte-monnaie trouvée dans la rue) ; des sujets effectuant ce travail assis à un bureau couvert par des taches visqueuses ont formulé des jugements plus sévères (*b*).

a. N. Quintane, *Début, op. cit.*, p. 90.

b. K. McAuliffe, « Liberals and Conservatives React in Wildly Different Ways to Repulsive Pictures » (« Les personnes de gauche et de droite réagissent de manière très différente à des images répugnantes »), *The Atlantic*, mars 2019, consulté le 15 février 2020, https://www.theatlantic.com/magazine/archive/2019/03/the-yuck-factor/580465.

[110] *two-ply* : Terme s'appliquant quasi-exclusivement au papier hygiénique.

ink were to sweat[111] . . . but already she's gone and ducked into[112] the store next door having very carefully wiped her feet sheathed in a fine, not ostentatious leather[113] on the mat fabricated especially for that store, a candy shop if I remember right;[114] chocolates, lollipops, and gourmet gifts, mmm, feels grand in here to be out in[115] the country, she says; this is the place to be, I want your job, she adds, and it really is a nice place, nicely decorated for Christmas[116]; I saw you had a poster, what I like is dark chocolate,[117] real chocolate not that sugary milk stuff, with a Cup of Joe there's nothing better, good coffee and a couple of pieces of soft-centered dark chocolate, you feel like a million bucks,[118] a

---

[111] *if that ink were to sweat* : C'est la chair, la viande, et non l'encre, qui transpire. Cette confusion presque implicite dans la phrase originelle est exagérée dans la traduction par la préservation de la métaphore de la transpiration. En anglais, il est habituel de dire *ink bleeds* (qui aurait été un choix intéressant pour son rapport à la viande), ou *ink runs*. L'erreur semble pourtant caractéristique de MLP, et d'un manque d'attention au réel.

[112] *gone and ducked into* : Traduction imparfaite de l'expression « repart et pénètre », particulière pour la précision de la description spatiale qu'elle évoque (que j'imite avec *ducked into*) ainsi que pour l'implication d'un geste pouvant être quelque peu forcé (*gone* avec son implication de volonté, et avec une légère implication d'ingouvernabilité, presque de l'ordre de l'espionnage).

[113] *feet sheathed in a fine, not ostentatious leather* : Cette évocation des pieds de Marine Le Pen – la deuxième, dans un récit qui en comportera plusieurs – rappelle l'emballage de la viande. Est-ce qu'il s'agit d'un pied méritant, pour des raisons d'hygiène, d'être caché ? Le pied quintanien, inspiration pour *Chaussure*, a comme particularité d'être grand. Celui de MLP aussi ; selon la (très douteuse) source Wikifeet.com, sa pointure est 9 US, ce qui correspond à 40 dans le système européen (*a*). Le texte suggère à plusieurs reprises des comparaisons entre les deux femmes.

   a. « Marine Le Pen », *Wikifeet*, consulté le 15 mai 2020, https://www.wikifeet.com/Marine_Le_Pen.

[114] *if I remember right* : Qui parle ? Est-ce que cet *I* fait référence à la narratrice, familière de la ville et qui en consulte la mémoire ? Est-ce qu'il s'agit plutôt de MLP, celle qui a repéré les magasins de la ville ? La réponse me semble légèrement ambiguë, et je cherche donc à préserver cette ambiguïté, la capacité qu'a ce texte d'être lu dans les deux sens. Ceci dit, il est possible d'assumer que la parole est à NQ.

[115] *in here, out in* : Une sorte d'oxymore, diction MLP.

[116] *nicely decorated for Christmas* : Cf. N. Quintane, « Le Peuple de Maurel », art. cit., p. 83 : « Quoi qu'il en soit, je suis, à jeun, avec une nécessité de destruction de santons ».

[117] *I saw you had a poster, what I like is dark chocolate* : L'élocution de MLP a comme faiblesse non seulement l'oxymore mais aussi sa tendance à s'interrompre à mi-chemin, comme par souci de séduire des électeurs potentiels. Elle est prête à dire n'importe quoi pour leur plaire.

[118] *you feel like a million bucks* (« et vous repartez de plus belle ») : La tentation est grande de mettre *you feel pretty*, construction qui aurait été trop condescendante, trop spéciale.

poster that's a bit dark but speaks volumes, *Left for dead, on the mend*,[119] small business owners can't hold out any longer, but not you, you're with the resistance[120] and quite right you are Madame, Monsieur—I don't know if it's a man or lady shopkeeper, I have to check[121]—because a dead town is what we'll have if its small businesses go under, and

---

[119] *Left for dead, on the mend* : L'expression originelle, « Sacrifiés mais pas Résignés », semble, l'ayant googlisée, ne correspondre à aucun mouvement social, mais bien appartenir à quelque chose, à une doléance ou un ressentiment (qualité discutée longuement dans *Que faire des classes moyennes ?* dans les définitions de Nietzsche et de Debord). Le contexte français et européen est une période d'austérité étatique suite à la crise économique de 2008. Je cherchais avant tout une formule disposant d'une rime bidon, trop facile ; la diction ici est, en fonction de la rime que j'ai trouvée, légèrement britannique (plus qu'états-unienne). Une traduction littérale serait *Sacrificed, but we haven't given up*, ou, pour un effet plus fort, *we won't give up*.

[120] *you're with the resistance* : La traduction de « vous résistez » fait écho à la politique états-unienne récente ; suite à l'élection à la présidence de D. Trump en 2016, les termes *resistance, with the resistance* sont devenus à la mode au point d'être accaparés par des stratégies de communication de grandes entreprises. (Faire écho à ces formules contemporaines ancre le texte dans le temps de sa traduction.) Cet usage très répandu rappelle l'usage de « collectif » décrit ailleurs par NQ : « Le mot "collectif" a dû revenir en force ensuite, à la fin des années 1990, parfois n'importe comment ou à n'importe quel propos (un collectif, c'est comme une bande organisée, il suffit d'être trois). Devenu objet de mode, le mot est à la fois suractif et désactivé. La suractivation des mots est une tâche importante de nos sociétés ; chacun s'y colle : les jeunes écrivains (devenus éditeurs, parfois) ont usé et abusent du terme "collectif", sincèrement, pour se donner une couleur » (*a*). L'idéal impliqué, pour le poète, est de faire usage des mots de sorte qu'ils ne soient ni « suractifs » ni « désactivés ». Les cinq derniers mots de la citation, « pour se donner une couleur », en sont un exemple. Dans leur justesse et leur polyvalence, ils sont difficilement récupérables par une vision ou une autre. On pense à l'expression d'usage courant « se donner un genre ». On peut lire dans « couleur » une association à l'ethnicité (le monde littéraire étant, en France comme aux États-Unis, très blanc), mais il fait aussi écho à « se mettre en colère », donnant une sorte de colère cassée, une fausse colère ou fausse rage politique – une rage inadéquate.

a. N. Quintane, « Pourquoi l'extrême gauche ne lit pas de littérature » dans *Les Années 10, op. cit.*, p. 175-201, p. 185-186.

[121] *I have to check* : Autre moment où le « je » est révélé, par la traduction, partagé entre MLP et NQ. Est-ce que MLP, dans l'imagination de NQ narratrice, prend note du besoin qu'elle éprouve, soudain, de vérifier (ou de demander à ses militants de vérifier) le genre du commerçant ? Est-ce que MLP, au magasin, fait preuve d'une inattention extrême vis-à-vis du commerçant, de la personne qu'elle a en face d'elle ? La diction *lady* est plus MLP que NQ, à mes yeux (et en mettant *lady* j'ai donc effectué un choix interprétatif). Mais la phrase peut aussi bien être une remarque de la narratrice, préparant sa connaissance de la ville pour l'action, l'intervention, qui va suivre.

dead towns make, they make[122] for a dead country;[123] oh how lovely, little chocolate animals, little milk-chocolate animals,[124] upsy-daisy[125] changed my mind, Joanie[126] would just love these, she adores animals, she wants to be a vet;[127] and with that she leaves the candy shop under a rain of whistles and applause, or no, a couple of whistles and a lot of applause, to make her entrance elegantly, *manu militari*,[128] to the shop that's next, a restaurant, a big restaurant where I remember a conversation with a waiter there who's Greek.[129] This was recent.[130] I asked about what was going on in Greece (and that was

---

[122] *make, they make* : Cette répétition, une sorte de bégaiement, est ajoutée. Le rythme semblait approprié aux efforts considérables faits à ce moment du discours pour rejoindre une rhétorique grandiloquente. Le bégaiement attire l'attention vers l'usage de *dead*, métaphorique au point d'être vidé de son sens.

[123] *dead towns, a dead country* : La mort est évoquée, encore une fois, de manière figurative, c'est-à-dire mal évoquée. MLP est déjà entourée de signes de la mort, non seulement la chair de l'animal si bien emballée mais aussi une sorte de masque mortuaire en chocolat. La capacité du personnage à nier sa réalité – à la mal-user – est ainsi soulignée.

[124] *little chocolate animals, little milk-chocolate animals* : Je redouble une formule du texte source. MLP, qui cherche à séduire le commerçant, souffre de sa peur de l'avoir offensé en évoquant le chocolat noir.

[125] *upsy-daisy* : Ce syntagme très ou trop inoffensif, presque risible, reproduit l'oralité de « alors là » dans l'expression originelle, « alors là je change d'avis ».

[126] *Joanie* : Changée de « Jehanne », en référence à la première fille de MLP, Jehanne Chauffroy, née en 1998. L'orthographe du prénom a été choisie par la famille d'après l'ancienne orthographe de Jeanne d'Arc. (Ce conservatisme par rapport au nom de ce personnage de l'histoire française, l'insistance sur l'ancienne version du nom pour la raison de son ancienneté, est à l'opposé du geste de NQ, qui, pour le titre d'un autre livre, se permet une contraction du nom de famille [a].) Pour le lecteur anglophone, le nom « Jehanne » n'est pas facilement associé, ou pas associé tout de suite, à Jeanne d'Arc, qui est nommée en anglais *Joan*. L'intention de ce choix de traduction est que l'association avec Jeanne d'Arc soit claire : le choix de MLP de nommer sa première fille d'après ce personnage historique est remarquable et mérite d'être noté, non seulement pour la banalité effrayante d'un patriotisme au premier degré mais aussi pour son importance, quelque peu agressive, parce qu'il s'agit de nommer une personne, qui aura ensuite à porter le nom toute sa vie. *Joanie* me semble plus ou moins plausible en diminutif anglais pour « Jehanne » (*Joanie* est le diminutif d'usage de *Joan*), qui est, d'ailleurs, difficile à prononcer avec les sons de la langue anglaise.

    a. *Id., Jeanne Darc*, Paris, Éditions P.O.L, 1998.

[127] *vet* : Le terme états-unien d'usage pour « ancien combattant ». L'écho de la violence réprimée n'est pas loin.

[128] *elegantly, manu militari* : À ce moment de la narration, un lien est fait, par MLP peut-être, entre la langue latine et l'« élégance ». Bien que *manu militari* soit en français assez habituel comme usage, il n'est que la première de plusieurs expressions latines qui travailleront ce personnage. Dans la traduction, ces mots s'inscrivent dans la continuité de l'atmosphère militaire de *vet* déjà évoquée.

[129] . : Je choisis d'en faire une phrase plus courte que dans le texte source.

funny, to ask after a country as if asking after a person).[131] He was worried about his sister, a schoolteacher, because they were going to stop paying her. I made a mental note of this, that teachers, too, could be taken off the payroll.[132] And the next time, I didn't ask.

So Marine (as she is known to the press, a certain press, and to my family[133] even as they think she'll never win, too extremist; what they would like is her politics, without the

---

[130] . : Je coupe la phrase une deuxième fois. En anglais courant, une phrase aussi longue ne peut qu'être comique, ou presque, parce qu'elle est très rare. Or à ce moment la voix respire, elle rejoint celle de NQ, devient sérieuse ; je lui fais de la place.

[131] *and that was funny, to ask after a country as if asking after a person* (« ce qui est tout de même curieux, de demander des nouvelles d'un pays comme d'une personne ») : Ce moment, lent, beau, sincère, est alors à l'opposé de, en rupture avec ce qui vient de se passer.

[132] *teachers, too, could be taken off the payroll* : NQ travaille depuis longtemps comme enseignante dans le secondaire. C'est la précarité de ses collègues dont il s'agit et son silence a l'air d'une sorte de révérence, d'une crainte. Le chômage en Grèce atteignait 28 % en 2013, l'année précédant la publication des *Années 10* ; les employés de la fonction publique étaient particulièrement touchés (*a*).

   a. M. Rafenberg, « "À quand la fin de l'austérité ?" : Les Grecs s'impatientent », *Le Monde*, mis en ligne le 15 et 23 novembre 2018, consulté le 15 mai 2020, https://www.lemonde.fr/economie/article/2018/11/15/les-grecs-tardent-a-voir-la-fin-de-l-austerite_5383762_3234.html.

[133] *my family* : NQ, née dans le 17ᵉ arrondissement de Paris en 1964, a grandi à Pierrefitte-sur-Seine, ville de banlieue parisienne de quelque trente mille habitants. A. Farah la cite à ce sujet ; l'autrice est, dans son texte « Depuis 1988 », typiquement aphoristique : « Je viens de Pierrefitte-sur-Seine, mais je n'ai rien fait de mal » (*a*). NQ, dans *Que faire des classes moyennes ?*, offre une description de cette ville qui, tirant son nom du latin *petra ficta*, était il y a longtemps un site d'exploitation de carrières de gypse : « Le long de la route qui va de Pierrefitte à Sarcelles-Lochères, il y a des classes moyennes, et des classes populaires (c'est tout). [...] Plus loin que la route, ce n'est pas qu'il n'y avait rien, c'est que je n'y pensais pas, pour ne pouvoir penser qu'à la route – une longue route, déserte aux deux tiers, entre Pierrefitte et Lochères, puis de plus en plus peuplée au fur et à mesure qu'on voyait au loin les murs blancs des Flanades. Magasins, vol de peignes. [...] Et donc, il n'y avait qu'un monde, et j'allais découvrir le deuxième. Premier monde : Pierrefitte, petra ficta ou frita ou fixa ou ficta, pierre plantée. Mairie en briques rouges, comme dans le Nord. Boucherie chevaline. Butte. Nationale Lénine. Autrefois (de mon temps), foyer Sonacotra, magasin Darty, MJC, avant la descente sur Saint-Denis (plus tard, dévastation commerciale – des Mondial Moquettes projetés par éventration des trottoirs, chantier permanent proche, à la vue, des zones de guerre ou de reconstruction auxquelles on est habitué en banlieue) » (*b*).

   Pierrefitte (pour ne reprendre qu'un des termes familiers de NQ, qui dans sa jeunesse appelait cette ville « Pommes de terre frites » [*c*]) est le seul « monde » tant qu'il n'y a qu'un ; plus tard, après être allée découvrir (« j'allais découvrir ») le deuxième, la ville natale devient le *premier* monde. Cette sorte de récit, d'une rupture faite jeune, attire NQ : « Quand j'ai écrit ce petit livre qui s'appelle *Jeanne Darc*, ce qui

extremism[134]) steps into the restaurant with neoclassic detailing she caresses with a look and then both hands, taking a look at the menu, filling the space with her lovely deep bluesman's voice[135] as just like that she hazards a little ditty, a kitchen song, a song that puts one simply in mind of sustenance (the chocolates of the establishment preceding this

---

m'intéressait, c'était cette ado de l'époque qui avait trouvé la force de s'extirper d'un milieu pour se balancer toute vive dans un autre » (*d*). Il est possible que l'autrice, qui, dans son roman *Crâne chaud*, fait référence à Gertrude Stein, soit familière de cette phrase de la romancière états-unienne : « C'est pourquoi l'écrivain doit avoir deux pays, le pays auquel il appartient et l'autre où il habite vraiment » (*e*). Ce n'est cependant pas nécessaire ; l'idée semble répandue et familière, celle de la littérature comme deuxième monde, à découvrir en quittant le monde familial. Enfant, NQ a « mis très longtemps, peut-être plus longtemps que la moyenne, à comprendre que les livres étaient fabriqués par des humains ; pour moi, ils naissaient tout seuls pour venir me protéger de l'agressivité des adultes » (*f*). Cette idée de la littérature comme deuxième monde va de pair, pour moi, avec le choix de vivre quelque temps en France. Je m'attarde sur l'idée d'une dualité des mondes dans un commentaire qui est le double d'une traduction, elle-même une réplique du texte source. Il serait tautologique de dire que c'était en quittant sa famille natale que NQ a pu devenir l'autrice qu'elle est, s'ouvrir aux engagements politiques qui marquent son œuvre ; le dire n'est pas expliquer la nécessité qu'elle expérimente de faire mention, quand même, de cette famille. La pierre ne se dégage si facilement que ça (avec la facilité d'énoncer « on quitte Pommes de terre frites. On écrit des livres » [*g*]) ; elle est fixée (« fixa ») ; pour être terrain, où des choses poussent (« plantée »), il faut rester à sa place.

a. Java, n° 16, cité dans A. Farah, *Le Gala des incomparables, op. cit.*, p. 37.

b. N. Quintane, *Que faire des classes moyennes ?, op. cit.*, p. 88-91.

c. Id., Tomates, op. cit., p. 88.

d. Id., « Le Peuple de Maurel », art. cit., p. 113.

e. G. Stein, *Paris France*, cité dans A. Kaplan, *French Lessons, op. cit.*, épigraphe (« *That is why writers have to have two countries, the one where they belong and the one in which they live really* »).

f. B. Auclerc, « "À inventer, j'espère" », art. cit., p. 220.

g. N. Quintane, *Tomates, op. cit.*, p. 88.

[134] *what they would like is her politics, without the extremism* : La traduction de cette phrase sèche et marquée par une certaine distance, mais sérieuse (« ce qu'il faut, c'est ses idées, moins l'extrémisme »), est difficile. J'ai commencé par *ideally* pour « il faut », mais l'ironie était vague, trop large ; et en essayant *they would like her politics, they would like her ideas*, je trouvais qu'il manquait à la phrase la distance de la phrase originelle vis-à-vis de cette ligne incohérente à laquelle adhère la famille de NQ, distance que je crois avoir reproduite par *what they would like.*

[135] *lovely deep bluesman's voice* : L'ironie est forte, on passe même au sarcasme. *Bluesman* est retenu de la phrase originelle. Dans une traduction vers « l'américain », la question de la représentation raciale est soulevée par ce mot, la musique dite *blues* étant associée à la communauté noire du Sud états-unien et sa diaspora au fil du XXe siècle dans les villes désindustrialisées des États-Unis. Il est possible, en écoutant un discours de MLP, de constater la résonance effectivement profonde de sa voix, performative avec une trace de gravier dans son bas registre.

one have, evidently, whet her appetite), you wouldn't have anything for me, would you, sings she to the barman, who wouldn't deny her a few peanuts. Into the cup goes her hand, which has the slightest bit of flab (she's four years younger than me[136]), and she ends up licking the salt from her fingers, one-by-one, one after the other;[137] with those peanuts of yours you're not messing around, she says to the barman, anyone can tell your clientele is spoiled.[138] At that she turns on her heel and goes out the way she came in, followed by a little coterie, or by a seething mob, to be determined,[139] only to stop short in front of the subsequent threshold,[140] hesitating—will she, won't she—I'm for all businesses, she declares, I'm with them, I don't pick sides, she adds, not me.[141]

Resolutely, then, she pushes down the metal handle and strides into the bookstore; to the left are travel guides; to the right, mystery novels and postcards; straight ahead,

---

[136] *she's four years younger than me* (« elle a quatre ans de moins que moi ») : La remarque est mystérieuse. Pour être exploitable, elle présume une familiarité avec la biographie de NQ (qui, au début de l'année 2020, a cinquante-cinq ans, MLP, elle, en a cinquante-et-un). Le ton, lui aussi, n'est que difficilement compréhensible. S'agit-il d'une jubilation malveillante, pointant la délicatesse relative des mains de NQ… ? Je crois qu'il s'agit plutôt d'une sorte d'émerveillement vis à vis des effets du passage du temps sur le corps de la femme politique et de l'effort monstrueux que demande son acte, la farce politique qui est toute sa vie. L'appartenance de NQ et MLP à une même micro-génération sera utile plus tard, lors d'un passage sur les années Mitterrand. Enfin, pour être directe, il est effectivement possible de constater, via une très brève recherche, que NQ paraît plus jeune que son âge, MLP plus vieille.

[137] *;* : Je me questionne beaucoup sur l'usage des points-virgules, là où il s'agit dans le texte source pour la plupart de virgules. Comme des phrases si longues ne sont que difficilement compréhensibles en anglais, la tentation est forte de les couper. Aussi fort est l'impératif (évoqué par Benjamin, « La Tâche du traducteur », art. cit.) de transposer au projet de la littérature anglaise les nouveautés qu'offre ce texte.

[138] *anyone can tell your clientele is spoiled* : Il y a là, encore une fois, une insinuation légère, comme si MLP, automatiquement et presque contre son gré, flirtait avec le barman (dont le texte ne présente pas la réponse).

[139] *to be determined* : Traduction quelque peu créative de « on va voir », elle préserve l'impersonnalité de l'« on » français ainsi que l'air de menace d'une interruption de la narratrice du début du récit, imaginant les actions possibles.

[140] *in front of the subsequent threshold* : Comme l'expression des premières pages, « local local » (du journal régional), l'expression originelle, « devant la devanture », est d'une répétition joyeusement bête.

[141] *not me* : Je pensais à capitaliser ce syntagme (*Not me*), pour démarrer la pensée de MLP ; j'ai préféré garder au moins l'écho d'un double sens, du « je » tellement flexible dans ce texte qu'il fait référence de manière plausible à la narratrice ainsi qu'à MLP. Sans capitalisation, *not me* peut référer à NQ aussi ; il s'agit alors d'une levée de l'ambiguïté par la narratrice, brièvement, comme en levant la main pour dire qu'elle, pour sa part, n'exclut pas d'être « sectaire ».

prizewinners and new releases, novels; around the corner, at the back and to the left, foreign literature and, against the wall, paperback editions; by the register the handsome, gold-lettered[142] Pléiades; to the left of the register the coffee-table books so plentiful at this time of year, books on art and film;[143] in a backroom philosophy, sociology, economics, political books, books for language learning, comic books and manga;[144] to the right, all

---

[142] *handsome, gold-lettered* : Soigneusement alignés avec la diction MLP, ces deux mots ont été ajoutés pour permettre au lecteur anglophone de bien comprendre ce qu'est la bibliothèque de la Pléiade, « une référence », comme on peut le lire sur Wikipédia, « en matière de prestige, de qualité rédactionnelle et de reconnaissance littéraire des écrivains » (*a*). Des perspectives de NQ sur des idées telles que « qualité », « prestige » littéraire trouvent une expression dans l'essai déjà mentionné « Pourquoi l'extrême gauche ne lit pas de littérature », entre autres (*b*). Pour le moment, je préfère m'attarder sur la question de la politique de la glose, parce que je trouve extrême ce choix, que je viens de faire, d'insérer ces mots ; il me semble intéressant de la prendre en considération. Au sujet de la politique de la glose dans des ouvrages fictifs, j'admire beaucoup l'essai de Namwali Serpell, autrice zambienne vivant aux États-Unis, qui explore les stratégies d'autres romanciers africains écrivant en anglais pour gloser, ou refuser de gloser, des éléments de la mise en scène. Elle encourage ces stratégies dans leur diversité, réaffirmant qu'il n'est pas nécessaire de céder à l'attente d'explications (*c*). La situation des auteurs qu'elle cite diffère du cas présent ; étrangère, je cours le risque de sentimentaliser la différence, de préférer le différent parce qu'il l'est ; gloser de cette manière un peu plus profonde, pour défamiliariser la Pléiade comme si ce phénomène n'allait pas de soi, pour ne pas me vanter des connaissances que j'ai pu accumuler à l'étranger, me permettrait peut-être d'échapper à ce risque.

    a. « Bibliothèque de la Pléiade », *Wikipédia*, consulté le 15 mai 2020, https://fr.wikipedia.org/wiki/Bibliothèque_de_la_Pléiade.

    b. N. Quintane, « Pourquoi l'extrême gauche ne lit pas de littérature », art. cit.

    c. N. Serpell, « Glossing Africa », *New York Review of Books Daily*, mis en ligne le 21 août 2017, consulté le 15 mai 2020, https://www.nybooks.com/daily/2017/08/21/glossing-africa.

[143] *film* : Mon réflexe en écrivant ailleurs serait d'utiliser *movie*, pour éviter la création d'une atmosphère prétentieuse. Ici je choisis *film* pour, justement, l'effet d'une aspiration manquée au savoir culturel, faussement chic. Encouragée, j'ai essayé *cinema, books on cinema and the arts*. Cela faisait trop ; il fallait maintenir la sècheresse de la satire.

[144] *philosophy, sociology, economics, political books, books for language learning, comic books and manga* : Philosophie et bandes dessinées sont reléguées à une même salle du fond où elles ne risquent pas d'offenser qui que ce soit. C'est à cause d'une note de 4/20 à l'épreuve de philosophie que la MLP historique n'a obtenu son baccalauréat que tardivement, au rattrapage, selon la page Wikipédia dédiée à la femme politique (*a*).

    a. « Marine Le Pen », *Wikipédia*, consulté le 15 mai 2020, https://fr.wikipedia.org/wiki/Marine_Le_Pen.

the way at the back, children's literature. She decides she will stay in the front room,[145] grabs the Goncourt,[146] sets a course for the register, this Goncourt looks very good,[147] would you please gift-wrap it, it's for my grandmother, unless[148] understandably enough she chokes,[149] she drops the package, she picks out a ravishing book of fifty-five euros,[150] a book about China, about Chinese vases, they really gave those Chinese a run for their money over in Moustiers,[151] am I right, she says, because she's been cramming everything there is to know about the region; she put her little Louis to the task, or little Mathilde,

---

[145] *She decides she will stay in the front room* : Dans la littérature d'arrivée cette décision mineure, faite et dite de cette manière à propos d'une femme, rappelle l'incipit de *Mrs. Dalloway* de Virginia Woolf : « *[S]he would buy the flowers herself* » (London, Hogarth, 1925).

[146] *the Goncourt* : Le roman lauréat du prix Goncourt en 2014, année de la publication des *Années 10*, était *Pas pleurer* par Lydie Salvayre (Paris, Éditions du Seuil).

[147] *looks very good* : Cette traduction littérale, par des mots utilisés pour d'autres consommables, exagère l'idée que MLP n'a pas l'habitude de parler de livres (« il paraît qu'il est très bon ce Goncourt », dans la phrase originelle). Avec son « Goncourt » il s'agit d'un choix inoffensif.

[148] *unless* : Rappel des origines de cette histoire dans une fantaisie de la narratrice, qui imagine la visite de MLP ; ici, très clairement, une alternative est proposée, des branches du récit qui soulignent sa nature spéculative.

[149] *she chokes* (« elle banque ») : Je ne connaissais pas le verbe. La solution la plus simple est celle de Garnett, évoquée par L. Davis : « La solution adoptée par Constance Garnett, la traductrice prolixe du russe, au mot, groupe de mots, ou passage du texte source qui la laissait perplexe : l'omettre » (*a*).

   a. L. Davis, « Some Notes on Translation and On Madame Bovary », art. cit. (« *The solution adopted by Constance Garnett, the prolific translator of Russian, to the word, phrase, or passage in the original that utterly confounded her: leave it out* »).

[150] *of fifty-five euros* (« à cinquante-cinq euros ») : *That costs fifty-five euros* serait, peut-être, plus fidèle, parce que moins spécial, n'attirant pas la même attention, mais comme le rythme de la phrase aurait été, de toute façon, raté par *that costs fifty-five euros*, j'ai pris avantage de *of fifty-five euros* pour faire la continuité de la diction consommatrice de MLP. (On utiliserait plutôt cette construction pour désigner, par exemple chez le boucher, quel produit on préférerait entre des options à prix différents.)

[151] *Moustiers* : Moustiers-Sainte-Marie, commune de 693 résidents en 2015, située à 50 kilomètres environ de Digne-les-Bains (à 50 minutes, aussi, de route), appartient selon Wikipédia à une association regroupant « Les Plus Beaux Villages de France ». Cette distinction impliquant une certaine concurrence serait, peut-être, enviable à Digne ou à D. (situation qui ferait de cette remarque, qui se place dans une déférence extrême, un échec). Le nom propre implique, pour la première fois, que « D. » est situé plutôt au sud du pays, information qui sera importante dans la discussion suivante sur l'architecture. La fabrication de la faïence à Moustiers date du XVIe siècle. Le camaïeu bleu en est typique, de même que les scènes de chasse (*a*).

   a. « Moustiers-Saint-Marie », *Wikipédia*, consulté le 15 février 2020, https://fr.wikipedia.org/wiki/Moustiers-Sainte-Marie.

gave 'em the job of whipping up a little briefing,[152] a little briefing for mama[153] for next week, I want to know everything, and she does, better than most of the locals she knows about Moustiers ceramics real and fake, about grotesques,[154] about design in the style of Bérain,[155] Féraud,[156] Ferrat,[157] about the old-fashioned pharmacy jars,[158] the long and rectangular combs, the jugs that are traditional, and even about contemporary earthenware; she knows there's such a thing as a dinner service created by celebrated Swiss artist John Armleder,[159] a conceptual artist;[160] such a thing as a facsimile circular saw and blue-and-

---

[152] *a little briefing* : À mes yeux magnifique, d'une informalité telle qu'il semble éhonté, « topo » n'a pas d'équivalent anglais. D'autres traducteurs du mot (je les retrouve grâce à Linguee.fr) ont mis *little* avant un substantif plus habituel (*a little history, a little sketch*) ; pour moi, *history* et *sketch* étaient tous deux maladroits, un peu lourds ; *little summary* était, de la même façon, trop lourd ; finissant par *briefing* le verbe a été également modifié, *whip up*, pour préserver un peu de l'esprit de « topo ».

[153] *mama* : Parce que les prénoms Mathilde et Louis sont moins facilement identifiables par le lecteur anglophone, j'ai ajouté *mama*, qui se marie bien avec *whip up*, pour signaler au lecteur attentif que c'est de ses enfants qu'il s'agit. Jumeaux, Mathilde et Louis sont nés en 1999. Je découvre grâce au tabloïd Gala.fr que cette donnée fait de MLP une mère qui a eu trois enfants en une période de douze mois, avec Jehanne en 1998 (*a*).

a. « Qui sont les enfants de Marine Le Pen, Jehanne et les jumeaux Mathilde et Louis ? », *Gala politique*, mis en ligne le 19 octobre 2017, consulté le 15 février 2020, https://www.gala.fr/l_actu/news_de_stars/qui_sont_les_enfants_de_marine_le_pen_jehanne_et_les_jumeaux_mathilde _et_louis_391139.

[154] *grotesques* : La traduction est facile, les mots ont le même sens ; il n'est pas clair, ni dans une langue ni dans l'autre, s'il s'agit de masques ou de gargouilles.

[155] *Bérain* : Terme pour la faïence inspirée des ornemanistes de Louis XIV, comme Jean Bérain (1640-1711) (*a*).

a. « Faïence de Moustiers », *Wikipédia*, consulté le 15 février 2020, https://fr.wikipedia.org/wiki/Faïence_de_Moustiers.

[156] *Féraud* : Gaspard Féraud était, avec Joseph-Henry Berbegier, fondateur d'une fabrique de faïence à Moustiers au XVIIIe siècle (*ibid.*).

[157] *Ferrat* : Autre famille fabriquant de la faïence à Moustiers au XVIIIe siècle (*ibid.*).

[158] *pharmacy jars* : L'historien Jean-Claude Alary note en 2001 que les pots d'apothicaire longtemps attribués à Moustiers-Sainte-Marie pour la raison de leur « bel émail […] en camaïeu bleu » étaient en fait largement fabriqués à Montpellier. « Il persiste encore une certaine confusion dans l'attribution des pots de pharmacie du sud-est de la France », précise-t-il (*a*).

a. J.-C. Alary, « Les pots d'apothicairerie de Moustiers », *Revue de l'Histoire de Pharmacie*, année 2000, n° 329, p. 43-54, p. 43, consulté le 15 février 2020, https://www.persee.fr/doc/pharm_0035-2349_2001_num_89_329_5182.

[159] *John Armleder* : Né en 1948, cet artiste effectivement d'origine suisse est créateur des *Assiettes* (1988), « édition illimitée » de trois assiettes blanches en porcelaine (*a*).

white gas bottle decorated by the Belgian artist[161] Wim Delvoye,[162] the one who put tattoos on a pig[163] (funny, you had to admit). She squishes the big book under one arm, bids that bookstore adieu,[164] hands the book off to her bodyguard, and soldiers on toward the bar—

---

a. « John M Armleder, Assiettes, 1988 », *The Archive is Limited*, consulté le 15 février 2020, https://www.thearchiveislimited.com/john-m-armleder-assiettes-1988.

[160] *celebrated Swiss artist, a conceptual artist* : J'ai trouvé que *celebrated Swiss conceptual* était une séquence trop longue pour être lue d'un coup ; pour résoudre ce problème de rythme, j'ai réparti les adjectifs entre deux groupes nominaux, avec l'effet heureux que *a conceptual artist* suggère, dans sa redondance, que MLP est fière d'avoir retenu une expression stylée au point de mériter cette répétition. L'oralité de la phrase est aussi, par ce geste, préservée.

[161] *artist* : La relation de NQ aux perspectives et au milieu de l'art contemporain est traitée à plusieurs reprises dans *Nathalie Quintane* et notamment dans l'essai « Nathalie Quintane, artiste » ; l'affirmation par A. Labelle-Rojoux à propos des titres quintaniens est très convaincante : « Ils ont ceci de commun avec ceux des œuvres plastiques (surtout contemporaines, leur usage étant de toute façon récent en art), qu'ils dénomment des objets uniques. Étroitement liés, soit à leur conception, soit au résultat final, ceux-ci se distinguent (parce que non obligatoires : *sans titre* est sans doute encore le titre le plus fréquent pour une peinture), des titres d'ouvrages littéraires (les fameux "seuils" dont parle Gérard Genette), paratextes nécessaires figurant sur leurs couvertures, tels le nom de l'auteur et celui de l'éditeur » (*a*). À y réfléchir, ce n'est pas seulement les œuvres plastiques qui se distinguent par cette possibilité d'exister sans titre ; la même chose est vraie des courriels.

a. A. Labelle-Rojoux, « Nathalie Quintane, artiste », art. cit., p. 171.

[162] *Wim Delvoye* : Né en 1965, cet artiste expose à Paris en 2012 une sélection de ses céramiques « qui prend ses racines dans un détournement ironique des styles du passé », comme le souligne le catalogue de l'exposition, et « trouve dans le musée du Louvre un écho particulièrement sonore » (*a*).

a. « Wim Delvoye "Au Louvre" », exposition du 31 mai au 17 septembre 2012, dossier de presse, consulté le 15 février 2020, https://www.louvre.fr/sites/default/files/medias/medias_fichiers/fichiers/pdf/louvre-dpwim-delvoye.pdf.

[163] *pig* : Dans le texte originel « cochons » au pluriel, ce mot est mis au singulier pour faire résonner un écho de la formule *lipstick on a pig*, pour l'embellissement de quelque chose qui ne le mérite pas.

[164] *bids [...] adieu* : La narratrice ironise, peut-être, sur le geste de MLP, qui pratique une jovialité forcée ; comme d'autres mots repris du français, l'expression a un air plutôt prétentieux, trop élaboré (c'est pour ce côté prétentieux qu'elle va bien à MLP) ; cette réalité fait penser à la remarque de Berman que dans l'anglais il s'agit de la première vulgarisation du français, langue révisée par le bas : « On peut dire que l'anglais, la vieille langue saxonne que le français a autrefois dominé et fécondée, est pour notre langue le premier "vulgaire" qu'historiquement il rencontre » (*a*).

a. A. Berman, *Jacques Amyot, traducteur français. Essai sur les origines de la traduction en France*, Paris, Belin, 2012, p. 234.

the one that spills over and onto the square when the weather is pleasant as it is from February through to November.[165]

She goes in blowing on her hands after taking off[166] the gloves she'd donned immediately in leaving the bookstore and passing off the book on earthenware to her bodyguard, ah that's the thing, it's a bit chilly here where you live, one feels the mountains[167] not far off, Brittany[168] is a little more temperate, but then of course the sky is less blue, the mountains less violet, rivers don't course over pebbles in their beds, and with this almost Provençal[169] architecture, these yellow shutters and the roofs lined by Genoa tile,[170] you'd be forgiven

---

[165] *the one that spills over and onto the square when the weather is pleasant as it is from November* : Le sens de la blague n'est pas complètement clair ; elle peut être comprise comme une remarque affectueuse au sujet de la popularité du bar, tellement populaire qu'il a tendance à déborder même en février, ou un commentaire sur une inclination des Dignois à boire ; cette MLP, en dépit d'une marge des possibles qui va de février jusqu'en novembre, choisit le mauvais moment, et elle en souffre beaucoup, parce qu'elle souffre de la froideur qu'elle rencontre ici – de la même manière qu'elle insulte, en suivant sa propre logique, les Dignois en sélectionnant un livre sur la faïence chinoise, donc concurrente. Ses efforts sont par elle-même tournés, en dépit de leur persistance, à contresens.

[166] *after taking off* (« après avoir retiré ses gants ») : Ce temps (« après avoir »), fréquent dans le récit, semble étrange en anglais, et je le varie. Le gérondif est plus fréquemment d'usage en anglais quand on a besoin du substantif.

[167] *mountains* : Le mot original, « montagne », est singulier ; en anglais, le pluriel est d'usage pour référer à la forme du terrain dans sa généralité.

[168] *Brittany* : Région au nord-ouest de la France de quelques 3,3 millions d'habitants où Jean-Marie Le Pen, notamment, est né. Le nom Le Pen, d'origine bretonne, se traduit par « tête », « chef », ou « péninsule » ; cette persistance d'un mot breton est intéressante au vu d'une discussion qui surgit plus tard dans *Les Années 10* au sujet des langues régionales (a). Réputée pour la beauté de ses plages, cette région est voisine mais ne fait pas partie de la circonscription Nord-Ouest de la France (Basse-Normandie, Haute-Normandie, Nord-Pas-de-Calais, Picardie), dont MLP est élue députée européenne en 2014. Comparée avec le Nord-Pas-de-Calais, où MLP s'installe en 2007, la Bretagne est bien *a little more temperate* ; la comparaison avec le Sud (où Digne-les-Bains est située) est moins crédible.

a. « Le Pen Family » (« Famille Le Pen »), *Wikipédia*, consulté le 3 juin 2020, https://en.wikipedia.org/wiki/Le_Pen_family.

[169] *almost Provençal* : L'erreur de cette phrase est présente dans le texte originel : « architecture presque provençale ». Le récit prend lieu en Provence ; n'importe quel bâtiment serait d'une architecture provençale, le mot « presque » est donc erroné.

[170] *Genoa tile* : Cette expression, qui présente elle aussi une certaine maladresse, me semblait devoir être gardée (« ces rangs de génoises sous les toits ») parce que *North of Italy* semble y faire référence quelques

for thinking we were in the North of Italy; I was just up the street,[171] and all the faces were orange with light[172] from the setting sun with everybody squinting in the light that was fantastic,[173] a dog trotting along amidst it all, a little old lady mainlining, with glinting teeth, a fresh baguette, a child assailing a tree furiously to the soundtrack of parental laughter, and that's when I realized, hey, I'll go ahead and visit the businesses on the square, I'm in town only an hour, see, but felt so good as to reflect, inwardly, that if I didn't already live in Hénin-Beaumont[174] I'd move here, that's right, *chez vous*, for real, isn't that right, not one of those secondary residences that are always boarded up and smell like it when the time comes, once a year, to open up again; and not one of those *speculative*

---

mots plus tard, comme si MLP, cherchant à impressionner avec la variété de sa culture, ne faisait que rappeler la dernière chose dite, par elle-même et au hasard. La question de la tuile typique de la région de Digne-les-Bains est traitée ailleurs dans le volume *Les Années 10*, dans l'essai « Le Peuple de Maurel », qui parle, non seulement de la construction d'une identité provençale, mais aussi de celle d'une mythologie associée : « Puis on garda le pain et on adopta l'argile, l'argile rouge, celle qui sert aux tuiles, que les femmes moulent sur leurs cuisses ici en Provence, et qu'on appelle "canal" à présent, celles-là mêmes qu'on vous oblige à mettre sur votre toit, par crainte que votre maison n'imite pas bien l'idée qu'on se fait des maisons » (*a*).

a. N. Quintane, « Le Peuple de Maurel », art. cit., p. 86.

[171] *I was just up the street* : Locution typique d'une performance de *stand-up comedy* pour introduire une blague ou observation type « tranche de vie ». Les spectateurs comprendront qu'il ne s'agit pas forcément d'un déplacement véridique mais d'une excuse pour faire remarquer une occurrence autrement trop quotidienne pour le mériter.

[172] *all the faces were orange with light* : L'approche du texte à la question de l'ethnicité, et notamment à une blancheur (*whiteness*) double – de la région, de la parole de MLP – me semble pertinente.

[173] *squinting in the light that was fantastic* : Le choix du mot *fantastic* a été fait en raison d'un écho léger perceptible de l'ancienne formule nord-américaine *tripping the light fantastic* ; l'une des caractéristiques du discours de ce personnage est l'imprécision de son usage, et notamment l'usage non standard, mal géré, des locutions familières, que je me contenterai d'appeler « proverbes cassés ».

[174] *Hénin-Beaumont* : Ville de quelque 26 000 habitants dans le département du Pas-de-Calais, ancien centre des mines de houille aujourd'hui appauvri par la désindustrialisation. MLP s'y installe en 2007 afin de se présenter à diverses élections, à commencer par les législatives de la même année. Confrontée à des accusations qu'elle y est « parachutée », MLP se montre plus ou moins d'accord, avouant son idéalisme. Selon elle, Hénin-Beaumont est un « symbole » des problèmes auxquels la France fait face : chômage, insécurité, et ainsi de suite. En parcourant, quoique brièvement, la polémique associée au dépaysement de MLP, qui a grandi en Île-de-France, je suis frappée par une misogynie extrême. On « a proposé Lens à Marine, parce que le bassin minier était en plein essor électoral. Et puis le physique "flamand" et la gouaille de Marine s'accordaient bien au lieu », selon l'homme politique Bruno Bilde (« Marine Le Pen », art. cit.).

properties that you buy up just to sell out[175] but a house, a family home, a solid building heated by woodstove, or gas, doesn't matter, I don't take sides, but with in any case a beautiful chimney before which we'd sit, evenings, after a meal, cat on our laps, you know what I mean: there's nothing better. I'd pick one up on that hill over there, that one, see, the south-facing side because, come on, north-facing it'd be freezing where you live; there'd be light all day long,[176] no need even for a porch, and that's where I'd recuperate after my campaigns, recover from the travails of political life, simply awful, you're on the road all the time, from the fatigue that seizes me by evening, when you take off your shoes to see your feet are shaped like shoes[177] (massage doesn't do anything for it, and neither, believe me, will bath salts), from the constant stress, because you need every answer ready before the question's even asked, from having to calculate six or seven steps ahead, from navigating cannily 'twixt sweetness and brutality, conviviality and reserve, because you have, obviously, to protect yourself, otherwise you'll be eaten alive, you'll be eaten alive[178] by political operatives (not that you can say that) and by the voter, who always wants an apartment, a backyard,[179] a car, an extra hundred and fifty a month in order to eat, or to use the phone, and the hotels, I've known them all, every hotel in France, my father's[180] well-worn path, every hotel in this country, two stars, listen,[181] on up, because it's not like I only

---

[175] *buy up just to sell out* : Ce choix convient pour la confusion des prépositions (*up, out*) et la trahison impliquée par *sell out*, comme si MLP avouait vendre, d'une façon ou une autre, son âme.

[176] *light all day long* : Cette redondance, qui n'est pas sans précédent dans le milieu de l'immobilier, présente un autre exemple du manque de correspondance, chez MLP, entre langage et réalité : une définition possible pour « jour » serait la période quand il y a de la lumière.

[177] *shoes* : Cf. N. Quintane, *Chaussure, op. cit.*, p. 97 : « Ou doit-on constater l'épuisement avéré de la forme ? »

[178] *eaten alive, eaten alive* : L'équivalent de « se faire bouffer » s'avère être, non pas *to be eaten*, mais *to be eaten alive*.

[179] *backyard* : Pour « jardin » au lieu de *garden*, parce que plus typique aux États-Unis.

[180] *my father's* : Jean-Marie Le Pen (né en 1928), homme politique français, fondateur entre autres du Front national en 1972. MLP lui succède à la présidence de ce parti dont il est exclu en 2015 en raison de commentaires révisionnistes qu'il serait difficile, par leur nombre et leur variété, de résumer ici (*a*).

   a. « Jean-Marie Le Pen », *Wikipédia*, consulté le 15 mai 2020, https://fr.wikipedia.org/wiki/Jean-Marie_Le_Pen.

[181] *listen* : L'habitude de s'interrompre elle-même qu'a MLP crée une ambiguïté, parce qu'il n'est pas clair dans le récit, qui présente le monologue ou fil de sa pensée interne le plus souvent sans interlocuteur, si son angoisse de ne pas être écoutée est fondée ou non dans le réel (un manque d'intérêt réellement montré par un interlocuteur quelconque). La conviction du personnage qu'elle ne sera pas écoutée, ses réponses péremptoires, la présomption qu'elle fait d'une mauvaise foi de la part de cet interlocuteur accordent au

stay at three- or four-star hotels, don't believe what you hear, I love me a little family inn, when you get there and settle in as if at home, there's a good bowl of soup waiting for you, bread that has not been defrosted, beef, cakes with cream, a *digestif* and coffee (for me personally coffee doesn't stop me getting to sleep at night, I'm a lucky girl, not the type to call it a night at an herbal tea, I'd never turn down coffee and a ciggie,[182] and though I am smoking in moderation at present I see no reason to deny myself the pleasure, the tobacco industry happens to be a jewel in the crown of the French economy, and if they persist, that National Assembly, in passing all laws sensical and non-, well then cigarettes will be bought and sold in back alleyways by street vendors such as you see teeming[193] in some neighborhoods of Paris, and so you, you have to know what you want: for me, that means going into a real tobacco shop, a tobacconist's—you know Fernando Pessoa's wonderful poem,[184] "The Tobacco Shop"[185]?[186]—and, looking that tobacconist in the eye,[187] asking

---

monologue un air de marchand ambulant ou de comique désespéré. « Le plus difficile, ce sont les relations humaines. [...] Pour ne pas être dans la confusion, on pense qu'il faut être cynique, alors qu'il suffit d'être raisonnable » (*a*).

    a. N. Quintane, *Début, op. cit.*, p. 87.

[182] *lucky girl* [...] *coffee and a ciggie* : Le sous-entendu de la phrase a été préservé.

[183] *teeming* : Verbe qui caractérise le mouvement des animaux nuisibles.

[184] *poem* : Jean-Marie Gleize nous apprend de NQ qu'« elle sait par cœur des centaines de poèmes qu'elle collectionne dans de tout petits cahiers gris dont elle arrache les pages qu'elle colle ensuite sur les murs de sa cuisine ou de sa chambre » (« "Nous" », art. cit., p. 183).

[185] *"The Tobacco Shop"* : Le poème est, pour notre MLP, un choix étrange. Le texte de Pessoa est marqué par une gravité double, celle de la mortalité qui lui est thématique ainsi que celle d'un ton très grave, oraculaire. Les premières lignes, en français et anglais, sont :

    Je ne suis rien
    Jamais je ne serai rien.
    Je ne puis vouloir être rien.
    Cela dit, je porte en moi tous les rêves du monde.

    I'm nothing.
    I'll always be nothing.
    I can't want to be something.
    But I have in me all the dreams of the world.

Même pour leur apparence sur la page – leur longueur progressive – ces lignes font autorité au point de sembler inévitables. La rencontre avec l'homme qui tient le bureau du tabac est un moment particulièrement chargé, une confrontation à la mort :

for my packet, and letting my money fall tinkling as I go, using a finger to pull at plastic casing that slithers from the box, feeling the filter on my lips, lighting a lighter, sucking in a gulp under a clear blue sky, and wandering every bit the *flâneur* as I think of a skirt, or what kinds of things I'll say to my cabinet director after I take office), I'll have mulled wine, please, with cinnamon, there's nothing like mulled wine this time of year. She swallows that mulled wine, or not, to applause spearheaded by a couple of henchmen. At that, heels clacking, she takes hold of the doorknob and leaves, on to the next.

Next up, as she's planned it out, as has been planned for her with slickness like that of a Quebecois celebrity's marketing team (that excellent marketing team),[188] listing the TV

Mais le patron du Bureau de Tabac est arrivé à la porte, et à la porte il s'est arrêté.
Je le regarde avec le malaise d'un demi-torticolis
et avec le malaise d'une âme brumeuse à demi.
Il mourra, et je mourrai.

But the Tobacco Shop Owner has come to the door and is standing there.
I look at him with the discomfort of a half-twisted neck
Compounded by the discomfort of a half-grasping soul.
He will die and I will die.

Visible à travers cela, le doublage (poème/traduction, traduction/traduction, poète/patron, *He will die and I will die*) est l'un des thèmes de NQ (NQ, MLP), l'un des miens aussi (traduction, texte source, traductrice et autrice). Le traducteur vers le français de cette version est Álvaro de Campos (*a*), le traducteur vers l'anglais Richard Zenith (*b*).

    a. « Bureau de Tabac, par Fernando Pessoa », *Dormira jamais*, consulté le 15 mai 2020,
    http://dormirajamais.org/bureau.
    b. F. Pessoa, « The Tobacco Shop », trad. R. Zenith, *The Iowa Review* vol. 31, no. 3, 2001, p. 75-80. Consulté le
    15 mai 2020, https://ir.uiowa.edu/cgi/viewcontent.cgi?article=5447&context=iowareview.

[186] *you know Fernando Pessoa's wonderful poem, "The Tobacco Shop"?* : La phrase peut être lue comme une interjection provenant de la narratrice, qui se fatigue de sa MLP.

[187] *looking that tobacconist in the eye* : Dans son action risible, encore une fois, pour ses airs de séduction ratée, MLP imite malgré elle le poète : « Je le regarde », *I look at him*. Le désir de MLP – ses petits plaisirs, pour le dire plus précisément ; son goût pour la cigarette, etc. – l'humanise, en dépit d'elle-même.

[188] *Quebecois celebrity's marketing team (that excellent marketing team)* : Malgré la diversité et la richesse de mon expérience de la France et de la francophonie, je n'aurais jamais pu anticiper qu'elle me mènerait à passer une demi-heure à googliser « celine dion + le pen ». Existe-t-il un quelconque rapport entre ces deux phénomènes ? La possibilité n'est pas si vite éloignée. Un même agent de sécurité a été au service de Jean-Marie Le Pen et de Céline Dion (*a*) ; l'homme politique en est fan, saisissant toute occasion pour chanter les chansons de cette dernière (*b*). La connexion la plus probable est simple, une plaisanterie aux frais de la chanteuse, connue pour son génie stratégique (*c*). Il est d'ailleurs facile de trouver des références à une

shows she'll valiantly go on one after the other,[189] with a full précis[190] of the scenery, host, the dress to wear, the time devoted to this or that guest down to the minute, the broadcast time she can in consequence expect to get, and of course the ratings, writ large in black-and-white across the roadmap, for she has a detailed roadmap, the names of all the businesses are there in order, and what they have in stock, how long they've been around, the time she'll spend at each (the hour of her visit divided by twelve businesses = five minutes/business), and so she knows just what types of business she'll find after the regional paper, butcher, sweetshop, restaurant, the bookstore and the bar, or rather she knows approximately, these cretins she has for staff having failed, once again, to do their jobs, indicating a bakery when what they meant to say was butcher (it's not the same thing at all), or a florist's in place of a chocolate shop (in December, that's just everything), or a real-estate agency when, whoops, it's a bookstore, or: whoops, it is a real-estate agency, yet another real-estate agency, you can tell we're in the South, and what a relief it must have been when she saw the bookstore as if crop up—ahh, finally some down time, I'll take a stroll, check out the nice books (and in December, there'll be some magnificent ones, and plenty of them, I might just think about making the best of things by doing a little Christmas shopping since, with municipal elections coming up, there will be time for absolutely nothing)—, a wine bar when all it is is a bar, a corner bar, a dive that is, fine, sure to have clients but serves the cheapest wine, barely drinkable even with cinnamon in it, heated up (cheap and mulled), a cheap wine that must be heated up if you don't want to

---

qualité comparable chez MLP ; on lit très vite, par exemple sur la page Wikipédia, qu'elle est, selon son père, « un cheval de course » : « Marine, ce sont les médias qui l'ont faite. Elle est comme un cheval de course. Les amateurs et les professionnels du turf ont jugé qu'elle avait des qualités et ce sont eux qui l'ont promue » (*d*).

a. J. Doux, « Ce Sablais assurait la sécurité des célébrités », *Ouest France*, mis en ligne le 18 avril 2018, consulté le 15 mai 2020, https://www.ouest-france.fr/pays-de-la-loire/les-sables-dolonne-85100/ce-sablais-assurait-la-securite-des-celebrites-5709524.

b. L.-A. Lecerf, « Céline Dion : un fan encombrant ? Jean-Marie Le Pen avoue chanter ses chansons », *Gala*, mis en ligne le 21 février 2018, consulté le 15 mai 2020, https://www.gala.fr/l_actu/news_de_stars/celine-dion-un-fan-encombrant-jean-marie-le-pen-avoue-chanter-ses-chansons_412706.

c. M. Fourny, « Céline Dion : le documentaire de Delormeau fait scandale », *Le Point*, mis en ligne le 18 janvier 2017, consulté le 15 mai 2020, https://www.lepoint.fr/medias/celine-dion-le-documentaire-de-delormeau-fait-scandale-18-01-2017-2097972_260.php.

d. « Marine Le Pen », art. cit.

[189] *one after the other* : Quasi-répétition de *one-by-one*, expression du début du récit.

[190] *full précis* : Encore un oxymore.

be overwhelmed with bitterness. Unless, that is, the roadmap can go to hell: all the towns turn out alike, and they're none of them her first rodeo.[191]

Rodeo after rodeo: the instant she sees a shopkeeper's mug, she knows just what to say.[192] For a couple of seconds she scans what's on view, the positioning of the counter, the expanse of the shelves, color of the walls, sulk of the light,[193] number of people working and here we go, *signed sealed delivered*[194]—*ad hoc* she spits out that saying and rarely does she fail to; increasingly rarely does she have cause to bite her tongue in muttering *Fuck fuck fuck I fucked up*, I addressed a piece of clothing[195] costing four hundred euros like it was Promod (and what I did then[196] was plow on, full speed ahead:[197] but what a gorgeous sweater, Madame, with its autumnal palette, chestnut, parmesan, what I mean to say is plum, and that fabric, wool surely, and certainly not made in Pakistan, Afghanistan, or Balochistan[198]), and so yes, the roadmap *can* go to hell, because it is, in a word, useless, maybe not for someone starting out, but for her, even as a beginner she didn't need any roadmap, that's not how you learn the trade, not that way because there are bad surprises[199] always, this is France, to do politics is to make a perfect mess of it, no mystery there, and

---

[191] *they're none of them her first rodeo* : Je suis très satisfaite de cette phrase, trouvée grâce au son de la phrase originelle (« elle est bien rodée » : « rodée » rappelle, pour la seule raison du son, *rodeo*) ; *used to it* ou *well-trained* n'aurait pas le même effet – la phrase est sèche, mais bien colorée, et portant la légère implication d'une promiscuité.

[192] *she knows just what to say* : Un tournant. MLP s'autorise une réflexion plus profonde, se livre ou commence à se livrer à l'émotion. Sa démarche est, dans les paragraphes à venir, chancelante. Quelle quantité de vin chaud a-t-elle consommé, tout à l'heure ?

[193] *sulk of the light* : Je suis plutôt fière de la poésie que je me suis autorisée avec *sulk* (« la tronche de l'éclairage »).

[194] *signed sealed delivered* : Cette formule de trois mots est originaire d'une chanson de Stevie Wonder. La phrase originelle présente un défi par son argot : « allez hop emballé c'est pesé ».

[195] *I addressed a piece of clothing* (« je m'adresse à une fringue ») : Une métonymie, peut-être, pour la personne portant ce vêtement.

[196] *and what I did then* : Typique de MLP, il y a ici quelque chose de satisfait, pointant la décision prise pour de bonnes raisons, se justifiant – qui rappelle un *self-help manual*.

[197] *plow on, full speed ahead* : Je préserve le désordre de la phrase originelle (« à ce moment-là, j'enchaîne, ni vu ni connu »).

[198] *Balochistan* : L'une des quatre provinces du Pakistan.

[199] *bad surprises* : L'équivalent de « surprises » – mot apparenté à connotation positive ou neutre en anglais – s'avère être *bad surprises*.

Cette correctrice m'encourage « par souci d'impartialité » à « considérer que Jean-Marie, Marion et Marine sont effectivement des variations sur le nom de Marie ».

within a party, even a tight-knit one,[200] there are at most four people you can count on, the others being too busy with their vaudeville routine by which they scramble constantly to right the errors of their comrades, of the last guy who changed around the work of the guy before just to be doing something although that was a rare case in which there was, for once, nothing to be done, and so she is completely free of roadmaps as she lets her eyes come to rest on . . . on . . . but of course, this was always going to happen, because what we have here is a kind of store that never goes out of business (much like the funeral parlor), never but never, whatever happens with that thing we've called since Saint Louis the *national economy.*[201]

A bank. What will she do with a bank?[202] If she goes in there team and all, they'll think it's a robbery[203] (panic at the counter,[204] alarm, call the police, that's just what she needs[205]),

---

[200] *tight-knit one* : Par un accident au contraire heureux, cette diction est dans la continuité de la description d'un pull ; littéralement, ce sont les pulls qui peuvent être *tight-knit* (bien tricotés).

[201] *national economy* : La traduction de cette formule (« situation économique ») n'est pas littérale. Ce qui était important ici, du contexte, était de trouver un mot à la mode (*buzzword*), ce type de mot-clé qui peut donner l'illusion d'une expertise sans la prouver. Le manque de renommée de Saint Louis dans le monde anglophone – où on lui prendrait aisément pour un saint « normal » – a été accommodé, aussi, par l'ajout de *national*, qui sert alors en glose.

[202] *What will she do with a bank?* : Les Années 10, le recueil, est composé principalement d'essais, et il serait possible de considérer « Stand up », raconté à la première personne, comme un essai, en dépit des apparences (son intrigue, la plongée dans les vagues psychologiques du personnage principal, qui s'y prête, l'aspect narratif, etc.). Ceci dit, l'aspiration de MLP à être despote (*wandering* [...] *as I think of* [...] *what kinds of things I'll say to my cabinet director after I take office*) ainsi qu'un despotisme interne à cette personnalité férocement réprimée trouvent leur écho dans le pouvoir très particulier de la narratrice du récit, de l'auteur de toute fiction, ici révélé. L'emphase est placée sur l'aspect arbitraire de ce pouvoir lui accordant un esprit burlesque – aux frais de MLP. Confrontée à une banque, ce personnage aurait pu avoir à faire face à n'importe quoi. Elle est à la merci de l'autrice. La joie d'invention ainsi que son côté terrible se révèlent également appréciables lors d'un moment comparable dans *Que faire des classes moyennes ?* :

> Complétons les métaphores identitaires par celle du morceau de sucre et celle de l'armoire à glace, que j'ai repérées quelque part dans mon surf. Par quoi commencer ?
> L'armoire à glace ?
> Le morceau de sucre ?
> Si j'opère chronologiquement, ce sera l'armoire à glace.
> Allez, allons-y avec le morceau de sucre (a).

Nous étions (she sings) *vingt ou tre-e-e-nte, brigands dans une ba-a-a-ande, tous habillés de bla-a-a-anc, à la mode des marchands !* (but I'm getting carried away, by day's end it all blurs together) *La première volerie-e-e-e, que je fis dans ma vie-e-e-e, c'est d'avoir goupillé la bourse d'un, vous m'entendez, c'est d'avoir goupillé la bourse d'un héritier* . . . [206][207] (articulation, ar-ti-cu-la-tion, hé-ri-tier that's it[208]); well then, if I make no mistake,

---

Dans ce passage, le mécanisme par lequel l'autorité de la voix narrative s'est construite, autorité poétique construite mot par mot – avec son écho du « mot à mot » du traducteur que j'évoquais plus haut – est particulièrement clair.

    a. N. Quintane, *Que faire des classes moyennes ?*, *op. cit.*, p. 18.

[203] *robbery* : Ce mot, « hold-up », que remplace *robbery*, est un emprunt à l'anglais ; pourtant *robbery* fait, en anglais, plus naturel que *hold up*.

[204] *at the counter* : Traduction de « derrière les guichets » ; il me semble que le bureau ou comptoir (*counter*) est plus habituel que le guichet (*window*) dans les banques de l'Amérique périurbaine.

[205] *that's just what she needs* : Exemple probant d'une formule de la langue parlée qui équivaut bien à son correspondant français, « il manquerait plus que ça » (*sic*). Il y a, dans le texte source, plusieurs erreurs de négation de cette sorte. Il n'était pas envisageable de les reproduire, non seulement parce que l'erreur en particulier n'existe pas en anglais, mais aussi parce que des erreurs de cette sorte sont plus rares dans la langue anglaise parlée qu'elles ne le sont dans la langue française parlée.

[206] *Nous étions* […] *héritier* : Mon choix est de ne pas traduire les mots de cette chanson mais de bien indiquer, mieux que dans le texte originel, qu'il s'agit d'une chanson (par l'ajout de *she sings*, aussi la répétition des voyelles : *e-e-e*). (Idéalement, la nature de cette répétition serait véridique et décidée à travers une longue recherche, en écoutant différentes versions de la chanson ; pour le moment, je me suis contentée de cette approche plus schématique.) Il serait théoriquement possible de composer une version anglaise adéquate, mais l'importance des chansons dans ce texte semble liée à leur existence réelle, historique, et ma priorité était alors de les laisser plus ou moins comme elles étaient, pour permettre au lecteur curieux de les googliser, comme je l'ai fait pour ma part. *La Complainte de Mandrin*, lieu et date de composition inconnus, popularisée pendant la Commune de 1871, raconte l'histoire de Louis Mandrin (1725-1755), « contrebandier français », pour reprendre Wikipédia : « issu d'une famille établie, autrefois riche, mais sur le déclin ». En lisant, on pense à l'association dont la Marine Le Pen historique avait, après un bon moment, changé le nom de « Génération Le Pen » à « Générations Le Pen ». Mandrin ressemblait à cette MLP par ce qu'il était, selon un contemporain à lui, « blond de cheveux, bien fait de corps, robuste et agile » (*a*). Dans l'essai suivant, « Lettre à Jean-Paul Curier », NQ a recours une fois de plus à Mandrin, qui lui sert comme exemple d'un révolutionnaire qui participait au « don d'images de soi et de soi comme image » ; NQ affirme : « Mandrin aussi était distribué en gravures et en chansons » (*b*). L'affection que montre la MLP de fiction pour une figure annonçant la Révolution française ou pour une chanson de Communards est étonnante ; elle laisse à imaginer une sorte de lapsus par lequel la « vraie » MLP, qu'on verra plus loin, hantée par les possibilités de vie qu'elle a écartées en suivant sans réfléchir la voie de sa famille, s'exprime. En passant de la chanson originelle à la version de NQ, « curé » a été remplacé par « héritier ».

the government had in mind that it would separate out investment banks from savings, and we still haven't had a good look at that law, and yet who was it that put an end to the trial separation[209] of savings and investment, way back in the eighties?[210] Mitterrand, of course, and Mitterrand's cronies,[211] most of whom have gone back to work, why ever undo what they did just yesterday, and at that, she whips out her Mastercard Gold,[212] sends it plunging

---

a. « Louis Mandrin », *Wikipédia*, consulté le 28 février 2020, https://fr.wikipedia.org/wiki/Louis_Mandrin.

b. N. Quintane, « Lettre à Jean-Paul Curier », art. cit., p. 44.

[207] *héritier* : Au théâtre du Rond-Point, Paris, le 31 janvier 2015, la NQ historique s'arrête ici : « Alors je m'arrête parce que on me reproche toujours de faire des allusions obscures. Et une partie de la fortune de la famille Le Pen vient d'héritage. Voilà. Donc maintenant, l'allusion n'est plus obscure » (« Nathalie Quintane : Stand-Up », *op. cit.*).

[208] *articulation* […] *it* : Dans le texte source, « synérèse ». Cet auto-entraînement s'oppose à l'idéal établi par NQ sur la quatrième de la couverture de *Chaussure*, d'une poésie « qui ne se force pas » (*op. cit.*).

[209] *trial separation* : Invention de la traductrice par l'ajout de *trial*. Ici appliqué de façon erronée à des banques, le terme anglais s'applique exclusivement aux personnes, désignant l'essai informel de la séparation d'un couple avant sa séparation judiciaire ou son divorce. Ce choix a été fait car aux États-Unis, un leitmotiv du discours politique des années 2010 était ce qu'on appelle *corporate personhood* (« personnification des entreprises »). Dans son verdict, très conservateur, du procès Citizens United v. FEC, la Cour suprême jugeait, en 2012, qu'une corporation pouvait être considérée comme un individu afin de faciliter des contributions fiscales de grande taille à des campagnes politiques ; la rhétorique des militants caractérisant l'aspect absurde de cette décision – *Companies are people too* – est restée, tout au cours de cette décennie, très répandue. Cette traduction va dans le sens du travail de N. Quintane pour tracer le portrait linguistique d'une décennie dans toute sa banalité (*a*).

a. « Citizens United v. FEC », *Wikipédia*, consulté le 15 mai 2020,
https://en.wikipedia.org/wiki/Citizens_United_v._FEC.

[210] *in the eighties ?* : En France, l'abrogation de la loi de 1945 assurant, selon le modèle états-unien établi par l'acte Glass-Steagall de 1933, la séparation entre banques d'épargne et celles d'investissement, a eu lieu en 1984 (*a*). L'absence de l'acte états-unien, également abrogé, a été nommée comme l'un des facteurs de la chute de Wall Street en 2008 ; la possibilité de son rétablissement faisait partie, aussi, du discours politique états-unien des années 2010.

a. « La séparation bancaire en France, éléments historiques et arguments », *Mediapart (Le blog d'Erasmus)*, mis en ligne le 20 octobre 2017, consulté le 15 mai 2020, https://blogs.mediapart.fr/erasmus/blog/201017/la-separation-bancaire-en-france-elements-historiques-et-arguments.

[211] *Mitterrand, of course, and Mitterrand's cronies* : « Mitterrand, naturellement, et toute sa clique ».

[212] *Mastercard Gold* (« sa Gold ») : Carte offrant des bénéfices notamment au voyageur en besoin d'aide, comme semble être cette MLP à D. (*a*).

a. « Avantages d'une carte Gold MasterCard – quels sont-ils ? », *Capitaine Banque*, page non datée, consulté le 15 mai 2020, https://www.capitaine-banque.com/actualite-banque/avantages-dune-carte-gold-mastercard.

into the machine,[213] and, at top speed,[214] withdraws three hundred euros. Pivoting, she goes back the way of the travel agency, the one on the corner angled ten degrees the rest of us have trouble rounding on a bike.[215] Hilarious to happen on a travel agency, gables on the roof,[216] in this, the Internet era, she thinks; nobody books their tickets physically[217] or makes their hotel booking that way . . . But of course, little old ladies, the elderly couples of this rural area who don't have any Internet connection and yet treat themselves, from time to time, to a tour by bus of Nice during Mardi Gras season[218] or a Michèle Torr[219] concert, in Marseilles, or, in Carpentras,[220] some extravaganza,[221] and then in Valréas[222]

---

[213] *machine* (« DAB ») : Mon intuition est qu'il s'agit d'un terme peu utilisé ou démodé. En anglais, on disait anciennement *cash machine* ou *machine* pour *ATM*.

[214] *at top speed* : L'emplacement de cette description – décrivant MLP, non pas le DAB ; s'il y a quelque chose agissant à grande vitesse c'est le DAB – est faux de la même manière dans le texte originel : « en retire trois cents euros à la vitesse de la lumière ». (*At the speed of light* n'aurait pas marché, n'aurait pas été drôle, pour une raison de rythme.)

[215] *the rest of us have trouble rounding on a bike* : L'habitude de la narratrice de se vanter de sa connaissance précise de la ville de D., établie par une longue expérience des lieux, est émouvante. Cette connaissance s'oppose aux prétentions de MLP.

[216] *Hilarious to happen on a travel agency, gables on the roof* : La syntaxe originelle, compliquée, a été légèrement modifiée, et le sujet changé : « Quelle étrange chose qu'une agence de voyage ayant pignon sur rue à l'ère d'Internet ». Dans *gables on the roof*, il ne s'agit pas d'une formule standard comme l'est « avoir pignon sur rue » mais d'une formule importée, via cette traduction, vers l'anglais. Cette traduction très littérale veut alors mettre en avant la vision allemande, romantique, de la traduction de Pannwitz.

[217] *physically* (« physiquement ») : Malgré l'existence de *in person*, je choisis cet usage quelque peu erroné, qui préserve l'erreur implicite, si typique de MLP, de la phrase originelle. Est-il possible d'acheter quelque chose « physiquement » ? L'argent n'est-il pas plutôt un système d'échange symbolique ?

[218] *Mardi Gras season* : « au moment du carnaval ».

[219] *Michèle Torr* : Chanteuse française (née Michelle Cléberte Tort en 1947, à Pertuis, Vaucluse), elle est originaire de la région de Digne-les-Bains. Ayant fait la première partie de Jacques Brel à l'âge de 16 ans, elle souffre, dans les années 1990, d'une stagnation de carrière alors qu'elle continue, jusqu'aux années 2010, de faire des tournées, qualifiées par sa page Wikipédia de langue anglaise avec une intéressante spécificité : le « *French music nostalgia circuit* » (*a*).

a. « Michèle Torr », *Wikipédia*, consulté le 15 mai 2020, https://en.wikipedia.org/wiki/Michèle_Torr.

[220] *Carpentras* : Commune du Vaucluse de 28 500 habitants, à 2 heures et 10 minutes de route de Digne-les-Bains.

[221] *some extravaganza* (« une trompette d'or ») : Syntagme mystérieux. À googliser, c'était le titre d'un album, sorti en 1975, de Georges Jouvin, musicien français décédé en 2016. La consommation culturelle des personnes imaginées par MLP les présente comme inoffensives (comme les « moutons » déjà mentionnés).

taking in an air of folk music,[223] in the markets of the Var[224] a bit of thrifting; and don't think I'll be the one to say a single word against Mardi Gras in Nice to pick just one example, our Nice Mardi Gras is better than that, Nice Mardi Gras, above it all, in the biggest of the big-box stores they'll be straining under the weight of all those garlands made of lemons,[225] in Nice they'll be assembling furniture out of lemons, in Nice,[226] puppets, giants, bicycles, World Trade Centers and Mercedes-Benzes out of lemons,[227] in Nice,[228] Ah, to be a travel agency that's still in business! she exclaims, and stops herself so

---

« La promotion des petites choses, des petits trucs, des petits plaisirs, du quotidien, n'est qu'une façon de remettre tout le monde à sa place », selon NQ (« Remarques », art. cit., p. 199). *Golden trumpet*, en anglais, désigne la plante à fleurs *Allamanda cathartica*, que l'on trouve au Brésil.

[222] *Valréas* : Commune du Vaucluse de 9 500 habitants, à 2 heures et 20 minutes de route de Digne-les-Bains.

[223] *folk music* (« musette ») : La traduction n'est pas exacte (on constate, via Linguee.fr, qu'il est habituel de traduire « musette » par *musette* : de ne pas le traduire).

[224] *the Var* : Le Var, département voisin de la région Provence-Alpes-Côte d'Azur.

[225] *in the biggest of the big-box stores they'll be straining under the weight of all those garlands made of lemons* : Phrase très difficile à traduire, « les grandes surfaces elles-mêmes auront crevé qu'on fera encore des fleurs avec des citrons ». « Crever » pour mourir violemment, exploser, être vraiment très fatigué ? *To break* plutôt, *to crack*. Les magasins de cette catégorie vont-ils exploser, être surchargés, par l'abondance des citrons ; ou est-ce que cette dernière est désirable à en mourir ? « Grandes surfaces » est, d'ailleurs, difficile à traduire, parce que *big-box stores*, qui en est le correspondant parfait, l'équivalent pour reprendre à nouveau le terme de Berman, n'a pas, comme « grandes surfaces », la connotation sinistre, celle d'une hégémonie consommatrice plutôt états-unienne ; par l'ajout de *in the biggest of...* j'espère traduire le caractère dramatique de la phrase.

[226] *in Nice* : La répétition de *in Nice* m'intéresse en vue de l'évocation, depuis un moment, des formes musicales populaires ainsi que celle, plus générale, des formes comiques ; elle résonne, dans mon oreille états-unienne, comme le refrain d'une chanson d'une comédie musicale type *Broadway*.

[227] *World Trade Centers and Mercedes-Benzes out of lemons* : Locution remarquable, parce que c'est à ce moment d'une digression débutant par de grands efforts de bien parler du carnaval de *Nice* – encore un effort, chez MLP, de séduire par son admiration du patrimoine *local* – qu'elle échoue de la même manière qu'échoue la tentative de séduire en parlant de la faïence *locale* et en finissant par l'achat d'un livre au sujet de la faïence *chinoise*.

[228] *in Nice* : A. Malaprade, dans son essai « Quelque chose rouge. Parcours et détours d'une prose entêtée », discute longuement des textes de NQ figurant dans le deuxième numéro de la *Revue de littérature générale* publié chez P.O.L en 1996 où il est sujet notamment d'un amour pour la poésie encouragé par quelques chefs d'état historiques : Mao, Mussolini, Pétain. « L'amour de la poésie ne promet rien, ne sauve de rien, et mène à tout », précise-t-elle, tout en proposant un mode d'agir : « Se ressouvenir du politique pour anticiper la poésie ? » (*a*). La question de l'anticipation de la poésie par la politique et inversement est pertinente.

as not to bother[229] the traveler or elderly couple or—Who knows?—a crew of twenty-two seniors ready to join in her urban pilgrimage through the alpine foothills;[230] in she goes (as a bell, wire-suspended, tinkles[231] against the well-scrubbed window)! The World Wide Web is simply no reason for *business* to mean *anarchy*,[232] for the fat cats to get fatter[233] while all the while roughing up the little guy,[234] and I would take that a step farther: they sabotage him,[235] yes they do, because what we're looking at in cases like that is

---

L'exemple des citrons de Nice est celui d'une fierté régionale ainsi que nationale pouvant basculer, à l'aide d'une MLP, en xénophobie. Le 26 février 2020, la ville de Nice a annulé le dernier jour des festivités du carnaval, citant une inquiétude pour la santé publique. Malgré le fait qu'aucun cas du nouveau coronavirus n'ait alors été identifié dans le département entier, le festival risquait, selon le maire de Nice Christian Estrosi, d'attirer « nos voisins italiens », qui étaient, tout le monde le savait, probablement contaminés plus que les Français (*b*).

a. A. Malaprade, « Quelque chose rouge », art. cit., p. 19.

b. « Coronavirus : le dernier jour du carnaval de Nice annulé par "précaution" », non signé, *L'Obs*, mis en ligne le 26 février 2020, consulté le 15 mai 2020, https://www.nouvelobs.com/coronavirus-de-wuhan/20200226.OBS25338/coronavirus-le-dernier-jour-du-carnaval-de-nice-annule-par-precaution.html.

[229] *she exclaims, and stops herself so as not to bother* : Traduction imprécise de « s'exclame-t-elle, quitte à vexer ».

[230] *her urban pilgrimage through the alpine foothills* : L'expression originelle, « son pèlerinage municipal bas-alpin », comporte, dans cet adjectif « bas », une petite déception. À la place d'un sujet valant la peine du pèlerinage s'est présenté le *bathos* de cette déception, traduit approximativement par *foothills*.

[231] *tinkles* : J'aime beaucoup ce verbe ainsi que le verbe qu'il remplace, « tintinnabule », assez différents en dépit de la réussite, des deux côtés, de l'onomatopée. C'est l'enjeu aussi pour la traduction des sons animaliers, qu'on verra plus loin.

[232] *no reason for business to mean anarchy* (« n'est pas une raison pour que *commerce* rime avec *anarchie* ») : Locution standard et imprécise, typique de MLP, parce que des circonstances langagières dans lesquelles *business* signifierait *anarchy*, toute comme les circonstances dans lesquelles « commerce » rimerait, pour de vrai, avec « anarchie », n'existeront jamais.

[233] *for the fat cats to get fatter* (« pour qu'une fois de plus ce soit les plus gros qui deviennent encore plus gros ») : Je traduis « gros » par *fat cats*, et parce que le rythme de la phrase risquait d'échouer sinon, je renonce à la traduction de « une fois ». Cette phrase rappelle l'image quintanienne de la main de MLP, cherchant les cacahuètes au fond du verre.

[234] *roughing up the little guy* (« enquiquinent les petits ») : En traduisant le verbe « enquiquiner » je privilégie le ton glorieusement informel de l'argot plutôt que le sens exact.

[235] *they sabotage him* : Heureusement, la traduction – *fat cats, little guy* – fournit, à l'opposé du texte original, deux pronoms – *they, him* – dont il n'y a pas besoin dans le texte originel, où le verbe conjugué, « sabotent », est utilisé.

sabotage,[236] and when everything but everything is bought and sold through e-commerce,[237] and by a single site because obviously at the end of the day[238] there's just the one site as there is a single motion to go click,[239] with a click we'll buy our nail files[240] right alongside that flight to Azerbaijan or, I don't know, any old country,[241] with a click, a click[242] offshored[243] to Qatar, and once you've gotten there what's next (I do recall my late

---

[236] *sabotage* : MLP répète ce terme comme pour insister sur sa validité. Cette insistance est étonnante ; le terme, en France encore plus qu'aux États-Unis, est d'une connotation plutôt « gauchiste » comme dans les premières pages de *Tomates*, où il est question d'une association pour la défense des libertés publiques qui s'appelle « le Comité de Sabotage de l'Antiterrorisme » (*a*). L'appropriation du parlé populaire est stratégique, possiblement, pour la femme politique, mais elle peut être lue psychologiquement ; dans la phrase traduite il s'agit, ou semble s'agir, d'un lapsus de plus pour MLP.

    a. N. Quintane, *Tomates, op. cit.*, p. 22.

[237] *World Wide Web* […] *e-commerce* : L'usage que fait cette MLP de « Internet », sans article définitif, n'est pas correct en anglais ; par ces mots à la fois à la mode et démodés, la légèreté ainsi qu'une certaine naïveté de sa référence, d'un populaire quelque peu forcé, est reproduite.

[238] *at the end of the day* : En constatant que cette formule est l'équivalent parfait à « au bout du compte », je fais face à la nature économique de la métaphore de langue anglaise ; dans *day* il s'agit du *working-day* de Marx.

[239] *there's just the one site as there is a single motion to go click* : Une inquiétude généralisée par rapport à la globalisation et à l'accélération technique est exploitée, dans la phrase que je traduis ainsi, par une figure de l'extrême-droite.

[240] *nail files* : Impossible d'écarter la possibilité que ces objets sont destinés pour le soin des « ongles de doigts de pied » déjà mentionnés.

[241] *Azerbaijan or, I don't know, any old country* : Il est possible que MLP ait été mieux briefée par son équipe qu'elle ne le croit. En 2014, année de la parution des *Années 10*, la commune de Bourg-lès-Valence (Drôme), à 3 heures de route de Digne-les-Bains, signe une charte d'amitié « afin de développer des relations culturelles » avec la ville de Chouchi, située dans la république autoproclamée du Haut-Karabakh, attirant l'attention du gouvernement national d'Azerbaïdjan et, en 2016, une sommation servie par ce dernier à la maire Marlène Mourier, qui pour sa part explique au *Figaro*, avec brio : « C'est une mesure d'intimidation de la part d'un État étranger sur le territoire de la République » (*a*).

    a. Y. Blavignat, « L'Azerbaïdjan menace le maire d'une commune française de la Drôme », *Le Figaro*, mis en ligne le 22 avril 2016, consulté le 15 mai 2020, https://www.lefigaro.fr/actualite-france/2016/04/22/01016-20160422ARTFIG00146-l-azerbaijan-menace-la-maire-d-une-commune-francaise-de-la-drome.php.

[242] *a click, a click* : La répétition de ce mot, comme la répétition des autres mots ou noms (*Nice*), rappelle une publicité – c'est comme si MLP était malgré elle séduite par « Internet ».

[243] *offshored* (« hébergé ») : C'est ainsi, à travers un néologisme, que je traduis une stratégie consistant à semer la peur (*hosted* serait plus littérale).

grandfather asking, critically: once you've *gotten there* to have *arrived*[244])? Now that we're here,[245] I submit I don't think MLP would hold opinions quite so ridiculous as all that,[246] I don't think she'd say such things about lemons or Qatar, and obviously, around here, we are not all of us logged on, all of France doesn't live in Marseilles also obviously,[247] still less do they all live in Paris, we'd perhaps rather the global population lived in cities,[248] too bad:[249] The provinces![250] and still better than the provinces, better than the French departments,[251] better than the regions: the *country*, the countryside: the countryside countries,[252] that's what'll keep on existing for and against everything,[253] there

---

[244] *I do recall my late grandfather asking, critically: once you've gotten there to have arrived* (« je me souviens que mon grand-père disait : une fois *rendus* là pour *arrivés* là ? ») : Cette remarque, que je prends pour la remarque d'un grand-père encourageant le bon français (très possiblement Jean Le Pen, né en 1901 à La Trinité-sur-Mer, Morbihan), n'est que difficilement traduisible, d'abord parce qu'il y a dans un certain sens moins d'écart, en anglais, entre langue écrite et langue parlée. La locution *gotten* n'est pas erronée ; elle est états-unienne (un Anglais dirait *got*) et un peu moche, soniquement. Les ajouts de *do recall, late, ask critically* sont censés créer un faux ton chic.

[245] *Now that we're here* : Il n'y a pas de sujet dans l'expression originelle, « Une fois rendus là » ; « rendus », repris du grand-père, pourrait référer à NQ et le lecteur, ou NQ et MLP ; cette ambiguïté que j'appelle « doublage » est maintenue par le pronom *we*.

[246] *I submit I don't think MLP would hold opinions quite so ridiculous as all that* : Cette phrase est rare en ce qu'elle ne présente pas l'effet de doublage entre MLP et NQ mais se décide ; cette première personne est décidément la narratrice.

[247] *obviously* (« visiblement ») : C'est par ce mot que la phrase préfigure la lecture publique déjà évoquée, à Paris (« toute la France ne vit pas à Marseille, visiblement »).

[248] *we'd perhaps rather the global population lived in cities* : Le pronom de la phrase originelle remplacé par *we* est ambiguë de la même manière : « on voudrait peut-être que tout le monde habite en ville » ; cette ambiguïté est néanmoins plus étonnante en anglais. C'est la transparence du « on » français que j'envie.

[249] *too bad* (« c'est raté ») : L'équivalent à *too bad* est « tant pis ». J'ai essayé *that's out*, aussi *our loss* car il fallait, pour représenter la dimension argotique de « rater », une expression très insouciante.

[250] *: [...] !* : Signes de ponctuation ajoutés.

[251] *the French departments* : *French* est, bien sûr, un ajout. Il n'aurait pas été possible de traduire « départements » par quelque chose d'autre ; les alternatives (*states* ? *cantons* ? *sectors* ?) semblent trop arbitraires.

[252] *the country, the countryside; the countryside countries* : Ces mots (traduction du syntagme « le pays, la campagne : la campagne, les pays ») ont été sélectionnés au sein d'une liste importante de synonymes et de mots associés ; pour n'en reprendre que quelques-uns tirés du dictionnaire de synonymes *Roget's International* : *nation, nationality, state, nation-state, sovereign nation, self-governing state, polity, body politic, power, republic, commonwealth, commonweal, kingdom, empire, principality, territory, possession,*

are places where animals still are raised, where you can get tomatoes to grow in the summer,[254] where you run off after eggs and find them where chickens have been sitting, nice warm eggs to which a feather sticks,[255] where you give a walnut tree a shake in order to get walnuts, give a plum tree a shake . . ., give a shake to an apple tree . . ., but not to a

---

protectorate, mandate, federation, bloc, comity, fatherland, motherland, native land, homeland, nationhood, peoplehood, nationality, statehood, sovereignty ; *agricultural region, farm country, farmland, rural district, rustic region, grassland, meadows and pastures, the sticks, highlands, uplands, lowlands, savannah, hinterland, back country, outback, upcountry, the bush, bush country, bushveld, woods, backwoods, wilderness, wilds, frontier, borderland, outpost, ruralism, inurbanity, bucolism, provincialism* ; *land, ground, earth, soil, dirt, terra firma, dry land, landholdings, freehold* ; *region, area, zone, belt, terrain, place, space, territoriality, district, quarter, section, vicinity, vicinage, premises, confines, precincts, environs, milieu, sphere, orbit, ambit, circle, domain, bailiwick...* De tous ces mots, *country* semble le mieux contenir à la fois les connotations que je qualifierais comme politique/peuple (*nation* jusqu'à *sovereignty*, pour dessiner la schématique dans ses grandes lignes), géographique/rurale (*agricultural region* jusqu'à *provincialism*), terre/usage de terre/appartenance (*land* jusqu'à *freehold*), spatiale/voisinage (*region* jusqu'à *bailiwick*). La variation du terme dans sa répétition changeant de *le pays* à *les pays* (choix réfléchi dans la traduction), est étonnant au point que je me demande s'il n'agit pas d'une coquille (ayant trouvé une autre coquille dans l'édition du texte source). Voulu ou pas, ce changement vers le pluriel délimite le sens, « décidant » cette question de connotation en faveur de la première connotation (politique/peuple). C'est par un compte-rendu du mouvement d'apprentissage de la langue française que N. Quintane aborde, plus tard dans *Les Années 10*, une question de la relation entre pays – territoire, campagne – et nation : « C'est-à-dire que, contrairement à ce qu'on colporte, il n'y a pas eu nationalisation des campagnes ; les campagnes ne sont pas devenues nationales ; leurs enfants ont appris une langue étrangère, le français, à coups de trique s'il le fallait, mais ils sont restés provençaux (ou bretons ou corses ou bourguignons, etc.). On a compris : la France est devenue provençale » (« Le Peuple de Maurel », art. cit., p. 98).

[253] *for and against everything* : Encore un oxymore, présent dans une formulation encore moins heureuse (car l'opposition est moins binaire) dans le texte originel (l'expression usuelle peut-être, mais étrangement contradictoire « envers et contre tout »).

[254] *where you can get tomatoes to grow in the summer* : Parce qu'ailleurs, on les cultive en hiver ? C'est sûrement en raison de l'emphase nostalgique de cette pastorale que les images le composant sont truffées d'imprécisions (usage métaphorique lui-même quelque peu imprécis, « truffé », mais nous n'avons pas l'équivalent en anglais) : est-ce qu'ailleurs, on arrive à avoir des noix autrement qu'en secouant un noyer ? Le mot « tomates », faisant penser à l'ouvrage *Tomates*, est très présent dans « Lettre à Jean-Paul Curnier », le texte qui succède à « Stand up » dans *Les Années 10*, car plusieurs notes de bas de page réfèrent à *Tomates*, où il est question de la culture des « tomates personnelles » (*op. cit.*, p. 17).

[255] *nice warm eggs to which a feather sticks* : MLP, qui tenait absolument à ce que la viande du boucher soit emballée hygiéniquement, préfère ses œufs parés d'« une plume » ! Cette description peu appétissante sert à subvertir l'atmosphère nostalgico-pastorale qu'elle tente, en vain, d'établir.

peach tree! Too cold for that 'round here, you're in the mountains: the mountains,[256] at the service of ski lodges, of a lack of snow or that of too much snow, taking over,[257] Countries will assert their rights, Madam,[258] don't give it a second thought,[259] countries will be sovereign again, and, when countries are sovereign again, Madam, I'm asking? When the people of this country[260] become, once again, sovereign, when the individual regains his sovereignty, as she spits out in a bastardy of Georges Bataille,[261] a hair or two

---

[256] *the mountains* : L'adresse, lisible comme une sorte d'apostrophe adressée à la montagne, est absurde ; la sympathie qu'éprouve MLP pour cette forme de terre personnifiée est mal placée, de la même manière que sa pensée pour une « ville morte ».

[257] *at the service of ski lodges, of a lack of snow or that of too much snow, taking over* : En traduisant « esclave des stations de ski, du manque de neige ou du trop d'abondance de neige, reprendra ses droits », je réfléchis : 1) il est inadmissible d'utiliser *slave* si facilement que ça au moins dans l'anglais états-unien, 2) « trop d'abondance » fait sourire certes mais l'équivalent (*too many heaps of snow* ?) serait trop compliqué, 3) cet usage de « reprendre ses droits » pour « nature » n'existe pas en anglais ; heureusement, *taking over* préserve la connotation de droit/propriété/biens.

[258] *Madam* : En mettant le M majuscule, je marque le passage de la narration à la voix du commerçant, je le « décide » pour lui (sans majuscule, il me semblerait crédible ou presque que le tout serait un monologue intérieur de MLP qui se rassure ou se fustige).

[259] *don't give it a second thought* : C'est indirectement, par la parole du commerçant, qu'on apprend à quel point la détresse de MLP est visible.

[260] *when countries are sovereign again* […] *When the people of this country* (« quand les pays redeviendront-ils souverains […] Quand les personnes de ce pays ») : Soit MLP corrige le commerçant, soit elle ignore la nuance de sa locution.

[261] *Georges Bataille* : Selon la description-capsule de ce personnage offerte par Google en anglais : *Elementary school librarian – retired*, « bibliothécaire en école primaire, à la retraite » (1897-1962). Écrivain et philosophe français. Si, dans « sabotage », il s'agissait d'un usage peut-être explicable par une stratégie de se montrer du côté du populaire, cet usage quelque peu comparable qui n'explique pas du tout de cette manière confirme l'interprétation d'un « lapsus » par lequel la MLP de NQ révèle une affinité sévèrement réprimée pour une pensée dite de gauche. Le mot « tumulte » (*tumult*, que je préfère de toute façon à *storm* pour sa particularité) apparaît à différents moments dans l'œuvre de Bataille et à cinq reprises avec ses déclinaisons dans les premiers paragraphes de *La Littérature et le Mal*, un recueil d'essais au sujet d'un « mal » enfantin, d'une « souveraineté naïve » de l'enfance, qui, selon lui, anime les œuvres des grands écrivains : « La génération à laquelle j'appartiens est tumultueuse », annonce le philosophe, pour préciser qu'il s'agit des « tumultes du surréalisme », de la « tumulte de sa jeunesse » et puis des « tumultes persistants » car « Le tumulte est fondamental » (*a*). Si, dans bien des cercles, la famille Le Pen pourrait être pensée comme un « mal » – bataillien peut-être pas, mais comme on l'évoque pour l'éducation d'un enfant, sévère, dramatique peut-être ou fantasmé, quasi-religieux – ça ne lui aura pas échappé. Dans la vraie vie, la famille politique s'est efforcée de lutter contre cette même définition, l'admettant quelque part en battant sa

campagne de « dédiabolisation » ; la réussite de cette campagne prouve à quel point dire du mal d'un tel acteur ne suffit pas pour l'arrêter (*b*). Cette référence à Bataille n'est que la première d'une série de cinq. Chacun des trois premiers textes des *Années 10* en comporte une. Il y a ensuite, dans « Le Peuple de Maurel », une référence à « une forme bataillienne de démocratie [...] les ''micro-résistances'', la ''désobéissance civile'', etc. » (*c*) ; et, dans « Abracadabra », une référence oblique à « quand je comprends mal quelque chose en matière de Bataille (Georges) » (*d*). En effet, la pensée de Bataille n'est pas à chaque occurrence explicitée dans ses détails ; la référence, à chaque fois, souligne, en plus du « tumulte », de « l'intensité », « l'extase », ou, peut-être, l'« éclat » défini dans « Le Peuple de Maurel » : « Le peuple insurgé serait un peuple qui aurait fait en sorte que grandisse en lui, ou pire, qui aurait *senti mûrir* en lui, l'événement dont l'éclat, c'est-à-dire le moment d'éclat, le moment où *ça* éclate, serait la preuve indubitable de sa perfection (perfection du moment et perfection du peuple) » (*e*). Dans le deuxième texte de ce volume, « Lettre à Jean-Paul Curnier », est discutée longuement un choix de mots par Curnier : une série de dates, « 1830, 1848, 1870, etc. », où il juge que le « peuple » a émergé, montré la tête, pour ensuite disparaître : « la date *etc.* n'étant pas forcément la moins intéressante ». L'autrice continue : « Ce privilège accordé aux moments de haute intensité (au mot *intense* lui-même et à ses dérivés), il est chez Bataille, bien sûr, mais je ne crois pas la reprise uniquement théorique ou de simple mention : somme toute, tu as vécu, toi, des moments de haute intensité politique. » Curnier, décédé en 2017, est né en 1951, treize ans avant NQ ; il avait déjà 17 ans en 1968. « Il n'a pas été donné à l'époque que j'ai traversé d'en vivre ; ceci explique peut-être mon attachement à essayer de penser également les supposés absences du peuple » (*f*). Le tout suggère à mes yeux qu'insister sur l'intensité, c'est forcer l'absence autre part ; parce que c'est aussi *attendre* l'intensité, c'est de la mauvaise foi. Dans « Kant, Michelet, Péguy », le troisième texte, NQ pose la question : « Mais peut-on prendre le temps de comprendre vraiment un événement politique dépassé par l'intensité esthétique qu'il faut éprouver au moins à ceux qui l'apprécient comme spectacle autant que comme événement politique ? » Elle nuance cette idée de l'extase : « C'est ce que reproche Agamben à Bataille : des extases mal placées – déshistoricisées, dépolitisées » (*g*). L'« extase » en particulier est liée par Bataille à l'œuvre d'Emily Brontë dans un essai que j'ai lu avec intérêt, non seulement parce qu'il s'agit d'une autrice d'expression anglaise mais aussi parce que l'une de mes autrices préférées du XXe siècle, Elizabeth Hardwick, a écrit sur les Brontë (dans son excellent essai « The Brontës »), et que j'étais intriguée par la découverte, en comparant la critique au critique, d'un traitement beaucoup plus matériel et quotidien du génie de cette Brontë : « La nécessité, la dépendance, la discipline les ont poursuivies ; être écrivaine était le moyen de vivre, survivre, littéralement rester en vie. Elles travaillaient pour faire publier leurs livres ; elles étaient inquiètes de leurs contrats, ont connu les chagrins et les malentendus d'être autrices » (*h*). L'attention aux détails de la vie quotidienne portée par la poésie de NQ a déjà été beaucoup commentée par d'autres critiques. Dans le quatrième texte des *Années 10* (le premier à ne pas mentionner Bataille), figure, à la première page, un adjectif français que je n'avais jamais vu auparavant, « ravitaillé » : « leurs banlieues ou au fin fond de zones rurales ravitaillées... » ; « banlieues » + « ravitaillées » = Bataille (*i*). Une locution intrigante. NQ articule ce dont il est question lors d'un entretien qui fut « réalisé entre décembre 2013 et mars 2014 », période qui doit plus ou moins correspondre à celle de la préparation des *Années 10*, sorti en 2014 :

incongruous—a *tumult* is coming, she continues in the same vein, a rational, terrible storm bringing vicious politicians to their knees,[262] and she leaves off, seeing the shopkeeper begin to pull his eyes wide and, embarrassed, wipe his hands[263] against a mohair sweater.

At that she turns away, giving a little kick to the sticking door, grounds herself[264] with a hand to the building's corner, makes her way around it and gives it a little push[265] to go

---

« Certains se plaignent que les révolutions n'aient jamais abouti. Et alors ? Je me fous de ce que les choses réussissent ; le tout c'est qu'elles aient lieu » (*j*).

a. G. Bataille, *La Littérature et le Mal*, Paris, Gallimard, 1957, p. 9.

b. « Dédiabolisation du Front national », *Wikipédia*, consulté le 13 juin 2020, https://fr.wikipedia.org/wiki/Dédiabolisation_du_Front_national.

c. N. Quintane, « Le Peuple de Maurel », art. cit., p. 115.

d. Id., « Abracadabra », art. cit., p. 153.

e. Id., « Le Peuple de Maurel », art. cit., p. 122.

f. Id., « Lettre à Jean-Paul Curnier », art. cit., p. 42.

g. Id., « Kant, Michelet, Péguy » dans *Les Années 10, op. cit.*, p. 51-59, p. 53.

h. E. Hardwick, « The Brontës » (« Les Brontë ») dans *Seduction and Betrayal* (« La Séduction et la Trahison ») (1970), Faber & Faber, 2019, p. 15 (« *Necessity, dependence, discipline drove them hard; being a writer was a way of living, surviving, literally keeping alive. They worked to get their books published; they worried about contracts, knew the chagrins and misunderstandings of authorship* »).

i. « Les Prépositions » dans *Les Années 10, op. cit.*, p. 61-82, p. 61.

j. B. Auclerc, « "À inventer, j'espère" », art. cit., p. 225.

[262] *bringing vicious politicians to their knees* : Il devient fatigant de pointer, à chaque instance, l'insinuation d'une humiliation sexuelle de la femme politique.

[263] *wipe his hands* : Cette locution – avec *vein*, *hair* rappelant la persistance d'une réalité corporelle peu admise par le langage de la politique officielle – s'inscrit dans la continuité de l'interrogation auprès du boucher de D. sur l'hygiène. Ayant rejoint le côté de ceux qui préfèrent leurs œufs parés d'une plume, MLP *cause*, chez l'autre, une réaction de dégoût. Est-il possible que, par l'émotion de son discours, la ferveur avec laquelle elle l'a articulé, Marine ait *craché sur* ce commerçant ? C'est par le constat de sa réaction dégoûtée qu'elle montre, fait rare dans ce récit, de l'inquiétude pour l'autre, ou semble en montrer ; il n'est pas clair si c'est par inquiétude pour l'autre ou par peur d'une possible contagion : *Est-ce que moi aussi, je dois me laver les mains ?*

[264] *grounds herself* : Cette traduction de « s'arrime » prend en compte la nature inhabituelle du verbe (un critère excluant *steadies herself*) ; ce dernier est souvent traduit par *to stow*, une action faite en avion. Le mot de la solution est associé, aussi, à l'aviation (à l'atterrissage).

[265] *little kick, little push* : Cette agression infructueuse (c'est envers un bâtiment qu'elle est dirigée : « envoie un coup de godasse […] s'y appuie ») est physiquement très drôle.

back past Sullivan's,[266][267] bar on whose terrace bocce gets played to the tune of biker music; ah, that's my jam, she thinks, though she's never so much as sat astride a bike in her life, imagine, in a mob, fourteen years old, in Neuilly,[268][269] below the helmet she's been loaned singing the Lili Drop song that was big[270]: *Sur ma mob je suis bie-e-en/je suis bien et je ch-a-an-teu*, huge in the eighties, typical, because MLP is an eighties baby, a baby of the Mitterrand era whatever she says, a baby of the Mitterrand generation as much as she is generation Le Pen, a generation as much a fish in water[271] at Assas[272] as it was in

---

[266] *Sullivan's* (« le Sullivan ») : En anglais, le possessif est plus d'usage que ne l'est le substantif avec l'article définitif pour les noms des bars et restaurants.

[267] *turns away, giving a little kick* […] *grounds herself* […] *makes her way around it* […] *gives it* […] *to go back past Sullivan's* : Dans la lenteur avec laquelle le récit est ici raconté, la narratrice rappelle non seulement la « despote » mais aussi une metteuse en scène ; les verbes de cette phrase ressemblent par leur niveau de détail, qu'ils exigent, à des indications scéniques.

[268] *a mob, fourteen years old, in Neuilly* (« juste une mob à quatorze ans à Neuilly ») : Le ton est mystérieux, flottant entre une dérision de la narratrice et, étrangement convaincante, une vraie nostalgie de la femme politique pour l'adolescence libre, libérée, qu'elle n'a pas eu la chance d'avoir, un hasard de naissance.

[269] *Neuilly* : Neuilly-sur-Seine, commune de 60 000 habitants à l'ouest de Paris, est l'une des cinq zones résidentielles les plus chères en France (avec quelques arrondissements de l'ouest parisien et de la Rive gauche). Marine Le Pen y est née le 5 août 1968.

[270] *the Lili Drop song that was big* : Le groupe Lili Drop a sorti en 1979 un single intitulé *Sur ma mob* dont la pochette montre trois filles blondes ; des trois filles blondes Le Pen, MLP est la plus jeune (« Famille Le Pen », art. cit. : Marie-Caroline est née en 1960, Yann en 1963).

[271] *a fish in water* (« un poisson dans l'eau ») : Cet exemple d'une correspondance parfaite entre proverbes, un proverbe anglais qui équivaut parfaitement à son équivalent français et qui est, en même temps, une traduction littérale, est rare, au point que Berman, dans *La Traduction et la Lettre ou L'Auberge du lointain*, en appelle aux proverbes pour exemplifier un choix auquel chaque traducteur doit se confronter : entre la traduction littérale, qui « ne revient aucunement à faire du mot à mot », et la recherche des équivalents. Selon lui : « Le cas des proverbes peut paraître minime, mais il est hautement symbolique. Il met en jeu toute la problématique de l'équivalence. » C'est à cette citation de Berman que je fais référence en employant le terme « équivalent » ; bien que Berman prenne ses distances des traducteurs pour qui « [t]raduire le proverbe serait donc trouver son équivalent », je trouve la définition qu'il offre de cet équivalent qu'ils cherchent, ces autres gens, celle d'une « formulation différente de la même sagesse », tentante (*a*).

  a. A. Berman, *La Traduction et la Lettre ou L'Auberge du lointain, op. cit.*, p. 13-15.

[272] *Assas* : L'université Paris II Panthéon-Assas, établie en 1971, d'où MLP est, comme son père Jean-Marie Le Pen, diplômée. Cette université est réputée de droite et s'oppose en cela à la plus ancienne Sorbonne, une opposition datant de 1968. MLP est devenue avocate ; Marion Maréchal, sa nièce, y a obtenu le diplôme de Master 1 en droit public avant d'arrêter ses études pour se concentrer quelques années sur la politique (à l'époque, elle utilisait le nom Marion Maréchal-Le Pen). Cette université a joué un rôle important au début de

singing a Lili Drop song with a mob, a generation just as happy getting coked up at Les Bains[273] as it was in making a modest donation to the fashos that were coming up, a generation wearing Yohji[274] to mass at Saint-Nicolas-du-Chardonnet,[275] a generation that did up Joanie's hair in a mullet,[276] a generation of which the male contingent got on three occasions blackout drunk only to wed again[277] in pomp and circumstance and Latin, a generation on the Pill[278] and little tolerant of Simone Weil,[279] OK, a generation in all this

---

ma vie en France ; elle a été mon premier employeur. Venue à Paris en 2012 à l'aide d'une bourse pour mener une recherche journalistique, j'y suis restée grâce au poste de lectrice de langue anglaise que j'ai obtenu à Paris II en 2013 et conservé jusqu'en 2015.

[273] *Les Bains* : Les Bains Douches, boîte de nuit du IIIe arrondissement parisien ouverte de 1978 jusqu'en 2010 (*a*).

    a. « Les Bains Douches », *Wikipédia*, consulté le 15 mai 2020, https://fr.wikipedia.org/wiki/Les_Bains_Douches.

[274] *Yohji* : Yohji Yamamoto (né en 1943), styliste japonais dont le premier défilé a eu lieu à Paris en 1981 (*a*).

    a. « Yohji Yamamoto », *Wikipédia*, consulté le 15 mai 2020, https://fr.wikipedia.org/wiki/Yohji_Yamamoto.

[275] *Saint-Nicolas-du-Chardonnet* : Église catholique du Ve arrondissement parisien investie par la force en 1977 par des membres d'une secte, qualifié intégriste ou traditionaliste, de la Fraternité sacerdotale Saint-Pie-X, qui, « expulsant le prêtre », ont occupé les lieux (*a*). À l'Institution Saint-Pie-X, « les tradis bon chic bon genre de Saint-Cloud s'étranglent d'être confondus avec les intégristes de Saint-Nicolas-du-Chardonnet », mais c'est à cette école de région parisienne que Marion Maréchal, la nièce de MLP, est allée, petite (*b*).

    a. « Saint-Nicolas-du-Chardonnet », *Wikipédia*, consulté le 15 mai 2020, https://fr.wikipedia.org/wiki/Église_Saint-Nicolas-du-Chardonnet.

    b. F. Krug, « Saint-Pie-X, l'école où Marion Maréchal-Le Pen a trouvé sa foi », *Le Monde*, mis en ligne le 20 avril 2016, consulté le 13 juin 2020, https://www.lemonde.fr/m-actu/article/2016/04/22/saint-pie-x-l-ecole-ou-marion-marechal-le-pen-a-trouve-la-foi_4907142_4497186.html.

[276] *mullet* : Traduction créative de « pétard » ; cette coiffure est associée dans l'imagination d'outre-Atlantique aux années 80. En googlisant, aucune preuve photographique ne montre Jehanne Le Pen, la fille de MLP que j'appelle *Joanie*, ainsi coiffée.

[277] *the male contingent got on three occasions blackout drunk only to wed again* : « les mecs saoulent par trois fois et qui se remarie chaque fois ».

[278] *the Pill* (« la pilule ») : Dont l'usage fut légalisé en France en 1967 (loi Neuwirth) peu après sa légalisation aux États-Unis en 1965 (Griswold v. Connecticut) (*a*).

    a. « Pilule combinée », *Wikipédia*, consulté le 15 mai 2020, https://fr.wikipedia.org/wiki/Pilule_combinée.

[279] *Simone Weil* : Écrivaine et philosophe française (1909-1943) qui avait déjà au lycée la réputation, remarquée par sa contemporaine Simone de Beauvoir, d'avoir « sangloté » en apprenant la nouvelle d'une « famine [en] Chine » (*a*). Le choix de cette référence semble être fait en raison de la quasi-homonymie du nom avec celui de Simone Veil (1927-2017), la ministre de la Santé qui a donné son nom à la loi du 17 janvier 1975 relative à l'interruption volontaire de grossesse, dite la loi Veil – c'était cette seconde

identical or almost to the generations that preceded it immediately, or where would it have come by those ideas—the Mitterrand Spirit[280]? Mitterrand was not enough for that, all Mitterrand did was a kick in the rear to those preparing to go, those who'd told you so, because there were not only, oh no not only Soixante-Huitards[281] in '68,[282] and, with such Soixante-Huitards as there were worn-out and aging, there was soon enough no one in France apart from the non-Soixante-Huitards; and they were happy enough, by the way, in 1968 when, after the June vacation, everything had broken (thanks be I'd taken June vacation days, I get home to notice all is over, as you were, I can pick up with my habits as they said to themselves *in petto*, which means between themselves, not publicly,[283] those who'd planned for July having taken a bad beating in protesting that June[284]), because there were not only, oh no not only strikers and[285] conformists, in 1968, the tide turned

---

femme qui est devenue, pour l'entourage de MLP, un peu plus à la mode, dans l'esprit de l'époque, comme je viens de l'apprendre d'une amie française (*b*).

    a. « Simone Weil », *Wikipédia*, consulté le 15 mai 2020, https://fr.wikipedia.org/wiki/Simone_Weil.

    b. « Loi Veil », *Wikipédia*, consulté le 13 juin 2020, https://fr.wikipedia.org/wiki/Loi_Veil.

[280] *the Mitterrand Spirit* : Cette formule ressemble au slogan d'une campagne politique, c'est pourquoi je l'ai gardée en majuscule ; pour une audience anglophone, la référence aux *Forces de l'esprit*, recueil de textes autobiographiques de l'ancien président de la République François Mitterrand (1916-1996), est peu familière. Posthume, il fut publié en 1998 (*a*).

    a. « Les Forces de l'esprit », *Wikipédia*, consulté le 15 mai 2020,
    https://fr.wikipedia.org/wiki/Les_Forces_de_l%27esprit.

[281] *Soixante-Huitards* : Le terme français est d'usage en anglais, avec des majuscules.

[282] *oh no not only Soixante-Huitards in '68* (« oh non, il n'y avait pas que des soixante-huitards en 1968 ») : La fréquence des exemples de cette sorte – des locutions imprécises et, à examiner, fausses – accélère. Celle-ci – tout à fait normale, compréhensible – est, à la regarder de près, littéralement incorrecte : toute personne ayant vécu en 1968 peut techniquement être qualifiée de soixante-huitard.

[283] *in petto, which means between themselves, not publicly* : Cet exemple est dans la continuité de la formule, plus tôt, *manu militari*. MLP emploie sans en avoir besoin une formule latine ; en expliquant bien la référence comme pour s'en féliciter, elle la rend redondante.

[284] *those who'd planned for July having taken a bad beating in protesting that June* (« ceux qui avaient dû attendre le mois de juillet pour partir en vacances et qui par conséquent s'étaient tapé les manifs du mois de juin ») : Il aurait été difficile de trouver un équivalent à « se taper » qui préserverait l'autre sens, dormant, du mot, et c'est ce deuxième sens, non pas le sens littéral, que je reproduis dans *having taken a bad beating*. Cet euphémisme pour la violence policière, qui la blanchit, semblait approprié.

[285] *and* (« ou ») : Pour m'attarder sur une question des conjonctions (comme NQ s'attardera, plus tard dans *Les Années 10*, sur la question précise des prépositions), *and*, plus courant en anglais, met l'emphase sur

leaving picket lines peopled by these becalmed, and it is today rather shocking we still picture 1968 as a year chockfull[286] of Soixante-Huitards when it was basically a year much ("much" being operative) like any other, chockfull of non-Soixante Huitards, who didn't want to be and weren't, who wished only that nobody would confuse them for those shitheads, shithead students ignorant of life's exigencies or workers, wanting blood, wanting a break,[287] and among those workers workers who absolutely did not want to be confused for those among them yearning for a break or blood just as there were among the students students desperate not to be mixed up with striking students or with shitheads—a minority, granted, but after June, 1968, what happened was a miracle: that July 1, those who didn't want to be confused found that they constituted a formidable majority, a crowd rising up to say, this time publicly, that it was going to the beach.[288]

---

l'ampleur de la liste, sa diversité ; « ou » sur une égalité entre les options, et, j'ai toujours pensé, sur le temps, situant l'expression dans le temps d'avant qu'une option ne soit sélectionnée.

[286] *shocking, chockfull* (« étonnant », « pleine ») : L'assonance et l'allitération sont des trouvailles que j'ai faites en traduisant. En règle générale, l'assonance est, en anglais, agréable ; l'allitération désagréable. La rime est, en anglais, désagréable, parce qu'elle est, à cause de la variété énorme des orthographes anglaises, inhabituelle, peu naturelle.

[287] *wanting blood, wanting a break* : Il n'y a pas d'équivalent pour la formule que la mienne remplace, « se la couler douce » ; je suis pourtant contente de la poésie de ces deux mots bien anglo-saxons, *blood* et *break*.

[288] *it was going to the beach* : Cette ligne, par « plage », évoque le slogan très connu même aux États-Unis, « Sous les pavés, la plage » – beaucoup plus réussi en termes poétiques que « l'Esprit de Mitterrand », option formulée plus haut. Parmi les auteurs prêts à signer ce slogan figure le « travailleur en grève » Bernard Cousin, qui commente : « Pour évoquer un avenir paradisiaque commun […], nous n'avons trouvé que notre joie d'enfant à la plage » (*a*). C'est en atteignant le statut de poésie que le discours politique parvient à prédire le futur (à l'achever, sembler l'achever), en étant finalement d'une justesse qui lui permet de durer – comme pour MLP qui, après tous ses efforts pour dire mal des soixante-huitards, finit par leur céder la justesse du mot-slogan. L'année 1968 fait partie des années couvertes par le « etc. » de Jean-Paul Curnier traité par NQ dans sa « Lettre à Jean-Paul Curnier » ; le passage de « Stand up » suggère, dans la voix d'un personnage peu fiable mais longuement, à quel point les gens qui ont vécu cette année de 1968 ressemblaient à d'autres gens, l'année à d'autres années, circonstance faisant de l'année en question un objet, pour cette MLP, de dérision (ce n'était pas si spécial que ça !) et, pour NQ peut-être, un objet d'espoir (ce n'était pas si spécial que ça, nous aussi on pourrait…). L'année présente, bien que couverte par l'« etc. » de Curier, serait, à D., également révolutionnaire ; la légère menace envers MLP, la résistance à son invasion thématique du récit, est donc pleinement représentée dans ce passage.

a. « Sous les pavés, la plage ! », *Wikipédia*, consulté le 15 mai 2020, https://fr.wikipedia.org/wiki/Sous_les_pavés,_la_plage_!.

There was a miracle.[289][290] That's why we get together at Saint-Nicolas-du-Chardonnet and, even today, sing in Latin. You have to remember about the miracle that it was planned out in advance throughout the seventies and eighties by people not at all embarrassed to mortgage up utility companies that were public and Social Security[291] on top of that while elbowing aside the guy on welfare,[292] people not embarrassed, either, to comment on the fact that hospitals are staffed by *black people*; as a family we learned the "Partisan's Song"[293] by heart, watch: *Ami-i-i/entends-tu/le chant noi-i-r/des corbeaux-eaux-eaux[294]/sur la plai-neu*, now then, the service we get medically will be from *black people*, you need a special dispensation just to get a nurse that's white,[295] you'll get a black lady whose great-grandmother was, in Guadeloupe, a slave,[296] that will be enough, that will be quite enough,

---

[289] *There was a miracle* (« Il y eut un miracle ») : Bon exemple de l'humour pathétique du récit consistant en la non concordance entre contenu (la grande circonstance d'un miracle) et forme (très banale).

[290] *miracle* : Dans le paragraphe précédent, ce mot se référait, pour MLP, à la fin des événements de mai 1968 ou aux vacances d'été de la même année, plutôt qu'à une révolution quelconque ; ici, il réfère à l'occupation forcée de l'église de Saint-Nicolas-du-Chardonnet ainsi qu'à la naissance de l'enfant Jésus.

[291] *utility companies that were public and Social Security* : Le sens a été changé, par rapport à « le service public et la Sécurité sociale » ; il s'agissait de trouver un équivalent avec une signification plus identifiable dans le contexte états-unien.

[292] *the guy on welfare* : Dans cette traduction de « les pauvres qui touchaient les allocs », il s'agissait de trouver, avec *welfare*, un mot idiomatique comme l'est « allocs ».

[293] *"Partisan's Song"* : La revue musicale offerte par MLP progresse chronologiquement avec l'histoire de la France ; la chanson précédente était l'une des préférées des communards, celle-ci était l'hymne principal des résistants au régime de Vichy et à l'occupation de la France par l'Allemagne nazie. Cette chanson a été composée en 1941, adaptée d'une chanson soviétique (*a*).

a. « Le Chant des partisans », *Wikipédia*, consulté le 15 mai 2020,
https://fr.wikipedia.org/wiki/Le_Chant_des_partisans.

[294] *corbeaux-eaux-eaux* : Conformément au principe du *callback* (« rappel ») dans la tradition états-unienne de la *stand up comedy*, je reprends la technique que j'avais trouvée pour reproduire des chansons françaises en doublant les voyelles ; cette fois, je tire le bénéfice du *callback* en arrivant à une version plus exagérée, justifiée par et excédant ce que la précède, dans la répétition absurde (surtout pour le lecteur anglophone) du phonème « -eaux-eaux-eaux ».

[295] *black people [...] that's white* : Je m'inquiète légèrement à propos de cette phrase ; le passage ne révèle que progressivement à quel point il est satirique, au second degré.

[296] *was, in Guadeloupe, a slave* : L'esclavage fut aboli en Guadeloupe comme ailleurs en France en 1848, quelques années avant la Guerre civile américaine qui confirmerait l'abolition de cette institution aux États-Unis (*a*).

she might say, if you could for one second stop talking slavery and let me get to work, this minimum-wage worker might say, and reasonably enough those unable to prove they've been looking for work get their benefits cut, as an unemployed individual whose benefits have been cut remarks, anyway it's not like looking for work makes a difference, that guy adds, ambivalent, and I don't know why, pipes up a man who's homeless, those without any social-security coverage at all still get cared for at the taxpayer's expense, at the end of the day it's always the same guys paying, he observes, using two fingernails to crush a flea as it ends its life a stowaway on his overcoat, so last year I'm in lockup, he goes on, and what do you do, there's no room, you put in three guys, understandable, to a place size of a phone booth, for years and years they've been needing new prisons, he continues, no sense waiting until it's too late, remarks a retired lady, accepting the baton, in any event I worked all my life and was getting kind of bored so, that works out, lucky me, she goes on and, reaching the door to Sullivan's, giving it a nudge, casts a connoisseur's eye on several male individuals who are lingering, with beers, before the bar, hello my good sirs, hello hi (I, imagining them, peep up[297]), hello Madam, she waits to hear in reply, or even a *bonjour Marine*; yes, she can really hear them saying that: *Marine, how are you*, just like that easy come,[298] not serious but friendly, even, warm even, helped there by the beers, or, no, sober, with a conscience: *bonjour Marine, we have been waiting, there is no one left to save us*, yes *voilà*, that's what they'll say, we have had enough of this France that does not run smooth, we are sick of paying money and working for other people, I am for my part a trucker, you see, and these days that is, with taxes, candidly impossible, I cannot live,[299]

---

a. « Abolition de l'esclavage », *Wikipédia*, consulté le 15 mai 2020,

https://fr.wikipedia.org/wiki/Abolition_de_l'esclavage.

[297] *I, imagining them, peep up* : Cette voix ou perspective, celle de la narratrice, est au moins la neuvième représentée dans cette longue phrase, qui continue (MLP, infirmière noire, travailleur au SMIC, homme SDF, puce, dame à la retraite, MLP encore, les hommes au bar qui disent *hello hi*, narratrice).

[298] *easy come* : Ce fragment de ma traduction de « comme ça, gratuitement, sans solennité, presque amicalement, avec chaleur peut-être » n'est que la première partie d'une formule standard, *easy come, easy go*, et l'absence de la seconde partie fait de cette expression une maladresse, très légère comme celle de « gratuitement » dans son usage ici, argotique – encore un proverbe cassé.

[299] *we have been waiting, there is no one left to save us* […] *we have had enough of this France that does not run smooth, we are sick of paying money and working for other people, I am for my part a trucker, you see, and these days that is, with taxes, candidly impossible, I cannot live* : L'effet est de quelque chose comme un deuxième niveau du style indirect libre, pensé s'il n'est pas carrément écrit par MLP. Le dialogue qu'elle

once I have paid my bills, phone, gas, water, electric, I can't get groceries even discount,[300] I can't afford groceries, not even disgusting ones, German import, even German food[301] is too expensive for me and my family, at home we eat sausage, does that sound like kids' food to you, eggs and sausage, sausage and eggs, that's what I give my kids to eat, good thing they get lunch at school, and even that is, they tell me, disgusting, because ever since a regional policy was passed[302] about the food we get it's the same, from Gap to Saint-Tropez all the kids eat sausage and eggs, even in Saint-Tropez,[303] oh yes, Marine, kids get that fatty, indigestible stuff for lunch; *voilà* what they'll say to her cozening up to the bar, and to them she extends a hand that is firm, a generous hand, an entire hand of hers . . . that they push away.

So she extends, once again, a firm, whole, and generous hand, renewing her gesture . . . they push![304]

---

attribue aux travailleurs est, dans sa vanité, délicieusement faux, trop formel pour son environnement : qualités que je cherchais à reproduire par cette traduction robotique.

[300] *discount* : À la place de « Lidl », chaine de supermarchés n'existant pas dans le monde anglophone.

[301] *German import, German food* : Dans ce récit truffé de références à la seconde guerre mondiale que je cherche à faire résonner de tout leur sens, il est question non seulement d'une tendance fasciste du Front national mais aussi de la politique d'austérité européenne des années 2010 – nourrie, comme on dit (*a*), notamment par l'Allemagne.

    a. N. Quintane, « Remarques », art. cit., p. 195 : « Ce côté crypto-gastronomique de la métaphore française ».

[302] *regional policy was passed* : Depuis la loi du 13 août 2004 relative aux libertés et responsabilités locales, promulguée pour faire face à une « crise budgétaire » et aussi dans un effort officiel de décentralisation, chacune des régions françaises est responsable de « la restauration [...] des élèves, dans les établissements dont elle a la charge » (*a*) ; à ce jour, la région (Provence-Alpes-Côte d'Azur) clame qu'elle « favorise l'achat local » et « les produits frais et de saison » (*b*).

    a. « LOI n° 2004-809 du 13 août 2004 relative aux libertés et responsabilités locales », *Legifrance*, consulté le 15 mai 2020, https://www.legifrance.gouv.fr/loda/id/JORFTEXT000000804607.

    b. « Lycées », *Ma région sud*, consulté le 15 mai 2020, https://www.maregionsud.fr/jeunesse-et-formation/lycees.

[303] *Saint-Tropez* : Ville de bord de mer de 4 000 habitants située à 2 heures 30 minutes de route de Digne-les-Bains, renommée pour ses plages huppées, elle fournit un titre à un autre livre de NQ. Dans ce livre, la poétesse pose la question : « Suffirait-il d'aller soi-même à Saint-Tropez pour la réintégrer dans le temps ? [...] Si tous ces calculs semblent sans importance, c'est aussi parce qu'il n'est plus rien attaché de sérieux, ou de neutre, au nom Saint-Tropez » (*a*).

    a. N. Quintane, *Saint-Tropez – Une Américaine*, Paris, Éditions P.O.L, 2001, p. 21.

[304] *they push!* (« qu'ils repoussent ! ») : Une surprise pour MLP, que j'accentue par mon expression enfantine, agrammaticale. Que ce geste parvienne à surprendre le lecteur, aussi, suggère une critique sociale – il faut très vite se distancer de cette surprise, pour laisser loin derrière la femme politique, la laisser toute seule dans

Unbelievable.

She fishes in her bag for a Kleenex, blots her forehead, *bonjour, bonjour messieurs*, voice quavering—but they turn their backs on her, one guy belching, and, as one, lift their beers.[305]

---

son piège. Dans *Un œil en moins*, le tournant du passage suivant mène aussi une critique, par ce même effet de surprise, de l'accessibilité d'une complicité dans l'illusion raciste (comme MLP dans « Stand up », la narratrice de cet essai se retrouve dans une position d'autojustification, d'orgueil face à un membre qu'elle suppose moins privilégié de son voisinage, qui la rejette, parce qu'il est sensible à la condescendance du geste) : « Donc, on était en maraude à Nice pour distribuer des sandwichs – cent cinquante sandwichs, on avait –, et j'étais dans la rue et je repère un migrant, du coup, je lui file un sandwich, et lui, il a… comment dire… un mouvement de recul… – Mais pourquoi vous me donnez ça ?! En fait, c'était pas un migrant. C'était juste un Noir, quoi. Un Noir qui se baladait » (*a*).

    a. Id., Un œil en moins, op. cit., p. 301.

[305] *they turn their backs on her, one guy belching, and, as one, lift their beers* : Les insultes adressées à MLP sont pour la plupart négatives : elle n'est pas traitée de noms, ni blessée, mais plutôt ignorée, sa main refusée. Son échec est – figurativement, littéralement – de ne pas parvenir à toucher les gens (*to move people, to reach people*). Elle s'apparente à un fantôme, sans présence corporelle. Dans cette nouvelle, elle habite une position quelque peu comparable : celle du personnage deux fois fictif. Je me permets la digression suivante parce qu'il était question, au moment de la référence à « The Tobacco Shop », de Fernando Pessoa (1888-1935), le poète portugais qui écrivait sous plusieurs noms. Pour lui, ceux-ci étaient des « hétéronymes » plutôt que « pseudonymes » parce que ces figures imaginaires avaient une véracité à elles (*a*). C'est encore ma bibliothèque que je déballe (pour reprendre de nouveau l'action-titre de Benjamin) ; du critique James Wood, un passage au sujet de *L'Année de la mort de Ricardo Reis* (1984), roman de José Saramago (1922-2010), m'a longtemps travaillée ; J. Wood qualifie le personnage envisagé par Saramago comme doublement fictif, parce qu'il s'agit de l'un des hétéronymes de Pessoa ; cette qualité donne au roman, selon J. Wood, du mystère et du pathos : « Le scintillement particulier de ce livre, le tinte et la délicatesse qui font du livre quelque chose d'hallucinatoire, dérivent de la solidité avec laquelle Saramago investit un personnage qui est un personnage doublement fictif : d'abord à Pessoa, ensuite à Saramago. Ce doublage permet à Saramago de suggérer quelque chose qu'on sait déjà, que Ricardo Reis est un personnage de fiction. Saramago fait de cela quelque chose de profond, émouvant parce que Ricardo se sent lui-même comme fictif, dans le meilleur des cas un spectateur de l'ombre, un homme à la marge. Quant Ricardo y songe, nous aussi nous éprouvons une tendresse pour lui, conscients de quelque chose dont il n'est pas, qu'il n'est pas réel » (*b*). Reis est investi par Pessoa, puis par Saramago ; MLP est doublement fictive parce qu'investie, comme femme politique, et comme figure de la mythologie nationale, par la France ou par ses médias – et puis par NQ. D'où une certaine mélancolie du personnage.

    a. « Fernando Pessoa », *Wikipédia*, consulté le 15 mai 2020, https://en.wikipedia.org/wiki/Fernando_Pessoa.

    b. J. Wood, *How Fiction Works*, New York, Random House, 2010, cité dans le blog Tumblr *Naked Persons*, https://www.tumblr.com/nakedpersons/104896104034/josé-saramagos-great-novel-the-year-of-the-death, consulté le 15 mai 2020 (« *The special flicker of this book, the tint and the delicacy that make it seem hallucinatory, derive from*

You might have done your homework,[306] she says to the team jeering, hissing, and the door is closed.

Well, fine;[307] she's had experience of others like them, truckers who wouldn't condescend to speak to her, why not, beer guzzlers who keep her at arm's reach, well now, she's had plenty of socialists respond with a lick of the lips, a waggle of the tongue,[308] students at the rather prestigious *Écoles Normale* and of Administration as well as sometime Trotskyists, union men, I could go on, professors in anything you like, survivalists, architects, globalists, you know what I mean (addressed to her team), you know what I mean, there's nothing to know, no logic in it 'cause there's never been anything like logic in political decision-making, in political choices,[309] logic has nothing to do with it, I should know, I was brought up by my family to know, in my family we are all of us to the manner bred, she says, referring to her sisters and, increasingly, her niece,[310] my niece, who has the same

the solidity with which Saramago invests a character who is a fictional character twice over: first Pessoa's, then Saramago's. This enables Saramago to tease us with something that we already know, namely that Ricardo Reis is fictional. Saramago makes something deep and moving of this because Ricardo also feels himself to be somewhat fictional, at best a shadowy spectator, a man on the margin of things. And when Ricardo reflects thus, we feel a strange tenderness for him, aware of something that he does not know, that he is not real »).

[306] *You might have done your homework* : Je suis fière de cette formule : il fallait non seulement traduire le sens de « Vous auriez pu vous renseigner » mais aussi de trouver quelque chose que MLP dirait en persiflant (et puis en sifflant : « persifle-t-elle à l'équipe, qu'elle siffle »).

[307] *Well, fine* (« Bon, ce n'est pas grave ») : Le défi était de trancher entre plusieurs possibilités – *that's all right, no big deal, doesn't matter* – en finissant par la plus agressive ; la décision a été faite, comme ailleurs, pour sa correspondance à la personnalité de MLP, moteur de ce récit.

[308] *respond with a lick of the lips, a waggle of the tongue* (« lui faire la lèche ») : Ici comme ailleurs, la nature de la réaction qu'elle suscite n'importe pas à MLP ; la seule chose qui compte, c'est de susciter une réaction forte ; en tant que femme et en tant que figure politique, elle suit la logique marchande.

[309] *in political decision-making, in political choices* (« dans les choix politiques, les choix politiques ») : Je traduis la répétition originelle (dans la deuxième instance il s'agit d'un sujet pour le verbe qui va suivre) par autre exemple d'une parole malmenée : cette MLP refuse de choisir entre deux synonymes.

[310] *her niece* : Marion Maréchal (née en 1989), femme politique française, ancienne députée française de la 3e circonscription du Vaucluse (évoqué plus haut, ce département n'est pas loin de Digne-les-Bains). Nièce de Marine Le Pen, elle adopte son nom en 2010, en entrant dans la politique nationale, avant de s'en débarrasser en 2018, visiblement parce qu'il avait cessé d'être un atout stratégique (*a*).

a. « Marion Maréchal », *Wikipédia*, consulté le 15 mai 2020, https://fr.wikipedia.org/wiki/Marion_Maréchal.

name as me, Marion,[311] my niece, that is to say a daughter of my sister who was christened by my own sister with the name I already had, does that make sense to you, does it seem to you reasonable that my sister whether in homage to me or erasure gave my very own name to her baby, and that niece has gotten her start, got herself elected to office, my other sister, similarly, works for the Front,[312] married within it, within the Front we've all gotten hitched more than once,[313] and did we ever for a second ask the question, question ourselves if, for instance, we might not want to take a look around, around another Front, going by some other name, did we not ever stop to think if, at day's end,[314] it might be worth our time to give another job a try, to keep on lawyering,[315] build a business of one's own, are we all not mere daddy's girls, seems possible, to the point of straining her voice, contouring that beautiful low voice ravaged by cigarettes, or did you think I hadn't thought of that,[316] had you perhaps suspected that, at forty-four years old, my mind remained pure of the thought, or are you perhaps of the opinion that politics is not all that first of all,

---

[311] *who has the same name as me, Marion* : En matière de sens, ce syntagme ressemble exactement au syntagme de la phrase originelle, « qui porte mon prénom, Marion ». « Marion » n'est, à l'évidence, pas le même nom que « Marine ».

[312] *the Front* (« le Parti ») : La formule « the Party » était à éviter ; on peut dire que, en anglais, cette formule est déjà prise, par le roman de Orwell, *1984*, dans lequel elle dénomme un gouvernement allégorique (London, Secker & Warburg, 1949).

[313] *we've all gotten hitched more than once* : Jean-Marie Le Pen a été marié à Pierrette Lalanne de 1960 à 1987 (elle est la mère de Marine Le Pen et de ses sœurs) ; il est marié à Jeanne-Marie Paschos depuis 1991. Marine Le Pen a été mariée entre 1997 et 2000 à Franck Chauffroy (père de ses trois enfants), puis à Éric Lorio entre 2002 et 2006. Marion Maréchal a été mariée à Matthieu Decosse (père de sa fille ainée) de 2014 à 2016 (« Marion Maréchal », art. cit.).

[314] *at day's end* (« au fond ») : Il y a des exemples multiples des formules telles que « au fond », « en fin compte », et j'ai souvent recours à *at day's end*. J'apprécie cette formule ici pour sa qualité eschatologique ou apocalyptique ainsi que pour sa connotation économique.

[315] *lawyering* : Marine Le Pen s'est inscrite au barreau de Paris en 1992 ; elle le quitte « pour entrer le 1er janvier 1998 au service juridique du Front national » (« Marine Le Pen », art. cit.).

[316] *or did you think I hadn't thought of that* (« vous croyez peut-être que je ne le sais pas ») : Ailleurs il y a un doublage entre NQ et MLP, celles qui parlent ; ici, je cherchais à reproduire, à préserver, un doublage délicat de personnages qui écoutent : les militants, le lecteur ou lectrice. MLP s'adresse, troisièmement, à NQ aussi, potentiellement ; le personnage se rebelle contre son autrice. L'effet, qui se révèle transposable, est satisfaisant.

family relations, you have perhaps forgotten the remark of a certain ex-Socialist[317] with origins in the Var or in the Bouches du Rhône (I forget if it was the Var or Bouches du Rhône, it's always one of those if not the other),[318] that ex-Socialist who could explain her decision to leave the Socialist Party and join up with the Front (us)[319] only by saying she felt, at last, *at home*, among *family*,[320] and if the Socialists were a distant, chilly family, which is to say no family at all, the Front was *hot*: a real family.[321] Absent father, absent mother, children left for dead[322]; kids unable to identify any dad in "Dad," any mom in "Mom,"[323] not so long ago grown adults in speaking of their parents would say decently,

---

[317] *a certain ex-Socialist* : Une piste pour approfondir cette recherche serait de découvrir l'identité historique de cette personne, si elle existe. Le passage précise qu'il s'agit d'une femme ; la référence ne vise donc pas par exemple l'avocat Gilbert Collard, ancien député d'une circonscription du Gard ; avec des liens divers à la famille Le Pen ainsi qu'à Paul Aussaresses, général notoire dont il sera question plus tard, G. Collard présente un exemple de personne qui s'est engagée dans un premier temps avec le Parti socialiste, et plus tard auprès du « Front » (*a*).

  a. « Gilbert Collard », *Wikipédia*, consulté le 15 mai 2020, https://fr.wikipedia.org/wiki/Gilbert_Collard.

[318] *it's always one of those if not the other* : La recherche se complique. Pour éviter de gloser l'intégralité de la politique électorale de ces deux départements de la région Provence-Alpes-Côte d'Azur, je note juste que ce moment présente un exemple supplémentaire d'une maladresse de MLP, comme si le personnage, cherchant à vanter sa connaissance du coin, finit au contraire par presque révéler ses lacunes.

[319] *Socialist Party, Front (us)* : Dans le texte originel figurent les abréviations « PS », « FN » qui auraient été difficile pour le lecteur anglophone à déchiffrer ; avec l'ajout *(us)* (« [nous] ») je crois reproduire le ton informel de la remarque.

[320] *at home, among family* : L'équivalent du proverbe « en famille » est le proverbe *at home*. L'emphase est en anglais sur le foyer, en français sur les personnes y cohabitant, et cette dernière donne à la formule une connotation ethnique, intéressante dans le contexte politique qui est celui de la nouvelle.

[321] *a real family* : Un tournant ; ce qui suit est intéressant d'une perspective féministe et attachée aux droits de l'enfant.

[322] *left for dead* : Dans son contexte, l'équivalent d'« abandonné » (« enfants abandonnés ») se révèle être *left for dead* malgré l'existence du mot apparenté *abandoned*.

[323] *any mom in "Mom"* : Pour ne pas m'attarder sur l'événement surprenant qu'était la publication par l'édition française de *Playboy* des photos de Pierrette Lalanne nue, le 10 juin 1987, je note simplement que ce syntagme, avec sa légère instabilité épistémologique, renvoie à la question personnelle à laquelle MLP fait face (comme si elle ne l'avait fait avant, comme si NQ lui donne enfin, et généreusement, une occasion de la considérer) : à quel point, dans quelle mesure, doit-on prendre ses distances avec sa famille ? Cette question est parfois considérée comme ayant une pertinence particulière pour la création littéraire. Il existe, sur la question, au moins deux mythologies : 1) l'aspirant écrivain doit partir loin en quittant sa famille natale pour ensuite écrire avec liberté et objectivité (proposition que j'ai trouvée, par moments, très convaincante ; cet

idéal est lié à mon implantation en France) ; 2) c'est au contraire en étudiant proche de sa famille que l'écrivain arrive à une connaissance profonde et irremplaçable de la vie – obtient un *material*, de quoi écrire. Dans cette formulation, la valeur consiste à refuser toute fuite. Il est possible d'associer chaque approche à un auteur ou une autrice de l'actuelle littérature d'expression anglaise (parce que c'est toujours ma bibliothèque que je déballe). Pour la première, Rachel Cusk. Dans son essai « Coventry », cette formidable romancière canadienne-britannique explore avec calme et rigueur les effets d'une habitude qu'ont toujours eue ses parents d'arrêter, pour de longues périodes, de lui adresser la parole, essentiellement pour la punir. Il semble qu'une partie de l'accomplissement de ses romans autobiographiques et philosophiquement denses peut être attribuée à la liberté et la détresse (contrepartie de la liberté) que ce phénomène suscite en elle (« Coventry, c'est l'endroit où le pire est déjà arrivé. En théorie, il n'y a là rien à craindre. S'il y a besoin de régler ses comptes, Coventry me semble un bon endroit » [a]). Pour la deuxième proposition, je prends l'exemple d'un roman sorti en 2019, *The Topeka School* de Ben Lerner, un travail très remarqué qui explore l'enfance de l'auteur et la ville, Topeka, Kansas, où il a grandi. Ce travail – dans lequel les parents de B. Lerner, qu'il semble avoir interviewés longuement, figurent comme des narrateurs – est une généalogie du développement de sa langue à lui (il est aussi poète) à partir du langage qui était le sien lors de son adolescence, un langage peu expressif, violent. D'une manière voisine à l'exploration du fascisme dans « Stand up », où le fascisme est exploré par rapport à des formes dramatiques ou comiques, ce langage comprend des techniques apprises au sein d'un club de débat – où, pour gagner, il faut créer de la confusion en parlant très vite – que l'auteur situe, en montre la situation, dans l'actualité de la politique américaine : ce mécanisme joue un rôle non seulement dans la promotion mais dans l'acceptation des réalités nationalistes ou racistes ainsi que misogynes (*b*). Pour revenir à N. Quintane, je suis frappée par sa remarque caractérisant la littérature en termes d'identité, comme question identitaire. C'est Chloé Jacquesson qui la cite dans son essai « ″Minorité de tous les côtés″. La question du genre chez Nathalie Quintane », parce que, quand il est question de sa « minorité », l'autrice considère cette identité pertinente avant de ne se considérer que comme une femme quelconque : « minorité de tous les côtés, minorité parce que je lis des livres, minorité parce que c'est de la littérature, minorité parce que lisant des livres et en écrivant je suis tout de même née d'employés, eux-mêmes nés d'ouvriers, minorité parce que, bien que mesurant un mètre quatre-vingts, je suis une femme » (*c*). Considérée comme identité, la littérature est pour N. Quintane une identité *horizontale*, non *verticale*, pour reprendre les termes du journaliste Andrew Solomon formulés dans son ouvrage *Far from the Tree*, une étude des relations entretenues avec leurs parents par des personnes dotées d'une telle identité. À l'opposé des identités verticales – qui sont en général partagées avec les parents, telles l'ethnicité, la langue, la nationalité, précise A. Solomon – l'identité horizontale est fondée sur une caractéristique acquise ou héritée qui demande au porteur de la définir ailleurs, à l'aide des autres (et souvent de pairs qui partagent cette caractéristique, *peer group*). Le journaliste est homosexuel – survivant d'une « thérapie de conversion » subie dans sa jeunesse – et l'homosexualité ne fournit qu'un exemple d'identité horizontale ; les dix exemples explorés dans ce livre très riche (le produit d'années de recherche) sont la surdité, le nanisme, la trisomie 21, l'autisme, la schizophrénie, le handicap physique multiple et sévère, le génie (musical ou autre), le fait d'être né-e d'un viol, la criminalité, et le fait d'être transgenre. Le choc d'une telle identité est, pour les familles interviewées, formatif ; des deux côtés – du refus et du rejet à la célébration – son poids est lourd à

"my father, my mother," until, little by little, you heard them say "Dad, Mom" (instead of "my father, my mother"), and now I hear it from people on the radio, interviewed knowingly with the knowledge that what they said would be made public, "Dad, Mom" instead of "my father, my mother," I've started to hear it even from people in my circle, out of the mouths of people otherwise decent, modest, "Dad, Mom," even "Daddy, Mommy," just like little kids, like a child of seven or eight (at eleven they'd stop, mortified) yet one fine day nobody had any shame, everybody set to wallowing in the great bath of family matters, blowing their noses in that incestuous bath, that's how a representative who had been elected as a Socialist came to say in perfect seriousness that because that's how things stood, in the Socialist Party there was for her no dad or mom, she'd go to the Front, where there was not only a mother, she was *pretty*—this, by the way, is one of the reasons I just recently lost ten kilos:[324] I mean first, true enough, because, as a

---

porter (*d*). Pour N. Quintane : « Il n'y a pas de passé personnel pur » (*e*). C'est par une objectivité extrême, racontée à la troisième personne, que l'une de ses histoires d'une « crise » apparemment subie lors de l'adolescence de l'autrice est, dans *Début*, abordée : « Ma mère, debout, prit des mains de sa fille adolescente assise son sac et le balança » (*f*).

a. R. Cusk, « Coventry », *Granta* n° 134, mis en ligne le 17 février 2016, consulté le 15 mai 2020, https://granta.com/coventry (« *After all, Coventry is a place where the worst has already happened. Theoretically, there should be nothing there to fear. If some kind of accounting is called for, Coventry strikes me as a good place for that to occur* »).

b. B. Lerner, *The Topeka School*, New York, Farrar, Strauss & Giroux, 2019.

c. *Tomates*, op. cit., cité dans Chloé Jacquesson, « "Minorité de tous les côtés". La question du genre chez Nathalie Quintane », dans *Nathalie Quintane*, op. cit., p. 79-102, p. 79-80.

d. A. Solomon, *Far from the Tree*, New York, Scribner, 2012, cité dans *Brain Pickings*, https://www.brainpickings.org/2013/06/12/andrew-solomon-far-from-the-tree, consulté le 15 mai 2020. Cet essai a été traduit vers le français par Anne-Véronique Barancourt et Christine Vivier : *Les Enfants exceptionnels* (Paris, Fayard, 2019).

e. N. Quintane, *Tomates*, op. cit., p. 58.

f. Id., *Début*, op. cit., p. 82.

[324] *I just recently lost ten kilos* : « La candidate frontiste a un coach qui lui donne des conseils diététiques et vérifie ses menus. Elle qui prenait beaucoup de café a commencé un régime l'été dernier, avec lequel elle a déjà perdu une dizaine de kilos, grâce aux graines de lin et au thé rouge. Autre changement dans son hygiène de vie : seulement un verre ou deux en soirée [...] » (*a*) ; « "*Paris Match* dit que vous avez fait un régime. Je voulais savoir si cela était un sujet pour vous ou pas ?" lui demande Valentin Spitz [...] avant d'être coupé par la fille de Jean-Marie Le Pen. "Faut faire combien d'études de journalisme pour poser ce genre de question ?" lui renvoie-t-elle » (*b*).

a. E. Mandel, « Marine Le Pen, les secrets de son hygiène de vie (et de sa perte de poids) », *Gala.fr*, mis en ligne le 11 avril 2017, consulté le 15 mai 2020,

smoker, whenever I find myself going up an incline like this one I wheeze and badly, but also too, do you think it quite possible to put oneself up for election while resembling, I'm so sorry, a hippopotamus, condition number one, let's say number two, in running for office (let alone president), is that of not looking like a woolly mammoth, go on a diet, and I felt great, it really did me good, the political is, after all, personal, she remarks in heading into Tiff's,[325] one of the numerous hair salons there are in my city.[326]

It's funny because I was just talking to my ophthalmologist of twenty years, who rattled off a list of doctors that have closed up shop, the gynecologist (no more gynecologist), the optometrist (no more optometrist), two surgeons (no more surgeons), the homeopath (no more homeopath), five generalists who've taken their retirement; but there are always, on

---

https://www.gala.fr/l_actu/news_de_stars/marine_le_pen_les_secrets_de_son_hygiene_de_vie_et_de_sa_perte_de_poids_391239.

b. « Mécontente d'être interrogée sur son régime… », *programme-tv.net*, mis en ligne le 20 janvier 2017, modifié le 24 avril 2017, consulté le 15 mai 2020, https://www.programme-tv.net/news/tv/106018-mecontente-d-etre-interrogee-sur-son-regime-marine-le-pen-met-un-vent-a-un-journaliste-video.

[325] *Tiff's* (« chez Tif ») : Je viens d'apprendre, grâce à cette amie française, que « tif » veut dire en argot cheveux.

[326] *one of the numerous hair salons there are in my city* : « Pour que le coiffeur puisse couper correctement mes cheveux, je dois me tenir droite » (*a*) ; « C'est une expérience que j'ai faite ici, à D., dans un salon de coiffure, au lavage. […] Tandis qu'elle [la coiffeuse] lavait et massait mon crâne, j'ai senti nettement ma chatte se déplacer : elle se déplaçait *en suivant ses mains*, si bien que je suivais mentalement ma chatte tout autour de mon crâne, vers le haut, à droite en descendant, plus bas, encore plus bas, nuque, un peu plus à gauche, là, et là, etc. […] Tout ça pour dire que ce n'est pas parce que "tu écris" que tu en sors moins embrouillé ; ça déplace l'embrouille et voilà » (*b*).

NQ explore ailleurs le fort dégoût qu'elle éprouve envers l'usage intransitif du verbe « écrire » (« "tu écris" ») : « Je me souviens d'une soirée, dans la Creuse, l'année où [le poète Christophe] Tarkos y habitait. Il veut me présenter une fille qui aussitôt déboule pour me dire : *Et toi aussi tu écris ?* J'explose : *Ben ouais, j'écris, j'écris... des cartes postales à ma grand-mère !* » (*c*). À l'encontre de la citation de « Remarques », je supposais l'emphase, en corrigeant la fille, plutôt sur la situation extérieure à l'écrivain, sur ce qui fait d'écrire une action transitive – *i.e.*, le sujet du projet, le projet même (« des cartes postales »). En la juxtaposant avec la scène de *Crâne chaud*, je réfléchis qu'une autre emphase est mise sur l'écrivaine ou écrivain, sa situation dans tous les cas intérieure, ce qui pousse à écrire, parce que « transitive » implique un point de départ autant qu'une arrivée.

a. N. Quintane, *Chaussure, op. cit.*, p. 119.

b. Id., Crâne chaud, op. cit., p. 30-33.

c. Id., « Remarques », art. cit., p. 202.

En dépit d'efforts importants pour remplacer les fautes cor-
rigées avec d'autres – fautes – plus justes – cela n'était pas à
chaque fois possible.

the other hand, plenty of hair salons. Why is that?[327] It's a career that you can pursue in your hometown, I thought; if you go in for archaeology, truck driving, surgery, veterinary medicine, or shepherding you have to go, leave your little city behind, but it's possible to get a job as a hairdresser, cashier, or salesperson without too much trouble and in that way avoid going. Not leaving is my plan, too, though I'm no hairdresser, because in this city you feel at home (it's a kind of bedroom extension; I've gone out for bread in slippers[328]). The doctors might all die, and I wouldn't leave, I wouldn't leave this area that's not mine, it's not my home, but I have to say, I'd be very happy[329] living here because Hénin-Beaumont is, you know, no party; once you've tried the spiked espresso[330] all there is, all we have by way of activity locally is the harvesting of a tall grass, *Calamagrostis*,[331] and the contriving of watering holes out of adjacent puddles,[332] thus I pull on my galoshes and go out for a chat with my own locals; you know, Mademoiselle, the big difference between us and our competitors, she says to the hairdresser, is that we don't do campaigning just once a year, during the election season, we do it all the time,[333] every day, really all the

---

[327] *Why is that?* : Question faussement naïve d'un *stand-up comic* ; refrain, même, traditionnel de cette comédie new-yorkaise.

[328] *it's a kind of bedroom extension; I've gone out for bread in slippers* (« c'est une sorte d'extension de ma chambre ; il m'est arrivé de partir en chaussons acheter du pain ») : L'affection de la narratrice pour D. fournit l'occasion d'une prose lyrique, belle par sa simplicité, que je cherche à préserver.

[329] *very happy* : Je choisis cet énoncé caractéristique du quarante-cinquième président des États-Unis parce que c'est approximativement à ce moment de la phrase que MLP prend, après NQ, le relais de la narration. Je signale le changement.

[330] *spiked espresso* (« bistouille ») : Boisson de café avec de l'eau de vie typique du Nord de la France, où MLP, à travers son déménagement à Hénin-Beaumont, est accusée de s'être « parachutée ».

[331] *Calamagrostis* : Troisième usage gratuit et superflu par MLP d'un mot ou terme latin, après *manu militari* et *in petto*. Le « règle de trois » (*rule of three* ou *comic triple*), qui s'applique dans le domaine de l'écriture comique ou populaire, est bien connu dans le monde anglophone (a).

a. « Rule of three », *Wikipédia*, consulté le 15 mai 2020, https://en.wikipedia.org/wiki/Rule_of_three_(writing).

[332] *the contriving of watering holes out of adjacent puddles* (« la création de mare par l'adjonction de deux flaques ») : MLP, qui vient de clarifier il y a une page à quel point il lui importait de ne plus ressembler « à un hippopotame », a des habitudes d'hippopotame, dans cette traduction au moins (selon Linguee.fr *watering hole* est une traduction acceptable pour « mare »).

[333] *we don't do campaigning just once a year, during the election season, we do it all the time* (« nous ne faisons pas campagne une fois par an, avant les élections, nous, nous faisons campagne tout le temps ») : Par la préservation de l'article définitif (*the election season*), j'exagère la métaphore écologique ; la campagne est forcée de la même manière que sont les fraises disponibles au rayon du supermarché en janvier. Selon le

time, I'm asking you to understand that it's not easy, if I had to count up the number of times I've had things thrown at me,[334] I'm not talking about insults, nasty things I've had to hear (and that's why I never leave home without my umbrella, you never know what will be thrown at you[335]), everybody asks if I'm a real blonde,[336] you've probably seen a picture of my mom,[337] another blonde, you saw how beautiful she is, you've had a look at my sisters, my niece, my father always loved beautiful women, she ventures in extending her gloved hand[338] toward a client, who will not shake it, toward another, who does, to another who will not, to the next, who accepts, as all the while a hairdresser carefully traces the part in a head of hair and paints, like a piece of furniture, with the back and forth of a flat brush, the straight, parted hair of the last lady in the row,[339] looking in the mirror.[340][341] Then Le Pen moves back to the glass door, lets one of the boys open it for her,

---

scientifique Douglas McCauley, l'hippopotame informe sur l'état de son écosystème de la même manière que l'ours polaire, outil de mesure plus connu (*a*).

    a. « Hippos: Global change may alter the way that hippos shape the environment around them », *Science Daily,* mis en ligne le 14 mai 2018, consulté le 15 mai 2020, https://www.sciencedaily.com/releases/2018/05/180514185922.htm.

[334] *I've had things thrown at me* : Comme une mauvaise comique sur la scène d'un quelconque sous-sol du West Village à Manhattan, *USA.*

[335] *you never know what will be thrown at you* (« on ne sait jamais ce que les gens vous lancent ») : MLP est tellement digressive de parole, s'interrompt avec une fréquence tellement élevée, que ses malheureux auditeurs pourraient dire la même chose.

[336] *everybody asks if I'm a real blonde* : La fixation sur la blondeur comme emblème de beauté a des liens avec la racialisation, plus spécifiquement au racisme, important à signaler dans une nouvelle où il est question du fascisme. Le fétichisme de cette qualité est un axe entre autres du délire de MLP.

[337] *you've probably seen a picture of my mom* : Cette traduction de « vous avez vu ma mère » pourrait alors paraître trop compliquée, avec l'ajout de *picture,* etc., mais je suis convaincue que c'est la bonne solution. L'équivalence entre « tu as vu » et *did you hear* a été pointée dès la première page de cette annotation ; *hear,* ici, ne marcherait pas du tout, parce que l'emphase est sur l'apparence physique ; d'autres options telles que *know of* seraient trop soutenues.

[338] *gloved hand* : MLP ne retire pas ses gants pour offrir sa main. Encore une fois, la thématique de l'hygiène comme préoccupation propre à la femme politique resurgit.

[339] *the last lady in the row* : Est-il possible que cette femme, qui se fait coiffer à D. ou à Digne-les-Bains, qui a les cheveux lisses et colorés (les cheveux de NQ ne sont pas gris), *soit* NQ ? Dans les films hollywoodiens, dans les comédies états-uniennes qui empruntent forcément à la longue tradition du *stand up,* il est coutume pour le réalisateur de se montrer de cette façon brièvement, au fond d'une scène, dans une apparence *cameo* (« petit rôle », « rôle de figuration »). Le réalisateur qui apparaît ainsi se place en tant qu'auteur de son film.

[340] *looking in the mirror* : Dans la phrase originelle, le sujet que modifie cette expression (« face aux miroirs ») est de la même manière vague. Elle pourrait s'appliquer à la coiffeuse ou à la dame ; il ne peut pas

and sets course for the Cock-A-Doodle-Do Café[342]—with a name like that, a little coffee break would seem to be in order.

She looks over the façade featuring a horse[343] butcher's[344] crest adorned with Cs in gold and crimson as they say in rugby country, in Languedoc and Roussillon,[345] in Provence

---

être exclu, non plus, qu'elle réfère à MLP, qui fait partie des sujets multiples de la longue phrase, dans la mienne aussi (*she ventures in extending her gloved hand* [...] *looking in the mirror*). Cette ambiguïté est appropriée pour ce moment, quand il est question de miroirs, de doublage, et de la connexion, voulue ou pas, à travers des regards et des mains. Je l'ai ainsi préservée.

[341] *carefully traces* [...] *and paints* [...] *with the back and forth of a flat brush* [...] *looking in the mirror* : Cette action simple, liant de manière brève mais avec soin ces deux personnes, crée un îlot de calme autour d'elle. Son emplacement fait de leurs gestes une sorte de défense, un ancrage ; il exclut MLP. Traduit par des mots anciens, anglo-saxons – souvent mieux adaptés comme supports pour l'émotion que ceux qui sont apparentés au français – ce groupe de mots suggère par avance et présage la connexion qui animera la petite foule de D. à la fin du récit. Il y a plusieurs exemples dans *Un œil en moins* des effets d'une telle connexion humaine, de proximité, dont NQ suggère dans ce livre qu'elle est le but et une méthode de l'action politique – pour aller vite. En voici un, pourtant, qui parle du transfert mystérieux d'énergie. Un homme SDF s'approche des personnes avec lequel NQ discute, sur la place, de politique : « Sa main droite est en suspension dans l'air. [...] Il reste un peu. Il vient pour parler, pour la parlote, pour se chauffer dans elle » (*op. cit.*, p. 81).

[342] *Cock-A-Doodle-Do Café* (« Cocorico Café ») : La question de la traduction des sons animaliers, qui ressemble à celle de l'onomatopée, a déjà été évoquée. Il semble que « cocorico », en français, est d'usage argotique pour décrire un sentiment nationaliste.

[343] *horse* : La comparaison de MLP à « un cheval de course » (faite par son père) a déjà été notée. Un passage de *Tomates* imagine de la même façon, comme un cheval, une prose de qualité (« de qualité », plutôt), au rythme convenable : « En fait, je n'ai jamais raconté cette scène-là comme ça, mais pour ce livre je dois faire quelques concessions, je dois écrire quelques au lieu de des, par exemple – des concessions –, parce que quelques concessions est rythmiquement comme un petit cheval qui galope et que je sais que cela fera plaisir, ce petit cheval qui galope, et qu'on me tiendra rigueur, si je ne fais pas galoper le petit cheval » (*op. cit.*, p. 60).

[344] *horse butcher's* : Je suppose qu'il s'agit d'une trace mal effacée de l'ancien occupant des lieux. L'inclusion de cette référence, peu liée aux événements du Cocorico Café qui la suivront, est mystérieuse. Un indice suggère, pourtant, un lien à la vie de NQ ; celui-ci provient du passage déjà cité de *Que faire des classes moyennes ?* La « boucherie chevaline » figurait parmi les lieux gris au bord de la « longue route, déserte aux deux tiers, entre Pierrefitte et Lochères », image, pour NQ, du premier monde qu'est l'enfance disparue (*a*). L'hippophagie est, telle ces traces, en voie de disparition, même en France : c'était le point à retenir d'un entretien, publié en 2016 dans la revue brooklynoise *The New Inquiry*, avec un boucher français (qui gardait l'anonymat). Celui-ci a vu la quantité de viande chevaline qu'il vendait chaque semaine passer

(speaking figuratively, naturally, it's a manner of speaking, speaking about coats-of-arms, *crimson* for red, *gold* for yellow, *red and yellow* is just not as good as *gold and crimson*, that was their big discovery, those knights in olden times, it's not like we're going to say *red and yellow* like a serf [not the water sport, that's written with a *u*],[346] *gold* because that's what we have, and if we don't have it we're going to get it, *crimson* because we're always slaying[347] as a wise-guy might say, no actually, *crimson* because our blood is *blue* [speaking figuratively, obviously], blue like Virgin Mary's mantle, blue like the firmament [by which I mean sky], blue like scorpion grass, like forget-me-nots,[348] blue like the song *Plus bleu-eu-eu/que le bleu de tes yeux-eux-eux/je ne vois rien de mieux/même le bleu des ci-eux-eux-eux*[349] [that's the plural of "sky" in French[350]]; basically, blue like the blue of

---

de 700 à 350 kilos et évoquait aussi la très impressionnante « extinction » des chevaux de trait, remplacés dans l'agriculture par des machines. Ces chevaux ne sont en général tués pour leur viande qu'après une longue vie (*b*). J'ai lu cet article au moment de sa parution, je m'en souviens bien. Je venais juste de quitter la France pour m'installer, justement, à Brooklyn, où je venais de publier un essai dans la même revue ; *The New Inquiry* était l'une des premières revues dans lesquelles je suis parvenue à publier quelque chose de « créatif ». Encore moins habituelle aux États-Unis qu'en France, l'hippophagie est évocatrice d'un exotisme français ; je n'avais pas eu, pourtant, l'opportunité, au cours des longues années passées en France, de goûter cette viande.

    a. Id., Que faire des classes moyennes ?, op cit., p. 89.

    b. C. Roubert, « It's Hip to Eat Mare » (« Manger de la jument, c'est tendance »), *The New Inquiry*, 1er février 2016, consulté le 15 mai 2020, https://thenewinquiry.com/its-hip-to-eat-mare.

[345] *in rugby country, in Languedoc and Roussillon* : La Ligue Occitanie de rugby a été fondée le 1er juillet 2018 (longtemps après le temps de ce récit), fusionnant plusieurs anciens « comités territoriaux », parmi eux, me semble-t-il, le Comité régional Languedoc-Roussillon de UFAR ; « connue comme la première ligue sur le plan national », cette ligue est symbolisée par une icône rouge et jaune (*a*).

    a. FFR Ligue régionale Occitanie, consulté le 15 mai 2020, https://ligueoccitanie.ffr.fr.

[346] *a serf [not the water sport, that's written with a u]* : « nos serfs (pas les animaux, les animaux ça s'écrit avec un c) ».

[347] *we're always slaying* : « on trucide beaucoup ».

[348] *forget-me-nots* (« le ne-m'oubliez-pas ») : Les langues, qui sont en fin compte assez proches, partagent non seulement le même nom pour la fleur mais aussi le même cliché pour dire « bleu ». En revanche, la merveilleuse expression *scorpion grass* (« myosotis ») est singulière à l'anglais.

[349] *Plus bleu-eu-eu* [...] *le bleu des ci-eux-eux-eux* : Paroles de « Plus bleu que tes yeux », écrite pour la chanteuse Édith Piaf par Charles Aznavour (*a*). Cette chanson est la plus mystérieuse à première vue, sans rapport spécial ni à la politique historique de la France ni à la période de la jeunesse de MLP ou de NQ, etc. Dans le texte originel aussi, la comparaison, entre la couleur et la chanson, est fausse (« bleu comme la chanson »).

every metaphor that's been said, written down, and interposed ever since we started to think of nobles as having blood of a particular color, to the point that we really at day's end have a poor understanding of what was in the first place meant by *blue* blood, we think it was a manner of speaking, that's all, poetic imagery, from the poetry of the Middle Ages, which was a very poetical epoch[351]). With this LP, horsemen in tow,[352] lifts a heel,

---

a. M. Fourny, « Charles Aznavour : les années Piaf », *Le Point*, mis en ligne le 2 octobre 2018, consulté le 15 mai 2020, https://www.lepoint.fr/musique/charles-aznavour-les-annees-piaf-02-10-2018-2259625_38.php.

[350] *In French* : Un ajout, bien sûr. Nécessité par le choix de s'abstenir de la traduction des chansons, cet ajout prend l'effet de suggérer de MLP qu'elle se regarde comme dotée d'une responsabilité d'expliquer la France, d'en faire la performance, comme si elle anticipait qu'elle allait se retrouver devant un regard étranger.

[351] *poetic imagery, from the poetry of the Middle Ages, which was a very poetical epoch* : Le bleu était, pendant le haut Moyen Âge en France, une couleur présente dans la vie quotidienne sans ni intérêt particulier ni poids symbolique – « l'imprécision et l'instabilité de son lexique reflètent le peu d'intérêt que les auteurs romains et alto-médiévaux lui portent » – et cet statut n'a changé que progressivement (*a*). C'est au XIe siècle que le bleu « se fixe, dans l'iconographie, comme couleur du manteau de la Vierge. […] Entre les XVe et XVIIe siècles, le bleu devient une couleur "morale" » ; cette couleur « royale » était protégée par des lois somptuaires (*b*). Le livre de Michel Pastoureau peut représenter une sorte de cliché littéraire, celui de la passion pour cette couleur, également forte dans la littérature d'expression anglaise (*c*). Cette référence rappelle alors la NQ figure et critique de la poésie contemporaine : celle qui déteste « la poésie à base de mots » (*d*), qu'elle précise être « un certain bavardage poétique à la française » (*e*). Enfin, l'exemple donné par MLP ou par la narratrice n'est pas un vers du Moyen Âge mais de la chanson française du XXe siècle ; ce genre de référence à la fois très, trop, faussement enthousiaste et vague doit être très familier à NQ professeure. (MLP ressemble, parfois, à une élève mal préparée.) Dans l'entretien déjà cité, NQ explique ce que c'est la poésie « pour les collégiens de France », datée et vieillie pour tenir à l'écart ses possibles : « On ne peut que constater que le travail qui devait être fait ne l'a pas été, délibérément, et la poésie continue à être cette espèce de météore tombé du ciel, relié à rien » (*f*).

a. M. Perrin, « Regards croisés sur la couleur, de l'Antiquité au Moyen Âge autour de quelques notes de lecture », *Bulletin de l'Association Guillaume Budé*, année 2001 n° 2, p. 153-170, p. 157, www.persee.fr/doc/bude_0004-5527_2001_num_1_2_2026, consulté le 15 mai 2020.

b. A. Geffroy, « Michel Pastoureau, *Bleu. Histoire d'une couleur* », *Mots. Les Langages du politique*, 70/2002, p. 147-149, mis en ligne le 7 mai 2008, consulté le 14 juin 2020, https://journals.openedition.org/mots/9833. M. Pastoureau est également l'auteur des ouvrages tels *Vert*, *Noir* ; *Bleu* était pourtant le premier dans sa série *Histoire d'une couleur*.

c. William H. Gass, *On Being Blue: A Philosophical Inquiry*, Boston, David Godine, 1976 ; Maggie Nelson, *Bluets*, Seattle, Wave, 2009.

d. N. Quintane, *Un œil en moins, op. cit.*, p. 94.

e. *Id.*, correspondance personnelle, le 1er juin 2020.

f. B. Auclerc, « "À inventer, j'espère" », art. cit., p. 219.

[352] *horsemen in tow* : Cette traduction du syntagme « accompagnée de tous ses chevaliers » est inventive ; *knights* n'était pas aussi bien que « chevaliers » parce que, trop court, le mot manquerait d'humour.

positions it on a step of the CC,[353] and with a shoulder, a rather masc shoulder (my first name has my father's, Jean-Marie,[354] built in[355]), shifts the door, goes in, God only knows what took hold of me, you know to what point a campaign can fatigue, you have no idea, the fatigue builds up, at the end of the day you wage your campaign against absolutely everything, you campaign against yourself, your own fatigue and a feeling you have of wanting to pack your bags,[356] give your kids a squeeze, seize Mathilde, little Mathilde, Louis, my son, and Joanie, my big girl, in my arms, give them a kiss, give them a hug, give them a cuddle,[357] so help me God, Lord lift me up, guide me and stop me from falling, let me be a guide for my country, France, guide out of the rut and protect from above my whole family, *Salve, radix, salve, porta/Ex qua mundo lux est orta*, make it so I'm faithful to my father and my country, so I may then guide and protect my children as he[358] did me, *Gaude, Virgo gloriosa/Super omnes speciosa/Vale, o valde decora,*[359] our fight is on

---

[353] *CC* : Cocorico Café, *Cock-A-Doodle-Do Café.*

[354] *Jean-Marie* : Un ajout, pour clarifier la référence pour le lecteur anglophone. Comme l'assertion d'avant de MLP que « Marion » est le même nom que « Marine », cette assertion n'est pas non plus vraie.

[355] *my first name has my father's, Jean-Marie, built in* (« je possède dans mon prénom le prénom de mon père ») : Cette expression légèrement émerveillée ressemble à autre moment dans l'œuvre de l'autrice, fournissant dans cette ressemblance un autre point de comparaison entre autrice et femme politique : « mon numéro de téléphone est le même que celui des parents » (*a*).

   a. N. Quintane, *Début, op. cit.,* p. 104.

[356] *a feeling you have of wanting to pack your bags* : « votre envie de rejoindre vos pénates ».

[357] *give them a cuddle* : Cette opposition impliquée entre la féminité de MLP (sa maternité au moins) et sa carrière politique est prometteuse, riche ; elle prête, de nouveau, un intérêt humain à ce personnage fictif. Elle signale, au lecteur réceptif, une vulnérabilité.

[358] *my father, he* : L'ambiguïté de ces mots pouvant référer à Jean-Marie Le Pen ou au Dieu chrétien est, sans F majuscule, très légère ; pourtant elle a été préservée.

[359] *Salve, radix, salve, porta/Ex qua mundo lux est orta* […] *Gaude, Virgo gloriosa/Super omnes speciosa/Vale, ou valde decora* : Mots (latins) de la prière « Ave Regina », dédiée à la Vierge Marie, beaucoup moins connue que l'Ave Maria (*a*). Je ne peux expliquer cette affirmation de MLP (qu'elle porte le même nom que Marion Maréchal ou que Jean-Marie Le Pen), que par le fait qu'elle considère qu'ils sont tous nommés Marie. Le personnage s'était préparé pour ce moment, ayant énoncé déjà plusieurs locutions latines. La scansion qu'on imagine est, pourtant, à l'opposé des chansons de tout à l'heure ; elle se rapproche de la parole des manifestants de la fin du récit, qui sont à l'approche.

   a. « Ave Regina », *Wikipédia*, consulté le 15 mai 2020, https://fr.wikipedia.org/wiki/Ave_Regina.

against the language of the whorish snakes,[360] our fight is on against the enemy within,[361] against the jealous ones, the idiots and cowards, the ambitious, you fight your own in anticipation of the day they aren't yours any longer so that you feel it when they're beginning to turn and, before they hit, give a slap, put them lower than the dirt and ram your heel down their throat till it won't go, sink your lance into the dragon till you get the innards, cut off his balls and make him eat them,[362] and at that—God only knows[363]— entering the coffee shop I lifted both my arms and did a V for Victory,[364] and my father got

---

[360] *our fight is on against the language of the whorish snakes* (« il faut lutter contre les langues de pute de vipères ») : MLP, qui a peur d'une librairie, lutte contre le langage ! Il aurait été possible, aussi, de traduire « langues » par *tongues*, la partie du corps.

[361] *our fight is on against the enemy within* : « il faut lutter dans vos propres rangs contre vos propres rangs ».

[362] *cut off his balls and make him eat them* (« lui sectionner les couilles et les lui faire bouffer ») : Cette expression étonnante pour sa violence l'est encore plus par le contraste que marque sa misandrie avec l'adoration du père/Père qui la précède, comme s'il agissait d'un lapsus de plus pour MLP – comme si elle n'était jamais parvenue à exprimer une parole vraiment libre, en adorant ce père, mais avait toujours dû, quelque part, se réprimer, répression dont elle se réjouit de se libérer soudainement. Par cette expression, le personnage s'avère être, par moments, une mauvaise comique, qui ne peut pas s'empêcher de casser l'ambiance avec son sérieux.

[363] *God only knows what took hold of me* [...] *God only knows* : Il convient de répéter les mêmes mots, des serre-livres, parce que le deuxième marque le retour au récit propre après la digression.

[364] *V for Victory* (« V comme Victoire ») : Ce syntagme est parfaitement transposable, un proverbe avec son équivalent. Dans le contexte états-unien, l'image la plus disponible est celle de Richard Nixon, les bras en V au moment de sa démission de la présidence le 9 août 1974 (*a*) ; les deux premiers doigts de chaque main sont, dans la pose prise par Nixon, écartés, au contraire du signe fait par Charles de Gaulle, pour créer avec cette pose trois V. Les chroniqueurs du Front national notent plusieurs occasions au cours desquelles Jean-Marie Le Pen a fait son entrée à une salle dans cette pose ; l'exemple présenté par un journaliste du *Point* en 2012, lors d'une visite « surprise » à une réunion tenue par sa fille, est intéressant parce qu'il suggère une tension entre père et fille (la tension se situe dans ce passage entre « fait son entrée les "bras en V" [...] quitte sa place [...] pour rejoindre sa fille sur scène [...] chante l'hymne national » et « reste donc discret ») : « À 15 h 30, la salle est plongée dans une semi-obscurité quand Jean-Marie Le Pen fait son entrée les "bras en V", signe de victoire. Les militants accueillent leur conseiller régional "Jean-Marie" en l'acclamant et entonnent *La Marseillaise*. Après le discours de Marine Le Pen sur la sécurité, le président d'honneur quitte sa place au premier rang pour rejoindre sa fille sur scène. Il l'embrasse affectueusement et chante l'hymne national. Soucieux de ne pas voler la vedette à la candidate du FN à l'Élysée, il reste donc discret » (*b*). Ceci s'est déroulé l'année suivant la succession de MLP à Jean-Marie Le Pen à la présidence du Front national, et avant qu'elle ne le fasse exclure du parti.

a. « Nixon's V Sign » [« Signe V de Nixon »], *Famous Pictures*, consulté le 15 mai 2020, http://www.famouspictures.org/nixons-v-sign.

that from De Gaulle,[365] lifting both arms nice and high and giving them a good shake, before realizing that the only person in the café was a little old lady[366] drinking a vermouth, she drank that vermouth with little sips, making use of her tongue, you could see the tongue touching the glass between sips, she held the glass with two hands nice and tight,[367] taking a long look at the liquid within, she picked up the glass and turned it in the light to see the changing color, she put it down delicately in a particular place, always the same, in the middle of a cell (the table was patterned with rectangles), she then brought the glass to her lips, wet her tongue, drank a little swallow, tilted the glass, looked into or through it, set it to rest in its compartment, and so forth. All at once this young man (big-boned, light in the loafers[368]) threw himself at me yelling: *You know what they used to call*

---

b. S. de Larquier, « Jean-Marie Le Pen, l'invité surprise », *Le Point*, mis en ligne le 4 mars 2012, consulté le 15 mai 2020, https://www.lepoint.fr/presidentielle/l-union-de-facade-des-le-pen-04-03-2012-1437684_3121.php.

[365] *De Gaulle* : Homme politique français (1890-1970) et Président de la République française (1959-1969) ; « V » symbolise également la Ve République française.

[366] *little old lady* (« petite dame ») : Le besoin d'ajouter *old* (« vieille ») pour arriver à l'équivalent est intéressant.

[367] *give your kids a squeeze* [...] *held the glass with two hands nice and tight* : Cette traduction perd une répétition (« *serrer* vos enfants dans vos bras [...] tenait son verre à deux mains, bien *serré* » ; je souligne) qui fait de l'action de la dame la réalisation de ce que MLP rêve de faire sans se le permettre. Qui est cette dame – un troisième fantôme à D. (la femme du boucher chevalin) ? Il semble important qu'elle soit une femme. Le soudain ralentissement du récit (formidablement contrôlé, je l'ai beaucoup admiré en traduisant cet effet) implique pour MLP (à qui la narration appartient depuis un bon moment) une rencontre avec le réel (comme celle du bureau du tabac de Pessoa) : pour la première fois, l'autre semble retenir l'attention de MLP, posée pour une fois sur le monde tel quel. Est-ce qu'elle envie à cette femme son moment de repos ou beauté ? Est-ce qu'elle voit dans la « petite dame », plus âgée qu'elle (je crois), la réalité, enfin, de la mort ? Sa féminité fournit-elle à cette MLP la clé pour se défaire de l'obligation que la conduit dans la continuité, voulue ou pas, de l'activité de son père ?

[368] *big-boned, light in the loafers* (« épais, genre inverti ») : Cette description était pour moi une énigme totale (même si l'action, d'un « jet », a été anticipée par MLP – grammaticalement au moins, dans le mot par lequel elle se lance à son tour dans son histoire, « subitement »). Elle semble gratuite. Si elle pointe, par exemple, l'homophobie de MLP, elle fait ça sans la commenter, sans que cette preuve serve à construire. L'homme est décrit pour ensuite disparaître ; pour les commerçants, etc., il n'y a nul besoin d'une description physique. La seule explication qui me reste : il s'agirait d'une description d'un ami de l'autrice, qui vivrait aussi à Digne-les-Bains, insérée pour le taquiner, pour faire plaisir à cet ami et par affection pour Digne. C'est, peut-être, le seul moment héroïque de l'histoire, une prise de parole par quelqu'un qui a du courage et qui vient au secours, non pas directement de D., mais de l'autrice, inquiète peut-être que la dérive représentée par MLP ne soit pas claire.

General De Gaulle Square, back in the 40s? Pétain[369]! Marshal Pétain Square![370] I do imagine that the municipality, in perhaps some debt, didn't object to receiving subsidies, let's be realistic, whether from Gambetta, Pétain, or De Gaulle? We're all walking on the same cobblestones,[371] all people[372] have the same problems, getting their carrots from the guy who sells them 1.50 a kilo instead of 1.60, why name a square after a drink,[373] may as well call it after a great man,[374] when people stop having any respect they'll leave off being

---

[369] *Pétain* : « Issu d'une modeste famille paysanne », pour reprendre la description qui existe sur le site de l'Académie française, dont Philippe Pétain fut finalement exclu. « Devenu chef de l'État français, il choisit de pratiquer une politique de collaboration avec Hitler. [...] De compromissions en renoncements, il demeura au pouvoir jusqu'en août 1944, date à laquelle il fut emmené par les Allemands à Sigmaringen » (1856-1951) (*a*). Je présente cette biographie en source au lieu de Wikipédia parce que je trouvais curieux le fait de sa persistance, ce qui fait de cet homme une autorité supérieure de la langue dans laquelle j'éprouve des difficultés, présentement, à m'exprimer.

a. « Philippe Pétain », *Académie française*, consulté le 15 mai 2020, http://www.academie-francaise.fr/les-immortels/philippe-petain.

[370] *You know what they used to call [...] Marshal Pétain Square!* : Une continuation de la recherche actuelle comporterait une sorte de reportage par laquelle la réalité historique à Digne-les-Bains correspondant à cette phrase, si elle existe, serait décrite.

[371] *We're all walking on the same cobblestones* (« On y marche sur les mêmes pavés ») : Cette assertion, comme d'autres formulations de cette MLP, n'est pas littéralement vraie. Dans une nation, dans une ville, il y a beaucoup de pavés, et il est quasiment impossible, étant donné la taille d'un pavé, que deux personnes ne le traversent au même moment. La figure ne répond pas aux buts rhétoriques de MLP pour une deuxième raison : l'image qu'elle évoque, d'une rue pavée, est justement une image de la multiplicité, parce qu'il y a toujours des variations entre différents pavés, unis (ensemble, au moins) dans leur différence. Parmi les visions possibles d'une nation, d'un *polis*, elle est plus socio-démocrate qu'autre chose. Enfin, ce moment est dans la continuité de la « plage » des soixante-huitards ; il fournit les « pavés » qui complètent la référence au slogan de 1968.

[372] *all people* : Il aurait été également correct de mettre *people all* (*people all have the same problems*) ; dans la solution choisie, *all* modifie *people* plus indéniablement, ce qui souligne la fausseté de cette généralisation de MLP.

[373] *drink* : Je ne sais pas, et je ne sais pas non plus comment découvrir, quelle boisson est nommée « Pétain ». « Vichy » est le nom d'une eau minérale ainsi qu'une marque de cosmétiques dans lesquels figure l'eau de Vichy (ville thermale, comme Digne-les-*Bains*). Il est vrai que, ailleurs dans le monde, des lieux sont nommés d'après des boissons pétillantes, des *Trump Tower* des boissons fraîches : la Pepsi Center, arène sportive à Denver, Colorado ; la Coca-Cola Arena à Dubaï.

[374] *great man* (« grand homme ») : L'expression est familière, constitutive même d'un éthos national (ce sont les « grands hommes » qui sont enterrés au Panthéon) ; tout de même, en rapport avec les instances

obedient, is the situation such that we may allow ourselves the luxury of going into debt over a name,[375] it is then allowable to deepen the impoverishment of the people whose lives we're meant to be administrating on principle, or for the reason of a trend, is that what it is to "resist"—it's a choice, like religion, there's no call to impose it on anyone else (bread first, then ideas); give your outraged that to chew on,[376] Pétain, Pompidou or I shouldn't know what (not much room over by Pompidou): most of them couldn't give a shit, keep an eye on carrot prices, get their hair done, get arrested, die.

Well. That gives her a nice workout,[377] in spite of everything, all those stores,[378] but can I, will she be able to, get away with leaving any out, the local sensibilities being after all no less highly refined than the national, leave somebody out and they feel *targeted*, you take me perhaps for a leftist[379] Madam, maybe you think, like leftists who think there's only such a thing as other leftists all waiting for the government to say something leftist, but as they're only ever saying rightist things and because folks on the right think everybody in government is a leftist, well then, they have to go even farther to the right, and at that point the government, which is leftist but says rightist things, says: well see now, as you can tell the people of France have rightist ideas, so we can't just go and say things that are overly leftist, etc. And that's how we end up in a France that's just as far to the right as the France of Raymond Devos,[380] the comedian;[381] that's the France that has, at day's end, carried the

---

précédentes de l'expression du genre – père dragon, fille rebelle, et l'homme « genre inverti » qui se montre capable d'une révolution à lui seul – je note sa couleur masculine.

[375] *over a name* : Cette négation de l'importance d'un nom est étonnante pour MLP, qui s'est révélée très jalouse en matière de noms (nom de son père, nom de sa nièce).

[376] *give your outraged that to chew on* (« donnez ça en pâture à quelques enragés ») : La clé pour l'équivalence de ces expressions était la vache, qui rumine (*chews the cud*).

[377] *a nice workout* : « une petite trotte ».

[378] *all those stores* : Le « bon boucher », le « magasin de chocolats », le restaurant (serveur grec), la librairie (faïence chinoise), le bar (vin chaud, décor néo-grec), la banque, l'agence de voyages, le Sullivan (bar), chez Tif (coiffeuse), le Cocorico Café.

[379] *leftist* (« de gauche » – et, plus tard, « gens de gauche ») : Difficile à traduire parce que idéalement, ce mot aurait un sens péjoratif, potentiellement péjoratif, que *leftist* n'a pas. Les alternatives (*commie, the libs* ?) auraient été trop précises.

[380] *Raymond Devos* : Comique, clown, et mime franco-belge (1922-2006). La mention de ce personnage lie au moins deux motifs du récit : la comédie et la seconde guerre mondiale. Devos passe une période de la guerre en Allemagne, travaillant dans le cadre du Service du travail obligatoire (STO). Si je poursuis dans la

day, a stand-up France where you have to think fast, on your feet[382]—but a *good* comedy, of *good French quality*—a France where, at day's end, what matters is the play on words, the *punchline*, the *improv bit*, and, as they used to say under Louis XIV,[383] a France where

---

glose présente (en citant, par exemple, « un massif transfert contre leur gré des travailleurs français ; les survivants obtiendront, le 16 octobre 2008, la dénomination officielle "Victimes du travail forcé en Allemagne nazie" » [*a*]) il serait rappelé à quel point la glose est autre qu'informative ; le lecteur francophone, voire français sera, sans doute, plus averti que je ne le suis dans ces réalités. Dans les descriptions les plus accessibles de cette période de la vie de Devos – celle de sa page Wikipédia, celle de sa nécrologie dans *Le Monde* – le comique s'est montré, plus tard, d'une étonnante légèreté vis-à-vis de cette expérience : « Il garde le moral en proposant des spectacles à ses compagnons d'infortune grâce aux instruments de fortune qu'il a pu emporter avec lui » (*b*) ; « "J'y ai crevé de faim", dira plus tard le plus rond, le plus gourmand de tous nos comiques » (*c*). Il serait nécessaire d'en faire une vraie étude, mais je suppose qu'il s'agissait dans sa pratique d'une comédie dont la tendance était à la minimisation et à l'euphémisme. Cité dans la nécrologie, Devos définit « le rire » d'une manière très élargie – elle « peut être mille choses » – mais conclut par des définitions négatives : « On peut rire de joie mais ce n'est pas le rire que nous pratiquons. Nous, nous pratiquons le rire très particulier du comique [...]. Il y a des thèmes auxquels il ne faut pas toucher, tout ce qui est au dessous de la ceinture, tout ce qui est dégradant pour l'homme ». Cette définition qui sépare *rire* et *joie*, qui débute en s'annonçant si large qu'elle n'exclut rien, comme en cédant son devoir de définir, s'oppose à une autre définition du rire, le « rire de Diderot », déjà évoqué, que NQ émule : « Le rire de Diderot n'est pas celui des esprits forts, c'est un rire en service, au boulot, quelque chose qui donne énormément de joie et d'allant » (*d*).

a. « Service du travail obligatoire (France) », *Wikipédia*, consulté le 15 mai 2020, https://fr.wikipedia.org/wiki/Service_du_travail_obligatoire_(France).

b. « Raymond Devos », *Wikipédia*, consulté le 15 mai 2020, https://fr.wikipedia.org/wiki/Raymond_Devos.

c. O. Schmitt, « L'humoriste Raymond Devos a tiré sa révérence », *Le Monde*, mis en ligne le 15 juin 2006, consulté le 15 mai 2020, https://www.lemonde.fr/disparitions/article/2006/06/15/l-humoriste-raymond-devos-a-tire-sa-reverence_784107_3382.html.

d. B. Auclerc, « "À inventer, j'espère" », art. cit., p. 218.

[381] *the comedian* : Un ajout, parce que le nom n'est pas du tout reconnaissable par le lecteur anglophone, et il faudrait préparer ce lecteur à accepter la direction que le récit va prendre, celui d'une discussion des formes comiques.

[382] *on your feet* : Un ajout.

[383] *Louis XIV* : Roi de France et de Navarre du 14 mai 1643 au 1er septembre 1715 (1638-1715). La maîtrise de la langue – et l'excellence qui pourrait en découler – n'existent que si elles permettent d'être au service de l'État (*a*). « En revanche », pour NQ, « en France, on sait bien comment sonne la Révolution, parce qu'on connaît sa langue : c'est celle du XVIIIe. [...] Périodes et lexique typique (filles au lieu de putes), pensée construite, rythme tenu et bien frappé sur sa fin, latin. Nous lirions en perruque » (*b*).

a. « Louis XIV », *Wikipédia*, consulté le 15 mai 2020, https://fr.wikipedia.org/wiki/Louis_XIV.

b. N. Quintane, *Tomates*, op. cit., p. 39-40.

what counts is the sustained metaphor, the devastating bit of alliteration, euphemism like a guillotine.

That's just what I was thinking[384] as I took the last steps up to Madison's Locker,[385] with its tote bags adorned with little girls, apple-cheeked, in pink bows; plastic aprons for ladies decorated with smutty things guys like, the men's aprons covered in smut for females, the giant postcards that go flip-flap,[386] diplomas to mark year number fifty-one,[387] baby bottles for pastis and chatty doormats: Welcome! Wipe Your Feet!, they say: Home! Left foot! Joy!, they say: Right foot! Shoes! *Chez nous !*[388] Family!, or else See you! (See you, doormat! Buh-bye!), *authentic* wicker baskets stacked up before the storefront, next to the entrance, ha-*ha*, I hope you didn't get those from the *Roma*, those ones there, she says, by way of a wink and a nod,[389] getting the conversation going, *um no*, the shopkeeper says, self-justifying, they are Made in Thailand, and truly we have gone from Scylla to Charybdis,[390] says MLP, who is educated just as was Aussaresses,[391] that general (a

---

[384] *I was thinking* : Tout comme l'équivalent à « tu as vu » est *did you hear*, l'équivalent à « je me dis » est *I was thinking.*

[385] *Madison's Locker* (« Maison de Madison ») : Au lieu de convertir l'anglophilie du nom, « Madison », en une francophilie, je me suis amusée à trouver un nom précieux, *Locker*, pour l'accompagner.

[386] *flip-flap* (« pouet pouet ») : Encore une onomatopée.

[387] *year number fifty-one* : Le Front national a été fondé en 1972, les soixante-huitards ont manifesté en 1968, la seconde guerre mondiale s'est terminée en 1945 ; cinquante-et-un ans avant 2014, c'est l'année 1963, et en googlisant je ne retrouve aucun événement important à Digne-les-Bains se déroulant cette année-là.

[388] *Chez nous !* : « Home ! »

[389] *by way of a wink and a nod* : Son espoir est touchant, mais le basculement stratégique de MLP dans ce moment est, en fait, beaucoup plus compliqué que le geste qu'elle décrit de manière proverbiale.

[390] *Scylla to Charybdis* (« Charybde en Scylla ») : L'ordre des noms est renversé dans l'expression anglaise. En anglais, on parle d'une navigation *entre*, *au milieu de*, ces deux monstres ; j'ai laissé cette traduction littérale pour une maladresse qui me semblait appropriée à MLP.

[391] *Aussaresses* : Paul Aussaresses, général de l'armée française (1918-2013). Officier dans l'armée de Vichy, il est connu parce qu'il prônait l'usage de la torture lors de la guerre d'Algérie. Il est condamné par le tribunal correctionnel de Paris à payer une amende de 7 500 euros pour le délit de « complicité d'apologie de crimes de guerre » (*a*). Jean-Marie Le Pen a été pour sa part accusé plusieurs fois au fil des années 1990 de crimes de guerre commis lors du même conflit, et c'est plus tard, au cours des années 2010 (en août 2015), qu'il fut exclu du Front national en raison de son apologie de Pétain, la dernière d'une série de remarques haineuses, les « commentaires » déjà évoqués. Aussaresses avait perdu son œil gauche ; on dit que Jean-Marie Le Pen, qui a perdu la vision dans l'œil gauche, porte un œil de verre (*b*).

Latinist[392]), and is everything going all right for your little boutique? Oh, so-so, the shopkeeper says—and yeah, that's just about what Hitler would've said on that last day in his bunker, thinks our Marine (saying nothing, of course, naturally)—, so-so, so-so, that's basically the state of the country, of France, basically, and that was basically the state Greece was in before the "European" quote-unquote "rescue and recovery plan," and that was, as well, the state of Spain, she ventures, embryo of a questionable shorthand she cuts still shorter soon as she sees the shopkeeper bending over the baskets to take them inside. Ah, closing up already, she says; the days are long,[393] the shopkeeper[394] says, before closing the glazed door, latching it, turning out the lights, setting the alarm, Marine, as a young man from her team then says, you have a slug on your shoulder (a slug on my shoulder, but what is it doing there? I thought), he plucks it up delicately between thumb and forefinger[395] and sets it down on the leaf of a bush in a pot positioned by the city in front of a new Party office, which has just been inaugurated.[396]

---

a. « Paul Aussaresses », *Wikipédia*, consulté le 15 mai 2020, https://fr.wikipedia.org/wiki/Paul_Aussaresses.

b. « Jean-Marie Le Pen », *Wikipédia*, consulté le 15 mai 2020, https://en.wikipedia.org/wiki/Jean-Marie_Le_Pen.

[392] *a Latinist* : « Étrange destinée que celle d'Aussaresses. Rien, à la fin des années 30, ne le destine à opter pour la carrière militaire. Son père est un haut fonctionnaire, ami de Colette. [...] À 17 ans, il obtient un premier prix de version latine au Concours général » (*a*). Cet article, tiré d'un magazine qui se vend à des centaines de milliers d'exemplaires chaque année en France, montre la nécessité d'une prose quintanienne capable de s'opposer à une écriture qui devient, grâce à ses formulations automatiques (le porteur du fardeau de cet « étrange destinée » a été, en plus, « [é]levé dans une tradition humaniste »), une apologie du fascisme, ici très littéralement du fasciste.

a. G. Gaetner, « Portrait : le fantôme Aussaresses », *L'Express*, mis en ligne le 7 juin 2001, mis à jour le 13 décembre 2013, consulté le 15 mai 2020, https://www.lexpress.fr/actualite/politique/le-fantome-aussaresses_492220.html.

[393] *the days are long* : Il doit être parfaitement vrai que la commerçante est fatiguée après sa journée, mais cette expression n'est pas littéralement vraie, parce que, autour du 29 novembre, les jours ne sont pas longs. Il convient d'envoyer ailleurs MLP sous un quelconque prétexte.

[394] *shopkeeper* (« commerçante ») : Le problème est endémique des traductions vers l'anglais ; il manque une opportunité de préciser le genre de la commerçante. Il aurait été possible de mettre *bending over her baskets* plus haut, cela aurait été la seule occasion, mais ce choix aurait créé une discontinuité pour le lecteur (cherchant, pour une minute, qui était la dame), parce que le référent grammatical direct pour *her*, ce *she*, aurait été MLP.

[395] *you have a slug on your shoulder* [...] *he plucks it up delicately between thumb and forefinger* (« vous avez une limace sur l'épaule [...] il la saisit délicatement entre le pouce et l'index ») : Ce moment est une quasi-répétition de la fin de la puce – « énonce-t-il en tuant une puce entre deux ongles, qui passe sur son paletot » (*he observes, using two fingernails to crush a flea as it ends its life a stowaway on his overcoat*) – à

***

Here I'm going to quit it with all I can imagine about Marine Le Pen's visit to D. I know what comes next, because at 5 p.m. I left work to meet up with the protesters, at General de Gaulle Square, protesting her coming. In regular waves, a little crowd (three hundred according to the prefecture, five hundred according to the organizers[397]) chanted in front of the setup: Marine/Fuck off/Marine/Fuck off (Marine/Get lost,[398] according to the press), brandished a few banners (NPA, Sud, EELV, according to the press) and flags or

---

la différence près que, cette fois, l'insecte est, apparemment par pitié, épargné. C'est comme si le récit commençait à témoigner d'une progression éthique.

[396] *sets it down on the leaf of a bush in a pot positioned by the city in front of a new Party office, which has just been inaugurated* (« la dépose sur une feuille d'arbuste en pot, qu'un employé municipal a placé devant le nouveau local du Parti, qu'elle vient inaugurer ») : Il m'a fallu réviser cette traduction plusieurs fois pour répliquer l'effet important de la phrase originelle par lequel « elle » réfère avec une probabilité égale à MLP et à la limace. J'avais commencé par *sets it down on the leaf of a bush in a pot that a municipal employee has positioned in front of the new Party office, which she has just inaugurated*. Dans cette traduction préalable, l'ambiguïté n'a pas été préservée pleinement, pour deux raisons : 1) il est très inhabituel, en anglais, de référer à un insecte par *she* (non pas *it*) ; 2) en français, le genre de l'« employé municipal » est précisé ; il aurait été trop difficile de l'ajouter ici. En français, la restriction des genres de cet employé et de « l'un des gars de l'équipe » (*young man from her team*) laisse MLP et la limace comme seuls sujets possibles. En anglais, dans la traduction finale, l'expression *has just been inaugurated* préserve l'ambiguïté parce que, avec cette emphase sur l'événement d'une inauguration supposée, elle fait référence soit à la visite de MLP, soit au positionnement de la limace.

[397] *three hundred according to the prefecture, five hundred according to the organizers* : La question que pose NQ à travers son livre *Début* – Que faire des souvenirs d'enfance ? –, je l'éprouve sous une autre version : Que faire des souvenirs d'une vie en France ? Je me souviens de ma première rencontre avec cette blague qui est une sorte de blague civique, l'écart qui existe à chaque fois entre le nombre de manifestants rapporté par les organisateurs et celui rapporté par la police. C'était au moment des manifestations dites de la Manif pour tous contre le passage du mariage homosexuel en France en 2013 (l'année avant la parution des *Années 10*), et c'était en relation à ces événements que je l'ai entendue pour la première fois, en faisant un reportage à l'occasion de la Marche des fiertés de la même année. Les participants à la Manif pour tous avaient l'habitude de déclarer qu'ils étaient un million de personnes (*a*).

  a. J. Feldman, « Pride in Paris », *Guernica*, mis en ligne le 3 juillet 2013, consulté le 15 mai 2020, https://www.guernicamag.com/jacqueline-feldman-pride-in-paris.

[398] *Marine/Fuck off/Marine/Fuck off* [...] *Marine/Get lost* (« Marine/on t'encule/Marine/on t'encule [...] Marine/dégage ») : La traduction littérale – *Marine/We fuck you in the ass* – n'a pas été retenue.

handmade signboards (Black/White/Arab/Purple D. Against Le Pen [399]), launched projectiles (rubber bands? Pen caps? Icy snowballs—one snowball hit a Party member who was soon enough brought to the ER, according to press reports), and made some noise (one of them, clutching a plane tree,[400] beat a frying pan), to which the frontists[401] responded by intoning the Marseillaise,[402] quickly to be covered over by whistles and hissing, ostensibly

---

[399] *Black/White/Arab/Purple D. Against Le Pen* (« Blacks/Blancs/Beurs/Bridés/les D. contre Le Pen ») : Le sens de cette expression est difficile à reproduire ; par *purple* j'indique une idée démodée, des années 1990, de l'antiracisme comme multiculturalisme, pour transmettre un peu du sens de « Blacks/Blancs/Beurs ». Une tribune récente pour France Culture traite de l'ambivalence aux origines de l'expression, répandue en 1998 pour décrire l'équipe de France victorieuse de la coupe du monde de football, déjà lourde de « l'idée d'une solidarité entre ces jeunes dans une sorte de petite délinquance multiculturelle » (*a*). L'enjeu est d'en trouver l'équivalent afin que ce récit fasse, à nouveau, de la politique, soit activé politiquement dans son nouveau contexte.

    a. C. Leprince, « "Black-blanc-beur" : petite histoire d'un slogan ambigu », *France Culture*, mis en ligne le 13 juillet 2018, consulté le 14 juin 2020, https://www.franceculture.fr/sociologie/slogan-pejoratif-ou-cri-de-ralliement-dune-france-en-liesse-histoire-du-black-blanc-beur.

[400] *plane tree* (« platane ») : La vision des arbres de cette espèce, taillés à la fin de la saison comme s'ils montraient tous le poing au ciel, est l'une des premières que je me souviens avoir identifiées moi-même comme propres à la France (avec la fierté enfantine, observatrice avant d'être critique, de celle qui vient d'arriver). Je me souviens aussi, lors d'un premier séjour (j'avais 19 ans et passais l'été à travailler dans des fermes de la province française ; il était possible de gagner sa vie ainsi pendant quelques semaines ; je venais de terminer, à l'université, une année de langue française, et je pensais surtout que l'emploi du temps allait me laisser des créneaux libres pour écrire) : on (j'oublie qui) m'avait indiqué les platanes alignés sur le bord de la route en m'expliquant que c'était pour protéger l'armée française du soleil que des rangées d'arbres de ce type avaient été plantées, partout en France. Apprendre une langue en voyageant dans un pays, ou en s'y ancrant, donne au langage un aspect plus concret. C'était aussi le genre d'histoire qu'on raconte à un enfant, et je suis presque étonnée de découvrir qu'on le raconte encore (*a*). N. Quintane offre une observation pertinente au regard de mes efforts pour rassembler ces souvenirs : « Tout se range, tout se classe, tout s'ordonne, tout s'imbrique, tout s'emboîte [et même] des arbres au bord de la route » (et pour ma part je n'arrive pas à retrouver, à ranger, la raison pour laquelle cette phrase d'elle m'est si mélancolique) (*b*).

    a. « Pourquoi y a-t-il des platanes au bord des routes ? », non signé, *CNEWS*, mis en ligne le 18 novembre 2014, consulté le 15 mai 2020, https://www.cnews.fr/environnement/2014-11-18/pourquoi-y-t-il-des-platanes-au-bord-des-routes-694844.

    b. N. Quintane, *Début*, *op. cit.*, p. 74.

[401] *frontists* : Mot inventé, pour (et grâce à) « frontistes ».

[402] *the Marseillaise* : J'ai appris lors du reportage déjà cité que les participants à la « Manif pour tous » chantaient l'hymne national, et que celui-ci servait alors de signe d'homophobie ; l'hymne pose également problème à une partie de la population française, à cause de l'expression « sang impur » qui veut littéralement dire (je le découvrais alors) du sang non gaulois.

filmed (the camera a meter away from that front row) by a blogger, a man,[403] of whom I was informed he was the husband of the ex-Socialist, ex-UMP who went over to the Front and who, therefore, went over to the Front himself. The "Party" offices are an old seat of the UMP[404]—and, as a Wikinews site[405] informs me, Thérèse Dumont, a historian and

---

[403] *a man* : Un ajout, pour ensuite référer à lui (« le blogueur », « mari ») par *he, himself.*

[404] *UMP* : L'Union pour un mouvement populaire, parti classé au centre droit, a soutenu les gouvernements de Jacques Chirac et Nicolas Sarkozy (*a*).

   a. « Union pour un mouvement populaire », *Wikipédia,* consulté le 14 juin 2020, https://fr.wikipedia.org/wiki/Union_pour_un_mouvement_populaire.

[405] *a Wikinews site* : Une invitation au lecteur à googliser pour retrouver le site de cette description, qui se trouve réellement exister (*a*). Il s'agit alors d'une vraie victoire – non seulement pour la méthode que j'utilise beaucoup ici, qui consiste à lire sur Wikipédia – mais pour la ville de Digne-les-Bains, France face au Front national. Le récit est historique, et des articles de presse confirment la fermeté et le caractère défensif de l'opposition entre les manifestants et la femme politique qui, alors que le Front national cherchait à consolider le soutien de la région, s'est vue « huée » (*b*).

   La nouvelle est principalement narrée comme si elle anticipait la visite de MLP ; le caractère réel de cette visite, que l'on découvre à la toute fin, en fait cependant une commémoration rétrospective. (Et comme il était question de la poésie du Moyen Âge : les troubadours de langue d'oc traitaient, à l'occasion, de thèmes politiques « comme l'*Histoire de la guerre de Navarre* de Guillaume Anelier » [*c*] ; la poétesse chante la victoire de D., ville qu'elle aime.) C'est comme si la majorité du récit, jusqu'à cette section en conclusion, était écrite le jour-même, les « sept heures » précédant la venue de sa narratrice à la manif – c'est la seule possibilité que je vois. Elle fait de ce récit un exercice, un peu comme celui que je fais actuellement, où il s'agit, en commentant, de faire usage de l'écriture pour voyager dans le temps, pour le ralentir. Cette activité est alors une forme de résistance : l'angoisse citoyenne de la journée se laisse envahir par une pratique qui équivaut, elle, au fur et à mesure, à une manifestation de plus.

   Il n'est bien sûr pas possible d'écarter la possibilité que c'est NQ elle-même qui a écrit l'article de Wikinews. (Cette question de la création, des origines, hante mon usage, fréquent ici, de Wikipédia comme source.) En comparant les rapports on retrouve des nombreuses similarités : les événements se déroulent le 29 novembre, « Marine Le Pen a été huée [...] alors qu'elle inaugurait la permanence de Marie-Anne Badoui-Maurel, candidate frontiste aux élections municipales », « plus de 300 personnes (selon la police), entre 300 et 500 selon le collectif organisateur, se rassemblait (*sic*) devant le kiosque [...] concert, vin et pommé chauds [...] Thérèse Dumont » lit-on dans la source Wikinews, suivi par une description « des boules de neige » dont « la glace présente [...] est vraisemblablement responsable de la très légère blessure ». La seule distinction majeure entre les deux rapports est alors remarquable. Selon le site Wikinews, le jeune homme interpellé par la police avant d'être soutenu par les manifestants est « un jeune Maghrébin » ; pour N. Quintane, et c'est sa version que je traduis, il est « l'un des rappeurs », « le rappeur ».

   a. « Alpes-de-Haute-Provence : Marine Le Pen huée à Digne-les-Bains », *Wikinews,* consulté le 15 mai 2020, https://fr.wikinews.org/wiki/Alpes-de-Haute-Provence_:_Marine_Le_Pen_huée_à_Digne-les-Bains.

résistante[406] from the Pas-de-Calais, intervened to deliver a reminder that that used to be the house of the Barrière family,[407] a Jewish family, deported to and killed at Auschwitz by Nazis[408] in 1944.[409] Someone told me[410] they'd spotted a Green Party official. I recognized a friend.[411] A young woman was looking for her keys where they'd fallen at the protesters' feet. Someone else said to her it'd be funny if she went to the post office and reported them lost in the protest against Le Pen. Another young woman gave me a big pin. Black-gloved hands gave the finger to the setup. There ensued shouts and ululations[412] when we saw[413] a big, brown, bell-shaped umbrella with, on the rim, fat, pale bows vaguely reminiscent of

---

b. « Municipales à Digne : légers débordements pour accueillir Marine Le Pen », non signé, *L'Express*, mis en ligne le 30 novembre 2013, consulté le 15 mai 2020, https://www.lexpress.fr/actualite/politique/fn/municipales-a-digne-de-legers-debordements-pour-accueillir-marine-le-pen_1304047.html ; P. Dubernard, « Digne : Marine Le Pen voit la victoire de Marie-Anne Baudoui-Maurel », *La Provence*, mis en ligne le 30 novembre 2013, consulté le 15 mai 2020, https://www.laprovence.com/article/actualites/2646418/digne-marine-le-pen-voit-la-victoire-de-marie-anne-baudoui-maurel.html.

c. « Troubadour », *Wikipédia*, consulté le 15 mai 2020, https://fr.wikipedia.org/wiki/Troubadour.

[406] *résistante* : Le mot français est ainsi prêté, en anglais, pour faire référence aux résistants au régime de Vichy et à l'occupation nazie lors de la période en question. Cette référence est dans la continuité des autres que comporte la nouvelle, dont celle au *Chant des partisans* qui semble de nouveau importante à la suite de l'évocation de *La Marseillaise*. L'*Hymne des résistants* semble offrir (je le découvre) une alternative à l'hymne dit patriotique, préféré par certaines personnes de la communauté française.

[407] *the Barrière family* : Ce nom comporte une symbolique irrésistible.

[408] *by Nazis* : Cette inclusion me paraît, en tant que lectrice étrangère en France, bizarre, parce que redondante, à la fois trop et pas assez comme on dit – car, une fois faite, elle pourrait être complétée par *and their French collaborators*.

[409] *The "Party" […] in 1944* : Cette longue phrase sert à se gloser ; il s'agit d'une auto-glose.

[410] *the prefecture, the organizers, the press, Wikinews, Someone told me* : Les sources d'information deviennent progressivement moins « crédibles » (pour parler traditionnellement) à ce moment d'ouverture du récit, d'un ton étonnement doux, après la satire qui le précède.

[411] *I recognized a friend* (« Je reconnais un ami ») : La phrase, toute simple, est ambiguë. Est-ce qu'il s'agit du repérage d'une nouvelle personne qui entre, à ce moment, dans le récit, ou une façon de dire que, dans l'élu vert ou la personne qui dit qu'un élu vert est là, un esprit d'amitié a été reconnu ? Le sévère contrôle du récit, par lequel la narratrice se distingue par moments de MLP, glisse, comme si cette narratrice se permettait d'être émue, envahie. La narration s'ouvre, se laisse guider par d'autres.

[412] *shouts and ululations* : « des youyous, des cris ».

[413] *we saw* (« quand apparaît ») : Le verbe actif est plus naturel en anglais.

Marie Antoinette.[414] It stayed up a couple of seconds and zoomed over to the right, accompanied by Party members followed by the protesters who'd been in that first row.

So we were there, stamping our feet, right up until the moment boys[415] informed us it was over, anyone sticking around was going to have their teeth knocked in, better head on over to the Kiosk, where mulled wine and a rap concert[416] were on offer. So we went down to the kiosk,[417] where the concert had started. I left, but an associate of mine[418] told me what happened after: one of the rappers said something against the police in his rap, and, since there were cops around, they took him and brought him to the post office, which is situated at thirty meters' distance. The protesters then cried *Freedom for our comrade!*[419] out in front of the post office while my associate, a funny guy,[420] yelled *Don't put him out in the cold!*[421] (as it was very cold that night[422]). The rapper[423] came out, and everybody[424] went home.[425]

---

[414] *Marie Antoinette* : Marie-Antoinette de Habsbourg-Lorraine, née le 2 novembre 1755. Reine des Français, consort de Navarre, et Dauphine de France entre 1770 et 1792, elle est morte le 16 octobre 1793, guillotinée (a).

 a. « Marie-Antoinette d'Autriche », *Wikipédia*, consulté le 15 mai 2020, https://fr.wikipedia.org/wiki/Marie-Antoinette_d'Autriche.

[415] *boys* : Un changement vers le pluriel (du magnifique mot « gars », pour lequel il n'y a pas d'équivalent) est nécessaire, principalement pour des raisons de rythme mais aussi parce que *boy* a une connotation servile non appropriée.

[416] *a rap concert* : La programmation du kiosque Place Général de Gaulle le 29 novembre 2013 n'a pas été retrouvée en googlisant.

[417] *Kiosk, kiosk* : Aussi dans la phrase originelle, la première référence est avec majuscule, la seconde non. La structure est une sorte de *gazebo* (cf. photo).

[418] *an associate of mine* : « collègue », formidablement sec et net.

[419] *Freedom for our comrade!* : « Libérez notre camarade ! »

[420] *my associate, a funny guy* : « mon collègue, qui a de l'humour ».

[421] *Don't put him out in the cold!* : « Gardez-le au chaud ! »

[422] *as it was very cold that night* (« il faisait très froid ce soir-là ») : Expression de NQ douce à en pleurer (je crois que c'est ce qui me semble être un usage vaguement confus, comme ferait un enfant, de « là », qui confond temps et espace ; l'amie française déjà citée m'informe que cet usage n'est pas inhabituel, mais je retiens mon doute).

[423] *rapper* : Peu avant mon reportage sur la Marche des fiertés et la Manif pour tous, je me suis rendue à Marseille, à 1 heure 40 minutes de route de Digne-les-Bains, pour y faire un reportage paru en juin 2013 sur un sujet que j'avais choisi : la désignation de Marseille comme capitale européenne de la culture, et les

plaintes de quelques rappeurs marseillais que la programmation de l'année les exclurait. Je fais mention de cet article non seulement pour son rapport au rap, à la région de Digne, et à mon expérience de la France et, plus pertinemment, de la langue française, mais aussi parce qu'il fournissait une occasion de réfléchir sur le droit d'écrire sur un sujet loin de mon expérience vécue, celui de me rendre ailleurs pour écrire. (« On prend un billet de train pour Marseille ou une banlieue, une voiture pour les zones rurales reculées sans transports : on s'embarque » [a].) Il me semble, en réfléchissant, qu'il m'aurait été impossible d'écrire un article comparable sur une ville états-unienne, parce que je n'étais ni journaliste musicale ni spécialiste du rap ; le reportage aurait été très correctement assigné à quelqu'un d'autre. Comme j'allais à Marseille, comme j'ai pensé au sujet, je l'ai proposé ; j'étais au moins bien placée pour demander autour de moi. Le curieux résultat ne traite ni du contenu ou de l'histoire du rap marseillais ni, par exemple, de son style, mais fait du rap une chose parfaitement abstraite. Les acteurs interviewés (dans le milieu culturel et dans l'administration du festival, ainsi que des rappeurs) se révèlent personnellement dans leurs réactions : « Yanna Maudet, porte-parole pour La Friche, grimace quand son avis sur le rap est sollicité. "C'est un avis personnel, mais je trouve que c'est un peu passé," dit-elle. "Pour les concerts planifiés il s'agit plutôt d'électro, de rock, que de hip-hop" [...]. M.O.H., figure ascendante du rap marseillais, sort son deuxième album le mois prochain mais continue à vivre dans la cité du nord de la ville où il a toujours habité. "Le rap de Paris, c'est du bling-bling, des femmes, des voitures, le style américain, l'argent," dit-il. "Alors qu'à Marseille, le rap parle de tout – de la vie d'un couple, de la vie en général" » (b). Le rap est, de cette façon, devenu une sorte d'intermédiaire. Il représente quelque chose comme la relation à la ville, la longévité dans la ville, une légitimité politique.

a. N. Quintane, « Les Prépositions », art. cit., p. 65.

b. J. Feldman, « Rap Stars in Marseille Say Policymakers Are Out of Touch », *The Atlantic*, mis en ligne le 10 juin 2013, consulté le 15 mai 2020, https://www.theatlantic.com/international/archive/2013/06/rap-stars-in-marseille-say-policymakers-are-out-of-touch/27672 (« *Yanna Maudet, a spokesperson for La Friche, makes a face when asked about rap. "This is a personal opinion, but I think it's a little outdated," she says. "In the concerts scheduled here, it's mostly electro, rock, not so much hip-hop"* [...]. *M.O.H., an ascendant figure in Marseillais rap, releases his second album next month but remains in the northern project where he has always lived. "Rap from Paris is a lot of bling-bling. It's women, cars, American-style, money," he says. "But in Marseille, rap speaks to everything. It can address a couple's private life, or life in general"* »).

[424] *everybody* : Je l'utilise beaucoup plus souvent que *everyone*, alors que *everyone* est plus habituel dans l'anglais écrit, parce que j'aime beaucoup *everybody*, qui est démocratique, décontracté : à la fois informel, très parlé, et grammaticalement pluriel (*everyone* est singulier).

[425] *home* : Considéré autrement, tout le monde est déjà rentré : D. est leur ville ; ils sont dignois. Une définition de la politique qu'offre ce récit est : se faire un chez-soi, le défendre. Il s'agit d'une connaissance construite avec le temps à laquelle il n'y a pas d'alternative, à l'opposé des informations encyclopédiques données par MLP (et par la traductrice). La femme politique est odieuse parce qu'elle est fausse ; en droite ligne de sa famille elle est devenue, ailleurs, impostrice (d'où les références à Hénin-Beaumont). Toute tentative d'alternative – le cliché régional comme national (« la poésie du Moyen Âge ») – est, et pour cause, moquée.

En plus des métaphores de l'hospitalité, l'idée de reconstruire sa vie figure parmi les métaphores de la traduction, et de l'apprentissage des langues en général, comme pour A. Kaplan (a). L'une de mes autrices contemporaines préférées, Helen DeWitt, une linguiste accomplie, a remarqué lors d'un entretien que la lecture ou l'écriture dans une langue autre que la sienne constitue des pas en avant dans des histoires alternatives de vie, vidées de connotation négative (*b*). Pour ma part, le fait de venir en France en 2010 et puis en 2012 avec un niveau limité de français pour, dans un premier temps, travailler dans des fermes et, dans un deuxième temps, faire des reportages, a rendu concret ce phénomène : c'est en posant des questions sur des styles de vie autres que le mien que j'ai appris des nouveaux mots (il me fallait toujours demander des explications sur ces mots) ; mon apprentissage de cette langue pointait, de cette façon très concrète, des possibilités alternatives pour vivre. N. Quintane critique ce qu'elle appelle dans *Un œil en moins* « un imaginaire d'escargot ». Elle précise : « En vérité, c'est comme si on pensait qu'on porte sur son dos dans sa carapace en spirale tout ce dont on a besoin, et qu'on peut se balader de par le monde de manière autonome » (*c*). En même temps, avant de se poser une question comme « Que faire des classes moyennes ? » il faut se demander « Comment changer d'atmosphère ? » : « C'est du sein de la pure rationalité, du plus accompli des sens pratiques, qui appartiennent aux uns comme aux autres, que vient l'idée de partir à l'étranger, voire à la guerre (et je suis moi-même partie à l'étranger comme on part à la guerre au début des années 1990). Qui sait ce qui domine, dans le départ ? Sauver sa peau ? Crotter sur sa famille ou sur son pays ? Trouver du pognon ? Tout reprendre à zéro ? Changer d'atmosphère ? » (*d*).

Curieuse, je me pose la question. Ce projet, un mémoire de fin d'études, marque aussi pour moi la fin de ma vie en France, que je quitte cet été pour intégrer le Program for Poets and Writers à l'université de Massachusetts-Amherst – selon NQ : « la situation des poésies et littératures contemporaines en France n'est *heureusement* toujours pas alignée sur la situation américaine (cantonnement à l'université, invisibilité ailleurs) » (*e*). C'était il y a dix ans exactement que je suis venue en France travailler dans les fermes. J'en ai écrit un récit peu après. Le magazine étudiant où ce récit a été publié est disponible – je le googlise – en ligne. Dans le premier paragraphe, où règne le stéréotype gaulois calibré pour plaire, je suis étonnée de tomber sur le nom d'un village, Cruis. Je pensais avoir oublié irrémédiablement l'endroit où la ferme se trouvait (la boîte mail universitaire utilisée pour la correspondance est depuis longtemps supprimée, etc.) : « Les affaires tournaient, dans ce village, au ralenti. Après que nous avons rangé la table du marché, le marchand de charcuterie nous a invités à le rejoindre et a ouvert une bouteille de vin à partager. Françoise a contribué un de ses fromages, quelqu'un d'autre une baguette fraîche du magasin du coin. Le marchand de légumes, un homme bien habillé qui avait laissé ouverts les premiers boutons de sa chemise, s'est joint à nous. Françoise l'a toisé : elle soupçonnait, m'a-t-elle dit plus tard, que les produits qu'il vendait viennent d'Espagne » (*f*).

Cruis, le village où se tenait ce marché, est, je le découvre en le googlisant, à 44 minutes de route de Digne. Les souvenirs sont forts : les champs de lavande, l'eau de lavande qu'on utilisait pour nettoyer les petits maux des animaux. L'esprit des lieux est fort aussi, semble-t-il (« les oliviers, le thym, la farigoulette ou la fariboulette » [*g*]). Car, dans un rêve, je m'y rends. Je retrouve la route.

J'y vais en voiture. Par hasard, chance de jeunesse, j'ai appris à conduire en conduisant une boîte manuelle, rare aux États-Unis. La chance se révèle utile, cette chance, dans cette vie en France, tout comme le fait de m'appeler Jacqueline, nom que ma mère a trouvé beau sans rapport aucun à la famille, famille dans laquelle je suis la seule à parler cette langue.

Je retrouve (bien qu'endormie) les lieux, les champs de lavande, la pâture, la ferme, des personnes de ma connaissance… et ce n'est que plus tard, après déjeuner sûrement, après une sieste, que je reprends ma route. Je me dirige alors vers D. : *Jacqueline gets into town tonight. That's what I heard. Did you hear, I heard, Jacqueline's in town…* – D., la ville où il n'y a qu'un exemple de chaque chose nécessaire. (Cette ville est une langue.)

C'est facilement alors que je trouve la maison, la seule maison qu'il y a à D.

Je frappe à la porte. Aucune réponse, mais elle est ouverte. Je me souviens clairement de la phrase que j'ai traduite, « on est dans cette ville comme chez soi (c'est une sorte d'extension de ma chambre) ». Je vois, plus loin, une lumière.

Tremblante de ma transgression, je pousse la porte. Aussitôt je vois – tache blanche sur table basse – le papier.

Jacqueline – Je reviens dans 5 minutes.

Fais comme chez toi.

Signé, NQ.

a. A. Kaplan, *French Lessons, op. cit.*

b. C. Lorentzen, « Publishing *Can* Break Your Heart », *New York*, 11 juillet 2016, consulté le 14 juin 2020, https://www.vulture.com/2016/07/helen-dewitt-last-samurai-new-edition.html (« *Reading and speaking in another language is like stepping into an alternate history of yourself where all the bad connotations are gone* »).

c. N. Quintane, *Un œil en moins, op. cit.*, p. 311.

d. *Id.*, *Que faire des classes moyennes ?, op. cit.*, p. 101.

e. B. Auclerc, « "À inventer, j'espère" », art. cit., p. 215.

f. J. Feldman, « I Came, I Saw, I WWOOFed », *Yale Daily News Magazine*, mis en ligne le 18 septembre 2010, consulté le 15 mai 2020, https://yaledailynews.com/blog/2010/09/18/i-came-i-saw-i-wwoofed (« *Business was slow in that small town. So after we set up our table, the sausage vendor waved us over and opened a bottle of wine to share. Françoise brought over one of her cheeses, and someone else contributed a fresh baguette from the corner store. The vegetable seller, an otherwise neat man who had undone the top buttons of his shirt, joined us. Françoise eyed him warily: she confided later that she suspected his products were grown in Spain* »).

g. N. Quintane, « Le Peuple de Maurel », art. cit., p. 87.

Fig. 2, Rassemblement à Digne-les-Bains, https://fr.wikinews.org/wiki/Fichier:Rassemblement_anti-FN_à_Digne-85.jpg

Conclusion

Thèmes et enjeux de cette traduction

La toute première décision de la traduction, celle d'un titre en anglais, rappelle la remarque du grand penseur de la traduction Antoine Berman. Dans son ouvrage cité au cours de l'annotation, *La Traduction et la Lettre ou L'Auberge du lointain* (1991), il affirme que ce sont « les proverbes » qui révèlent, pour certains traducteurs, « toute la problématique de l'équivalence » en se traduisant par des expressions habituelles d'autres langues qui seraient identiques en matière de « sagesse » alors que littéralement très différentes[426]. La première trouvaille de cette traduction (le premier résultat de mes expérimentations) est due au fait que « Stand up », le titre de la nouvelle de N. Quintane, n'équivaut pas, en anglais, à « Stand Up ». La version anglaise convenable s'est révélée être « On Your Feet ».

Cette locution anglaise implique une forme de vivacité mentale ou de vigilance, même, chez celui ou celle qui est *on their feet*. Elle va souvent de pair avec le verbe *to think* (« penser »), comme par exemple *thinking on your feet* (« penser debout »). Ce sens qui influence, par le titre, le texte traduit a été actif pendant tout le processus de la traduction. J'étais envahie, au cours de mon travail, par le désir de tout commenter et de ne rien manquer. Cet exercice me donnait alors l'impression de créer, en plus que d'incarner, un personnage : l'annotatrice.

En effet, l'annotation implique une personne qui effectue ce travail, parce qu'elle est narrée par quelqu'un. Sa narration se fixe sur des choix mineurs tout en comportant des nombreuses explications des phénomènes élémentaires, voire évidents, notamment grâce à la poursuite acharnée d'une lecture de Wikipédia, une poursuite assez performative (car délimitée par une période du temps, période pendant laquelle les bibliothèques de Paris étaient fermées) ici désignée par le mot quintanien « googliser ». Sa curieuse tâche et son positionnement l'ancrent dans la littéralité de la langue française et des langues, lui permettant ou la forçant à identifier, peut-être davantage que ne le pourrait le lecteur français et non traduisant, des petites faussetés du discours MLP – qui lui servent comme arme pour lutter aux côtés des Dignois contre cette invasion. Par sa manie pour de tels détails, par l'étrange autorité qu'elle endosse en les réunissant, mon annotatrice ressemble,

---

[426] A. Berman, *La Traduction et la Lettre ou L'Auberge du lointain, op. cit.*, p. 13-14.

aussi, au narrateur, déjà mentionné, du livre de B. Matthieussent *La Vengeance du traducteur* (2009)[427], ou même au personnage de Charles Kinbote, le compositeur absurde des copieuses notes de bas de page dépeint par Vladimir Nabokov dans son roman *Pale Fire* (*Feu pâle*) (1962)[428], que j'analyserai plus tard. Si N. Quintane suggère une équivalence entre son récit et un spectacle humoristique, si sa version de MLP ressemble à une standuppeuse, l'annotatrice, elle, se trouve dans la position de la metteuse en scène de cette comédie, offrant des explications pratiques, des didascalies presque, liées à la psychologie et aux comportements de la star qu'est cette version fictive d'une femme politique.

    Ce travail implique un vocabulaire qui lui est propre. En plus d'« équivalent » ou de « googliser », j'emploie des mots tels que « doublage », « dualité », pour souligner des comparaisons entre l'autrice/narratrice et la femme politique qu'elle invente ; « couper la phrase », pour rendre une phrase plus courte dans sa version traduite ; et « se décider », pour l'action d'une narration partagée entre plusieurs personnes qui se révèle soudain appartenir à l'une ou à l'autre. J'ai dû faire preuve de créativité afin de trouver un langage, des analogies, pour décrire le travail d'investigation que la traduction exige. J'ai parlé d'une « clé », par exemple, me permettant de trouver un « équivalent » (l'équivalent, par exemple, à « donnez ça en pâture à quelques enragés[429] », *give your outraged that to chew on* ; la clé était l'image d'une vache en pâture). En ce qui concerne les choix que j'ai faits en traduisant, j'ai fait alterner des métaphores temporelles et spatiales : avec des verbes tels que « imiter », « changer », « préserver », j'ai souligné que la traduction s'est passée à une date ultérieure à l'écriture du texte originel ; par « mettre », « mettre au lieu de » j'ai noté qu'elle a eu lieu à un différent endroit. J'éprouvais aussi une certaine ambivalence en ce qui concerne le temps de ces verbes, alternant entre l'indicatif présent (comme le présent historique ou critique) et des temps du passé (pour décrire mon processus, ce que je faisais). Cette confusion révèle le statut ambivalent de la traduction, entre lecture et écriture.

    Le titre « On Your Feet », par coïncidence, fonctionnerait comme titre pour la traduction, qui reste à faire, d'un autre ouvrage quintanien, *Début* (1999). En suivant son sous-titre, *Autobiographie*, on s'attendrait à lire *Débuts*, un titre plus classique pour un

---

[427] B. Matthieussent, *La Vengeance du traducteur*, *op. cit.*

[428] V. Nabokov, *Pale Fire*, New York, Vintage, 1962.

[429] N. Quintane, « Stand up », art. cit., p. 35.

ouvrage autobiographique[430]. C'est alors l'emploi du singulier qui rappelle l'homophone (pour ma prononciation anglo-saxonne) « debout ». Comme mon annotatrice poursuivie par des obsessions du type *thinking on your feet*, ou activement à leur recherche, la narratrice de *Début* (qui ressemble à N. Quintane) s'attarde sur des comparaisons entre différentes professions improbables qui, par leur bravoure et leur délicatesse, dessinent, triangulent, le difficile métier de l'écrivain :

> Hormis un chirurgien s'opérant soi-même, comme H. en route vers le pôle Nord s'ouvrit lui-même le ventre, tenant ses pinces de temps en temps dans sa bouche tandis qu'il repère, il est donné à peu de monde de couper et de porter à hauteur de ses yeux l'un de ses propres morceaux[431].

Plus tard, la description d'un jeu d'enfant, la course des cuillères et des œufs, suggère une leçon apprise dans sa jeunesse – gagner en allant « lentement » – applicable à l'acte d'écrire[432]. Un autre résultat expérimental de la traduction était de parvenir à la conclusion que « la tâche du traducteur » (la formule, irrésistible, est de Benjamin) demande à être faite de la même manière, « debout ».

Les grands axes de l'annotation

Le thème de quitter son chez-soi

Dans son essai « Le Peuple de Maurel », qui suit « Stand up », N. Quintane pointe des « soucis » apparemment générateurs de l'écriture-même : « Je ne suis pas née en Provence, et je n'y vis même pas vraiment, tout ça devrait être le cadet de mes soucis[433] ». La comparaison entre la traduction et l'hospitalité (faite par des métaphores telles que l'« auberge » de Berman) a été mise en jeu à la toute fin de l'annotation ; il est question,

---

[430] Pour soutenir cette intuition, j'offre les titres suivants, tous au pluriel : *Les Mots* de Jean-Paul Sartre (1964), *Les Confessions* de Jean-Jacques Rousseau (1782), *Souvenirs d'enfance* de Marcel Pagnol (1957), *Mémoires d'outre-tombe* de François René de Chateaubriand (1848), et *Autres rivages* (*Speak, Memory*) de Nabokov (1951). Voir aussi : *À contre flots* (2006), de Marine Le Pen.

[431] N. Quintane, *Début, op. cit.*, p. 9.

[432] *Ibid.*, p. 52.

[433] *Id.*, « Le Peuple de Maurel », art. cit., p. 91.

après l'arrivée[434] en ville de MLP, d'une arrivée en ville, une ville qui est la langue française, de la traductrice. La question d'« y vivre vraiment » est alors ouverte.

Chargée d'implications politiques, cette question s'applique à MLP en termes de loyauté à sa famille, à ses familles, celle du Front national ainsi que la biologique. Il apparaît que cette femme politique n'a jamais eu la chance ni de quitter la ligne droite familiale, ni de partir loin. Ce manque semble la hanter (même si le lecteur peut s'en amuser) : « est-ce qu'on s'est demandé, par exemple, si on irait pas faire un tour ailleurs, dans un autre Parti, sous un autre nom, est-ce qu'on s'est même demandé si, au fond, ça ne vaudrait pas le coup de faire un autre métier, de continuer avocat, de monter sa boîte, sommes-nous toutes des filles affolées par le père, c'est bien possible[435] ». Dans cet exemple, la volonté de rompre avec ses racines a une valeur politique positive, facilitant le changement individuel qui serait nécessaire pour participer à un changement social. En même temps, l'illégitimité de MLP à D. est soulignée à plusieurs reprises : par les efforts frénétiques de celle qui vient en visite de se vanter d'une connaissance de la région (« parce que tout de même, côté nord, c'est glacé par chez vous[436] ») ; par une référence-clin d'œil à Hénin-Beaumont, la ville où la MLP historique est accusée d'avoir été parachutée[437] ; et enfin par un contraste marqué entre MLP et la narratrice, qui fait preuve d'un savoir intime du bout de terre qu'est D., l'ayant mémorisé. Comme il s'agit, dans ce récit, de la défense réussie d'un territoire contre MLP, le manque de vraie connaissance de cette dernière est présenté comme une raison parmi d'autres pour expliquer le sort qui lui sera réservé à la fin : d'être « huée[438] » par les manifestants de la ville. Littéralement, elle n'est pas légitime.

---

[434] Pour Louis Aragon, qui considère qu'une confusion règne, en littérature, entre citation et collage, la citation présente un autre point d'arrivée : « l'introduction de la pensée d'un autre, d'une pensée déjà formulée, dans ce que j'écris, prend ici, non plus valeur de reflet, mais d'acte conscient, de démarche décidée, pour aller au-delà de ce point d'où je pars, qui était le point d'arrivée d'un autre » (*a*). Et je viens juste d'apprendre qu'en français on appelle la langue de la traduction « la langue d'arrivée ». Le résultat de la traduction s'appelle le « texte d'arrivée ».

a. L. Aragon, *Les Collages*, cité dans T. Samoyault, *L'Intertextualité*, Paris, Armand Colin, 2010, p. 26.

[435] N. Quintane, « Stand up », art. cit., p. 28.

[436] *Ibid.*, p. 14.

[437] *Ibid.*, p. 13.

[438] « Alpes-de-Haute-Provence : Marine Le Pen huée à Digne-les-Bains », art. cit.

Également décourageant, allant jusqu'à poser problème, l'apparition de Marine Le Pen dans un épisode datant de 2021 d'*Une ambition intime* (M6 *channel, interview of politicians seeking office in their respective homes by the presenter,* Karine Le Marchand. *This one was a candidate for President of* France) n'a pas pu être considérée par l'enquête présente. C'est malgré la très grande pertinence pour cette enquête d'une telle visite à la maison – grande ouverte – de la femme politique. L'importance pour notre recherche d'un si riche stock d'images ou de données qualitatives, qui aurait été vu par quelque 2 millions de personnes, va presque sans dire. Pourtant ce document est censé dater de 2020.

Pour NQ, la question de quitter chez soi, d'y vivre vraiment, est traitée au fil de l'annotation. Site d'une curiosité particulière de la traductrice, cette question est examinée pour les signes qu'elle montre ou pas du chemin d'une vie littéraire. Pierrefitte-sur-Seine, la banlieue de l'enfance de NQ, est appelée le premier « monde[439] », et cette désignation rappelle l'assertion de Gertrude Stein des « deux pays[440] » qu'a, selon cette États-Unienne, chaque écrivain. Est-ce qu'il faut renoncer au premier passeport pour en obtenir le second ? En dépit d'avoir quitté ses « Pommes de terre frites[441] » pour écrire ; en dépit de son attirance pour l'indépendance d'une Jeanne d'Arc, « cette ado[442] » qui va loin, NQ fait preuve ailleurs dans son œuvre d'une méfiance envers la personne-« escargot[443] » qui croit avoir tout ce qu'il lui faut sur son dos, se sentant capable de vivre n'importe où.

Les fonctions des annotations

Il serait possible de *classer* les annotations du présent projet (les quelques 351 notes de bas de page) par fonctionnement. Une inspiration pour cette tâche serait, peut-être, le « Tableau de pratiques intertextuelles » de Gérard Genette, qui sépare les « opérations d'intégration » (« la citation », « la référence précise », « la référence simple », « l'allusion », « l'implicitation », « le plagiat ») des « opérations de collage » (« l'épigraphe », « le collage de documents »)[444].

Les annotations présentes se divisent entre *explications* (souvent narratives) des choix de la traductrice (qui se mêlent à des *appréciations* pures des effets du texte), *ajouts* d'informations biographiques ou esthétiques sur le travail de NQ ou sur l'expérience de la traductrice, *collages* de citations et d'informations (avis, idées politiques, etc.) tirées des autres ouvrages de NQ, et *gloses* de divers points, qui composent, ensemble, une sorte d'*indice* d'une politique et d'une culture françaises à un instant donné de l'histoire.

---

[439] N. Quintane, *Que faire des classes moyennes ?*, op. cit., p. 91.

[440] G. Stein, *Paris France*, cité dans A. Kaplan, *French Lessons, op. cit.* (épigraphe).

[441] N. Quintane, *Tomates*, op. cit., p. 88.

[442] *Id.*, « Le Peuple de Maurel », art. cit., p. 113.

[443] *Id.*, *Un œil en moins*, op. cit., p. 311.

[444] G. Genette, *Palimpsestes. La Littérature au second degré*, cité dans T. Samoyault, *L'Intertextualité, op. cit.*, p. 116.

L'indice des références à la politique et la culture françaises

L'extranéité de la traductrice, dont l'implantation transitoire en France est due à son désir d'écrire, est visible dans la glose détaillée de choses évidentes, parfois, et de faits basiques de la vie de la nation française et de l'histoire de la famille Le Pen. Il me semble bien que mon recours à Wikipédia est pertinent, mimétique de l'expérience de l'étrangère qui, en France, effectue discrètement des recherches pour contextualiser les termes entendus, dans ce cas « Marie Antoinette », « troubadour », « la Bibliothèque de la Pléiade », etc. ; le langage se situe culturellement. Dans *Tomates*, plusieurs notes de bas de page sont des définitions fournies par le *Petit Larousse*. L'idée n'est pas d'être exhaustive mais de signaler le vaste monde derrière le texte. L'annotatrice peut cependant ressembler à MLP dans cette litanie qu'elle dresse comme en potassant tout ce qu'il faut savoir, de la même manière que MLP « a potassé tout ce qu'il faut sur la région, elle a chargé son petit Louis, ou sa petite Mathilde, de lui faire un topo sur le coin[445] ».

Les références de cet indice se divisent en trois catégories : (1) biographie de Marine Le Pen, histoire de la famille Le Pen[446] ; (2) politique et culture états-uniennes ainsi que françaises des « années 10 » (avec l'ajout, dans la traduction, d'une référence au verdict de la Cour suprême états-unienne *Citizens United* ; les références du texte source à la politique française de la décennie se focalisent sur les effets de la crise financière, en Grèce ainsi qu'en France) ; (3) quelques références à la seconde guerre mondiale. Un « type » qui « s'est jeté sur » MLP crie : « Pétain[447] ! » ; des cris de ce genre sont ancrés, prennent sens rétrospectivement, par l'emplacement du nouveau local du Front national, qui prend la place non seulement de « l'ancien local de l'UMP » mais aussi de l'ancienne « famille Barrière, juive », qu'il remplace[448].

Cette glose comporte aussi une concordance du récit avec des articles de presse récents (par exemple l'annulation du dernier jour du carnaval à Nice de cette année à cause du nouveau coronavirus ; la brouille diplomatique qui a surgi entre une ville du sud de la

---

[445] N. Quintane, « Stand up », art. cit., p. 12.

[446] Des volumes commandés en librairie lors de la fermeture des bibliothèques, *Le Front national* de Valérie Ignouet (Paris, Éditions du Seuil, 2014), *Histoire du Front national* de Dominique Albertini et David Doucet (Paris, Éditions Tallandier, 2014), et *La Nièce* de Michel Henry (Paris, Éditions du Seuil, 2017), sont arrivés trop tard pour être très utiles, malheureusement.

[447] N. Quintane, « Stand up », art. cit., p. 34-35.

[448] *Ibid.*, p. 39.

France et le gouvernement d'Azerbaïdjan). Cette concordance offre de manière concrète une exploration de l'idée qu'a A. Malaprade de l'un des accomplissements de l'autrice, de « se ressouvenir de la politique pour anticiper la poésie[449] ». Une brève référence à Georges Bataille fournit l'occasion d'expliciter des points de vue exprimés par la poétesse à son égard ainsi que leurs divergences en ce qui concerne, notamment, l'idée de la révolution comme une « tumulte ». Pour N. Quintane, « Je me fous de ce que les choses réussissent ; le tout c'est qu'elles aient lieu[450] » ; peu importe si elles ne sont pas, par exemple, intenses. La banalité des événements contemporains notés est alors appropriée, semblant aller dans le sens de cette conviction.

Techniques narratives du récit

Appréciées grâce à l'attention requise par cette traduction, indiquées par l'annotation, ces techniques incluent celles de la narration (le style indirect libre) ainsi que celles de la performance comique. Une attention a été portée à la nécessité d'« importer », vers l'anglais, des éléments du texte – que ce soit l'humour du récit (la surprise, l'argot) ; le rythme de ses longues phrases ; ou la fausseté marquée du langage associé à ce personnage, qui contribue à l'acuité du portrait satirique – semblaient potentiellement enrichir la langue d'arrivée. Le portrait de MLP serait pris d'une façon plus générale hors de la France, le portrait d'un droit politique plutôt que d'une femme en particulier.

Les techniques de narration ont été commentées à plusieurs reprises, surtout quand il s'agit d'une confusion entre les voix de MLP et de la narratrice (« je ne sais plus si c'est une dame ou un monsieur qui tient cette boutique, il faudra que je vérifie tout à l'heure[451] ») ou d'une décision faite, au contraire, pour l'une ou l'autre (« un vaste restaurant *où je me souviens avoir causé avec un serveur grec*[452] », je souligne). Dans un moment très particulier de cette nouvelle il s'agit d'un second niveau de discours indirect libre : MLP, déjà imaginée par la narratrice, imagine à son tour et se projette dans la pensée des hommes qu'elle voit assis au bar. La psychologie de ce personnage est

---

[449] A. Malaprade, « Quelque chose rouge », art. cit., p. 19.

[450] B. Auclerc, « "À inventer, j'espère" », art. cit., p. 225.

[451] N. Quintane, « Stand up », art. cit., p. 10.

[452] *Ibid.*, p. 10.

beaucoup discutée au fil de l'annotation. La fausseté de sa parole (j'y reviendrai) est préalablement mise en lien avec un déni de la mort, de la chair morte (« et le papier dans lequel vous emballez votre viande, il est hygiénique[453] »), ainsi qu'un échec plus global de la tentative de faire le lien, de mettre en rapport de quelque manière « ce que nous vivons et ce que nous racontons[454] ». Je me suis demandé si une telle emphase sur la psychologie serait inappropriée pour l'explication de texte ; j'ai conclu qu'il renvoyait au rôle de metteuse en scène qu'a cette annotatrice. .

Quelques techniques du stand-up sont expliquées, au fil de l'annotation, par des termes anglais (le titre originel « Stand up » étant en anglais, il semblait possible d'importer ces mots) : *rule of three* (pour les trois reprises où MLP a recours au latin) ; *callback* plus généralement (pour des éléments répétés, tel le chant spontané de la femme politique, qui devient plus drôle à travers cette répétition) ; *cameo*, petit rôle, pour la possible apparence de N. Quintane (« NQ ») elle-même, au fond de la scène chez Tif. L'impression d'un monologue comique que donnent, par leur vocable, quelques lignes est préservé, voire exagéré, par l'anglais états-unien de la traductrice : « je remontais le boulevard tout à l'heure[455] » traduit par *I was just up the street* ; « Et pourquoi[456] » traduit par *Why is that*. Le doublage de MLP et NQ, suggéré à maintes reprises par la délicatesse d'une transition entre les deux voix, est souligné par des détails et notamment par les pieds de MLP, qui, jusqu'à « ses ongles de doigts de pied vernis[457] », rappelle le leitmotiv quintanien du pied de la poétesse. En raison de ce doublage, il semble possible de tenter, en plus de la comparaison de la femme politique à un comique, la comparaison de l'autrice à un comique ; cet ouvrage, comme d'autres de N. Quintane, est très autoréférentiel. Le bon mot de Jean-Marie Le Pen qui voit sa plus jeune fille devant les médias comme « un cheval de course » fait écho au sentiment d'une autrice pour qui écrire une belle phrase, avec le rythme qu'il faut, serait comme faire « galoper le petit cheval[458] ». L'aspect performatif du travail de N. Quintane est commenté par J. Mauche, entre autres critiques

---

[453] *Ibid.*, p. 9.

[454] *Id.*, *Que faire des classes moyennes ?*, *op. cit.*, p. 13.

[455] *Id.*, « Stand up », art. cit., p. 13.

[456] *Ibid.*, p. 30.

[457] *Ibid.*, p. 7.

[458] *Id.*, *Tomates*, *op. cit.*, p. 60.

réunis dans le volume *Nathalie Quintane* : il note « la fermeté de l'intervention[459] » de l'autrice, une formule que j'admire. Dans l'essai *Que faire des classes moyennes ?* il est donné à la narratrice, à N. Quintane, d'imaginer le lecteur visuellement, comme une audience rassemblée devant ses yeux, image clarifiée par ce « visiblement » au tout début d'un chapitre :

> Au cas où ça intéresserait encore quelqu'un, en cherchant bien, j'ai trouvé une explication supplémentaire au fait que je parle de la classe moyenne plutôt que de la classe ouvrière, qui vient du fait que l'expression « classe ouvrière » n'excite plus grand monde, visiblement…[460]

Non seulement il s'agit d'une audience, mais de ce qu'on appelle en anglais, dans le langage de la performance comique, *a tough crowd* – une foule difficile à séduire.

Politique de la traduction : *Traduction et violence*, **de Tiphaine Samoyault**

Parmi les penseurs cités dans l'introduction au texte présent – Benjamin, Berman, Borges, Briggs, Cassin, Derrida, Davis, Keene, Nabokov, Matthieussent, Steiner – nombreux sont représentatifs de ce que T. Samoyault appelle « la conception romantique de la traduction[461] », qu'elle problématise dans son ouvrage *Traduction et violence* (2020). Un « discours [qui] favorise la positivité du geste » et « un propos généreux, ouvert et confiant[462] », cette conception qualifiable comme un « tournant éthique de la traduction[463] » se prête à une pacification subjuguant non seulement la persistance de la différence (une hétérogénéité des textes et des langues) mais aussi le pouvoir négatif de la traduction, sa « puissance d'appropriation et de réduction de l'altérité[464] ». La question est, de nos jours, urgente : pour devenir capable de penser la traduction informatisée et la

---

[459] J. Mauche, « Angle *Carrer de La Bouqueria* et *Carrer d'en Quintana* », art. cit., p. 28.

[460] N. Quintane, *Que faire des classes moyennes ?*, *op. cit.*, p. 80. « Visiblement » semble se référer aussi, de manière plus figurative, à l'apparence perceptible d'un manque de discours public sur le sujet dont il est question.

[461] T. Samoyault, *Traduction et violence*, *op. cit.*, p. 160.

[462] *Ibid.*, p. 17.

[463] *Ibid.*, p. 11.

[464] *Ibid.*, p. 10.

violence qu'elle implique (allant jusqu'à la disparition des langues, parce qu'il s'agit de systèmes intelligents qui, en démultipliant « par milliers la quantité des traductions produites dans le monde chaque jour », ne peuvent que renforcer les distorsions et les inégalités du monde, monde qui leur fournit leur corpus de donnés), il faut penser la violence de la traduction[465].

Cette violence s'exprime dans des arènes multiples, selon T. Samoyault. En présumant et reposant sur « l'oubli des relations » que sont les rapports de force, la générosité et l'ouverture de cette pensée positive de la traduction conviennent à des acteurs étatiques et gouvernementaux telle la Commission européenne : « Traduite en œuvre d'art chatoyante et colorée, la diversité est exaltée comme l'instrument d'un développement pacifié[466] ». Une traduction de ce type se fait l'héritière d'une tradition impérialiste, espagnole ou castillane : « À la *translatio studii* médiévale [de l'école de Tolède] succède une *translatio imperii* au service des intérêts d'État[467] ». Dans des contextes néocoloniaux ainsi que coloniaux, « la traduction contribue ainsi à la destruction de la culture source[468] ». Il s'agit d'une tendance active dans des situations contemporaines d'une horreur extrême tel que l'« usage pervers » fait par les États-Unis de D. Trump « de l'intraduisible » (l'étrangeté relative des langues centre-américaines), renforcement de la frontière au sud du pays[469]. L'intraduisible est ainsi source d'inégalités renforçant un différentiel du pouvoir auquel la mort de masse semble une suite logique.

Le déni de la violence de la traduction est doté d'implications esthétiques diverses et globales. Il entretient, par exemple, une « mystique[470] » insoutenable en ce qui concerne l'intraduisible au point que « l'intraduisible soit l'excuse pour ne plus traduire[471] ». Il permet de s'échapper à la réalité de la traduction que constitue « une part de négativité qu'elle nous donne à penser, qu'il faut désécrire avant de réécrire[472] ». Enfin, il se prête à

---

[465] *Ibid.*, p. 7-10.

[466] *Ibid.*, p. 18.

[467] *Ibid.*, p. 30.

[468] *Ibid.*, p. 37.

[469] *Ibid.*, p. 63.

[470] *Ibid.*, p. 46.

[471] *Ibid.*, p. 26.

[472] *Ibid.*, p. 194.

toutes sortes de sentimentalismes, voire de chauvinisme telle l'« apologie de l'autre et de ses langues[473] » que présente B. Cassin à la fin de son *Éloge de la traduction* (2016)[474].

Munie de ces idées, je me suis tout de même permis de supposer que l'éventail extrême des notes de la traductrice me sauverait : libre de pointer tout emprunt, toute confusion, j'avouais mes crimes à peine commis. L'annotation semblait le moyen d'évacuer – voire d'éluder – la lourde responsabilité qu'implique une « violence » de la traduction. Je pense cependant avoir été prise – en relisant la traduction à haute voix – par ma propre version du sentiment, transgressif de manière joyeuse et terrible à la fois, qu'éprouvait Antonin Artaud en traduisant de l'anglais (et qui fait penser, aussi, au « mal » enfantin de Bataille) : « Un feu malicieux et féroce bondit sur moi [...]. Mon esprit, mon âme, mes facultés, tout ce qui me donnait la sensation d'être là, de tremper dans quelque chose, de me suspendre[475] » ...

Engagement politique dans l'œuvre de N. Quintane

Par son intervention « Remarques » dans le volume *Nathalie Quintane* – un bref essai qui porte le même titre que son premier livre, *Remarques* (1997) – la poétesse aborde, ici comme ailleurs, la question de l'engagement politique. Ayant évoqué une « performance, ici, chez [elle] : j'ai lu 30 romans en 30 jours » un mois d'août, elle glose le « côté crypto-gastronomique de la métaphore française », listant des exemples nombreux (elle les googlise) d'un « roman *savoureux, truffé* par des détails et des bons mots » :

> – Et qu'est-ce qu'un roman qui est un roman ?
>
> – C'est un livre où il y a :
> – des personnages
> – une histoire
> – un engagement
> – une forme et un contenu
>
> dans l'ordre d'importance.

[473] *Ibid.*, p. 25.

[474] B. Cassin, *Éloge de la traduction*, Paris, Fayard, 2016.

[475] A. Artaud, *« Le Moine » de Lewis raconté par Antonin Artaud*, cité dans T. Samoyault, *Traduction et violence, op. cit.*, p. 74.

– Auxquels de ces quatre points indispensables à la reconnaissance d'un roman comme roman peut-on appliquer l'adjectif *savoureux* ?

– personnages savoureux
– histoire savoureuse
– forme (écriture ou style) savoureuse

– L'engagement est donc facultatif[476].

Ce passage semble représentatif de la manière dont l'engagement est abordé, en tant que concept théorique au moins, dans l'œuvre de N. Quintane : l'approche, bien qu'elliptique, est d'un ton qui pèse d'une certaine importance accordée au sujet, allant jusqu'à la défense de quelque norme – ici, comme ailleurs, à première vue un peu obscure. La citation implique beaucoup sur l'état actuel du roman « engagé » de manière générale, sociologique, sans préciser en termes d'analyse littéraire ou de *praxis* ce qu'est un « engagement », comment l'identifier ou le produire. Une autre ligne de ce même texte semble plus utile en fournissant une définition applicable au producteur littéraire (et je partage ce sentiment) : « J'ai souvent dit que l'emploi intransitif, à la Blanchot, du verbe écrire (écrire sans complément : *écrire*) m'énervait[477] ». Que veut dire, dans l'œuvre de N. Quintane, « engagement » ?

Quelques assertions de critiques m'aident à tracer les enjeux. Pour A. Malaprade, il s'agit d'« une écriture intensive doublement critique, puisqu'il faut que quelque chose se passe de neuf sur la scène politique et sur la scène poétique[478] » ; pour B. Auclerc :

> ses textes, délestés des illusions lyriques comme de l'amertume des révolutions manquées, n'entendent pas pour autant renoncer à la combativité (ils fourbissent joyeusement des armes). Il en résulte une conception de l'écriture (mais pas seulement) comme série d'interventions, qui tiennent compte des rapports de force, du caractère minoritaire des positions défendues, s'interrogent sur la possibilité même d'une prise de position efficace pour un écrivain aujourd'hui[479].

Pour Noura Wedell, dans un essai présent dans le même volume, il s'agit dans l'œuvre de N. Quintane de « formage[480] », l'établissement (pour aller vite) de nouvelles formes, un terme qui est le titre d'un autre livre de l'autrice[481].

---

[476] N. Quintane, « Remarques », art. cit., p. 195-201.

[477] *Ibid.*, p. 202.

[478] A. Malaprade, « Quelque chose rouge », art. cit., p. 13.

[479] B. Auclerc, « Introduction », art. cit., p. 8.

[480] N. Wedell, « Formage ininterrompu. Le programme politique de Nathalie Quintane », dans *Nathalie*

La poétesse elle-même constate avoir éprouvé, au fil des années, selon les besoins du monde politique et poétique qui l'entourait, un léger basculement d'avis ou de positionnement. Dans une correspondance personnelle où il était question de ce que N. Quintane appelle « un certain bavardage poétique à la française » ou « une préciosité », elle a pu me préciser la chose suivante :

> les années de ma jeunesse (80/90's), où la prise de position poétique valait pour une prise de position politique et où notre travail (je le pense encore, différemment) ne cherchait pas à éviter les contradictions ou les noyades et la période dans laquelle nous sommes entré.e.s qui exige une prise de position plus claire – simplement parce que, poète ou pas, nous sommes comme tout le monde et que comme on dit, une barricade n'a jamais que deux côtés. Les relatives précautions (lexicales aussi) que nous pouvions prendre par le passé ne sont donc plus de mise[482].

Cette précision fait écho à l'affirmation, lors de l'entretien déjà cité, d'un abandon de « bartlebisme » : « "Je préfère ne pas" était la formule parfaite d'un repli [...]. La reprendre ensuite à son compte n'a plus de sens, sinon nostalgique ou anachronique[483]. »

Les exemples suivants, tirés de trois livres de N. Quintane, sont représentatifs d'un engagement sous la forme, peut-être, des « armes » définies par B. Auclerc (plutôt que du « formage » de N. Wedell ou de l'« écriture intensive » de A. Malaprade). Je ne vais résumer que brièvement cet effet visible à travers les trois livres – *Tomates, Chaussure, Un œil en moins* – avant de décrire quelques techniques narrativo-politiques de « Stand up » que j'ai pu apprécier en travaillant à leur traduction – grâce à l'opportunité que j'ai eue, en les traduisant, de les étudier de près.

Tomates

Il serait prometteur de commencer par ce livre, parce que l'autrice y explique clairement, dans ce même entretien, dans quelle mesure elle le considère politique :

> Jusqu'à *Tomates*, j'ai publié, le plus souvent en ligne [...] des notes de lecture [...]. *Tomates* m'a enfin donné une forme pour cette inclusion de la réflexion

---

Quintane, op. cit., p. 127-150.

[481] N. Quintane, *Formage*, Paris, Éditions P.O.L, 2003.

[482] *Id.*, correspondance personnelle, le 1er juin 2020.

[483] B. Auclerc, « "À inventer, j'espère" », art. cit., p. 225.

dans la création, la question politique ne faisant qu'une, dans ce livre, avec la question de la langue, de la manière dont s'écrit le politique – la manière dont il s'écrit dans *L'Insurrection qui vient*, par exemple ; je prends toujours des exemples précis[484].

Pour un essai qui traite de la persécution d'un groupe de militants et des auteurs supposés (par la sous-direction antiterroriste de la Direction nationale de la police judiciaire au procureur de Paris) de *L'Insurrection qui vient* (manifeste publié en 2007 par La Fabrique, signé de l'auteur collectif anonyme Le Comité invisible), *Tomates* est plutôt elliptique, modéré ; pour l'autrice qui d'habitude fourbit « joyeusement des armes » il est de ton très doux, même élégiaque. Ce texte regrette sa propre délicatesse : « Par conséquent, j'écris un livre muet ; je prends ce risque. Je ne puis écrire hors cette prose la révolte si je veux être entendue[485] ». Pourtant, être directe serait ressembler à la « police » qui « dit Bingo ! », « c'est ce qu'elle a fait en arrêtant une ''proche du groupe de Tarnac'' et en découvrant une caisse d'*Insurrection qui vient* dans le coffre de sa voiture. [...] Et en lui plaquant un revolver sur la tempe[486] ». Qui parle, qui est cette proche ? Un autre moment rappelle des pétitions de l'époque signées par des écrivains et philosophes en réponse à cette persécution, pour dire, tous ensemble, « Je suis l'auteur de *L'Insurrection qui vient*[487] » :

> – Tu penses pas que maintenant je devrais le dire, dis-je à S., que c'est moi, l'auteur de *L'Insurrection qui vient* ? C'est tout de même incroyable qu'ils aient pas encore compris[488] !

En revenant sur ce sujet au moment du procès, où le manifeste a été mentionné, dans son ouvrage ultérieur *Un œil en moins*, N. Quintane observe, en rapport avec la notoriété de l'épisode, que « la littérature protège son auteur à condition de participer à la destitution de ce qu'il y a de politique dans un livre ». Elle pose la question : « Mais qui sépare les deux ? Qui sépare politique et littérature quand il lit les livres du Comité ? » C'est une question difficile à lire, parce qu'on s'attend plutôt à lire « que sépare » : qu'est-ce qui sépare ; personnellement, j'ai eu besoin de la relire. La réponse – qui donne raison au ton de

---

[484] *Ibid.*, p. 223.

[485] N. Quintane, *Tomates, op. cit.*, p. 40.

[486] *Ibid.*, p. 54-55.

[487] S. Quadruppani, « Je suis l'auteur de *L'Insurrection qui vient* », *Petitions.fr*, consulté le 10 juin 2020, https://www.petitions.fr/jesuislauteurdelinsurrectionquivient.

[488] N. Quintane, *Tomates, op. cit.*, p. 64.

mélancolie qui imprègne *Tomates*, livre d'analyse de texte, mélancolie qui révèle une certaine inefficacité – ce serait les « spécialistes » (« L'usage littéraire de la littérature est affaire de spécialistes »). « Une partie des lecteurs du Comité ont un usage pratique de leurs livres[489] ».

Chaussure

Cette affaire d'« usage pratique » m'aide à comprendre un passage du livre *Chaussure* qui m'a toujours paru très beau. Il s'agit d'une série de vers intitulée « La Chaussure s'appelle Chaussure » avec – pour refrain – « La chaussure s'appelle chaussure ». À mes yeux le passage s'annonce implicitement comme une chanson ; en plus, comme le mot-clé serait difficile à chanter, elle est à chanter à plusieurs, saouls (une *drinking song*) ; on chanterait cette chanson en allant plus vite à chaque fois et en rigolant. La chanson prend une page seule, entière, comme si les vers étaient faits pour être enlevés du livre ; elle me fait penser aux kits de personnages en papier découpé :

> La chaussure s'appelle chaussure,
> Même quand le vent tourne
> La chaussure s'appelle chaussure,
>
> Même après un typhon,
> Même après un typhon,
> La chaussure s'appelle chaussure[490] […]

À la lecture, ce livre m'est apparu comme d'un grand « usage pratique », servant en cours de Français langue étrangère (qu'a enseigné l'autrice – elle en parle dans *Un œil en moins* – aux demandeurs d'asile à Digne-les-Bains) focalisé sur la terminologie de la cordonnerie. En exemple, je donne « l'embauchoir », terme je ne connaissais pas avant :

> L'embauchoir, cette forme en bois que l'on place dans une chaussure pour qu'elle ne se déforme pas, imite la dureté spécifique du pied[491].

---

[489] *Id.*, *Un œil en moins*, *op. cit.*, p. 379-380.

[490] N. Quintane, *Chaussure*, *op. cit.*, p. 143.

[491] *Ibid.*, p. 121.

Ce livre, long à lire, demandant alors de se tenir écarté un certain temps du travail rémunéré (comme le demande la grève), est composé de personnes qui s'expriment, de petites discussions, et de périodes calmes ; il *est* la « manif » – une proposition soutenue, je pense, par l'assertion de la quatrième de couverture : « Alors, je me suis dit : Tiens, et si, pour une fois, je sortais un pavé ? » Ce livre se propose d'être acheté en plusieurs exemplaires pour constituer, ensemble, des barricades. À travers l'essai, N. Quintane avance l'idée que le fait de se mettre à plusieurs, pour manifester ou pour discuter, est autant la fin que le moyen de l'action politique. (Au cours de l'annotation on a montré, par exemple, l'exemple de la discussion entre militants sur la place de D. attirant un homme SDF qui vient « se chauffer » dans « la parlote[492] ».) Le livre est rempli, aussi, d'assertions et de spéculations d'une variété presque joyeuse (qui, tout comme la discussion interne d'une foule de manifestants, ne cherche pas à être résolue), à propos de la nature de la politique ou de la littérature (par exemple « c'est poétique, puisque ça pose un diagnostic[493] »). Il faudrait écrire des livres qui seraient, même les plus courts, des pavés, au sens premier du terme.

« Stand up »

Il serait possible d'analyser de près les techniques narratives de cette nouvelle déjà évoquées – le style indirect libre, la performance classique de la comédie – pour l'« usage pratique » qu'elles offrent ou pas, c'est-à-dire en termes d'engagement.

La portion de la nouvelle attribuée à MLP (une MLP fantasmée) ainsi que le flou délicat entre sa voix et la voix de la narratrice/autrice fournissent un site particulièrement riche de la critique. Il n'est pas clair si ce discours, de la MLP imaginée, est au niveau de ce que Mikhaïl Bakhtine appelle le « dialogisme ». Pour Bakhtine, « Le mot du héros sur lui-même et sur le monde est aussi valable et entièrement signifiant que l'est généralement le mot de l'auteur[494] ». Il y a en revanche, chez MLP, une fausseté dont la ressemblance à la qualité « doublement fictive » que J. Wood identifie chez Ricardo Reis, le personnage de

---

[492] *Id.*, *Un œil en moins, op. cit.*, p. 81.

[493] *Ibid.*, p. 193.

[494] M. Bakhtine, *Esthétique et théorie du roman*, cité dans T. Samoyault, *L'Intertextualité, op. cit.*, p. 11.

Saramago[495], a été commentée au cours de l'annotation. MLP ne se situe pas exactement au même plan épistémologique que la narratrice. Mais le concept bakhtinien de polyphonie, de la multiplication des voix, aide à comprendre ces stratégies narratives, qui sont d'une ironie parfois subtile. Aussi, la suggestion que dans le style indirect libre il s'agit d'une opération intertextuelle[496] ouvre la voie à une sorte de pensée schématique de l'opération exécutée : est-ce qu'il s'agit, dans le discours de MLP, d'une transposition du discours politique vers le registre de la littérature ? Cette *traduction* de la femme politique réelle et historique en littérature (dans le langage de la littérature ou vers une représentation littéraire) isole sa parole et, en manipulant cette parole d'une telle façon, facilite la critique que mène N. Quintane.

Ce portrait de la présidente d'un parti politique est notable pour son manque ou presque de politique : aucune idée précise de gouvernement, aucun argument, aucun plan d'action local ou national ne sont présentés. Le déluge de la pensée et la parole de MLP – dont la matière est très personnelle, psychologique – s'adresse à une politique actuelle de manière imprécise, euphémistique, parfois par des termes « de gauche » mal utilisés (« vous résistez[497] », traduit par *you're with the resistance* ; « sabotage[498] », un mot apparenté) ou universalistes au point d'être vidé de sens (« On y marche sur les mêmes pavés et les gens ont les mêmes problèmes[499] », *We're all walking on the same cobblestones, all people have the same problems*). C'est l'imprécision même de la parole de MLP qui révèle le positionnement politique de ce personnage, et la désolidarisation de l'autrice avec cette voix, qu'elle ironise. Parmi les autres variétés de cette imprécision pointées au cours de l'annotation figurent les oxymores et les « proverbes cassés », l'indécision au niveau de la phrase ainsi qu'une réelle inondation d'informations inutiles, de sous-entendus, de « lapsus » peu contrôlés, et un faux pas en tant que comique qui, brisant d'un coup l'ambiance, fait de cette MLP une « mauvaise stand-uppeuse » ainsi qu'une mauvaise écrivaine. Face à la difficulté de trouver un exemple positif de littérature qui ferait de la politique, « Stand up » est efficace en présentant un exemple négatif : de la

[495] J. Wood, *How Fiction Works*, *op. cit.*

[496] T. Samoyault, *L'Intertextualité*, *op. cit.*, p. 10-14.

[497] N. Quintane, « Stand up », art. cit., p. 10.

[498] *Ibid.*, p. 20.

[499] *Ibid.*, p. 35.

politique sans littérature. La nouvelle propose un courant de conscience qui met en valeur un vide de la pensée, une pensée brisée.

C'était un plaisir de traduire le premier niveau de cette satire, qui consiste en des erreurs diverses, telle la préciosité souvent pointée au cours de l'annotation (« flûte[500] », traduit par *whoops*), de ce que j'appelle les « proverbes cassés » (que je traduis par *easy come*, par exemple : traduction de « gratuitement[501] »), de la redondance (« le soleil toute la journée[502] », que je traduis par *light all day long*), de l'embrouille généralisée (« à ce moment-là, j'enchaîne, ni vu ni connu[503] », traduit par *and what I did then was plow on, full speed ahead*), quelques erreurs de négation, et de nombreux oxymores et juxtapositions (« des faux naturellement[504] », que je traduis par *fake sheep naturally*). Les sous-entendus et les lapsus, qui émergent notamment lors d'un portrait-confession de la vie familiale des Le Pen, se révèlent être des erreurs à leur tour. Ce discours est revêtu d'un caractère remarquablement misogyne et suggère, peut-être, à quel point une certaine fausseté ou trahison de soi peut être de mise pour une femme aspirant à un pouvoir essentiellement patriarcal[505] ; l'art de la mise en scène politique, l'un des sujets de cette satire, a un caractère spécifique à cette femme dont l'usage développé du corps et de la voix est remarqué à quelques reprises, pour qui cet art équivaut à une promiscuité : « Chez quels commerçants pourrait-elle bien aller ? Les prendra-t-elle un par un ?[506] », « Pour être rodée, ça elle est rodée[507] », « tout le monde se demande si je suis une vraie blonde […]

---

[500] *Ibid.*, p. 17.

[501] *Ibid.*, p. 26.

[502] *Ibid.*, p. 14.

[503] *Ibid.*, p. 18.

[504] *Ibid.*, p. 9.

[505] Une observation avec laquelle Marine Le Pen elle-même serait, peut-être, d'accord : « C'est vrai que j'ai eu tendance à gommer cet aspect féminin de ma personnalité. Et j'ai tort. Il faudrait que je me fasse un peu violence là-dessus. […] Je ne parle jamais du fait que je suis une femme et que j'ai des enfants. Jamais. D'ailleurs, on me le reproche souvent. […] Peut-être que j'ai vu tellement de femmes caricaturer cela que je ne veux pas donner le sentiment que j'utilise le fait d'être une femme ? » (*a*).

    a. L. Carvalho, « "Là, je pleure" : ce jour où Marine Le Pen a appris qu'elle était enceinte de jumeaux », *Gala.fr*, mis en ligne le 16 mars 2022, consulté le 17 juin 2023, https://www.gala.fr/l_actu/news_de_stars/la-je-pleure-ce-jour-ou-marine-le-pen-a-appris-quelle-etait-enceinte-de-jumeaux_489318.

[506] N. Quintane, « Stand up », art. cit., p. 8.

[507] *Ibid.*, p. 17.

mon père a toujours aimé les belles femmes[508] ». Une imprécision générale règne dans la parole du personnage, de son impuissance à faire des choix simples, à la composition de ses phrases, en passant par des éruptions absurdes, comme celle d'une apostrophe ou d'une description grandiloquente (« la montagne, esclave des stations de ski, du manque de neige ou du trop d'abondance de neige[509] », *the mountains, at the service of ski lodges, of a lack of snow or that of too much snow*). Elle s'interrompt (« et j'ai vu que vous aviez une affiche, moi je préfère les chocolats noirs[510] », *I saw you had a poster, what I like is dark chocolate*). La femme politique s'adonne à la nostalgie, au chauvinisme, à toute consolation non sincère ; elle se livre à des angoisses notamment liées à l'hygiène, beaucoup commentées au cours de l'annotation. Elle lève les bras en faisant un « V » de la victoire[511] et en tant que comique, ce faisant, casse l'ambiance (pour reprendre l'expression orale typique d'un comique). Il s'agit pour elle d'une mauvaise maîtrise de la performance.

La satire est cependant complexe. Elle implique le lecteur rien que par la facilité de la lecture, par le rythme agréable du conte et de ses paragraphes bien bouclés, arrondis. Les nombreuses références à la seconde guerre mondiale, au savoir, à l'éducation et à la réussite dans la sphère culturelle des figures historiques telles que « le général Aussaresses (fin latiniste)[512] », Raymond Devos[513], ou encore l'entourage de Louis XIV[514] rappellent qu'un certain accomplissement langagier ne suffit pas en soi à écarter la dérive autoritaire. Le « doublage » ou la « dualité » entre MLP et NQ est un moyen de monter une autocritique, d'admettre à quel point écrire équivaut, par moments, à faire « galoper le petit cheval[515] », pourrait être du stand-up. En même temps, soulignés par l'annotation, plusieurs moments de grâce sont, au beau milieu de la satire la plus profonde, accordés à cette MLP, tel le mot généreux du commerçant qui s'inquiète pour elle[516] ; tels les gestes, en buvant, de la « petite dame[517] », occasionnant une attention et puis une pause pour

---

[508] *Ibid.*, p. 31.

[509] *Ibid.*, p. 21.

[510] *Ibid.*, p. 9.

[511] *Ibid.*, p. 34.

[512] *Ibid.*, p. 37.

[513] *Ibid.*, p. 36.

[514] *Ibid.*

[515] *Id.*, *Tomates*, op. cit., p. 60.

[516] *Id.*, « Stand up », art. cit., p. 21-22.

[517] *Ibid.*, p. 34.

MLP, lui accordant une vue quoique momentanée d'un avenir, l'ancrant dans le temps. J'observe, dans une note de la traductrice (note 100), la difficulté à maintenir avec délicatesse la présence conjointe de ces deux voix en une seule phrase : « La parenthèse reprend avec la voix de la narratrice tout en retenant quelques mots vraisemblablement de MLP (la diction étant un lieu de cette problématique, avec les mots mignons et "corrects" de MLP contrastés à ceux, plus profondément corrects, de la narratrice). »

Certains moments remarquables de cette comédie sont aussi des moments difficilement déchiffrables du portrait satirique, quand le personnage et sa narratrice semblent, par moments, collaborer. Le personnage exagère, comme s'il était encouragé par cet accompagnement. Dans le passage suivant, la formule « cette belle voix grave » est comme délivrée par la narratrice au personnage, compliment d'un fantôme gourmand, venant à l'aide d'un égo par pur et malin plaisir de le voir s'entendre, de le guider pour trouver sa forme la plus accomplie[518] : « sommes-nous toutes des filles affolées par le père, c'est bien possible, jusqu'à se corrompre la voix, façonner cette belle voix grave attaquée par la clope, vous croyez peut-être que je ne le sais pas[519] ». Cette dernière phrase est, notamment, énoncée par une « belle voix grave », façonnée pour une telle voix comme du dialogue écrit pour un comédien, effet que je réplique en la traduisant : *or did you think I hadn't thought of that...* Ce passage qui traite des sentiments de MLP envers sa famille permet aussi, comme discuté au cours de l'annotation, d'apercevoir une MLP en quelque sorte « authentique », qui se questionne, et qui grâce au seul fait de se questionner apparaît, malgré la folie qui entoure son questionnement, sympathique ou, tout du moins, amusante

---

[518] La fonction politique d'un tel élan est suggérée dans *Un œil en moins* par le comportement d'un « tchoul » de Digne-les-Bains ; il convient, face à une femme politique ou un homme politique, de « se planter devant » pour « répéter ce qu'il est » c'est-à-dire, je crois, lui rappeler l'horreur de son pouvoir : « Un autre est venu, un autre jour, a parlé plus longtemps, les yeux plissés par un rire contenu éternel. [...] Donc on l'écoutait d'une oreille, tous, jusqu'à ce qu'on comprenne enfin qu'il avait été, dans l'action, beaucoup plus fort que nous face à la représentation politique, et dans une attitude exacte. Il était tombé sur la maire, dans la rue, et il l'avait regardée bien droit, de ses yeux plissés dans un rire contenu éternel, en répétant : – Ah ah, la mairesse... ah ah... la mairesse... la mairesse... c'est la mairesse... ah ah ah... mairesse... la mairesse c'est elle... la mairesse... la voilà... la mairesse... la mairesse... [...]. C'est là qu'on s'est dit, et il approuvait, mais oui, c'est *précisément* ça qu'il faudrait faire, chaque fois, quand on croise un représentant : se planter devant et répéter – répéter ce qu'il est » (*op. cit.*, p. 81-82).

[519] *Id.*, « Stand up », art. cit., p. 28.

(« est-ce qu'on s'est même demandé si, au fond, ça ne vaudrait pas le coup de faire un autre métier, de continuer avocat[520] »).

Le moment du « second niveau » du style indirect libre, quand c'est au tour de MLP d'imaginer des personnages, est particulièrement complexe. L'implication du lecteur par la surprise à la fin de ce passage (que je raccourcis ci-dessous) a été indiquée au cours de l'annotation :

> laissez-nous travailler, dit ce rmiste, c'est normal que ceux qui ne montrent pas qu'ils cherchent du travail soient rayés des listes, dit ce chômeur rayé des listes […] j'ai de la chance, dit-elle en atteignant la porte du Sullivan, qu'elle a poussée, examinant d'un œil connaisseur quelques mâles accoudés au comptoir devant des bières, bonjour messieurs, bonjour bonjour (je les imagine et salue moi aussi), bonjour madame, attend-elle en retour, voire : bonjour Marine ; oui, elle les voit bien dire : Bonjour Marine, comme ça, gratuitement, sans solennité, presque amicalement, avec chaleur peut-être, entraînés par les bières, ou non, sobres mais conscients : Bonjour Marine, il n'y a plus que vous pour nous sauver, voilà ce qu'ils vont dire, on en a marre de cette France qui ne marche pas, marre de payer et de bosser pour les autres […] voilà ce qu'ils lui disent, accoudés au bar, et elle leur tend une main ferme, une main généreuse, une main entière… qu'ils repoussent !
> Alors elle re-tend une main ferme, entière, généreuse, elle renouvelle son geste… qu'ils repoussent !
> Incroyable[521].

En traduisant ce passage délicieux, je me suis concentrée sur l'improbabilité des assertions de préférence des personnages du tout début comme le « rmiste » dont le discours semble être rapporté par MLP (*and reasonably enough those unable to prove they've been looking for work get their benefits cut, as an unemployed individual whose benefits have been cut remarks…*), effet qui trouve son écho aussitôt dans les propos robotiques des hommes imaginés par MLP (*we have been waiting, there is no one left to save us […] we have had enough of this France that does not run smooth, we are sick of paying money and working for other people*). L'auto-soulagement qui suit est d'un réel pathos malgré la forte ironie dramatique (*yes, she can really hear them saying that […] that's what they'll say […] firm […] generous […] entire*). L'indignation enfantine, encore une fois pathétique, de MLP est transmise dans la traduction par l'agrammaticale *they push*[522] ! et puis par le mot final, choisi au lieu du mot apparenté *Incredible* : *Unbelievable* (associé, d'ailleurs, à l'argot

---

[520] *Ibid*, p. 28.

[521] *Ibid.*, p. 25-27.

[522] La première fois, c'est *which they push away*, qui ne marche pas comme interjection offusquée parce que la voyelle dans laquelle la phrase termine est trop douce. D'où, aussi, *they push*.

new-yorkais d'un Trump). Lire ça de près en le traduisant fut un délice. Il s'agit d'un moment d'apparence pure, vive, non diluée de ce personnage qui, pourtant fictif, se présente ici comme tout prêt pour la vraie vie.

Il a été longuement dit, au fil de la note 100 de la traductrice, qu'en me référant à ce qui me semble être la « fausseté » de la parole de MLP – à des mécanismes apparents du « déni » ou de la « répression » – il ne s'agit pas d'expliquer N. Quintane par Freud mais d'expliquer N. Quintane par N. Quintane, ce phénomène étant un thème qui lui est propre. Dans *Que faire des classes moyennes*, elle décrit « une séparation stricte entre ce que nous vivons et ce que nous racontons[523] » ; dans *Les Années 10* (à propos, explicitement, du Front national), une séparation entre « dire tout haut » et « pense[r] tout bas[524] » ; dans *Crâne chaud*, un exemple positif, « celui d'une animatrice radiophonique qui » (je cite la même note 100) « persuade ses interlocuteurs d'une manière séduisante de quitter l'ombre du silence pour la rejoindre, dans un soleil expressif ». J'exagère, peut-être ; mais dans un texte récent publié dans le recueil collectif *Éloge des mauvaises herbes. Ce que nous devons à la ZAD*, N. Quintane fait le lien très explicitement entre une expression réelle – inventive, douce, poétique ou architecturale « d'un lyrisme flottant[525] », « où les choses devenaient précises[526] » – et sa lutte en termes ouvertement politiques contre le fascisme : « La torpeur fasciste. Un moment de paralysie. Une restriction, ou un resserrement, de tout ce qui est vivant en moi[527] ». L'endroit qu'on appelle la Zone à défendre est au contraire « Une manufacture du réel » (titre de l'essai). C'est alors dans sa fausseté, sa répression, son déni, sa friabilité[528] que la parole de MLP *est* fasciste ; trouver, par tout l'effort que cela implique, une vraie expression – souple, inventive – *serait* s'opposer au fascisme (au

---

[523] N. Quintane, *Que faire des classes moyennes ?*, op. cit., p. 13.

[524] *Id.*, « Abracadabra », art. cit., p. 158.

[525] N. Quintane, « Une manufacture du réel » dans *Éloge des mauvaises herbes. Ce que nous devons à la ZAD*, Jade Lindgaard (dir.), Paris, Les Liens qui libèrent, 2020, p. 115-122, p. 120. L'adjectif « flottant » rappelle une « cabane flottante » à la ZAD qui, posée sur des pylônes au centre d'un lac, est d'apparence similaire au dessert typiquement français qu'est l'île flottante.

[526] *Ibid.*, p. 117.

[527] *Ibid.*, p. 116.

[528] Un exemple de cette friabilité : « de plus en plus rarement elle se mord la langue en se disant Merde merde merde j'ai merdé » (« Stand up », p. 18), que je traduis par *increasingly rarely does she have cause to bite her tongue in muttering* Fuck fuck fuck I fucked up. (C'est grâce à la très grande variété des verbes anglais que je me permets ce *muttering* au lieu du plus neutre « se dire ».)

même plan : « l'inventivité est tout ensemble réelle [la singularité de l'architecture et des matériaux, je pense] et symbolique[529] »).

Cet idéalisme d'une résistance de la parole rappelle le questionnement sur le temps de l'écriture de « Stand up » qui suit la découverte, vers la fin de la nouvelle et grâce à la référence à une vraie page Wikinews, qu'il s'agit en réalité d'un événement historique. Ce questionnement a été longuement commenté lors d'une note de la traductrice. J'en viens alors à l'idée que la majorité de la nouvelle, qui précède le rassemblement sur la place (la partie qui dessine la pensée de MLP), semblerait être, en acceptant ce concept, composée par l'autrice le jour même de l'arrivée en ville de MLP, avant qu'il ne soit temps de partir pour rejoindre à la manifestation. La nouvelle, composée comme urgemment dans les « sept heures[530] » qui précédent la confrontation avec Marine Le Pen, est faite pour voyager dans le temps, pour faire venir l'heure de la manifestation[531] – comme si, enfin, écrire était une préparation pour vivre.

Politique de la prose – conclusions générales, réflexions sur une pratique

Depuis la lecture préparatoire jusqu'au projet dans son état actuel, deux expressions m'ont particulièrement marquées : celle de Derrida, « un reste à son opération » (en référence à la

---

[529] N. Quintane, « Une manufacture du réel », art. cit., p 121.

[530] *Id.*, « Stand up », art. cit., p. 7.

[531] Cette hypothèse est contredite de manière importante par une blague très précise aux frais de MLP. En dépit de son emplacement loin avant le rassemblement, cette blague semble quand même y faire référence, parce qu'elle prend en compte le « parapluie » de la fin de l'histoire. La parole est à MLP, en interne (elle se trouve entre des parenthèses) : « c'est la raison pour laquelle je ne sors jamais sans mon parapluie, on ne sait jamais ce que les gens vous lancent » (*a*). C'est beaucoup plus tard, lors d'une visite à Digne-les-Bains, France en novembre 2021, qu'il devient possible d'ajouter que l'autrice, alors qu'elle revendiquait ne pas se souvenir de ce qu'elle a écrit, tenait pourtant à préciser sur la visite corrélative, historique, de la femme politique qu'elle avait dans les mains un gros parapluie, pour Nathalie un « truc incroyable » à la « Marie-Antoinette ». Cet aveu permet de retenir mon hypothèse parce qu'il laisse à imaginer à propos de la blague qu'elle a été insérée, par une si grande affinité, *après* – une découverte importante (*b*).

    a. Ibid., p. 31.

    b. Il faut à cette heure tardive admettre qu'une lecture qui me paraît, désormais, mauvaise de « à dix-sept heures j'ai quitté le travail pour rejoindre [...] les manifestants » – pour en entendre travail *poétique* – a fait sa part pour contribuer à mon hypothèse sur le temps de la composition de « Stand up » (*ibid.*, p. 38).

tâche du traducteur – reprenant Benjamin) ; celle de N. Quintane dans *Ultra-Proust* (cf. l'extrait ci-dessous), « une conversion à la littérature », expression qui rappelle d'autres de ses écrits et dits (« je m'étais enfin décidée à me mettre au travail[532] » ; « il suffit de distinguer entre l'existence médiocre qui est flottement, navigation à vue parmi les possibles, et l'existence décidée qui s'est une fois attachée à une vérité et chemine, et opère, depuis là[533] ») :

> – En même temps, on voit bien, dans le *Sainte-Beuve*, qu'il est en train de choper ce sur quoi il cherche à mettre la main... et le sentiment qu'il a que c'est la dernière limite... que s'il attend encore ne serait-ce qu'une matinée il ne pourra plus... que ça demande tout de même, ce sur quoi il vient de mettre la main, non seulement des capacités cognitives spéciales (j'ai écrit un texte là-dessus, sur l'idée qu'un poète moderne se doit de posséder des capacités cognitives spéciales, et lui-même, Proust, explique que si la sensation est supérieure à l'intelligence, il lui faut cependant l'intelligence pour la ressaisir), mais une discipline de travail, une discipline personnelle, l'entrée dans une autre forme de vie, comme on dit aujourd'hui, c'est-à-dire une conversion... On ne peut écrire ce qu'il a écrit dans le temps qui lui était imparti, qu'il savait lui être imparti, sans conversion... une conversion à la littérature... Et c'est là que commencent les problèmes... En tout cas, mon problème.
> – Tu ne t'es pas convertie à la littérature ?
> – Je pense que ce n'est pas un service à rendre à la littérature.
> – Ah, donc tu t'es un peu convertie à la littérature, mine de rien[534]...

Quand l'opération voulue est une conversion à la littérature, est-ce qu'il risque d'y avoir un reste ? (Quelles circonstances mènent à ce risque ? Est-il possible de le réduire s'il est indésirable ?) Il semble permis de dire, par « reste », non seulement la portion non-convertie de l'écrivain mais aussi la preuve de cet inachèvement dans l'œuvre. L'une des conséquences du constat de N. Quintane dans le passage ci-dessus est que se convertir, c'est rendre un service à quelque chose (« Je pense que ce n'est pas un service à rendre à la littérature, mais à... »).

Dans *The Real Life of Sebastian Knight*, le roman de Nabokov déjà évoqué, il est question, dans un premier temps, des restes du travail de l'écrivain brillant et décédé. Il est révélé que Knight avait l'habitude – marque de son génie – de brûler tous les brouillons de ses ouvrages, c'est-à-dire qu'il n'y avait pas de reste :

> il faisait partie de cette espèce rare d'écrivain à qui il est une évidence que rien ne doit rester à part l'accomplissement perfectionné : le livre imprimé ; que son

---

[532] B. Auclerc, « "À inventer, j'espère" », art. cit., p. 212.

[533] N. Quintane, *Tomates*, op. cit., p. 100.

[534] *Id.*, *Ultra-Proust*, op. cit., p. 8.

existence réelle n'est pas compatible avec celle de son spectre, le manuscrit grossier qui affiche ses imperfections comme le fantôme qui, animé par du ressentiment, transporte sa propre tête sous un bras[535].

La traduction est un exemple d'une écriture où il serait impossible de détruire le brouillon, si on pense le texte source en brouillon. Pour T. Samoyault, c'est au contraire l'acte de la traduction « qui reconduit le texte à l'état de brouillons, toujours à améliorer, toujours à refaire » ; cette assertion permet d'imaginer les traductions comme des « brouillons postérieurs de l'œuvre[536] ». Le concept de brouillons postérieurs renvoie à l'analyse du temps, compliqué, de la traduction que fait Benjamin dans son essai « La Tâche du traducteur ». De toute façon : « La traduction rend la littérature transitive. Elle la sort de l'autonomie.[537] »

Autre exemple d'une telle écriture attachée à ses brouillons est le reportage, un sous-genre de la *nonfiction* (parce qu'il est interdit de détruire les notes prises lors d'un reportage ; il faut s'y référer pour s'assurer que le contenu est « vrai », au cas où un sujet porte plainte ; les faits historiques seraient des brouillons) – écriture que je quitte progressivement par des efforts perpétuels, jamais aboutis, pour me convertir de plus en plus pleinement à la littérature. Ayant appris un journalisme façon *New Journalism* qui est censé être de la littérature, et craignant ne pas pouvoir suffisamment travailler la forme – la critiquer, peut-être ; ou l'inventer – je suis passée à l'écriture d'essais fondés sur une pratique du reportage[538]. (Les auteurs qu'il serait possible de regrouper sous le terme anglais de *nonfiction* feraient partie, pour N. Quintane, des personnes « qui se farcissent la tâche "d'analyser et de raconter le monde", c'est-à-dire de sortir les poubelles et de faire le tri à la main[539] ».)

---

[535] V. Nabokov, *The Real Life of Sebastian Knight, op. cit.*, p. 36 (« *he belonged to that rare type of writer who knows that nothing ought to remain except the perfect achievement: the printed book; that its actual existence is inconsistent with that of its spectre, the uncouth manuscript flaunting its imperfections like a revengeful ghost carrying its own head under its arm* »).

[536] T. Samoyault, *Traduction et violence, op. cit.*, p. 51.

[537] *Ibid.*, p. 195.

[538] Exemples : « Paris in August » (« Paris au mois d'août »), sur l'état d'urgence français, *The White Review*, 2018, https://www.thewhitereview.org/feature/paris-in-august ; « The Devil in Connecticut » (« Le diable dans le Connecticut ») sur une chasse aux sorcières contemporaine, *Triple Canopy*, 2019, https://www.canopycanopycanopy.com/contents/the-devil-in-connecticut ; « Forms of Life » (« Formes de vie ») sur la ZAD, *The Point*, 2019, https://thepointmag.com/politics/forms-of-life.

[539] N. Quintane, *Ultra-Proust, op. cit.*, p. 71.

Cité par K. Briggs, Julio Cortázar a un jour donné le conseil au « jeune écrivain qui éprouve des difficultés [...] qu'il doit se désister, pour un moment, de l'écriture qui lui est propre pour se consacrer à des traductions[540] ». La mémoire est, selon Umberto Eco, l'occasion de former, ou reformer, une approche du travail[541] ; comme pour Helen DeWitt, la vie à l'étranger ou l'écriture en langue étrangère sont de façon classique des occasions de se réinventer[542] ; « En enquête », selon N. Quintane, « il y a toujours un moment où l'on demande à l'enquêté son sentiment, son appréciation personnelle des choses, et si, ici, il pense appartenir à la classe moyenne[543] » comme appartient l'écrivain à sa pratique.

Pourquoi, pour cet apprentissage, choisir NQ ? Si je me suis laissée guider vers la *nonfiction* c'était non seulement par la recherche d'une écriture qui ferait de la politique mais aussi en raison d'une jalousie dont souffre n'importe quelle littérature envers la vie, qu'elle envie. Optimiste, il me fallait des formes entretenant un rapport avec le réel, me dirigeant vers ce monde extérieur. L'œuvre de N. Quintane semblait offrir une solution adaptée, faisant de cette jalousie de la vie son sujet légitime – il y également cette chose appréciable, chez NQ, dans une écriture qui, en dépit de son formidable contrôle poétique, se laisse aller à l'erreur, se défait perpétuellement et prend des risques, écriture franche et ouverte.

Car le travail de *nonfiction* créait l'inquiétude qu'être obligée de suivre le réel à la trace, à la source, pour le préserver pure (que l'on considérait *a priori* externe à la littérature – une réalité historique, tout comme la volonté de faire de la politique) aurait nécessairement pour effet de créer un reste à l'opération. Obtenu par obligation vis à vis du réel, ce reste prenait la forme d'une inclusion ou d'une omission allant contre l'obligation à la littérature : le reste, c'était la contorsion de la forme. Dans l'œuvre de N. Quintane, c'est (par exemple) le sentiment amoureux qui est rendu coupable d'un tel effet, qui risque de nier l'aboutissement du travail de conversion vers la littérature : « si Goethe avait

---

[540] Cité dans K. Briggs, *This Little Art, op. cit.*, p. 135 (« *I would advise a young writer who is having difficulty writing – if it's friendly to offer advice – that he should stop writing for himself for awhile and do translations, that he should translate good literature, and one day he will discover that he is writing with an ease he didn't have before* »).

[541] U. Eco, *Comment écrire sa thèse*, Paris, Flammarion, 2018, p. 15.

[542] C. Lorentzen, « Publishing *Can* Break Your Heart », art. cit.

[543] N. Quintane, *Que faire des classes moyennes ?, op. cit.*, p. 39.

réellement connu une telle passion, m'étonnerait fort qu'il ait trouvé la concentration nécessaire à écrire ne serait-ce que 200 pages – il en était sorti, bel et bien sorti, de sa passion, pour pouvoir en tenir 200 pages[544] ». Pour l'autrice de *nonfiction* perfectionniste cette formulation quelque peu facétieuse est appréciable encore en ce qu'elle ne dénigre pas l'amour mais fait de l'écriture quelque chose du même ordre, qui prend du temps. L'amour (faute d'une meilleure expression) peut aussi faire obstacle à une conversion à la politique : « un révolutionnaire libidineux ne pouvait se consacrer pleinement à sa tâche[545] ». La note 368 de la traductrice évoque, comme raison plausible pour l'inclusion de la description physique et autrement gratuite de l'homme qui, au Cocorico Café, se lance vers MLP, l'idée que cette description figurerait le sentiment de N. Quintane pour Digne et pour son peuple : il s'agit, à mon sens, de la description d'un Dignois, d'un ami que l'autrice taquine en le mettant dans l'histoire, pour lui faire plaisir. Dans ce reste apparent il s'agit de quelque chose d'inexorable, de désirable.

Reprendre Derrida, reprendre Nabokov

Pour mémoire, le « reste » à l'« opération » du traducteur (moins romantique encore que ne l'est la « tâche » du traducteur) provient du passage suivant :

> Si on donne à quelqu'un de compétent un livre entier, plein de *N.d.T.* (Notes du traducteur ou de la traductrice), pour vous expliquer tout ce que peut vouloir dire en sa forme une phrase de deux ou trois mots […] eh bien, il n'y a aucune raison, en principe, pour qu'il échoue à rendre sans reste les intentions, le vouloir-dire, les dénotations, connotations et surdéterminations sémantiques, les jeux formels de ce qu'on appelle l'original. Simplement cela, qui a lieu tous les jours dans l'Université et dans la critique littéraire, on ne l'appellera pas une traduction, une traduction digne de ce nom et la traduction au sens strict, la traduction d'une *œuvre*[546].

Comme évoqué en introduction, l'exemple par excellence de ce « livre entier » serait la traduction de *Eugene Onegin* (*Eugène Onéguine*) par Nabokov, ouvrage de 1 858 pages de traduction et paratexte en quatre volumes. Normalement, il ne doit pas y avoir de reste à cette opération. Je crois cependant avoir trouvé et m'être confrontée à ce reste – comme

[544] N. Quintane, *Crâne chaud, op. cit.*, p. 145-146.

[545] *Id., Tomates, op. cit.*, p. 91.

[546] J. Derrida, *Qu'est-ce qu'une traduction « relevante » ?, op. cit.*, p. 21-22.

s'il y en avait toujours un, comme si la littérature était proprement dite un reste à l'opération de vivre[547].

***

Je me suis rendue à la bibliothèque américaine de Paris, bibliothèque de prêt, juste avant le confinement (pour être sûre de ne pas rester sans livres) et j'ai emprunté, entre autres, *Pale Fire* de Nabokov, roman que je n'avais pas lu depuis mon adolescence et dont je me souvenais pourtant bien ; il s'agit d'un poème épique écrit par un personnage fictif et annoté par un autre personnage fictif. Peut-être comporterait-il des techniques d'annotation un peu « créatives » à imiter. Le confinement se prolongeant, il est devenu impossible de retourner à la Bibliothèque nationale pour reprendre la lecture de *Eugene Onegin* ; à la place, il y avait *Pale Fire*. Publié en 1962, deux ans avant *Eugene Onegin*, ce roman a forcément été composé à la même époque (la traduction de Pouchkine a pris de longues années). J'avais oublié, et j'ai pu apprécier de nouveau, le pathos ainsi que la comédie de Charles Kinbote, un savant très différent du Nabokov de *Eugene Onegin* : Kinbote a une affection aveugle pour le poète (John Shade) au point de l'insulter, et il raconte, en parallèle, une aventure, en annotant le poème – l'aventure devient alors une maltraitance extrême, par laquelle Nabokov manufacture beaucoup de beauté à partir du « lire mal » (ne pas lire, refuser de lire, être incorrigible, la capitulation totale et lâche devant la tâche du lecteur et devant les obligations essentielles du savant pour l'histoire de la littérature), qui,

---

[547] L'idée est avancée dans une pièce du groupe allemand Rimini Protokoll présentée à la Grande Halle de La Villette en 2020, peu avant le confinement, *La Vallée de l'étrange*. L'androïde sur scène, réplique d'un romancier parlant de l'effet sur lui de publier son premier roman, déclare (dans la version anglaise disponible en ligne [*a*]) : « Je me suis devenu identique à moi-même », *I became identical to myself* ; le sens mathématique d'« identique » semble opérationnel. Le roman est alors un reste à l'opération de vivre (dans laquelle l'acte d'écrire semble être inclus). Il est mentionné dans *Crâne chaud* la même expérimentation mentionnée dans « Remarques », déjà évoquée, une « performance […] sans public » que N. Quintane a menée chez elle, un mois d'août, en lisant un roman par jour, pour en lire « trente » au total. Dans la répétition de l'anecdote, l'erreur est alors préservée : il y a bien sûr 31 jours en août ; il s'agit alors dans cette expérimentation d'un exemple très clair dans l'œuvre de cette poétesse d'un reste, mathématique, même si je peine à déchiffrer s'il agit d'un reste à l'écriture ou à la vie (*b*).

a. « Uncanny Valley », 2020, site consulté le 12 juin 2020, https://www.rimini-protokoll.de/website/en/project/unheimliches-tal-uncanny-valley.

b. N. Quintane, *Crâne chaud*, *op. cit.*, p. 25-26.

après tout, fournit l'occasion d'une expression (Nabokov le montre) légitime. Enfin lisible. Nabokov présente, avec Kinbote, l'alternative extrême au traducteur de son *Eugene Onegin*. La glose de Kinbote d'une phrase de deux mots (« deux langues », *two tongues*) est, par exemple, complètement inutile en tant que glose (parce qu'elle n'est pas du tout informative). Il s'agit dans cette glose de nommer, parce qu'il est agréable de les faire entendre sans les résoudre, toutes les paires de langues qui semblent à Kinbote, pour des raisons lui appartenant, pertinentes. Je reproduis la glose *in toto*, sans la traduire ; quelques noms, *Zemblan*, *Lettish*, sont inventés alors que *American*, *European* sont erronés, ne sont pas des langues :

> English and Zemblan, English and Russian, English and Lettish, English and Estonian, English and Lithuanian, English and Russian, English and Ukrainian, English and Polish, English and Czech, English and Russian, English and Hungarian, English and Rumanian, English and Albanian, English and Bulgarian, English and Serbo-Croatian, English and Russian, American and European[548].

Cette liste rappelle le *Dictionnaire des intraduisibles* évoqué en introduction. Ce livre, stocké en rayon aux côtés des livres de référence dans plusieurs salles de la Bibliothèque nationale à Paris, n'a pas la même utilité. La seule chose à faire, face à ce dictionnaire, est de s'émerveiller devant la taille des définitions qu'il contient ; c'est-à-dire que le livre ne s'annonce pas comme utile (« utile-utile », comme on le dirait, à de rares occasions, en français parlé).

Le livre de référence – avec la question de la légitimité d'une source de référence – est devenu, par inadvertance, un thème de ce projet. La profusion des citations des pages Wikipédia évoque non seulement la situation, confuse, de l'étrangère mais aussi la situation de la recherche pendant une période de confinement. L'inclusion de sites même douteux, du type qui sert, de nos jours, de mémoire collective, a été faite pour gloser, par exemple, l'image de Richard Nixon qui fait un V « de la victoire » : je n'allais pas plus loin que de consulter Famouspictures.org, parce que je savais déjà, grâce à une éducation états-unienne, ce que j'avais à dire. « [L]a citation fait donc toujours apparaître le rapport à la bibliothèque de l'auteur citant, ainsi que la double énonciation résultant de cette insertion[549] ». Ce sont les auteurs d'expression anglaise auxquels je fais référence, au fil de

[548] V. Nabokov, *Pale Fire*, *op. cit.*, p. 235.

[549] T. Samoyault, *L'Intertextualité*, *op. cit.*, p. 34.

l'annotation, qui représentent, plus que le recours à Wikipédia, l'effort de construire avec cette extranéité qui m'appartient (et aussi les supports que sont Linguee.fr, le dictionnaire de synonymes que je cite longuement). Je me retrouve, enfin, à me citer : à citer, dans cette conclusion, les notes de la traductrice.

C'est dans la formulation évoquée en introduction de B. Cassin – la traduction comme un savoir-faire avec les différences[550] – que réside, enfin, l'optimisme de ce projet. La partie de la glose où une politique et une culture françaises sont traitées présente des similitudes avec un certain journalisme, la correspondance en langue étrangère. La nouvelle s'est révélée comporter tout ce qu'il peut y avoir à savoir de la langue française, de la France, parce qu'elle est, comme tout texte à traduire, d'une épaisseur importante ; il aurait été possible de faire beaucoup plus de notes de bas de page. Tout sujet, pour le traducteur, devient une sorte de *codex* à la langue d'origine en en présentant une leçon plastique. Le mouvement que, à nouveau, je cherche en écrivant va vers une écriture qui ferait usage, l'« usage pratique » quintanien, de toute différence qui me serait accessible – rien à voir avec un sentimentalisme de la différence quelconque, il est tout simplement question d'utiliser au maximum ce qu'on a, d'éviter le gaspillage (ce mot français qui m'a toujours paru beaucoup trop beau pour sa connotation).

J'ai enfin trouvé l'usage qui me convenait du *Dictionnaire des intraduisibles* : l'un des termes « intraduisibles », le mot anglais *fancy* (qui équivaut à mon sens plutôt bien à « chic », j'ai envie de dire, mais c'est plutôt dans son sens d'une fantaisie que ce mot est exploré) est, par ailleurs, le nom du chat d'une amie à New York (où j'ai vécu quelques années avant de revenir à Paris). Je me suis laissé une petite note pour me rappeler de retaper la définition que j'enverrais par la suite à cette amie, pour lui faire plaisir. Dans *Crâne chaud*, c'est un chat qui sert d'intermédiaire à l'acte de l'expression, la facilitant au point d'ensuite disparaître (et un chat, sous forme de chat, est tué plus tard dans le roman, « Fin de chat[551] ») :

> Quelque chose de l'ordre d'une persistance sensible, comme il y a persistance rétinienne au cinéma, qui permet de voir en continu des images séparées [...]. S'il y avait persistance sensible, pas besoin de s'acharner à faire durer le chat de

---

[550] C. Broué, « Barbara Cassin : "Ce qui m'intéresse dans la traduction, c'est que c'est un savoir-faire avec les différences" », art. cit.

[551] N. Quintane, *Crâne chaud*, *op. cit.*, p. 207.

Allez.

Du blanc cassé, le canapé de Marine Le Pen représente une vision de la traduction comme la partie réprimée de toute une vie, la vie passée ailleurs. Idem pour l'arbre à chats.

Quand *seriously* l'arbre à chats représente – clairement – l'écriture à niveaux différents. Et heureusement. Parce que cela veut dire que la recherche présente, ou précédente, nous aide à le comprendre… Rappelons, confrontés à la hauteur de cet arbre à chats, la *nonfiction*, plus ou moins sportive, et, très particulièrement, la correspondance en langue étrangère, qui – très sportive – consiste en 1) un genre pour lequel l'exacti-tude, son statut véridique, serait non seulement l'idéal mais la garantie (le journalisme), avec, à l'intérieur de lui, caché presque, 2) un genre (la traduction) que l'on qualifie régulière-ment en disant des choses telles « la ruine est peut-être sa vocation mais aussi un destin qu'elle accepte dès l'origine » (c'est Derrida). Et c'est cette traduction qui l'admet mais la *nonfiction* qui veut sans l'admettre être les deux à la fois : fidèle aux brouillons, aux informations extérieures au texte comme c'est le savant (c'est-à-dire aux autres textes), fidèle à la forme comme c'est l'artiste (c'est-à-dire à lui-même, au devoir de l'œuvre). « *As Pushkin's historian, I gloat over them. As a fellow writer, I deplore the existence of many trivial scribblings, stillborn drafts, and vague variants that Pushkin should have destroyed* » – c'est Nabokov, dont le *EO* se révèle, à cette époque postérieure, consultable en salle de lecture. Dont le paradoxe est proche de celui de commenter, comme universitaire, son propre travail d'écrivaine ; d'ouvrir une parenthèse, dans une vie d'écrivaine, pour la commenter. C'est possible parce que j'écris en français, mais comment m'en sortir… écrire en deux langues à la fois, trouver la bonne… *Yes we can!*

C'est exactement ce que dirait, s'il pouvait prendre la parole, le trou dans le dos de la robe de la nièce de Le Pen (Marine Le Pen ; c'est sa nièce qui porte une robe à trou en forme de carreau). Et ce trou, c'est comme les fraises du jardin *Writing that demands* la colocataire qui s'appelle Ingrid *wanting blood* Pierrette a voulu s'exprimer *This being something of which you catch a whiff* fraises qui vont bientôt donner *They'll be straining under the weight* les grandes surfaces elles-mêmes auront crevé *At the time I didn't stir any more than a coma victim might have* Il y a eu des ratés, certes *An associate of mine...* Elle n'a rien laissé paraître... : *Difficult to watch this with in mind describing it when it causes* – ce qui est, d'ailleurs, son aspect le plus important pour décrire – *blackout of thinking mentally, falling into black hole stupidly, and so on.* Nous observons – dans la manière dont certains détails sont juxtaposés – la dictature du contenu, c'est ça qu'on observe... ça sonne correct, on court après... détail, détail, correct, correct, une femme, voilà sa mère, voilà, chez elle, c'est la première présidente d'un parti ce qui veut dire femme ; nous observons la dictature de ce que c'est tandis qu'on la laisse cacher, celle-là, sa manière de faire, ce que ça fait vraiment, véridiquement, la pensée plus grande que donne, à chaque fois, une forme. On laisse régner la dictature de qui nous sommes : « C'est la vie de beaucoup de Français [...]. On leur ressemble beaucoup. »

Il y a, parmi les erreurs, une au moins qui est due au confort que j'éprouve au contact de ma propre langue. La confiance, voire l'arrogance, de celle qui consulte sa mémoire de langue natale – et qui ne googlise donc pas pour savoir si c'est vrai, comme elle affirme, du « Lidl », qu'elle traduit par *discount*, que c'est une « chaîne de supermarchés n'existant pas dans le monde anglophone » (note 300). Les *known errors* – j'en ai corrigé pas mal. Des citations mal notées ; « [L]'EHESS [est] à la hauteur de sa réputation » (c'est *Tomates*, p. 46). *This thesis proves that for the foreigner, mistakes are a form of knowledge production, about cultural meanings and more.* Il y a aussi des mises à jour ratées – des mariages subséquents des Le Pen, qui, tout ce temps que je relisais un mémoire de fin d'études, se révèlent avoir s'être mariés davantage (à Vincenzo Sofo, 2021, Marion Maréchal) ; il y a également des ressources à ce jour non-exploitées, *all the books I'll never read, such as the one entitled* On the Tragic Origins of Erudition. C'est justement dans un vieux carnet, usé, infâme, que je redécouvre, je la discerne, c'est de ma main, cette N.d.T. : « *What about writing in a language that's not English – me writing in French – as political? gets me in touch with my failures and weaknesses, and the precariousness of the social construct that we might call my strengths* ».

À chaque vie une expertise qui lui est propre – pour cette traductrice, c'est son étrangeté qui l'immunise à la séduction par des expressions qui visent, stratégiquement, un sentiment commun, qui cherchent à définir son électorat ou peuple. « Elle ne sort que des clichés » disait, à Digne, Nathalie (pour qui l'idée de son récit était de prendre *littéralement*, « au pied de la lettre », la campagne qu'avaient les FN de se banaliser). Ce que MM, à Paris, qualifiait d'« une parole fasciste, une parole qui fait tout pour réprimer sa violence », et Jon, dans le Massachusetts : « *How do you translate a dog whistle?* » – j'entends, à l'opposé d'un lecteur qui vient de passer toute sa vie en France, ces clichés de la langue ou de la langue de bois comme pour la première fois (pour la première fois, dans certains cas). Cette traductrice ne peut qu'entendre le sens littéral. Dans « se la couler douce », par exemple. Elle ne pouvait pas s'empêcher d'entendre, par « couler », « couler » ; comme il y avait des révolutionnaires autour elle traduisait, dans un premier temps, ce que je traduirais plus tard *wanting a break* par *wanting blood* – un accident, certes. Mais comme il y aura toujours une partie perdue dans n'importe quelle traduction, comme il faudra bien choisir l'un ou l'autre aspect de chaque mot à traduire, je n'arrive pas vraiment à apprécier pourquoi – j'arrive *bien* mais pas *vraiment* – on doit toujours préférer, sélectionner pour préserver, la partie la plus audible au lecteur français (ici, c'est l'expression d'usage courant) à la partie la plus audible au lecteur étranger (l'image qui demeure, quoique calmement, en son intérieur).

Je ne suis pas la seule à m'intéresser aux distinctions binaires ; pour Marine, qui saisit l'occasion de refuser, si courageusement, non seulement la distinction d'« ultra-droite » mais celle, aussi, de « gauche » : « Le nouveau clivage, il est entre ceux qui croient en la nation » et les autres (qui croient que « les frontières, c'est ringard »). Nous voilà : les non-croyants. « *We don't live in a country, we live in a language* » – c'est tiré de *The Skirt Chronicles*, une revue qu'à l'époque Haydée (française) (en anglais) publia. À la différence près que, par rapport à l'expression langagière, nous sommes tou-te-s, de naissance, étranger-e-s. C'est dans un autre sens encore que la construction d'une autorité littéraire se révèle, pour l'étrangère qui travaille pour s'y ancrer, contestataire ; dans cette traduction il s'agissait d'enlever MLP de la langue française – *To take the French right out of her* – pour m'y mettre moi. Dans cette langue, à sa place. « *[S]ometimes female writers feel more strong or free in foreign languages because they are no longer in the original system in which they grew up* » : c'est Yoko Tawada. « *I love the idea that as a service to yourself you could break this down* » : c'est Rachel (merci Rachel). J'allais restituer quelques fautes « au feeling » *as I told Karim* (une fois). *We reveal ourselves unintentionally often*, on ouvre grand les portes de sa maison, chaque femme à sa tour une langue. « *That would be a change, a woman and cats at the Elysée,* » *says* MLP. Celle-là. *Dream on.*

manière volontariste : de lui acheter des croquettes, de le faire vacciner, de lui changer sa caisse[552].

Je me demande enfin si ce n'est pas d'une telle bête qu'il s'agit avec le texte source quand on traduit pour apprendre, comme moi je viens de faire. L'autre leçon que j'en tire est de ne pas avoir honte de se servir des textes potentiels. Cette position, source de beauté, est, dans la prose de N. Quintane, un autre nom pour « intérêt ». L'exercice est de trouver de la place à l'intérieur d'un texte de la même manière que l'a fait, un temps, la poétesse en traduisant son propre nom, qui est un texte bien précis : « Je m'appelle Nathalie Quintane / *Hello my name is Na-tha-lie quin-ta-ne*[553] ». Le chat, point de départ, se présente comme un « reste ». Le nom d'un chat de NQ est Chemoule[554].

[552] *Ibid.*, p. 159-160.

[553] « Biographie », art. cit., p. 227.

[554] N. Quintane, *Un œil en moins*, op. cit., p. 135-136.

Annexe I : « Stand up » de Nathalie Quintane[555]

(une visite de Marine Le Pen en province)

Ce soir, Marine Le Pen arrive en ville. On me l'a dit : tu as vu, Marine Le Pen est à D. le 29. Sur le moment, je n'ai pas eu plus de réactions qu'une comateuse, mais les heures qui suivent, l'information est remontée pour ainsi dire à la tête (après avoir occupé une cuisse, les deux, un bras, la nuque, peut-être un peu plus raide, le cou tout entier, les dents et la mâchoire, le nez par les narines car alors on respire un autre air, les tempes, le front, les yeux, Marine Le Pen est au plafond, elle s'y installe, elle s'y est aménagé une petite chambre avec un lit à une place, un fauteuil crapaud, une table de chevet où repose une *Vie de Georges Pompidou*, elle a changé le lustre qui était un peu vieillot, avec ses tulipes, elle a placé un néon rose en forme de toucan sur un mur et elle déguste un Twix en inspectant ses ongles de doigts de pied vernis).

Je n'ai aucun contact avec elle. Disons que je n'ai encore aucun contact avec elle, car tout à l'heure, dans sept heures, je compte bien remonter le boulevard pour la voir ; elle doit faire ça place du Général-de-Gaulle, par conséquent nous ferons tous ça place du Général-de-Gaulle. Quelles que soient les intentions avec lesquelles nous remonterons le boulevard, nous serons tous, ou nous passerons tous, place du Général-de-Gaulle, occupés détachés (tiens, MLP à D.), déterminés concernés (cette Le Pen est à D.), et je me demande bien où elle se tiendra. Se tiendra-t-elle devant le local local du journal régional ? Alors on pourrait ouvrir soudainement de l'intérieur la porte vitrée du local et elle se la prendrait dans le dos ; ou bien on la regarderait par la vitre, on appuierait son front contre la vitre, les mains repliées en visière, et notre haleine formerait une nuée grise, le hall du local n'étant pas chauffé (aujourd'hui il fait trois degrés). Mais elle viendra sans doute en visite chez les commerçants, les commerçants de la place, qui sont uniquement du côté droit quand on remonte la place, gauche quand on la descend.

Chez quels commerçants pourrait-elle bien aller ? Les prendra-t-elle un par un ? Il y a là, juste après le local local, un boucher, un bon boucher qui ne met pas sa viande dans des barquettes en plastique, dit-elle, vous vous ne mettez pas votre viande dans des barquettes

---

[555] Art. cit.

en plastique, et si c'est du mouton, il est du pays (il y a du bon mouton, au pays, nous en avons même fait un rond-point, c'est-à-dire que dans la petite ville voisine de notre petite ville, à quelques quarts d'heure de route, où des moutons sont beaucoup abattus, il y a à l'entrée un rond-point avec des moutons, des faux naturellement, des vrais se seraient carapatés depuis longtemps, provoquant des embouteillages et je ne sais combien de complications, des moutons faux debout sur leurs deux pattes arrière qui saluent l'automobiliste), et le papier dans lequel vous emballez votre viande, il est hygiénique, c'est ce papier que nous connaissons tous, constitué de deux feuilles, une feuille en papier proprement dit, indiquant le nom et l'adresse de la boucherie, assortis d'une tête de vache rose dans un médaillon, ou ici d'un mouton rose, ou d'un cochon, de profil ou de face, et une deuxième feuille transparente qui double la première et prévient la viande d'être imprimée si l'encre transpire… mais déjà elle repart et pénètre dans la boutique suivante, après avoir bien essuyé ses pieds chaussés de cuir fin mais non ostentatoire sur le paillasson spécialement fabriqué pour le magasin, un magasin de chocolats, si je me souviens bien, chocolats, sucreries et cadeaux gourmands, ah, c'est là qu'on est contente d'être en campagne, dit-elle, c'est là qu'on n'a vraiment pas envie de faire un autre métier, ajoute-t-elle, et c'est vrai que c'est une belle boutique, bien décorée pour Noël, et j'ai vu que vous aviez une affiche, moi je préfère les chocolats noirs, les vrais chocolats, pas ces chocolats au lait trop sucrés, avec une tasse de bon café, y a rien de meilleur, une tasse de café et deux chocolats noirs fourrés, et vous repartez de plus belle, une affiche sobre mais parlante, *Sacrifiés mais pas Résignés*, les petits commerçants crèvent mais vous résistez, et vous avez bien raison madame, ou monsieur – je ne sais plus si c'est une dame ou un monsieur qui tient cette boutique, il faudra que je vérifie tout à l'heure –, car c'est une ville morte que nous aurons si tous les petits commerçants crèvent, et c'est un pays mort que nous aurons si ses villes meurent, oh, comme c'est joli ces petits animaux en chocolat au lait, alors là je change d'avis, ça plairait trop à Jehanne, elle adore les animaux, elle veut devenir vétérinaire voyez-vous, et c'est ensuite qu'elle sort du magasin de chocolats sous quelques applaudissements et beaucoup de sifflets, ou quelques sifflets et beaucoup d'applaudissements, pour pénétrer *manu militari* et avec élégance dans le magasin suivant, qui est un restaurant, un vaste restaurant où je me souviens avoir causé avec un serveur grec, il n'y a pas longtemps, et lui avoir demandé des nouvelles de la Grèce (ce qui est tout de même curieux, de demander des nouvelles d'un pays comme d'une personne). Il était inquiet pour sa sœur, institutrice, et qui ne serait peut-être bientôt plus payée ; je me suis dit que les institutrices aussi pouvaient n'être plus payées et la fois suivante je ne lui ai plus rien demandé.

Donc, Marine (comme l'appellent certains médias et ma famille, bien qu'elle juge qu'elle ne passera jamais parce que c'est trop extrémiste : ce qu'il faut, c'est ses idées, moins l'extrémisme) est entrée dans le resto au décor néo-grec qu'elle embrasse du regard et des deux bras, consultant la carte, emplissant l'espace de sa belle voix grave éraillée de bluesman, et elle en pousse une petite, justement, elle entonne un air de cuisine, une chanson qui donne envie de se sustenter (décidément les chocolats de la boutique précédent l'ont mise en appétit), vous n'auriez pas quelque chose, chante-t-elle au barman qui ne peut lui refuser quelques cacahuètes. Elle plonge sa main, un peu molle sans plus (elle a quatre ans de moins que moi), dans la coupelle et finit par lécher le sel sur ses doigts, un par un, l'un après l'autre, vous, vos cacahuètes, c'est pas de la gnognote, dit-elle au barman, on peut dire que vous gâtez le client. Sur ce, elle tourne les talons et repart par où elle est entrée, suivie d'une petite cohorte, ou d'une sacrée meute, on va voir, et là, elle s'arrête pile-poil devant la devanture suivante – hésite-t-elle, n'hésite-t-elle pas – , je défends tous les commerçants, dit-elle, je ne suis pas sectaire, ajoute-t-elle, moi.

Elle appuie résolument sur la poignée en métal poli et avance dans la librairie ; à gauche, les guides de voyage ; à droite, les romans policiers et les cartes postales ; devant, les prix littéraires et les nouveaux romans ; en tournant, au fond, à droite, la littérature étrangère et contre le mur les poches ; près du comptoir les Pléiades ; à gauche du comptoir les beaux livres, nombreux en cette saison, les livres sur l'art et sur le cinéma ; dans la pièce du fond la philo, la socio, l'éco, les livres politiques, les méthodes de langue, les bandes dessinées et les mangas ; à droite, tout au fond, la littérature pour la jeunesse. Elle décide de rester dans la première pièce, se saisit du Goncourt, se dirige résolue vers la caisse, il paraît qu'il est très bon ce Goncourt, pourriez-vous me faire un paquet cadeau, c'est pour ma grand-mère, s'il vous plaît, ou alors naturellement elle banque, elle met le paquet, elle prend un beau livre à cinquante-cinq euros, un livre sur la Chine, sur les vases chinois, ils ont fait une sacrée concurrence à Moustiers, pas vrai, dit-elle, car elle a potassé tout ce qu'il faut sur la région, elle a chargé son petit Louis, ou sa petite Mathilde, de lui faire un topo sur le coin, fais-moi un topo pour la semaine prochaine je veux tout savoir, et elle en sait, plus que la plupart des habitants du coin, sur les vrais moustiers et sur les faux moustiers, sur les grotesques, les décors à la Bérain, les Féraud, les Ferrat, sur les pots à pharmacie, les plats à peigne, longs et rectangulaires, les brocs à eau, et même sur la faïence contemporaine, elle sait qu'existe un service à vaisselle du célèbre artiste conceptuel suisse John Armleder, de fausses scies circulaires et une fausse bonbonne de gaz bleu et blanc de l'artiste belge Wim Delvoye, celui qui a tatoué des cochons (c'est un peu excessif mais c'est drôle). Elle carre le grand livre sous son bras et sort de la librairie après avoir salué, puis file le bouquin lourd à son garde du corps et progresse mine de rien vers le bar, celui qui déborde largement sur la place dès qu'il fait beau, de février à novembre.

Elle y entre en soufflant dans ses mains, après avoir retiré ses gants, qu'elle avait promptement remis à la sortie de la librairie, après avoir donné le livre sur les faïences à son garde du corps, eh bien, il ne fait pas chaud, chez vous, on sent que la montagne est pas loin, et c'est comme ça tous les ans, en cette saison, ah en Bretagne, c'est quand même plus doux, mais c'est vrai que le ciel est moins bleu, la montagne moins violette, les rivières ne roulent pas sur des cailloux dans de larges lits, et cette architecture presque provençale, ces volets jaunes, ces rangs de génoises sous les toits, on se croirait en Italie du Nord ; je remontais le boulevard tout à l'heure et tous les visages étaient éclairés d'orange dans le soleil couchant, et tout le monde plissait les yeux dans la lumière irréelle, un chien traversa dans les clous, une mamie dévorait à belles dents une baguette fraîche, un enfant furieux tapait dans un arbre sous les rires des parents, c'est alors que je me suis dit, tiens, je vais faire le tour des magasins de la place, je n'étais là que pour une heure, vous comprenez, mais j'étais si bien que je me suis dit que si je n'habitais pas Hénin-Beaumont je m'installerais ici, oui, chez vous, pour de vrai, n'est-ce pas, pas l'une de ces résidences secondaires toujours fermées qui sentent le renfermé quand on les ouvre une fois par an, pas l'un de ces immeubles à vocation spéculative qu'on a acheté juste pour le revendre : une maison, une maison de famille, une solide bâtisse chauffée au bois, ou au fuel, peu importe, je ne suis pas sectaire, mais une belle cheminée devant laquelle on s'assoit, le soir, après le repas, un chat sur les genoux, vous voulez que je vous dise : il n'y a rien de tel. Je la choisirais sur la colline, celle-là, vous voyez, côté sud, parce que tout de même, côté nord, c'est glacé par chez vous ; il y aurait le soleil toute la journée et pas besoin de véranda, c'est là que je me reposerais de mes campagnes, de cette vie politique terrible, de ces déplacements incessants, de cette fatigue harassante qui vous prend, le soir, que vous vous déchaussez et que vos pieds ont pris la forme de vos chaussures (les massages ni les bains de sel n'y font rien, croyez-moi), de cette tension perpétuelle, où vous devez prévoir votre réponse avant même que la question n'ait été posée, de ces calculs à six ou sept coups d'avance, de ces allers et venues entre douceur et brutalité, convivialité et retenue, car il faut se protéger, bien évidemment, sinon vous vous faites bouffer, vous vous faites bouffer par les militants (mais il ne faut pas le dire), et par l'électeur, qui veut toujours un appartement, un jardin, une voiture, cent cinq euros de plus par mois pour manger ou pour téléphoner, et tous ces hôtels, ah j'ai fait tous les hôtels de France, je peux vous le dire, par où mon père est passé, je les connais tous, du moment qu'ils ont deux étoiles, car je ne vais pas toujours dans les trois étoiles ou les quatre étoiles, faut pas croire, d'ailleurs j'aime beaucoup les petites pensions de famille, où vous arrivez et vous vous installez comme chez vous, une bonne soupe vous attend, du pain non congelé, un bœuf, des gâteaux à la crème, un digestif et le café (moi personnellement le café ne m'empêche pas de dormir le soir, je suis une veinarde, je ne finis pas avec une tisane ça non, une bonne clope et un café c'est jamais de refus, je clope avec modération à présent mais je ne vois pas pourquoi je me refuserais ce plaisir, l'industrie du tabac est l'un des fleurons de l'industrie française et à force de faire passer tout et n'importe quoi à l'Assemblée en dépit du bon sens on finit par acheter ses clopes au marché noir, les petits vendeurs à la sauvette se sont multipliés dans certains quartiers de Paris, alors il faut savoir ce qu'on veut ; moi, je veux pouvoir entrer chez un vrai marchand de tabac, dans un bureau de tabac – vous connaissez ce splendide poème de Fernando Pessoa, *Bureau de tabac* ? –, demander au patron mon paquet les yeux dans les yeux, faire sonner la monnaie et repartir en soulevant de l'ongle la languette en plastique de l'emballage, sentir le filtre à mes lèvres, allumer mon briquet, aspirer la première bouffée dans un ciel pur, et flâner en pensant à une jupe ou à ce que je vais bien pouvoir dire à mon directeur de cabinet, quand je serai élue), donnez-moi donc un vin chaud, s'il vous plaît, avec de la cannelle, un vin chaud il y a rien de tel en cette saison. Et elle s'avale son vin chaud, ou elle ne se l'avale pas, sous les applaudissements nourris de deux ou trois sbires. Sur ce, elle claque des talons, empoigne la poignée et ressort, direction la suite.

La suite, l'a-t-elle repérée, l'a-t-on repérée pour elle, comme le service de communication de cette célèbre chanteuse québécoise (excellent service de communication) le fait, listant les émissions de télé qu'elle s'enfile vaillamment les uns après les autres, avec le descriptif complet du décor, de l'animateur, la robe à mettre, les minutes consacrées à tel ou tel intermède à la minute près, le temps d'antenne dont par conséquent elle va bénéficier, et bien sûr l'audimat, écrit en gros, en noir, sur la feuille de route, a-t-elle, elle, une feuille de route détaillée, les noms de tous les commerçants dans l'ordre, leur gamme de produits, l'ancienneté de leur implantation, le temps qu'elle devra consacrer à chacun d'eux (une heure de visite divisée par douze commerçants = cinq minutes/commerçant), et sait-elle par conséquent sur quel type de commerce elle va tomber après le local du journal, le boucher, les gâteries, le restaurant, la libraire et le bar, ou ne le sait-elle que approximativement, ces incapables de militants n'ayant, encore une fois, pas fini le boulot, lui ayant indiqué un boulanger alors que c'était un boucher qu'il fallait dire (et ce n'est pas la même chose), un fleuriste alors que c'était une boutique de chocolats (et, en décembre, on avouera que ça change tout), une agence immobilière alors que, flûte, c'est une librairie, ou alors : flûte, encore une agence immobilière, on voit bien que c'est le Sud, et le soulagement que ça a dû être quand elle a vu se pointer la librairie – ah, enfin je vais me détendre, je vais déambuler, regarder les beaux livres (en décembre, il y en aura forcément de magnifiques, à profusion, je me demande même si je n'en profiterai pas pour faire mes cadeaux de Noël parce qu'avec ces municipales, on n'a le temps de rien) –, un bar à vin alors que c'est un bar tout court, un de ces PMU qui garantit le chaland, certes, mais offre de la piquette, qu'on fait à peine passer avec un peu de cannelle, chaude (la piquette), une piquette à chauffer si l'on ne veut pas trop en sentir l'aigreur. Ou alors, au diable la feuille de route : toutes les villes se ressemblent et elle est bien rodée.

Pour être rodée, ça elle est rodée ; à peine a-t-elle entrevu la trombine du boutiquier elle sait quoi lui dire. Elle balaye une paire de secondes le display, la place du comptoir, la taille des étagères, la couleur des murs, la tronche de l'éclairage, le nombre des employés et allez hop emballé c'est pesé, elle sort la phrase *ad hoc* ; rarement elle ne la sort pas, de plus en plus rarement elle se mord la langue en se disant Merde merde merde j'ai merdé, je m'adresse à une fringue à quatre cents euros comme si c'était Promod (à ce moment-là, j'enchaîne, ni vu ni connu : mais quelle magnifique veste, madame, ces tons d'automne, châtaigne, parmesan, ou prune plutôt, et ce tissu, de la laine assurément, certainement pas fabriqué au Pakistan, en Azerbaïdjan, au Baloutchistan), et alors oui, au diable la feuille de route, tout simplement parce que ça ne sert à rien, pour les débutants pourquoi pas, mais même débutante elle ne s'est jamais fiée à une feuille de route, parce que ce n'est pas comme ça qu'on apprend le métier, pas comme ça, parce qu'il y a toujours, toujours des surprises, qu'on est en France et que ça cafouille toujours au niveau de l'organisation, c'est bien simple, dans un parti, même ultra-vissé, on peut compter sur quatre au plus, et pour le reste c'est sans cesse un numéro d'équilibriste pour rattraper la connerie de l'un ou de l'autre, du dernier passé qui a modifié ce qu'a fait son prédécesseur pour se faire valoir alors que c'est là, justement, pour une fois, qu'il aurait fallu rien faire, et c'est sans feuille de route qu'elle lève les yeux sur…, sur…, eh bien oui, il fallait bien que ça arrive, c'est bien le type de boutique qui ne fermera jamais (tout comme les pompes funèbres), quel que soit ce qu'il est convenu d'appeler depuis Saint Louis la *situation économique*.

Une banque. Qu'est-ce qu'elle peut bien faire dans une banque ? Si elle rentre avec l'équipe, ils vont croire à un hold-up (panique derrière les guichets, alerte, appel des flics, il manquerait plus que ça), nous étions vingt ou trente, brigands dans une bande, tous habillés de blanc, à la mode des, vous m'entendez, tous habillés de blanc, à la mode des marchands ! (mais je m'emporte, on finit par tout confondre, à la longue) La première volerie, que je fis dans ma vie, c'est d'avoir goupillé la bourse d'un, vous m'entendez, c'est d'avoir goupillé la bourse d'un héritier… (synérèse, là, synérèse : hé/ri/tier) ; et donc, si je ne m'abuse, le gouvernement avait prévu de séparer banque d'investissement et banque de dépôt, et on n'a toujours pas vu la couleur de la loi, or qui a mis fin à la séparation entre banque de dépôt et banque d'investissement au début des années 1980 ? Mitterrand, naturellement, et toute sa clique, dont la plupart ont repris du service, pourquoi déferaient-ils aujourd'hui ce qu'ils ont fabriqué hier ; sur ce, elle sort sa Gold, l'enfourne dans le DAB et en retire trois cents euros à la vitesse de la lumière. Puis elle pivote et remonte en direction de l'agence de voyages, celle qui fait l'angle avant la côte à 10 % qu'on a du mal à finir à vélo. Quelle étrange chose qu'une agence de voyage ayant pignon sur rue à l'ère d'Internet, se dit-elle, plus personne n'achète physiquement ses billets, réserve ses hôtels… Si, justement, les petits vieux, dis-je, les petits vieux de province qui n'ont pas Internet et goûtent, à l'occasion, un voyage en car vers Nice au moment du carnaval, un concert de Michèle Torr à Marseille, une trompette d'or à Carpentras, un musette à Valréas, une brocante dans le Var, et ne comptez pas sur moi pour dire du mal du carnaval de Nice par exemple, le carnaval de Nice est au-delà de ça parce qu'il est au-delà de tout, les grandes surfaces elles-mêmes auront crevé qu'on fera encore des fleurs avec des citrons, à Nice, on fera encore des meubles avec des citrons, à Nice, des poupons, des géants, des vélos, des World Trade Center et des Mercedes-Benz tout en citrons, à Nice, ah, une agence de voyage encore en activité ! s'exclame-t-elle, quitte à vexer le voyagiste et les deux petits vieux qui la suivront dans son pèlerinage municipal bas-alpin, entrons (et une clochette, pendue à un fil, tintinnabule contre la vitre astiquée) ! Internet, ce n'est pas une raison pour que *commerce* rime avec *anarchie*, pour qu'une fois de plus ce soit les plus gros qui deviennent encore plus gros et enquiquinent les petits, et je dirais même plus :

sabotent, oui, parce que c'est bien de sabotage dont il s'agit, et une fois que tout, absolument tout, du billet d'avion à la lime à ongles, s'achètera sur Internet, sur un seul site, car évidemment au bout du compte il n'y aura plus qu'un site en un click, on achètera nos limes à ongles en un click, et notre billet pour l'Azerbaïdjan ou je ne sais quelle contrée en un click, un click hébergé au Qatar, et une fois rendus là que se passera-t-il (je me souviens que mon grand-père disait : une fois *rendus* là pour *arrivés* là) ? Une fois rendus là, je ne pense pas que MLP tiendrait des propos aussi caricaturaux, je ne pense pas qu'elle dirait des choses comme ça sur les citrons ou le Qatar, je vois qu'ici tout le monde ne va pas sur Internet, toute la France ne vit pas à Marseille, visiblement, encore moins à Paris, on voudrait peut-être que tout le monde habite en ville mais c'est raté, la province, et bien mieux que la province, mieux que les départements, mieux que les régions : le *pays*, la campagne : la campagne, les pays, voilà ce qui continue à exister envers et contre tout, voilà des endroits où on élève encore des bêtes, où on fait pousser des tomates en été, où on part chercher les œufs au cul des poules, des œufs tièdes où s'accroche une plume, où on secoue les noyers pour en faire tomber des noix, les pruniers pour en faire tomber des…, les pommiers pour en faire tomber des…, mais pas les pêchers ! Il fait trop froid ici, c'est déjà la montagne : la montagne, esclave des stations de ski, du manque de neige ou du trop d'abondance de neige, reprendra ses droits, les pays reprendront leurs droits, madame, n'en doutez pas, les pays redeviendront souverains, et quand les pays redeviendront-ils souverains, je vous le demande, madame ? Quand les personnes de ce pays redeviendront souveraines, quand l'individu redeviendra souverain, lance-t-elle dans une sorte d'échappée à la Georges Bataille, quelque peu incongrue – un *tumulte* se prépare, continue-t-elle dans la même veine, un tumulte logique et terrible qui mettra à bas tous les politiciens vicieux, achève-t-elle en voyant que la commerçante commence à faire les gros yeux et s'essuie gênée les mains sur son pull en mohair.

Sur ce, elle s'en retourne, envoie un coup de godasse dans la porte qui coince, s'arrime d'une main à l'angle du bâtiment, le contourne et s'y appuie pour remonter la côte vers le Sullivan, bar où l'on joue en terrasse à la pétanque en écoutant de la musique de bikers ; ah, ça c'est pour moi, se dit MLP, bien qu'elle n'ait jamais enfourché une moto de sa vie, imaginons, juste une mob à quatorze ans à Neuilly, chantonnant sous le casque qu'on lui avait prêté la fameuse chanson des Lilidrop, *Sur ma mob je suis bien/je suis bien et je chan-teu/*, typiquement années 1980, car MLP est une enfant des années 1980, c'est une enfant des années Mitterrand, quoi qu'elle en dise, une enfant de la génération Mitterrand aussi bien que de la génération Le Pen, une génération qui peut à la fois être comme un poisson dans l'eau à Assas et chanter du Lilidrop sur une mob, une génération qui peut se défoncer à la coco aux Bains et filer du blé en tout bien tout honneur aux jeunes fafs, une génération qui s'habille en Yohji aux messes de Saint-Nicolas-du-Chardonnet, une génération qui coiffe sa fille Jehanne en pétard, une génération que les mecs saoulent par trois fois et qui se remarie chaque fois en grande pompe et en latin, une génération qui a pris la pilule et qui ne supporte pas Simone Weil, bref, une génération en tous points semblable, ou presque, à ses prédécesseurs immédiats, car sinon comment aurait-elle eu toutes ces idées, toutes ces inventions – seulement par l'Esprit de Mitterrand ? Mitterrand n'y aurait pas suffi, Mitterrand a juste donné un coup de cul à des prêts à partir, et qui l'avaient prouvé, car il n'y avait pas que des, oh non, il n'y avait pas que des soixante-huitards en 1968, et une fois les soixante-huitards vieillis et fanés, il n'y eut bientôt plus que des non-soixante-huitards, en France ; d'ailleurs, ils avaient été bien soulagés, en 1968, ce mois de juin, quand ils revinrent de congés et que tout était déjà fini (plût au ciel que j'aie pris mes congés au mois de juin et que retourné je constate qu'heureusement tout est fini, que tout est comme ci-devant, je peux reprendre mes petites habitudes, se disaient *in petto*, ce qui signifie pour eux, pas en public, ceux qui avaient dû attendre le mois de juillet pour partir en vacances et qui par conséquent s'étaient tapé les manifs du mois de juin), car il n'y avait pas, oh non, il n'y avait pas que des grévistes ou assimilés, en 1968, et une fois que la vague eut reflué, il ne resta plus sur la grève que des soulagés, et il est même étonnant qu'on s'imagine encore aujourd'hui 1968 comme une année pleine de soixante-huitards alors que ce fut au fond une année presque (et tout est dans le presque) comme les autres, peuplée à ras bord de non-soixante-huitards, qui ne voudraient jamais l'être et ne le seraient jamais, qui ne voudraient au grand jamais qu'on les confonde avec ces merdeux, ces petits merdeux d'étudiants qui ne connaissent rien à la vie, ces ouvriers qui ne songeaient qu'à se la couler douce, et parmi les ouvriers des ouvriers qui ne voulaient surtout pas qu'on les confonde avec ceux d'entre eux qui se la coulaient douce, comme il y avait chez les étudiants des étudiants qui ne voulaient surtout pas être confondus avec les grévistes et les merdeux – en minorité, certes, mais passé juin 1968, il y eut un miracle : le 1ᵉʳ juillet, ceux qui ne voulaient pas être confondus devinrent majoritaires, une foule se leva et dit, publiquement cette fois-ci, qu'elle allait à la plage.

Il y eut un miracle et c'est pourquoi l'on se réunit encore aujourd'hui à Saint-Nicolas-du-Chardonnet et qu'on chante en latin. Il faut rappeler encore une fois que ce miracle fut bien préparé, tout au long des années 1970 et 1980, par ceux que ça ne gênait absolument pas de louer le service public et la Sécurité sociale tout en débinant les pauvres qui touchaient les allocs, ou alors qui notaient que les infirmières devenaient toutes noires dans les hôpitaux et d'ailleurs dans la famille on connaît par cœur « Le Chant des partisans », la preuve : *Ami/entends-tu/le chant noir/des corbeaux/sur la plai-neu*, bientôt on ne pourra plus se faire soigner que par des Noires, dans les hôpitaux, faudra demander un permis spécial pour avoir une Blanche, c'est ainsi, dit une Noire dont l'arrière-grand-mère fut esclave en Guadeloupe, il y en a assez, vraiment assez, dit-elle, qu'on ne parle plus que de l'esclavage, laissez-nous travailler, dit ce rmiste, c'est normal que ceux qui ne montrent pas qu'ils cherchent du travail soient rayés des listes, dit ce chômeur rayé des listes, et ce n'est parce que je cherche du travail que ça change quelque chose, ajoute-t-il impartial, je ne vois pas pourquoi, dit ce SDF, ceux qui n'ont pas de couverture santé sont soignés gratuitement aux frais du contribuable, au fond c'est toujours les mêmes qui payent, énonce-t-il en tuant une puce entre deux ongles, qui passe sur son paletot, l'an dernier, j'étais en taule, continue-t-il, comment voulez-vous ne pas mettre trois gus dans dix mètres carrés quand il n'y a pas de place, ça fait longtemps qu'on aurait dû construire des taules, dit-il, et pas attendre que ce soit trop tard, dit une retraitée qui a repris le turbin, de toute façon j'ai travaillé toute ma vie et là je m'ennuie, ça tombe bien, j'ai de la chance, dit-elle en atteignant la porte du Sullivan, qu'elle a poussée, examinant d'un œil connaisseur quelques mâles accoudés au comptoir devant des bières, bonjour messieurs, bonjour bonjour (je les imagine et salue moi aussi), bonjour madame, attend-elle en retour, voire : bonjour Marine ; oui, elle les voit bien dire : Bonjour Marine, comme ça, gratuitement, sans solennité, presque amicalement, avec chaleur peut-être, entraînés par les bières, ou non, sobres mais conscients : Bonjour Marine, il n'y a plus que vous pour nous sauver, voilà ce qu'ils vont dire, on en a marre de cette France qui ne marche pas, marre de payer et de bosser pour les autres, moi je suis routier, voyez-vous, et là avec les taxes c'est tout bonnement plus possible, tout bonnement je ne peux plus vivre, une fois que j'ai payé mes factures, le téléphone, le chauffage, l'eau, l'électricité, même chez Lidl je ne peux plus bouffer, je ne peux même plus me payer de la bouffe dégueulasse, de la bouffe allemande, même la bouffe allemande est devenue trop chère pour moi et pour mes enfants, on ne bouffe plus que des saucisses, à la maison, vous trouvez que c'est une nourriture pour les enfants, ça, des saucisses, des saucisses et des œufs, voilà ce que je donne à mes enfants, heureusement qu'ils ont la cantine, et encore la cantine ils me disent que c'est dégueulasse, depuis qu'il y a une seule unité de cuisine pour toute la région, dans toute la région, de Gap à Saint-Tropez tous les mômes bouffent des saucisses et des œufs, même à Saint-Tropez, oui Marine, les mômes des cantines bouffent de cette nourriture, indigeste et grasse ; voilà ce qu'ils lui disent, accoudés au bar, et elle leur tend une main ferme, une main généreuse, une main entière… qu'ils repoussent !

Alors elle re-tend une main ferme, entière, généreuse, elle renouvelle son geste… qu'ils repoussent !

Incroyable.

Elle sort un vieux Kleenex de son sac, s'éponge le front, bonjour bonjour messieurs, chevrote-t-elle – mais ils lui tournent le dos, y en a un qui rote, et ils reprennent chacun leur bière, presque synchro.

Vous auriez pu vous renseigner, persifle-t-elle à l'équipe, qu'elle siffle, et la porte est claquée.

Bon, ce n'est pas grave, elle en a vu d'autres, des routiers qui la snobent, et pourquoi pas, des buveurs de bière qui la calculent pas, allons-y, elle a bien vu des tas des socialistes lui faire la lèche, des normaliens, des énarques, des anciens trotskistes, des syndicalistes et j'en passe, des profs en veux-tu en voilà, des décroissants, des architectes, des mondialistes, vous voulez que je vous dise (c'est à l'équipe qu'elle parle), vous voulez que je vous dise, il n'y a plus rien à comprendre à tout ça, il n'y a plus aucune logique parce qu'il n'y a jamais eu aucune logique dans les choix politiques, les choix politiques, c'est pas une histoire de logique, et je suis bien placée pour le savoir, dans la famille on est toutes bien placées pour le savoir, dit-elle en référence à ses sœurs, et à sa nièce à présent, ma nièce, qui porte mon prénom, Marion, ma nièce, c'est-à-dire la fille de ma sœur que ma sœur a nommée de mon prénom à moi, vous croyez que c'est logique, vous croyez que c'est raisonnable, ma sœur en hommage ou plutôt pour me gommer donnant mon prénom à sa fille, qui du coup embraye, se fait élire, et mon autre sœur, de même, bossant pour le Parti, se mariant dans le Parti, toutes nous épousâmes, et plusieurs fois, l'un de ses membres, et est-ce qu'on s'est longtemps posé la question, est-ce qu'on s'est demandé, par exemple, si on irait pas faire un tour ailleurs, dans un autre Parti, sous un autre nom, est-ce qu'on s'est même demandé si, au fond, ça ne vaudrait pas le coup de faire un autre métier, de continuer avocat, de monter sa boîte, sommes-nous toutes des filles affolées par le père, c'est bien possible, jusqu'à se corrompre la voix, façonner cette belle voix grave attaquée par la clope, vous croyez peut-être que je ne le sais pas, vous croyez peut-être qu'à quarante-quatre ans je n'ai pas analysé tout ça, vous croyez peut-être que la politique ce n'est pas d'abord ça, d'abord des histoires de famille, vous avez déjà oublié la phrase de cette ex-socialiste du Var ou des Bouches-du Rhône (je ne sais plus si c'est le Var ou les Bouches-du-Rhône mais c'est toujours soit l'un, soit l'autre), cette ex-socialiste qui n'a rien trouvé de mieux à dire pour expliquer son passage du PS au FN qu'enfin elle s'était sentie *en famille*, dans une ambiance *familiale*, le PS était une famille froide, c'est-à-dire pas du tout une famille, le FN une famille chaude : une famille. Le manque de père, le manque de mère, les enfants abandonnés, les enfants qui n'ont perçu aucun papa dans « papa », aucune maman dans « maman », je me souviens d'un temps où les adultes au moins, quand ils parlaient de leurs parents, disaient décemment *mon père, ma mère*, puis, progressivement, j'entendis dire *papa, maman* (pour *mon père, ma mère*), j'entendis à la radio des gens interviewés, et qui savaient qu'ils l'étaient et que leur parole était publique, dire *papa, maman*, à la place de *mon père* et *ma mère*, et puis j'entendis autour de moi, par des gens qui étaient autrefois tout à fait décents, tout à fait pudiques, *papa, maman*, voire *mon papa* ou *ma maman*, exactement comme des petits enfants le feraient, des petits enfants de sept ou huit ans (passé onze ans ils ne le feraient plus, ils auraient trop honte), or, un jour, plus personne n'eut honte et tout le monde se vautra dans le familial, tout le monde s'ébroua dans le grand bain incestueux, c'est alors que l'élu socialiste énonça froidement que puisque c'était comme ça, et qu'il n'y avait au PS ni papa ni maman pour elle, elle irait au FN, ou non seulement il y avait une mère mais elle était belle – c'est d'ailleurs l'une des raisons pour lesquelles j'ai perdu dernièrement dix kilos : d'abord, il est vrai, parce qu'avec la clope en plus, dès que je montais une côte comme celle-ci, je soufflais terriblement, ensuite est-ce que vous pouvez vous présenter à une élection quand vous ressemblez, excusez-moi, à un hippopotame, la condition numéro un, ou disons numéro deux, pour se présenter à une élection (et je ne parle même pas de la présidentielle), c'est de ne pas ressembler à un mammouth, donc, régime, et je m'en suis fort bien trouvée, ça m'a fait du bien, la politique n'est pas coupée du quotidien, dit-elle en entrant chez Tif, l'un des nombreux salons de coiffure de ma ville.

Je viens d'avoir, c'est amusant, une discussion avec mon ophtalmologiste depuis vingt ans, qui m'a fait la liste de tous les médecins qui avaient disparu de la ville dernièrement, le gynécologue (plus de gynécologue), l'ophtalmologue (plus d'ophtalmo), deux chirurgiens (plus de chirurgiens), l'homéopathe (plus d'homéo), cinq généralistes qui partent à la retraite, mais en revanche, des salons de coiffure, il y en a toujours eu beaucoup. Et pourquoi ? C'est un métier qui permet de rester dans sa ville, me suis-je dit ; quand on devient archéologue, routier, chirurgien, vétérinaire ou berger, on est obligé de partir, de quitter sa petite ville, mais on peut trouver sans trop de difficultés une place de coiffeur, de caissier, de vendeur, et ne pas partir. Ne pas partir, bien que je ne sois pas devenue coiffeuse, c'est également mon objectif, car on est dans cette ville comme chez soi (c'est une sorte d'extension de ma chambre ; il m'est arrivé de partir en chaussons acheter du pain). Les médecins peuvent bien mourir, je ne partirai pas, je ne quitterai pas ce pays qui n'est pas le mien, ce n'est pas le mien mais je dois dire que je m'y installerais bien parce que vous savez, Hénin-Beaumont, c'est pas tous les jours la fiesta ; une fois qu'on a bu sa bistouille, tout ce qu'on vous propose, sous l'actuelle municipalité s'entend, c'est le fauchage de *calamagrostis* et la création de mare par l'adjonction de deux flaques, alors j'ai mis mes bottes et je suis allée à la rencontre de mes habitants ; vous savez ce qui fait la grande différence entre nous et les autres, mademoiselle, dit-elle à la coiffeuse, c'est que nous, nous ne faisons pas campagne une fois par an, avant les élections, nous, nous faisons campagne tout le temps, tous les jours, par tous les temps, et je vous prie de croire que ce n'est pas facile, combien de fois je me suis ramassé des projectiles, et je ne parle pas des insultes, des ordureries que j'ai pu entendre (c'est la raison pour laquelle je ne sors jamais sans mon parapluie, on ne sait jamais ce que les gens vous lancent), tout le monde se demande si je suis une vraie blonde, vous avez vu ma mère, sa blondeur, vous avez vu la beauté de ma mère, vous avez vu mes sœurs, ma nièce, mon père a toujours aimé les belles femmes, avance-t-elle en tendant sa main gantée à une cliente, qui la refuse, à une autre, qui l'accepte, à la suivante, qui la refuse, à celle d'après, qui l'accepte, tandis que la coiffeuse trace soigneusement une raie sur un crâne, et peint comme un meuble, en va-et-vient du pinceau plat, les cheveux répartis et lissés de la dernière dame de la rangée, face aux miroirs. Puis Le Pen bascule vers la porte vitrée, laisse un des gars l'ouvrir pour elle, direction le Cocorico Café – avec un nom pareil, une petite pause, ça ne fera pas de mal.

Elle inspecte sa façade, aux écussons de boucherie chevaline ornés de deux C, sang et or, comme on dit au pays du rugby, en Languedoc, en Roussillon, en Provence (c'est une image, naturellement, c'est le vocabulaire des blasons, *sang* pour le rouge, *or* pour le jaune, mais rouge et jaune, ça fait quand même moins bien que *sang et or*, voilà ce qu'ils se sont dit, les chevaliers du Moyen Âge, on ne va tout de même pas dire rouge et jaune comme nos serfs (pas les animaux, les animaux ça s'écrit avec un c), *or* parce que c'est nous qui l'avons, et si ce n'est pas nous qui l'avons c'est nous qui l'aurons, *sang* parce qu'on trucide beaucoup, diraient certains mauvais esprits mais non, *sang* parce que nous avons le sang *bleu* (c'est une image, naturellement), bleu comme le manteau de la Vierge, ou bleu comme le firmament (c'est pour dire ciel), ou bleu comme le myosotis, comme le ne-m'oubliez-pas, ou bleu comme la chanson *Plus bleu/que le bleu de tes yeux/je ne vois rien de mieux/même le bleu des ci-eux* (pluriel de ciel) ; bref, bleu comme le bleu dans toutes les comparaisons qui ont été dites ou écrites et se sont intercalées depuis qu'on ne pense plus que les nobles ont un sang particulier, de manière à ce qu'on ne comprenne plus du tout à la fin cette histoire de sang *bleu* et qu'on pense que c'était une image, voilà tout, une image poétique, de la poésie du Moyen Âge, qui était une époque très poétique). C'est alors que LP, accompagnée de tous ses chevaliers, soulève son talon, assurée le pose sur la première marche du CC, pousse de l'épaule, qu'elle a masculine (je possède dans mon prénom le prénom de mon père), la porte du bouge, et entre, Dieu seul sait ce qui m'a pris, vous savez les campagnes c'est fatigant, vous n'avez pas l'idée de la fatigue qui s'accumule, car à la fin il faut lutter contre tout, il faut lutter d'abord contre vous-même, votre propre fatigue et votre envie de rejoindre vos pénates, de serrer vos enfants dans vos bras, de prendre Mathilde, ma petite Mathilde, Louis, mon fils, et Jehanne, ma grande, dans mes bras, de les embrasser, de les serrer très fort, de leur faire des papouilles, Dieu, protège-moi, Seigneur, fais-moi tenir bon, guide-moi et ôte-moi de tomber, permets-moi de guider mon pays, la France, hors de l'ornière et de protéger par-dessus tout ma famille, *Salve, radix, salve, porta/Ex qua mundo lux est orta*, fais en sorte que je sois fidèle à mon père et à mon pays, que je protège et guide à mon tour mes enfants comme il l'a fait pour moi, *Gaude, Virgo gloriosa/Super omnes speciosa/Vale, o valde decora*, il faut lutter contre les langues de pute de vipères, il faut lutter dans vos propres rangs contre vos propres rangs, contre les envieux, les débiles les lâches, contre les ambitieux, il faut lutter contre les vôtres et donc savoir à quel moment ils ne le sont plus, sentir ce moment où ils sont en train de se détourner de vous et les frapper avant qu'ils ne vous frappent, les mettre plus bas que terre et enfoncer votre talon dans leur gorge jusqu'au bout, enfoncer votre lance dans la gorge du dragon jusqu'aux entrailles, lui sectionner les couilles et les lui faire bouffer, et c'est là – Dieu seul sait pourquoi –, que je suis entrée dans le café en levant les deux bras en V comme Victoire et mon père l'avait repris de De Gaulle, en levant bien haut les bras et en les secouant à plusieurs reprises, avant de m'en apercevoir que dans le café, il n'y avait qu'une petite dame qui buvait son vermouth, elle buvait son vermouth par petites lampées, en mettant la langue, on voyait sa langue qui collait au verre entre deux gorgées, elle tenait son verre à deux mains, bien serré, elle examinait le liquide dedans, elle soulevait et tournait un peu le verre à la lumière pour observer les changements de couleur, puis elle le reposait délicatement, à un endroit bien précis, toujours le même, au milieu d'une case (la table comportait un décor qui simulait des cases, ou des compartiments), elle portait alors le verre à ses lèvres, trempait la langue, buvait une petite gorgée, l'inclinait, regardait dedans ou à travers, le reposait dans le compartiment et ainsi de suite. Subitement un type (épais, genre inverti), s'est jeté sur moi en criant : *vous savez comment elle s'appelait la place du Général-de-Gaulle dès 40 ? Pétain ! Place du Maréchal-Pétain !* Je suppose que la commune, peut-être endettée, tenait à continuer à recevoir ses subventions, soyons réalistes, quelle importance que ce soit Gambetta, Pétain ou de Gaulle ? On y marche sur les mêmes pavés et les gens ont les mêmes problèmes, choisissent les carottes chez un tel à 1,50 euro plutôt qu'un autre à 1,60 euro, et puis pourquoi donner à une place un nom de boisson, autant lui donner celui d'un grand homme, quand les peuples cessent d'estimer, ils cessent d'obéir, est-on dans une situation où l'on puisse s'endetter pour un nom, peut-on se permettre d'appauvrir encore plus ses administrés par principe, lubie, est-ce comme ça que l'on « résiste » – c'est un choix, comme la religion, vous n'avez pas à l'imposer aux autres (le pain d'abord, ensuite les idées) ; donnez ça en pâture à quelques enragés, Pétain, Pompidou ou que sais-je (il y a fort peu de places Pompidou) : la plupart s'en foutent, surveillent le prix des carottes, vont chez le coiffeur, sont arrêtés, périssent.

Bien. Ça fait une petite trotte, mine de rien, tous ces magasins, mais puis-je, peut-elle se permettre d'en omettre un, les susceptibilités locales ne sont pas moins susceptibles que les susceptibilités nationales, vous en oubliez un et il se sent visé, vous pensez peut-être que je suis de gauche, madame, vous croyez peut-être, comme tous ces gens de gauche qu'il n'y a que des gens de gauche qui attendent que le gouvernement dise quelque chose de gauche, et comme il ne dit que des choses de droite et que les gens de droite pensent que c'est un gouvernement de gauche, du coup, ils se voient dans l'obligation de dire des choses encore plus à droite, et à ce moment-là le gouvernement, de gauche mais qui dit des choses de droite, dit : vous voyez bien que les Français ont des idées de droite, on ne peut tout de même pas dire des choses trop de gauche, etc. C'est ainsi que nous nous retrouvons tous autant dans une France de droite que dans la France de Raymond Devos ; c'est un peu cette France, finalement, qui l'a emporté, une France de *stand up* – mais de stand up de qualité, *qualité française* –, une France où, finalement, c'est le jeu de mots qui l'emporte, la *punchline* et l'impromptu, comme on disait sous Louis XIV, une France où ce qui compte, c'est la métaphore ininterrompue, l'allitération dévastatrice, l'euphémisme-guillotine.

C'est exactement ce que je me dis en faisant les derniers pas qui me séparent de la Maison de Madison, de ses sacs à commission avec des petites filles aux grosses joues et au nœud rose dessus, de ses tabliers en plastique pour femme avec des trucs cochons destinés aux hommes dessus et de ses tabliers en plastique pour homme avec des trucs cochon destinés aux femmes dessus, de ses cartes postales géantes qui font pouet pouet, de ses diplômes pour la cinquante et unième année, de ses biberons à pastis et de ses paillassons jamais silencieux, Bienvenue ! Essuyez-vous les pieds ! disent-ils, Maison ! Pied gauche ! Bonheur ! disent-ils, Pied droit ! Chaussures ! Home ! Famille ! ou encore À bientôt ! (À bientôt, à bientôt, le paillasson !), et de ses paniers en osier authentiques superposés devant la devanture, à côté de l'entrée, eh, dites donc, j'espère que vous les faites pas fabriquer par des Roms, ceux-là, dit-elle, en manière de clin d'œil, histoire d'entamer la conversation, euh ben non, se justifie la commerçante, y sont made-in-Thaïlande, ah, décidément, on va de Charybde en Scylla, dit MLP, qui a des lettres, tout comme le général Aussaresses (fin latiniste), et elle marche bien votre petite boutique ? Couci-couça, répond la commerçante – eh oui, c'est un peu ce qu'Hitler a dû se dire le dernier jour dans son bunker, pense notre Marine (mais elle n'en dit rien, naturellement) –, couci-couça, couci-couça, c'est un peu l'état de la France, en somme, et c'était un peu l'état de la Grèce avant le plan de « sauvetage » (j'y mets des guillemets) « européen » (j'y mets des guillemets), et c'était un peu l'état de l'Espagne, se lance-t-elle, dans un embryon de résumé à la louche qu'elle arrête aussitôt quand elle voit la commerçante se pencher vers ses paniers pour les rentrer dans le magasin. Ah, vous fermez déjà, dit-elle ; les journées sont longues, dit la commerçante avant de refermer la porte vitrée, la verrouiller en bas, éteindre les lumières, mettre l'alarme. Marine, remarque alors l'un des gars de l'équipe, vous avez une limace sur l'épaule (une limace sur l'épaule, mais qu'est-ce que ça vient faire là ? me dis-je), et il la saisit délicatement entre le pouce et l'index et la dépose sur une feuille d'arbuste en pot, qu'un employé municipal a placé devant le nouveau local du Parti, qu'elle vient inaugurer.

***

Ici cesse ce que je peux imaginer de la visite de Marine Le Pen dans la ville de D. La suite, je la connais, puisque à dix-sept heures j'ai quitté le travail pour rejoindre, Place du Général-de-Gaulle, les manifestants opposés à sa venue. Par vagues régulières, une petite foule (trois cents selon la préfecture, cinq cents selon les organisateurs) scande devant la permanence : Marine/on t'encule/Marine/on t'encule (Marine/dégage, selon la presse), brandit quelques drapeaux (NPA, Sud, EELV, selon la presse) et draps ou panneaux-sucettes faits main (Blacks/Blancs/Beurs/Bridés/les D. contre Le Pen), lance des projectiles (élastiques ? capuchons de stylos ? boules de neige glacées – une boule de neige atteint un membre du Parti, qui est aussitôt amené aux urgences, selon la presse), fait du bruit (accroché à un platane, quelqu'un tape sur une poêle), ce à quoi les frontistes répondent en entonnant la Marseillaise, aussitôt couverte de hurlements et de sifflets, filmés ostensiblement (sa caméra est à un mètre du premier rang) par un blogueur dont on m'apprend que c'est le mari d'une ex-socialiste ex-UMP passée au Front et qui, du coup, est passé au Front lui aussi. Le local du Parti est l'ancien local de l'UMP – une page de Wikinews m'apprend que Thérèse Dumont, historienne et résistante du Pas-de-Calais, est venue rappeler que c'était dans cette maison que vivait la famille Barrière, juive, déportée et assassinée à Auschwitz par les nazis en 1944. Quelqu'un me dit avoir vu un élu vert. Je reconnais un ami. Une jeune fille cherche ses clés au milieu des pieds des manifestants. On lui dit que ce sera marrant quand elle va aller au poste signaler qu'elle a perdu des clés dans la manif contre Le Pen. Une autre jeune fille me donne un gros badge. Deux mains gantées de noir tendent leurs majeurs vers la permanence. À la fin, il y a des youyous, des cris, quand apparaît un grand parapluie marron, en forme de cloche, avec des gros nœuds plus pâles sur le pourtour qui rappellent vaguement Marie-Antoinette. Il reste dans l'air quelques secondes, puis se dirige à toute allure vers la droite, accompagné par les membres du Parti suivis par les manifestants du premier rang.

On est restés là à piétiner jusqu'à ce qu'un gars nous dise que c'était fini, que ceux qui restaient allaient se faire casser les dents, et que le mieux, c'était d'aller au Kiosque où un vin chaud et un concert de rap nous attendaient. On est descendu vers le kiosque, le concert avait déjà commencé. Je suis repartie mais un collègue m'a raconté la suite : l'un des rappeurs aurait dit quelque chose contre la police dans son rap, et comme il y avait des policiers, ils l'ont pris et amené au poste, situé à trente mètres. Les manifestants ont alors crié : *Libérez notre camarade !* devant le poste, tandis que mon collègue, qui a de l'humour, criait *Gardez-le au chaud !* (il faisait très froid ce soir-là). Le rappeur est ressorti et tout le monde est rentré chez soi[556].

---

[556] Résultats des élections municipales dans la ville de D. (mars 2014) : Liste divers gauche : 46, 98 %. Liste du Front national : 33, 39%. Liste de l'UMP : 19, 61%. Je remercie Emmanuel Harter et Daniel Rovaletto pour leurs contributions respectives. – *Note originale de NQ (JF).*

May 22, 2020 5:38 PM
From: Jacqueline Feldman

Chère Nathalie Quintane,

Je vous écris de la part de Félix Rehm, qui m'a gentiment donné votre adresse email.

Actuellement étudiante en Master 2 à l'École des Hautes Études en Sciences Sociales à Paris, essayiste et journaliste aussi, j'entreprends un mémoire de fin d'études qui consiste en une traduction annotée vers l'anglais (je suis américaine) de votre ouvrage "Stand up." Je trouve ce projet très instructif, parce qu'il m'accorde l'opportunité d'étudier de près une écriture dont j'admire, et je suis ravie d'étudier, les qualités.

Je vous écris alors en premier lieu pour vous remercier, très profondément, de cette inspiration.

Deuxièmement, si vous auriez un moment, j'espère poser une question. Je tourne autour d'une phrase de Un oeil en moins (p. 95), dans un chapitre où il est question d'un appel de Serge et puis de la difficulté éprouvée par le narrateur en arrivant, après une "longue route," à la possibilité de dire "crève salope." La phrase qui me semble très mystérieuse est attribuée à Lucien : "de la poésie à base de mots". Ce genre de poésie semble susciter, pour le narrateur ainsi que pour Lucien, un certain mépris ; il s'agit, semble agir, d'une poésie où des mots tel "révolution" (pour vous citer) "viendront bientôt de soi". Mon questionnement, dans la partie théorique du mémoire, concerne la politique de la prose et de la traduction (pour évoquer quelques mots en plus qui risquent fort, bien sûr, d'aller de soi) ; il me semblait en lisant ce passage qu'il pourrait y avoir un clé. Je serais ravie de connaître davantage vos définitions d'une "poésie à base de mots" et/ou de l'alternative qu'elle implique, si vous auriez un moment et/ou l'inclinaison d'y ajouter de l'explication. (Il semble tout-à-fait possible, aussi, qu'il s'agit d'une poésie française historique, non pas hypothétique, et d'une référence qui serait évidente au lecteur français plus averti que je ne suis.)

Je vous remercie d'avance pour toute attention que vous pourriez apporter à cette question, ainsi que pour votre travail inspirant.

Veuillez recevoir mes salutations distinguées,

Jacqueline Feldman

June 1, 2020 11:14 AM
From: Nathalie Quintane

Chère Jacqueline Feldman,

Je vous remercie beaucoup pour votre travail et je vais essayer de
répondre à vos questions...
La « poésie à base de mots » désigne en effet de manière assez
méprisante un certain bavardage poétique à la française, par exemple
le vers libre standard qui "coule tout seul" ou même la préciosité
encore active de certains poètes — peu importe les noms, mais je
ferai à titre personnel 2 remarques : j'ai été frappée par le "haïku"
tenté par Jaccottet, que je trouve justement un peu bavard... En
revanche, ce que fait Pierre Alferi dans son dernier livre (Divers
chaos) me semble réussi, échapper au bavardage.
Quant au "crève salope", ce que j'en dis dans le livre suggère un
changement d'époque : les années de ma jeunesse (80/90's), où la prise
de position poétique valait pour une prise de position politique et
où notre travail (je le pense encore, différemment) ne cherchait pas
à éviter les contradictions ou les noyades et la période dans
laquelle nous sommes entré.e.s qui exige une prise de position plus
claire — simplement parce que, poète ou pas, nous sommes comme tout
le monde et que comme on dit, une barricade n'a jamais que deux côtés.
Les relatives précautions (lexicales aussi) que nous pouvions prendre
par le passé ne sont donc plus de mise. Page 97 : « Elle n'est pas
antipathique, cette S***** » à propos de Hollande marque un "progrès"
en ce qui me concerne : je n'arrive pas encore à écrire Salope en
toutes lettres (bien que ce soit écrit avant dans le texte...) mais
j'en pose la première lettre !
Après, un poète comme Manuel Joseph n'a jamais eu de ces timidités là,
même dans les années 90...

Bon, j'espère que ce n'est pas trop embrouillé, ces explications !!

Cordialement,

Nathalie Quintane

June 5, 2020 9:54 PM
From: Jacqueline Feldman

Chère Nathalie Quintane,

Je vous remercie vivement de ces explications, que j'apprécie
beaucoup. J'apprécie aussi cette précision au sujet de "crève salope",
surtout parce que justement, dans l'intervalle, il s'est émergé aux
États-Unis un mouvement qui au présent demande à chaque écrivain-e
américain-e de se poser la question s'il faudrait aller plus loin que
de dire (je m'excuse) "fuck the police", ou si au contraire dire ça
serait aller loin dans le sens qu'il faut. Je simplifie, peut-être,
mais je suis très reconnaissante de pouvoir penser à votre avis.

Ne prenant pas davantage de votre temps je voulais juste demander,
est-ce que je pourrais, avec votre permission, inclure la

correspondance présente dans le mémoire, en annexe au travail
universitaire que je rendrai ?

Merci encore, cordialement,

Jacqueline Feldman

June 8, 2020 9:21 AM
From: Nathalie Quintane

Chère Jacqueline Feldman,

Oui, vous pouvez inclure cette correspondance, bien sûr.
Quant à fucker la police, ma foi, ça ne me pose personnellement aucun
problème — mais je crois que vous avez, aux États-Unis, W. Burroughs,
par exemple, qui a eu de très bonnes idées de ce côté, en partie
toujours valides (cf. La révolution électronique). Peut-être faut-il
faire davantage circuler ce texte ?

Bonne suite dans votre travail,

bien cordialement,

Nathalie Quintane

Liste des figures

Image de couverture : « Le look tout sauf extrême de Marine Le Pen », *Madame Figaro*, mis en ligne le 28 mars 2017, consulté le 16 juin 2020, https://madame.lefigaro.fr/style/style-look-marine-le-pen-280317-130707#diaporama-1311461_2.

Fig. 1, « Relecture » (p. 11) : Jacqueline Feldman.

Fig. 2, « Rassemblement à D., https://fr.wikinews.org/wiki/Fichier:Rassemblement_anti-FN_à_Digne-85.jpg » (p. 98) : « Alpes-de-Haute-Provence : Marine Le Pen huée à Digne-les-Bains », art. cit.

Bibliographie

La traduction

BERMAN, Antoine, *La Traduction et la Lettre ou L'Auberge du lointain*, Paris, Éditions du Seuil, 1999.

BERMAN, Antoine, *Jacques Amyot, traducteur français. Essai sur les origines de la traduction en France*, Lassay-les-Châteaux, Belin, 2012.

BRIGGS, Kate, *This Little Art*, London, Fitzcarraldo, 2018.

CASSIN, Barbara, *Éloge de la traduction*, Paris, Fayard, 2016.

Collectif, *The Translation Studies Reader*, sous la direction de Lawrence Venuti, London/New York : Routledge, 2004 [2000]. Consulté le 15 juin 2020, https://translationjournal.net/images/e-Books/PDF_Files/The%20Translation%20Studies%20Reader.pdf.

Collectif, *Vocabulaire européen des philosophes. Dictionnaire des intraduisibles*, sous la direction de Barbara Cassin, Paris, Éditions du Seuil, 2019 [2004].

DERRIDA, Jacques, *Qu'est-ce qu'une traduction « relevante » ?*, Paris, L'Herne, 2005.

MATTHIEUSSENT, Brice, *Vengeance du traducteur*, Paris, Éditions P.O.L, 2009.

PUSHKIN, Aleksandr, *Eugene Onegin*, traduit et commenté par Vladimir Nabokov, Vol. 1 (« Translator's Introduction », « *Eugene Onegin*: The Translation », « Correlative Lexicon »), Princeton, Princeton University Press, 1975 [1964].

PUSHKIN, Aleksandr, *Eugene Onegin*, traduit et commenté par Vladimir Nabokov, Vol. 2 (« Commentary on Preliminaries and Chapters One to Five »), Princeton, Princeton University Press, 1975 [1964].

STEINER, George, *After Babel*, 3ᵉ éd., Oxford, Oxford University Press, 1998 [1975].

SAMOYAULT, Tiphaine, *Traduction et violence*, Paris, Éditions du Seuil, 2020.

Nathalie Quintane

Collectif, *Nathalie Quintane*, sous la direction de Benoît Auclerc, Paris, Classiques Garnier, 2015.

FARAH, Alain, *Le Gala des incomparables. Invention et résistance chez Olivier Cadiot et Nathalie Quintane*, Paris, Classiques Garnier, 2013.

Quelques ouvrages de N. Quintane consultés

Chaussure, Paris, Éditions P.O.L, 1997.

Crâne chaud, Paris, Éditions P.O.L, 2012.

Début, Paris, Éditions P.O.L, 1999.

Grand ensemble, Paris, Éditions P.O.L, 2008.

Jeanne Darc, Paris, Éditions P.O.L, 1998.

Les Années 10, Paris, La Fabrique, 2014.

Mortinsteinck, Paris, Éditions P.O.L, 1999.

Que faire des classes moyennes ?, Paris, Éditions P.O.L, 2016.

Remarques, Devesset, Cheyne Éditeur, 1997.

Saint-Tropez – Une Américaine, Paris, Éditions P.O.L, 2001.

Tomates, Paris, Éditions P.O.L, 2010.

Ultra-Proust. Une lecture de Proust, Baudelaire, Nerval, Paris, La Fabrique, 2017.

Un œil en moins, Paris, Éditions P.O.L, 2018.

Famille Le Pen

ALBERTINI, Dominique et David Doucet, *Histoire du Front national*, Paris, Tallandier, 2014 [2013].
HENRY, Michel, *La Nièce. Le phénomène Marion Maréchal-Le Pen*, Paris, Éditions du Seuil, 2017.
IGNOUET, Valérie, *Le Front national. De 1972 à nos jours, le parti, les hommes, les idées*, Paris, Éditions du Seuil, 2014.

Écrivaines états-uniennes en France

KAPLAN, Alice, *French Lessons*, Chicago, University of Chicago Press, 1994.
MASO, Carole, *The American Woman in the Chinese Hat*, Normal (Ill.), Dalkey Archive, 1994.
STEIN, Gertrude, *Paris France*, New York, WW Norton & Company, 1996 [1940].

Littérature générale

BATAILLE, Georges, *La Littérature et le Mal*, Paris, Gallimard, 1957.
Collectif, *Éloges des mauvaises herbes. Ce que nous devons à la ZAD*, sous la direction de Jade Lindgaard, Paris, Les Liens qui libèrent, 2020.
ECO, Umberto, tr. Laurent Cantagrel, *Comment écrire sa thèse* [« Come si fa una tesi di laurea »], Paris, Flammarion, 2018.
HARDWICK, Elizabeth, *Seduction and Betrayal*, London, Faber & Faber, 2019.
GASS, William H., *On Being Blue: A Philosophical Inquiry*, Boston, David Godine, 1976.
KEENE, John, *Counternarratives*, New York, New Directions, 2015.
LERNER, Ben, *The Hatred of Poetry*, London, Fitzcarraldo, 2016.
LERNER, Ben, *The Topeka School*, New York, Farrar, Strauss & Giroux, 2019.
NABOKOV, Vladimir, *The Real Life of Sebastian Knight*, New York, New Directions, 2008 [1941].
NABOKOV, Vladimir, *Pale Fire*, New York, Vintage, 1989 [1962].
NELSON, Maggie, *Bluets*, Seattle, Wave, 2009.
ORWELL, George, *1984*, London, Secker & Warburg, 1949.
SAMOYAULT, Tiphaine, *L'Intertextualité. Mémoire de la littérature*, Paris, Armand Colin, 2010 [2001].
SOLOMON, Andrew, *Far from the Tree*, New York, Scribner, 2012 [2013].
WOOD, James, *How Fiction Works*, New York, Random House, 2010.
WOOLF, Virginia, *Mrs. Dalloway*, London, Hogarth, 1925.

Articles de périodiques

ALARY, Jean-Claude, « Les pots d'apothicairerie de Moustiers » dans *Revue de l'histoire de la pharmacie*, n° 329, Paris, Société de l'histoire de la pharmacie, 2000, p. 43-54, consulté le 15 février 2020, https://www.persee.fr/doc/pharm_0035-2349_2001_num_89_329_5182.
CUSK, Rachel, « Coventry » dans *Granta*, n° 134, London, Granta, 2017, consulté le 15 mai 2020, https://granta.com/coventry.
DAVIS, Lydia, « Some Thoughts on Translation and on Madame Bovary » dans *The Paris Review*, n° 198, New York, The Paris Review Foundation, 2011, consulté le

15 février 2020, https://www.theparisreview.org/letters-essays/6109/some-notes-on-translation-and-on-madame-bovary-lydia-davis.

GEOFFREY, Annie, « Michel Pastoureau, Bleu. Histoire d'une couleur » dans *Mots. Les langages du politique*, n° 70, Lyon, ENS, 2002, p. 147-149, consulté le 14 juin 2020, https://journals.openedition.org/mots/9833.

PERRIN, Michel, « Regards croisés sur la couleur, de l'Antiquité au Moyen Âge autour de quelques notes de lecture » dans *Bulletin de l'Association Guillaume Budé*, n° 2, Paris, Association Guillaume Budé, 2001, p. 153-170, consulté le 15 mai 2020, https://www.persee.fr/doc/bude_0004-5527_2001_num_1_2_2026.

PESSOA, Fernando, tr. R. Zenith, « The Tobacco Shop » dans *The Iowa Review* Vol. 31, n° 3, Iowa City, University of Iowa Press, 2001, consulté le 15 mai 2020, https://ir.uiowa.edu/cgi/viewcontent.cgi?article=5447&context=iowareview.

SAMOYAULT, Tiphaine, « Vulnérabilité de l'œuvre en traduction » dans *Genesis*, n° 38, Paris, Presses universitaires de Paris-Sorbonne, 2014, p. 57-68, consulté le 15 février 2020, https://journals.openedition.org/genesis/1286.

Articles de presse

BLAVIGNAT, Yves, « L'Azerbaïdjan menace la maire d'une commune française de la Drôme », *Le Figaro*, 22 avril 2016, consulté le 15 mai 2020, https://www.lefigaro.fr/actualite-france/2016/04/22/01016-20160422ARTFIG00146-l-azerbaidjan-menace-la-maire-d-une-commune-francaise-de-la-drome.php.

BROUÉ, Caroline, « Barbara Cassin : "Ce qui m'intéresse dans la traduction, c'est que c'est un savoir-faire avec les différences" », France Culture, 1er décembre 2018, consulté le 15 février 2020, https://www.franceculture.fr/emissions/linvite-culture/barbara-cassin.

(Non signé), « Coronavirus : le dernier jour du carnaval de Nice annulé par "précaution" », *L'Obs*, 26 février 2020, consulté le 15 mai 2020, https://www.nouvelobs.com/coronavirus-de-wuhan/20200226.OBS25338/coronavirus-le-dernier-jour-du-carnaval-de-nice-annule-par-precaution.html.

CARVALHO, Leandro, « "Là, je pleure" : ce jour où Marine Le Pen a appris qu'elle était enceinte de jumeaux », *Gala.fr*, 16 mars 2022, consulté le 17 juin 2023, https://www.gala.fr/l_actu/news_de_stars/la-je-pleure-ce-jour-ou-marine-le-pen-a-appris-quelle-etait-enceinte-de-jumeaux_489318.

CROFT, Jennifer, « This Year's Man Booker International Winner Has a Favorite For Next Year… », *LitHub*, 25 mai 2018, consulté le 15 février 2020, https://lithub.com/this-years-man-booker-international-winner-has-a-favorite-for-next-year.

DE LARQUIER, Ségolène, « Jean-Marie Le Pen, l'invité surprise », *Le Point*, 4 mars 2012, consulté le 15 mai 2020, https://www.lepoint.fr/presidentielle/l-union-de-facade-des-le-pen-04-03-2012-1437684_3121.php.

(Non signé), « Digne : Marine Le Pen voit la victoire de Marie-Anne Baudoui-Maurel », *La Provence*, 30 novembre 2013, consulté le 15 mai 2020, https://www.laprovence.com/article/actualites/2464618/digne-marine-le-pen-voit-la-victoire-de-marie-anne-baudoui-maurel.html.

DOUX, Jéromine, « Ce Sablais assurait la sécurité des célébrités », *Ouest France*, 18 avril 2018, consulté le 15 mai 2020, https://www.ouest-france.fr/pays-de-la-loire/les-sables-dolonne-85100/ce-sablais-assurait-la-securite-des-celebrites-5709524.

FELDMAN, Jacqueline, « I Came, I Saw, I WWOOFed », *Yale Daily News Magazine*, 18 septembre 2010, consulté le 15 mai 2020, https://yaledailynews.com/blog/2010/09/18/i-came-i-saw-i-wwoofed.

FELDMAN, Jacqueline, « Rap Stars in Marseille Say Policymakers Are Out of Touch », *The Atlantic*, 10 juin 2013, consulté le 15 mai 2020, https://www.theatlantic.com/international/archive/2013/06/rap-stars-in-marseille-say-policymakers-are-out-of-touch/276722.

FELDMAN, Jacqueline, « Pride in Paris », *Guernica*, 3 juillet 2013, consulté le 15 mai 2020, https://www.guernicamag.com/jacqueline-feldman-pride-in-paris.

FOURNY, Marc, « Céline Dion : le documentaire de Delormeau fait scandale », *Le Point*, 18 janvier 2017, consulté le 15 mai 2020, https://www.lepoint.fr/medias/celine-dion-le-documentaire-de-delormeau-fait-scandale-18-01-2017-2097972_260.php.

FOURNY, Marc, « Charles Aznavour : les années Piaf », *Le Point*, 2 octobre 2018, consulté le 15 mai 2020, https://www.lepoint.fr/musique/charles-aznavour-les-annees-piaf-02-10-2018-2259625_38.php.

GAETNER, Gilles, « Portrait : le fantôme Aussaresses », *L'Express*, 6 juillet 2001, mis à jour le 12 avril 2013, consulté le 15 mai 2020, https://www.lexpress.fr/actualite/politique/le-fantome-aussaresses_492220.html.

(Non signé), « Hippos: Global change may alter the way that hippos shape the environment around them », *Science Daily*, 14 mai 2018, consulté le 15 mai 2020 https://www.sciencedaily.com/releases/2018/05/180514185922.htm.

KEENE, John, « Translating Poetry, Translating Blackness », The Poetry Foundation, 28 avril 2016, consulté le 20 mai 2020, https://www.poetryfoundation.org/harriet/2016/04/translating-poetry-translating-blackness.

KRUG, François, « Saint-Pie-X, l'école où Marion Maréchal-Le Pen a trouvé la foi », *Le Monde*, 20 avril 2016, consulté le 13 juin 2020, https://www.lemonde.fr/m-actu/article/2016/04/22/saint-pie-x-l-ecole-ou-marion-marechal-le-pen-a-trouve-la-foi_4907142_4497186.html.

(Non signé), « La séparation bancaire en France, éléments historiques et arguments », *Mediapart*, 20 octobre 2017, consulté le 15 mai 2020, https://blogs.mediapart.fr/erasmus/blog/201017/la-separation-bancaire-en-france-elements-historiques-et-arguments.

LECERF, Laurie-Anne, « Céline Dion : Un fan encombrant ? Jean-Marie Le Pen avoue chanter ses chansons », *Gala*, 21 février 2018, consulté le 15 mai 2020, https://www.gala.fr/l_actu/news_de_stars/celine-dion-un-fan-encombrant-jean-marie-le-pen-avoue-chanter-ses-chansons_412706.

LEPRINCE, Chloe, « "Black-blanc-beur" : petite histoire d'un slogan ambigu », France Culture, 13 juillet 2018, consulté le 14 juin 2020, https://www.franceculture.fr/sociologie/slogan-pejoratif-ou-cri-de-ralliement-dune-france-en-liesse-histoire-du-black-blanc-beur.

LORENTZEN, Christian, « Publishing *Can* Break Your Heart », *New York*, 11 juillet 2016, consulté le 14 juin 2020, https://www.vulture.com/2016/07/helen-dewitt-last-samurai-new-edition.html.

MANDEL, Élodie, « Marine Le Pen, les secrets de son hygiène de vie (et de sa perte de poids) », *Gala*, 11 avril 2017, consulté le 15 mai 2020, https://www.gala.fr/l_actu/news_de_stars/marine_le_pen_les_secrets_de_son_hygiene_de_vie_et_de_sa_perte_de_poids_391239.

MCAULIFFE, Ken, « Liberals and Conservatives React in Wildly Different Ways to Repulsive Pictures », *The Atlantic*, mars 2019, consulté le 15 février 2020, https://www.theatlantic.com/magazine/archive/2019/03/the-yuck-factor/580465.

(Non signé), « Mécontente d'être interrogée de son régime... », programme-tv.net, 20 janvier 2017, consulté le 15 mai 2020, https://www.programme-tv.net/news/tv/106018-mecontente-d-etre-interrogee-sur-son-regime-marine-le-pen-met-un-vent-a-un-journaliste-video.

(Non signé), « Municipales à Digne : légers débordements pour accueillir Marine Le Pen », *L'Express*, 30 novembre 2013, consulté le 15 mai 2020, https://www.lexpress.fr/actualite/politique/fn/municipales-a-digne-de-legers-debordements-pour-accueillir-marine-le-pen_1304047.html.

(Non signé), « Pourquoi y a-t-il des platanes au bord des routes ? », *CNEWS*, 18 novembre 2014, consulté le 15 mai 2020, https://www.cnews.fr/environnement/2014-11-18/pourquoi-y-t-il-des-platanes-au-bord-des-routes-694844.

(Non signé), « Qui sont les enfants de Marine Le Pen, Jehanne et les jumeaux Mathilde et Louis ? », *Gala politique*, 19 octobre 2017, consulté le 15 février 2020, https://www.gala.fr/l_actu/news_de_stars/qui_sont_les_enfants_de_marine_le_pen_jehanne_et_les_jumeaux_mathilde_et_louis_391139.

RAFENBERG, Marina, « "À quand la fin de l'austérité ?" : Les Grecs s'impatientent », *Le Monde*, 23 novembre 2018, consulté le 15 mai 2020, https://www.lemonde.fr/economie/article/2018/11/15/les-grecs-tardent-a-voir-la-fin-de-l-austerite_5383762_3234.html.

ROSENBAUM, Allegra et L. Davis, « Translator Profile: Lydia Davis », *Asymptote*, 24 août 2016, consulté le 15 février 2020, https://www.asymptotejournal.com/blog/2016/08/24/translator-profile-lydia-davis.

ROUBERT, Chloé, « It's Hip to Eat Mare », *The New Inquiry*, 1er février 2016, consulté le 15 mai 2020, https://thenewinquiry.com/its-hip-to-eat-mare.

SERPELL, Namwali, « Glossing Africa », *New York Review of Books Daily*, 21 août 2017, consulté le 15 mai 2020, https://www.nybooks.com/daily/2017/08/21/glossing-africa.

SCHMITT, Olivier, « L'humoriste Raymond Devos a tiré sa révérence », *Le Monde*, 15 juin 2006, consulté le 15 mai 2020, https://www.lemonde.fr/disparitions/article/2006/06/15/l-humoriste-raymond-devos-a-tire-sa-reverence_784107_3382.html.

Wikipédia (aucune page n'est ni datée ni signée)

Abolition de l'esclavage, https://fr.wikipedia.org/wiki/Abolition_de_l'esclavage, consulté le 15 mai 2020.

Alpes-de-Haute-Provence : Marine Le Pen huée à Digne-les-Bains, https://fr.wikinews.org/wiki/Alpes-de-Haute-Provence_:_Marine_Le_Pen_huée_à_Digne-les-Bains, consulté le 15 mai 2020.

Ave Regina, https://fr.wikipedia.org/wiki/Ave_Regina, consulté le 15 mai 2020.

Bibliothèque de la Pléiade, https://fr.wikipedia.org/wiki/Bibliothèque_de_la_Pléiade, consulté le 15 mai 2020.

Citizens United v. FEC, https://en.wikipedia.org/wiki/Citizens_United_v._FEC, consulté le 15 mai 2020.

Dédiabolisation du Front national, https://fr.wikipedia.org/wiki/Dédiabolisation_du_Front_national, consulté le 13 juin 2020.

Faïence de Moustiers, https://fr.wikipedia.org/wiki/Faïence_de_Moustiers, consulté le 15 février 2020.

Famille Le Pen, https://fr.wikipedia.org/wiki/Famille_Le_Pen, consulté le 3 juin 2020.

Fernando Pessoa, https://en.wikipedia.org/wiki/Fernando_Pessoa, consulté le 15 mai 2020.

Gilbert Collard, https://fr.wikipedia.org/wiki/Gilbert_Collard, consulté le 15 mai 2020.

Jean-Marie Le Pen, https://en.wikipedia.org/wiki/Jean-Marie_Le_Pen, consulté le 15 mai 2020.

Les Bains Douches, https://fr.wikipedia.org/wiki/Les_Bains_Douches, consulté le 15 mai 2020.

Le Chant des partisans, https://fr.wikipedia.org/wiki/Le_Chant_des_partisans, consulté le 15 mai 2020.

Les forces de l'esprit, https://fr.wikipedia.org/wiki/Les_Forces_de_l%27esprit, consulté le 15 mai 2020.

Loi Veil, https://fr.wikipedia.org/wiki/Loi_Veil, consulté le 13 juin 2020.

Louis Mandrin, https://fr.wikipedia.org/wiki/Louis_Mandrin, consulté le 28 février 2020.

Louis XIV, https://fr.wikipedia.org/wiki/Louis_XIV, consulté le 15 mai 2020.

Marie-Antoinette d'Autriche, https://fr.wikipedia.org/wiki/Marie-Antoinette_d'Autriche, consulté le 15 mai 2020.

Marion Maréchal, https://fr.wikipedia.org/wiki/Marion_Maréchal, consulté le 15 mai 2020.

Marine Le Pen, https://fr.wikipedia.org/wiki/Marine_Le_Pen, consulté le 15 mai 2020.

Michèle Torr, https://en.wikipedia.org/wiki/Michèle_Torr, consulté le 15 mai 2020.

Moustiers-Saint-Marie, https://fr.wikipedia.org/wiki/Moustiers-Sainte-Marie, consulté le 15 février 2020.

Paul Aussaresses, https://fr.wikipedia.org/wiki/Paul_Aussaresses, consulté le 15 mai 2020.

Pilule combinée, https://fr.wikipedia.org/wiki/Pilule_combinée, consulté le 15 mai 2020.

Raymond Devos, https://fr.wikipedia.org/wiki/Raymond_Devos, consulté le 15 mai 2020.

Rule of three, https://en.wikipedia.org/wiki/Rule_of_three_(writing), consulté le 15 mai 2020.

Saint-Nicolas-du-Chardonnet, https://fr.wikipedia.org/wiki/Église_Saint-Nicolas-du-Chardonnet, consulté le 15 mai 2020.

Service du travail obligatoire (France), https://fr.wikipedia.org/wiki/Service_du_travail_obligatoire_(France), consulté le 15 mai 2020.

Simone Weil, https://fr.wikipedia.org/wiki/Simone_Weil, consulté le 15 mai 2020.

Sous les pavés, la plage !, https://fr.wikipedia.org/wiki/Sous_les_pavés,_la_plage_!, consulté le 15 mai 2020.

Troubadour, https://fr.wikipedia.org/wiki/Troubadour, consulté le 15 mai 2020.

Union pour un mouvement populaire, https://fr.wikipedia.org/wiki/Union_pour_un_mouvement_populaire, consulté le 14 juin 2020.

Yohji Yamamoto, https://fr.wikipedia.org/wiki/Yohji_Yamamoto, consulté le 15 juin 2020.

YouTube

HIRSCH, Jean-Paul, *Nathalie Quintane Les enfants vont bien*, https://www.youtube.com/watch?v=teZHJaK5EgQ, 2019, consulté le 26 mai 2020.

THÉÂTRE DU RONT-POINT, *Nathalie Quintane : Stand-Up*, https://www.youtube.com/watch?v=Z5yFueN2pPw, 2018, consulté le 26 mai 2020.

Autres sites

(Non signé), *Avantages d'une carte Gold MasterCard – quels sont-ils ?*, https://www.capitaine-banque.com/actualite-banque/avantages-dune-carte-gold-mastercard, page non datée, consultée le 15 mai 2020.

(Non signé), *Bureau de Tabac, Par Fernando Pessoa*, http://dormirajamais.org/bureau, page non datée, consultée le 15 mai 2020.

(Non signé), *Ffr Ligue régionale Occitanie*, https://ligueoccitanie.ffr.fr, page non datée, consultée le 15 mai 2020.

(Non signé), *John M Armleder, Assiettes, 1988*, https://www.thearchiveislimited.com/john-m-armleder-assiettes-1988, page non datée, consultée le 15 février 2020.

(Non signé), *LOI n° 2004-809 du 13 août 2004 relative aux libertés et responsabilités locales*, https://www.legifrance.gouv.fr/loda/id/JORFTEXT000000804607, 2004, consulté le 15 mai 2020.

(Non signé), *Lycées*, https://www.maregionsud.fr/jeunesse-et-formation/lycees, page non datée, consultée le 15/5/2020.

(Non signé), *Marine Le Pen*, https://www.wikifeet.com/Marine_Le_Pen, page non datée, consultée le 15/5/2020.

(Non signé), *Nixon's V Sign*, http://www.famouspictures.org/nixons-v-sign, page non datée, consultée le 15/5/2020.

(Non signé), *Philippe Pétain*, http://www.academie-francaise.fr/les-immortels/philippe-petain, page non datée, consultée le 15/5/2020.

QUADRUPANNI, Serge, *Je suis l'auteur de L'Insurrection qui vient*, https://www.petitions.fr/jesuislauteurdelinsurrectionquivient, page non datée, consultée le 10 juin 2020.

(Non signé), *Three Percent*, http://www.rochester.edu/College/translation/threepercent/translation-database, page non datée, consultée le 22 mai 2020.

(Non signé), *Uncanny Valley*, https://www.rimini-protokoll.de/website/en/project/unheimliches-tal-uncanny-valley, 2020, consulté le 12 juin 2020.

(Non signé), *Vocabulaire européen des philosophies*, https://www.seuil.com/ouvrage/vocabulaire-europeen-des-philosophies-collectif/9782021433265, page non datée, consultée le 23 mai 2020.

(Non signé), *Wim Delvoye « Au Louvre »*, https://www.louvre.fr/sites/default/files/medias/medias_fichiers/fichiers/pdf/louvre-dpwim-delvoye.pdf, 2012, consulté le 15 février 2020.

Table des matières

Deepest thanks to Karim Kattan and Haydée Touitou, for kind help and for the pleasure of a meeting with their minds. Very deep thanks to Bronwyn Louw and, for his kindness, Hugo Partouche. Respectful thanks to Marielle Macé and Sophie Rollin-Massey at the EHESS, and to Tiphaine Samoyault. To Sal Randolph and David Richardson, profoundest thanks; thanks to Rachel Valinsky for her contribution, and to N. Weltyk for his dazzling contribution; sincerest thanks, again, to David. Thanks as well to Jordy Rosenberg and comrades and especially Jon and Jane. Thanks to the "MDBA" and its associates, Brétigny-sur-Orge, for their warm welcome. For mimosas, thanks to Elly and to Franchie. Special thanks, at last, to Stephen Loye and of course, Madame Quintane.

Cerise Fontaine corrected the French of the thesis thoroughly and read it beautifully; the language on pp. 165 and 193 is originally hers.

The very great Ryoko Sekiguchi dispensed a critical piece of advice personally.

For cameo appearances and his understanding, thanks to Malte Abraham, Emma Gioia, Zoey Poll, and Rabia Saeed.

"On Your Feet" first appeared in the online edition of *The White Review*; "Casting Off" first appeared in the online journal new sinews. Many thanks to Steve Barbaro, Rosanna McLaughlin, and Izabella Scott.

Jacqueline Feldman's writing has appeared in *The Paris Review* Daily, 3:AM Magazine, Triple Canopy, and *The White Review*. Born in 1990 in Connecticut, she lives in Massachusetts.

Nathalie Quintane, the author of dozens of books, is regarded in France as "one of the major experimental poets of her generation." Other English translations of her work include *Joan Darc* and *Tomatoes + Why Doesn't the Far Left Read Literature?* Born in 1964 in Paris, she lives in Digne-les-Bains.

Publications in this series include:

*_A New English Grammar_, Jeff Dolven
The Uses of Art, Sal Randolph
On Your Feet: A Novel in Translations, Jacqueline Feldman

On Your Feet: A Novel in Translations
Jacqueline Feldman

Featuring a story, "Stand up," by Nathalie Quintane

Publisher: dispersed holdings
French proofreading: Cerise Fontaine
English proofreading: Leigh N. Gallagher
Editorial assistance: Rachel Valinsky

Drawings: Stephen Loye
Graphic design: N. Weltyk
Printing: Nocaut, Mexico City

First edition, 2024: 1,000 copies

"Stand up" by Nathalie Quintane was originally published in
Les Années 10 © La Fabrique Éditions, 2014.

dispersed holdings is Sal Randolph and David Richardson.
www.dispersedholdings.net

This work received support for excellence in publication
and translation from Albertine Translation, a program
created by Villa Albertine.

ISBN 979-8-9867990-2-5